非常囚徒

肖彭 著

中国言实出版社

图书在版编目(CIP)数据

非常囚徒 / 肖彭著 . -- 2 版 . -- 北京：中国言实
出版社 , 2023.3
　　ISBN 978-7-5171-4388-8

　　Ⅰ . ①非… Ⅱ . ①肖… Ⅲ . ①长篇小说—中国—当代
Ⅳ . ① I247.5

中国国家版本馆 CIP 数据核字（2023）第 033263 号

非常囚徒

责任编辑：史会美
责任校对：张天杨

出版发行：中国言实出版社
　　　　　地　　址：北京市朝阳区北苑路180号加利大厦5号楼105室
　　　　　邮　　编：100101
　　　　　编辑部：北京市海淀区花园路6号院B座6层
　　　　　邮　　编：100088
　　　　　电　　话：010-64924853（总编室）　010-64924716（发行部）
　　　　　网　　址：www.zgyscbs.cn　电子邮箱：zgyscbs@263.net

经　　销：新华书店
印　　刷：北京温林源印刷有限公司
版　　次：2023年4月第1版　2023年4月第1次印刷
规　　格：710毫米×1000毫米　1/16　23印张
字　　数：350千字

定　　价：58.00元
书　　号：ISBN 978-7-5171-4388-8

第一章

　　中原古城东州初秋的一个夜晚。天空飘着的淅沥小雨，把大街两边建筑物上的霓虹灯洗得容光焕发，金碧辉煌。由于夜已深，大街上往来的车辆、行人渐渐稀少。

　　东州市公安局交警支队事故科副科长苏红从机场接了刚出差回来的男朋友周伟新，沿着迎宾大道往回走。周伟新靠在椅子上，有点儿疲倦，又像在深思。车子行驶到迎宾东路的十字路口，正值红灯亮了。苏红停了车，拿出手机，拨通了家中的电话，刚喊出一声"妈……"，一辆尾号为"9"的黑色小轿车如一阵旋风，从她的车子边飞过，仿佛没看见威严的红灯，不仅车速飞快直冲过去，而且驶上了逆行道。

　　苏红看得目瞪口呆，气愤地对周伟新说："如果不是你饥饿的肚子一路上在叫，我一定追上那个开车的，狠狠惩罚他。车超速而且逆行，怎么着，晚上吃了豹子胆了？眼里还有没有我们交警！"

　　周伟新看了看表，诚挚地说："苏红，已经十一点了，别去你家打扰你妈了。咱们在街上随便吃一点东西吧。"

　　苏红一边发动车，一边调皮地说："我妈喜欢让你打扰。"说完，她才想起手机电话没挂，又调皮地说："妈，我们再过十分钟就到家了。您把饭热一热。我这一路上不断听见周伟新的肚子在叫。"

周伟新等苏红挂断电话，半开玩笑半认真地说："你看看，还要罚别人，你开车打手机也是违章。"

苏红反驳说："你不觉得手伸得太长了，刑警支队长同志？"

周伟新抬头看见了不远处花园广场旁的国际大厦。这是东州最高的一座建筑，也是东州唯一的五星级酒店。酒店顶端矗立的"国际大厦"几个霓虹大字，由于在半空中，格外引人注目。他情不自禁地说了一句："好长时间没尝到东州国际的咖啡了。"

苏红略带不满地说："你看你忙得还像你吗？"

东州国际大厦是东州最热闹的地方。虽然已是深夜，依然人来人往。此刻，东州师大女生孙红和刘小兰刚刚从国际大厦走出来。《东州日报》女记者秦婕和好朋友张晓则刚刚踏上大厦门前的台阶，与孙红、刘小兰走了个迎面。

孙红推着刘小兰就走，边走边说："快，快，回去晚了，传达室的师傅又要说难听话。"二人刚走到马路上，突然，一辆尾号为"9"的黑色小轿车发了疯一样，由东逆行向西急驰而过。孙红一下子目瞪口呆。刘小兰推了她一把，自己却被卷到车轮下。

孙红惊恐地大叫："停车，停车！"

秦婕和张晓听到喊叫声，转头看了一眼，也被突如其来的横祸惊呆了。

小轿车一个急刹车，停了下来。司机朝后看了一眼，发现孙红、秦婕等人跑了过来，又向前驶去。

孙红一边追，一边叫喊："停车。"

秦婕举起相机，对着小轿车连续拍照。张晓情急之中，拿出手机报警。

小轿车在行驶约五百米后，撞到交通护栏上，司机好像犹豫了一下，最后还是扔下刘小兰，加速开走了。

秦婕、孙红和张晓等人已经跑到了刘小兰身边。大街上的行人也都围了过来。

苏红和周伟新也正经过这里。苏红下了车，问道："发生了什么事？"

周伟新想了想，驾车向肇事车逃走的方向追去。因为大街上车辆稀少，那辆尾号为"9"的黑色小轿车开得飞快。司机从反光镜里看见周伟新的警车追了过来，急忙驶进一条胡同。周伟新在胡同口停了一下，略一思忖，驶向胡同的另一端。

警车的鸣叫声吸引了大街上的车辆、行人纷纷驻足观看。

这个时候，肇事地点已被人们围得水泄不通。孙红抱着刘小兰的身体号啕大哭："小兰，小兰，你醒醒，醒醒！"秦婕帮着孙红把刘小兰从地上抱起来。刘小兰已面目全非。

一位老人愤愤不平地说："太不像话了，撞人了就这么溜之大吉，天理难容，天理难容！"

苏红刚刚向支队报警，挂断电话后，她四下看了一眼，问："你们看没看见车号？"

刚才说话的老人说："是辆黑色的车，车号没记全，只看见尾数是个'9'。"

另一个中年男人指着秦婕说："我看见这位小姐拍了照。"

苏红转头一看，认出了秦婕："婕姐，你也在这儿？"

秦婕点了点头。可以看出，她此刻仍沉浸在一种难以名状的感情氛围里，有义愤，有痛心，有悲伤。

苏红："你拍的照片什么时候能洗出来，给我们用用。"

秦婕点了点头。

一辆警车飞驰而至，交警支队事故科科长张虎带着交警刘婷婷赶到。这时，救护中心的车也到了。苏红、张虎和大伙儿一起把刘小兰抬上车。张虎对苏红和刘婷婷说："你们在这儿保护现场，方支队长马上就过来。"

刘婷婷问了一句："肇事车呢？"

苏红回答说："周伟新正在追呢！"

周伟新本来想从胡同的另一方向堵截肇事车，可是他行驶到胡同口的另一端，没有发现肇事车。出了胡同就是一条大街，大街的对面是一个大院，大院的大门前挂着"中国共产党东州市委员会、东州市人民政府"两块牌子。在周伟新右边不远处，停着一辆黑色轿车。司机看见有警车过来，马上发动车子。周伟新犹豫了一下，追了上去。黑色小轿车看见有警车在后边追，加快了速度，发了疯一样逃跑。周伟新在后边紧追不舍。他一边追，一边向指挥中心报告："我是刑警支队周伟新，发现一辆可疑车辆，在逃向高速公路，请求支援。"

黑色小轿车驶上郊外的高速路，周伟新追上了高速路。黑色小轿车在前边猛逃，周伟新在后边猛追。从对面方向和后边分别驶来几辆警车。不一会儿，周伟新的车超过了黑色小轿车，小轿车无可奈何地停下了。周伟新下车后，仔细看了看黑色小轿车，不是肇事车辆。他责问司机："你跑什么？"

其他警车上下来的干警也围了上来。

司机慌张地跪下："我，我认罪！"

就在周伟新和公安人员为追赶肇事车辆而奔忙的同时，东州市委会议室里，市委副书记、市长苏礼在主持一个会议。

苏礼说："省委决定，在市委书记赵正明同志去中央党校学习期间，由我主持市委工作，请同志们多帮助。当前，全市的中心工作是国际经贸洽谈会。这是东州首次举办国际性的经贸洽谈会。"他转过头，看了看市政府秘书长秦富荣，问道："富荣同志，会议报名情况怎么样？"

市政府秘书长秦富荣五十开外，文质彬彬，说话也慢条斯理："据不完全统计，咱们这次洽谈会已有三十多个国家和地区的外商报名，国内报名的已有两千多家企业。"

苏礼高兴地点点头，说："这是我们东州历史上规模最大的一次国际性经贸洽谈会，对促进东州的经济建设，提高东州对外开放的质量和水平至关重要。离开会还有一个月的时间，各单位要全力以赴，通力协作，从现在开始，会议筹备工作要进入倒计时。"他看了看表，时针正指向十二点。他又问："富荣同志，你们还有什么事吗？"

秦富荣："关于五洲集团参与水泥厂改制的事情，现在国资局坚持要再论证。这件事还需要尽快协调。"

苏礼沉吟着没有表态。他扫视了一下会场，问道："其他同志还有事情吗？"

一个女同志说："我想汇报一下开幕式的准备工作进展情况。"

这时，一个秘书走到秦富荣面前，低声说："秦秘书长，你的电话。"

秦富荣向苏礼请了个假，走到值班室，接起了电话。他刚听了几句，脸色大变。他开了窗，向外看了看，对着电话说："好吧，我来处理。你放心吧。"他放下电话后，心事重重地坐在椅子上，思索了一会儿。突然，他的目光落在了办公桌上的一份报告上，报告上醒目的红字标题：关于东州水泥厂改制问题的请示报告。他想了想，走到门外看了看，走廊里无人，他还不放心，又把门关上，然后抓起了桌上的电话，拨通了五洲集团董事长兼总经理朱继承的电话。

朱继承正和属下黑蛋在办公室里谈事。

黑蛋："建材局、审计局和国资局下边处室都搞定了，可国资局局长苏常胜就是不同意。听说他还要去省里汇报呢。不行，教训他一下。"

朱继承叹了口气，说："那可是苏市长的大公子，也就是咱们东州的太子爷。你动他，百分之百是在太岁头上动土，还是让秦富荣去协调吧。"

听到手机电话响，朱继承看了看号码，神情不悦地把手机交给黑蛋："百分之百是我媳妇的电话。她又跑到哪个公用电话亭打的，试探我、侦察我。真讨厌！你接。"

黑蛋接听电话："大姐，我是黑蛋。朱总正在开会，不方便接电话。一会儿散了会，我让他给你打电话。"

黑蛋刚挂断，电话又响了。朱继承不耐烦地示意黑蛋，黑蛋听了一句，赶忙说："大哥，说谁谁到，是秦秘书长的电话。"

朱继承接过电话，略一沉吟，调整了一下心态，笑逐颜开地说："秦秘书长，你好。你说什么？出事了，什么事？交通事故，撞人了，严重不严重？"

秦富荣的声音透着紧张和哀叹："不严重，我会找你朱总经理吗？我在市委门东的电话亭前等你。我还在开会，你抓紧点儿。"

朱继承听完秦富荣的话，脸上掠过一丝复杂的笑。他一边穿衣服，一边得意地说："我早说过，在东州就百分之百没有我攻不下的堡垒。这位秘书长大人遇到了事，不也主动找我吗？这就是实力的证明。"

黑蛋讨好地说："大哥，你在东州可有地下秘书长的职务啊！有人说，秦秘书长办不了的事，你也办得了。"

朱继承没理会黑蛋。他想了想，问道："你说秘书长出了交通事故，不找交警找我干什么？啊！"

黑蛋故作聪明地反问："是不是那辆宝马车出的问题？"

朱继承："正是那辆车出交通事故了，撞了人。"

黑蛋不以为意："这对他来说算什么事？大不了赔几个钱，找保险公司呗！"

朱继承："你以为他和你一样？他得保地位、保名誉、保晚节。据我所知，他没有驾驶证，又是酒后。再说，他也知道那辆车是白建设走私过来的，牌照也是假的。"

黑蛋一惊："那他是不是跑了？肇事逃逸，抓住了，事可就大了。"

朱继承："这不才找到咱们嘛。我想，如果我们摆平了，对他是一辈子的大事。平时，咱们想让他遇到这样的事也不可能。我们今后还愁办不成事吗？这对咱们百分之百是个机遇！"

黑蛋："搞定了他，咱哥们儿在东州的地位就更稳固了。"

朱继承："是呀。这才叫公平合理。"

二人出了门，上车后，黑蛋突然感叹地说："那辆车可值上百万。太可惜了。"

朱继承不以为然："有什么可惜的？百十万让他背着，那就是枷锁，百分之百值！"

黑蛋："他不是一直停在咱们车库里不敢用吗？"

朱继承："昨天我去找他催问水泥厂改制的事，正遇上他接了不知什么人的一个电话，放下电话，他说晚上要出去办私事，不想用公家的车，我顺水推舟就把那辆车给他用了。"

朱继承的车子到了市委、市政府东门外，秦富荣已在电话亭前等待。朱继承从窗口探出头："秦秘书长，上车吧。"

秦富荣上了车，迫不及待地说："朱总，咱们开门见山地说吧。我知道你很重义气，朋友也多。你找个人把车开走，放在市委大院里不行。如果交警追查……"

朱继承不等秦富荣说完，就信誓旦旦地说："秦秘书长放心，追查也查不到你这儿。车不是你的，肇事你更不知道。你就百分之百放心吧。相信我会安排好的。"

秦富荣："好吧。你有什么需要，我也会尽力帮忙。"

朱继承："别的也没什么，就是我们买断水泥厂的事，请您帮帮忙再催一下。现在水泥的行情特别好，我们等不起啊！"

秦富荣点头。他下了车，急忙进了市委大院。传达室的老传达从窗口看见他，想和他打招呼，他装作没看见，走了过去。

朱继承看着秦富荣进了大门才发动车。黑蛋望着秦富荣蹒跚的背影，感叹地说："他这种人也会肇事？你看他一下就像苍老了很多。"

朱继承："说什么呢你？"他想了想，吩咐说："你打个电话，让徐老八出来。有些事得让他办。不管怎样说，我们这些人在东州是有地位的。不到万不得已不能出面。"

徐开放外号徐老八，是朱继承的铁哥们儿。虽然是深夜了，他和几个朋友还泡在歌厅里，和几个坐台小姐一起，兴致勃勃地一边喝酒，一边观看足球赛。他最近在这家歌厅里认识一个叫阿静的四川姑娘，天天来为阿静捧场，其实是想早日把阿静骗上床。

徐开放的手机铃声响了，坐在他怀里的阿静不耐烦地说："这么晚了，谁的电话！"她接了电话后，递给徐开放。徐开放起身接过电话，听了几句，勉强地说："好吧，我现在就过去。"

阿静："这么晚了，有什么事，不能等明天再说?！"

徐开放："我朋友遇到点麻烦，我去看看就回来。你在这儿等我，一会儿咱们一起回家。"他一边穿衣服，一边还恋恋不舍地看了电视一眼，做了一个狂烈的动作。

阿静："我跟你一起去吧？"

徐开放："不必了。我告诉你，今天晚上要跟我走，不能再骗我了！"

阿静点了点头。

徐开放在歌厅大门前打了一辆出租车。出租车经过市中心花园广场时，徐开放看见有一群人围在那里，广场中心还有几个警察，他好奇地问："是不是又出车祸了？"

出租车司机说："刚才听车上的交通台广播，有一辆黑色小轿车，在这里肇事后逃走。撞的是一位女学生。交警部门还悬赏提供线索呢。"

徐开放听了，愤愤不平地说："他们交警是干什么的?！"

在市中心花园广场的交通事故现场，交警支队副支队长方正和苏红、刘婷婷等在勘查现场。

刘婷婷："听在场的群众反映，肇事者驾驶一辆黑色轿车，车速很快，车子东摇西晃，明显是酒后驾驶，而且是逆行，撞人后又逃离现场，目击者称车的尾号是'9'……"

方正情绪低落。他看了苏红一眼，转头问刘婷婷："医院那边有消息吗？"

刘婷婷摇了摇头。

苏红："市局指挥中心已布置设卡检查，到目前也没消息。周伟新追肇事车没追到。"

方正不满地说："他是刑警，怎么管到交警的事上了……"

苏红顶了一句："交警、刑警只是分工不同，但职责都是一样的。"

方正："听说他们又破了一个大案，市里要给他们记功呢。"

这时，方正车上的车载电话铃响了几声，站在一旁的苏红见方正忙碌，过去接过电话："您好，我是苏红。你是马局长呀！"

她把话筒递给方正："市局马局长的电话！"

方正接过电话："我是方正。对，各个卡口及巡警方面的报告都说没有发现肇事车辆。说明肇事者熟悉东州的交通。出不了城，是的，一定还在城里。我们正在查。报社一个记者拍了照片，我已经安排人联系，争取尽快拿到照片。"

方正放下电话，心事重重地点了一支烟，看了看表。

苏红："方支队，你先回去，这儿有我们。"

方正看了看表，说："好吧，我回去安排一下再回支队。"

方正发动车后，又探出头，说："苏红，我估摸肇事车没出东州。你再和指挥中心联系一下。"

方正走后，周伟新回来了。周伟新沿着肇事车行走的路线，边走边仔细观察，到了肇事车扔下刘小兰的地方，他好像发现了什么，蹲下身，掏出手纸，从车和护栏相撞的位置取下几片车上的油漆。他交给苏红，说："这可能对你们有点用。"

苏红让刘婷婷装在包里，然后，三个人一起上了车。

苏红坚定地说："这个肇事者一定是东州人，对东州的交通十分熟悉。"

刘婷婷："他能钻地下去啊？！"

那辆尾号为"9"的黑色小轿车，已经被徐开放开到一个建筑工地上。他正在得意扬扬地向朱继承表功："那个传达室的老头眼很贼，一刻不停地盯着大门口。我要是把车开出来，他肯定会发现。我发动好车注意着机会。黑蛋哥故意到传达室去同那个老头说话。我趁老头转身倒水的工夫，一踩油门就冲了出来。"

黑蛋："那是朱老大打电话安排的。要不是我把老头摆平，你大门都出不来。"

朱继承不耐烦地说："好了！军功章你们俩各一半。"他看了看那辆黑色小轿车，想了想，对徐开放说："老八，这车你先处理一下。"他压低了声音，徐开放边听边点头。

徐开放把车开走后，朱继承抽了几口烟，和黑蛋也上了车。

他上车后，打了个电话："秦秘书长，我已经安排人把车处理了。你放心吧。你说什么，去交警支队自首？不行，那样做就把自己一生毁了。逆向行驶，违反交通规则，造成事故，要坐牢。如果那个女学生死了，说不定十年八年也出不来。你听我的没有错。这种事情我摆平得多了，根本不用你操心。"

黑蛋等朱继承挂断电话后，小心地说："大哥，要不自首，查出来事更大。"

朱继承胸有成竹地说："事情做得越容易，我们的价值越小。让他去坐牢，对我们有什么意义？他成了囚徒，还能为我们做什么？有些人就得逼上梁山。我们不能让查出来……"

黑蛋叹了口气："那我们要付的代价太大了。"

朱继承："不付出代价，能得到利益吗？你想，买通一个官要多大代价？何况我们在他身上已经投了那么大的资！这是根留在咱们手中的辫子，而且是根大辫子。他能不老老实实给咱们办事吗？与其让他当共产党的囚徒，不如让他做我朱继承的囚徒。"

黑蛋点了点头："大哥，你就是比我们这些普通人站得高、看得远啊！"

朱继承叹息一声，说："我这也是被逼出来的。这几年，你也走了一些地方，接触了不少人。那些当官的有几个是不喂饱了能给你办事的？"

黑蛋点头表示同意，但又想起了什么，说："国资局的局长苏常胜好像和他们不一样。咱送的红包都被他扔出来了。"

朱继承没有说话。

黑蛋："大哥，你说姓秦的办事可靠吗？他能为咱的事得罪苏常胜吗？"

朱继承："我估计他这时候就在做苏市长的工作。"

事实果然被朱继承言中。市委会议室的会议结束后，人们在向外走时，秦富荣走到苏礼身边，低声说："苏市长，我有件事想向您汇报，耽误您几分钟时间。"

苏礼一怔，笑着说："富荣，你今晚怎么和我客气起来了？我这个市长的时间就是你秘书长的嘛！"

二人边说边向外走，进了苏礼的办公室。办公室的时钟已指向凌晨一点。苏礼打了个哈欠，问："富荣，你是不是有事要讲？"

秦富荣："苏书记，水泥厂改制的事不能再拖了。拖的时间越长，闹事的老百姓就越多。你是不是给常胜说说，抓紧批了。现在有人在议论这件事。"他把"报告"放在苏礼的桌子上。

苏礼："你听到了什么？"

秦富荣有点儿犹豫。

苏礼："有什么你就说嘛！"

秦富荣："有人说水泥厂改制是赵书记抓的，常胜是不想让赵书记出政绩，才故意拖着不批。这话说的是常胜，但听味道有点对你。"

苏礼大度地笑了："说这话的人太无知。市委定的事情怎么会是赵书记一个人的政绩。再说，在这件事上，市委还没有开会研究嘛。"

秦富荣点点头。

苏礼惊奇地问："富荣，你过去也是持不同意见者吧？你给我说过你反对低价出卖国有资产，反对牺牲工人的利益搞改制。"

秦富荣憨厚地笑了笑："苏市长，我是不想对你有影响。"

苏礼拿起"报告"看了一眼，略微思考了片刻，说："常胜给我讲过他的意见。他并不是单纯反对改制。他认为东州水泥厂资产评估有问题。一个三十年的老厂，这些年效益又好，资产大概两个亿，怎么才评估五千万，老百姓也不信。再说，那片地值多少钱啊！这事再等等吧。我再协调一下。"说着，他边起身向外走边说："富荣啊，社会上对腐败问题、分配不公的问题反映比较大。不管是改制也好，做其他工作也好，一定要照顾方方面面的利益。我们是人民政府，要代表人民的利益。赵书记几次讲过，谁不代表人民利益，就让谁下岗。"

秦富荣一直把苏礼送到楼下，看着苏礼的车子出了市委大院，才回了办公室。他朝沙发上一躺，长长地叹了一口气。过了一会儿，他想起了什么，关上门，下了楼，到了大门口的传达室。

老传达正躺在床上，心事重重地大口抽烟，见秦富荣进来，急忙从床上下来。

秦富荣走进来，问道："老传达，有什么情况吗？"

老传达犹豫了片刻，回答："没有，没有。"

秦富荣笑了笑，说："来，我陪你下盘棋。"

老传达："秘书长，天太晚了，你回家吧。"

秦富荣："怎么，是怕下不过我，还是你有什么事情？"

老传达不太情愿地摆好了棋。因为心中有事，走棋时接连出错。秦富荣不动声色，偶尔抬头看一眼老传达，老传达的汗水都下来了。

一盘棋下完，秦富荣放下棋子，站起来，走了出去。

老传达想抽烟，点火时，手在抖。

苏礼坐在回家的车上，一直在想着市政府秘书长秦富荣刚才给他说的话。他拨了儿子苏常胜的手机号，回答是："你呼叫的号码已关机，请稍后再拨。"

停了一会儿，苏礼又拨通了家中的电话："老孙，胜子回家了吗？什么，还没回来？"

对方的声音："他说马奶奶病了，散了会直接去马奶奶家。"

苏礼的神情一下紧张起来，问道："马奶奶要不要紧？"

司机很精明，问道："苏市长，现在要不要到马奶奶家去？"

苏礼看了看表，摇摇头说："太晚了，今天就不去了。再说，有常胜在那儿呢。"

苏礼电话中说的马奶奶，是他"文革"时在乡下劳动改造时认识的。此刻，苏礼的儿子、东州市国资局局长苏常胜正背着马奶奶，在医院的走廊里一边跑一边着急地喊着："医生，快，快！"

马奶奶的小保姆丽丽抱着马奶奶的外衣跟在后边。两个护士迎上来，帮着苏常胜把马奶奶送进急诊室。医生在给马奶奶诊治，苏常胜和丽丽走到门外。他一屁股坐在连椅上，长长地叹了口气。丽丽不失时机地把手绢递给苏常胜，苏常胜接过擦了擦汗，又还给丽丽。丽丽惊讶地问："你喝酒了？"

苏常胜没有回答。他看了一眼不远处的抢救室，门外围着很多人，他问一个护士："那边怎么了？"

护士："有一个女学生被车撞了，正在抢救。"

苏常胜一惊，焦急地问："有没有生命危险？"

护士摇头："现在还很难说。"

苏常胜走进了急诊室。双目失明的马奶奶正躺在床上，一副病态，神情不佳。医生检查完后，正在写病历，对苏常胜说："苏局长，老奶奶需要住院治疗。"

护士要用车把马奶奶推进病房。苏常胜把车推开，背起马奶奶进了病房。马奶奶躺下后，脸上露出欣慰的笑容，说："常胜，我现在感觉好多了。你的工作忙，我也不是什么大病，不让丽丽告诉你，她怎么又告诉你了？"

丽丽委屈地说："奶奶，苏哥让我随时把您的情况向他汇报。您病了，我如果不向苏哥报告，这责任我可承担不起。"

马奶奶："我是老毛病，吃点药就没事了。胜子，你明天还要上班，先回去吧。我没什么大事了。你干公家的事要紧。"

苏常胜激动地说："奶奶，在我苏常胜心里，您的生命比我的生命都重要。"他站起来，想了想又坐下了。他的情绪有些焦虑，显得有点儿一筹莫展。

马奶奶感觉到了苏常胜不安的情绪，小心地问道："胜子，你今晚是不是有什么心事？"

苏常胜赶忙摇头："没有没有。"大概怕马奶奶再追问，他转身进了洗手间，打开水龙头洗脸。丽丽把毛巾递到他手上，苏常胜说了句"谢谢"，走到门口又转身，问："丽丽，你说一个人如果不小心犯了错误，会不会有损他的形象？"

丽丽睁大眼睛，惊奇地望着苏常胜，不安地说："我，我，没犯什么错误啊？我发现奶奶发烧，就赶快给你打了电话。"

苏常胜叹了口气，转身向外走，丽丽追上去，说："苏哥，你明天一定得来啊。"

苏常胜一脸的迷惑，说："你过去都是叫我叔叔，现在怎么又叫我哥哥？"

丽丽脸一红，低下头："苏哥，你要隔天不来，奶奶想你，我更想你。"

苏常胜脸色一变，恼怒地说："不许你胡思乱想，你还是个孩子！"

苏常胜一边急忙下楼，一边给秦婕拨电话。今天是秦婕的生日，他原来与秦婕约好晚上到国际大厦给秦婕过生日，现在搞到这么晚，他担心秦婕生气。

秦婕与张晓以及几个朋友一直在喝茶等着苏常胜。不过，她还没有完全摆脱国际大厦门前中心广场车祸的影响，有些心神不定。

张晓劝慰说："好了好了，你也算是见义勇为一次，该做的都做到了，别再想那件事了！咱想点别的行吗？"

秦婕余怒未消，气愤地说："我真的咽不下这口气。天底下还有那么丧尽天良的人，撞了人连车也不停。"

张晓不以为然地说："天下之大，无奇不有。再说，那家伙可能以为人被撞死了，不撞死也得重伤，他既要坐牢又要赔钱，他不溜之大吉吗？不说了，婕，今天是你的生日，别让朋友们跟着扫兴。抓那家伙是公安机关的事情，与你当记者的没有关系。"

秦婕望了张晓一眼，不满地说："张晓，你怎么变得麻木不仁了？那个被撞的女孩是师大一年级学生，今年才十八岁呀！"她的眼圈红了："万一她醒不过来……这是生命。生命，你懂吗？我要去医院看看。"

秦婕起身与几个朋友告别后，急忙向外走。张晓一脸尴尬，紧紧追上。

上车后，张晓为了转变话题，问："苏常胜给你打电话了吗？你今天过生日，他应该来。"

这时，秦婕的手机铃声响了，她打开接听。苏常胜在电话里迫不及待地解释说："婕，你在哪里？马奶奶突然病了，高烧四十度。我陪她一晚上，把她送到医院，一步没敢离开。这不，她刚睡，我就赶快给你打电话。你会理解吧！"

秦婕告诉苏常胜："我今晚也加了个班。你不要着急，我马上还要到医院去看一个人。有一个女学生被车撞了，可能有生命危险。肇事者逃跑了。"

苏常胜在电话里问："知道是什么人吗？"

秦婕："现在还不知道。事情来得太突然，加上慌乱，没有看清开车的人。"

苏常胜又问："那个女孩子怎么样了，有生命危险吗？"

秦婕实事求是地回答："现在还不清楚。不过，从伤势看，情况不是太好。那个肇事者把她撞倒后，又带出了几百米……"

苏常胜有点儿着急："那个司机不会是故意的吧？"

秦婕："现在还说不上来。"

秦婕挂断电话后，张晓感慨地说："要是有一个男人这么爱我多好。"

秦婕："算算你谈了多少男朋友？你先扪心自问，你真正爱过别人吗？"

张晓："还不是你害的我。你和苏常胜这样子，我还不接受教训？我还敢真正爱谁？"

秦婕不语。

张晓："苏常胜从你八岁开始给你送鸡，有泥做的，有布做的，有柳编的，今年该送只金鸡给你了吧？"

秦婕："他哪来钱买金的？他不是那种爱贪、爱捞的人。再说，他要送我金的，我还不要呢。我会给他扔出去。"

张晓："苏大局长是个有文化品位的人，不会送让你失望的礼物。"

秦婕又把话题转移到肇事车上。她边思考边说："这个肇事者十有八九是东州人，对东州的交通地理很熟悉，不然怎么会瞬息之间逃之夭夭，无影无踪。"

张晓安慰秦婕说："反正你拍了照片，等洗出来，他还能不就范？"

秦婕分析得很有道理，肇事车此刻依然在东州。徐开放按照朱继承的安排，把车开到体育场一座废弃的游泳池里，用篷布盖上。他四下看了看，见没有破绽，才满意地离开。他有点儿得意，一边走一边哼起了小曲，出了体育场大门后，他拦了一辆出租车。他突然问出租车司机王大道："师傅，现在一辆宝马车在市场上卖多少钱？"

王大道："那要看车几成新。"

徐开放："大概九成新吧！"

王大道："那起码也得八九十万。"

徐开放得意地笑了笑。王大道被他的表情弄得莫明其妙，刚想问他，见他拿出了一把尖刀，用刀刮胡子，两眼却盯着自己，赶忙又把话咽了回去。

徐开放在歌厅门前下了车。

王大道心有余悸，没敢向徐开放要钱，就把车开走了。

这时，黑蛋也开车带着朱继承在大街上行驶着。

朱继承抽着烟不说话，一副心事重重的样子。

黑蛋："朱哥，老八那小子可靠吗？我担心他把车捣鬼给卖了。"

朱继承面露迟疑之色，说："我看他还不敢。"

黑蛋冷冷一笑。

朱继承想了想，叮嘱说："你盯紧点他。"

黑蛋："我听说老八现在还搞白粉。"

朱继承沉默了一会儿，才说："我觉得这事还得先给方正说一声。万一那个女孩子抢救不活，事情就大了。"

黑蛋："再大不就是一起交通事故吗？就让徐老八冒名顶替，投案自首呗。咱们再把他捞出来不就行了。"

朱继承阴险地笑了笑："你以为事情那么简单？要是那么简单，市政府秘书长还能找我？以后做事多动动脑子。这是什么时代了？没听说是知识经济时代？干事情也需要新知识。"

黑蛋也笑了："大哥，我就特敬佩你的智商。你真不枉是研究生。"

朱继承沉默了一会儿，说："方正的老婆要出国，需要钱用。这事你抓紧办。"

黑蛋突然喊道："说曹操，曹操就到了。方支队长的车。"

朱继承抬头看了一眼方正的车，让黑蛋掉头跟了上去。

方正到了自家楼下，刚停好车从车上下来，朱继承的车就到了。朱继承下了车，故作惊讶地问："方支队，怎么这么晚了还在忙碌？"

方正："花园广场出事故了。一小子开车撞人后逃走。"

朱继承："这也太恶劣了。怎么样，有线索了吗？"

方正摇了摇头说："有线索还不把他抓来？不过，报社一位姓秦的女记者拍了照片，估计可能有点作用。"他又惊奇地问："朱总经理怎么这么晚还有兴趣出来兜风？"

朱继承："我们这些人哪有白天黑夜之分。我刚同一个老板谈了点生意上的事。"他又压低声音问："你女儿最近来信了吗？"

方正一脸痛苦："她一来信就要钱，我现在最怕她来信。"

朱继承说："现在的孩子，都是这样大手大脚。何况又是在国外读书，开支大。你当爸的怕女儿要钱这怎么行呢？钱算什么东西，没有了再赚。人世间什么东西能比亲情更重要。你也不知想想办法？万一她在国外惹是生非，你不更担心。到那时，她百分之百不能原谅你，你的心百分之百不能安宁。"

方正揉了揉红肿的眼睛。

朱继承："这样吧，我帮你弄点钱汇过去。你也别怕，算我借给你的。你们警察的纪律再严，也不能不让借钱吧？明天我就给汇出去。"

方正："老是花你的钱，我心里过意不去。"

朱继承："什么你的我的，谁叫咱们同学一场兄弟一场呢。"不等方正说话，朱继承已经上了车。上车后，他着急地说："快点儿，方正刚才说报社一位姓秦的记者拍了出事车和现场的照片。她如果拿出来就全完了。"

黑蛋也急了："那怎么办？"

朱继承："想办法弄过来呗。我们去找徐老八。我还得给秦秘书长说一声，让他也想想办法。"

方正看着朱继承的车出了小区大门，正准备转身上楼，突然看见一辆尾号为"9"的黑色轿车迎面缓缓驶来。车上，操着广东口音的田学习，一边驾车，一边与坐在副驾驶位上的一名小姐说说笑笑。方正上前拦住了车。车停了，田学习从车上下来，方正围着车看了一遍，见车无伤痕，又向田学习要证件："把你的驾证、身份证拿出来。"

田学习有些紧张，把证件交给方正后，摆出一副随时逃跑的架势。方正看完证件，挥手让田学习走了。他看着黑色轿车的影子在视线里消失，然后若有所思地上了楼。

那个被肇事车撞伤的刘小兰已经被送进急救室抢救。张虎和孙红等人在门外焦急地等待。

秦婕和张晓进来后，问道："怎么样？"

张虎摇头，表示不知道。

一会儿，大夫走出来，神情严峻地问："谁是家长？"

秦婕走上去："大夫，有希望吗？"

大夫摇头，说："我们已经尽了力。手术是做了，还得观察几天。请家长去办一下手续。"

孙红哭出了声："大夫，她，她家长不在。"

秦婕："孙红，我们去。"

秦婕和孙红办完相关手续回来，张虎说是要做现场调查，带着孙红回队里去了。秦婕和张晓也下了楼。秦婕对张晓说："我得回报社一趟，把照片冲出来，你先回家等我吧。"

张晓不满地说："不是去和苏常胜约会，故意支开我吧？"

秦婕打开车门，边把张晓朝里面推，边说："你这个人真不识好歹，我完全是为了让你早点休息。你既然愿意陪我，我何乐而不为。走吧。"

上车后，张晓又说："我劝你还是和苏常胜见见吧，别让人家等你。"

秦婕看了看表，点点头。

张晓："现在市里在传苏常胜要提副市长。他当了副市长，恐怕更难离婚了。"

秦婕："谁跟你说他要离婚？"

张晓："那你等了他那么多年？……"

秦婕："我愿意。我就没想过让他离婚，再和他结婚。"

张晓："你是让我感动呢，还是让我感叹呢？"

秦婕："那是你的事。"

整个报社大楼一片静寂，只有总值班室的房间里有敲打电脑键盘的声音。秦婕和张晓匆匆上了楼，进了办公室。秦婕让张晓等一下，自己进了冲洗房。秦婕刚走，她包里的手机响了。张晓犹豫了一下，取出手机，接听起来。电话是苏常胜打来的，问秦婕在哪里。

张晓："苏局长，秦婕在冲照片，手机放我这儿了。这么晚了，你还在等她？真让人感动。"

苏常胜的声音："照片冲出来，让秦婕马上给我电话。你告诉她，我在等她，有重要的事告诉她。"

苏常胜已经到了国际大厦，在茶馆的一个包房里呆呆地坐着。茶几上放着他给秦婕带来的生日礼物。他不时地看表，焦虑不安地站起来走了几步。看得出，他等得很辛苦，也很着急。

张晓等了一会儿，秦婕满脸沮丧，手持一沓照片从暗房走出来，把照片朝张晓面前的桌子上一丢，捂着脸哭了。张晓看了看洗出的几张照片。照片一团漆黑，只能隐约看见车的轮廓。张晓安慰她说："这是很正常的嘛！你当时又气又急，手忙脚乱，加上距离又远……"

秦婕："我真没用，怎么在这种关键时刻掉了链子呢！"

张晓劝导说："这也不能全怪你。好了，办案还有交警支队呢。走吧，苏常胜都等急了。"到了电梯上，张晓突然惊奇地问："你说今晚的车祸会不会是蓄意谋杀？"

秦婕一愣。

张晓："你想一想，怎么会这样巧合？那个女大学生刚出门，黑色小轿车就撞上了。再说，撞了人不一定就逃跑。"

秦婕思索了一会儿："那你分析这个肇事者为什么逃逸？"

张晓："杀人灭口！"

秦婕一惊。

第二章

在东州市公安局交警支队，苏红、张虎等也向孙红提出了是不是蓄意谋杀这个问题。

苏红："刘小兰平时有没有和社会上的人接触？"

孙红摇头。

张虎："这么晚了，你们在国际大厦干什么？"

孙红没有回答。

苏红耐心地劝说道："孙红，小兰已经在住院观察了。你要想为小兰伸张正义，就得配合我们的工作。"

孙红仍然保持沉默。

张虎有点儿着急，发脾气说："小兰是为了救你而被肇事车卷到车下的，你难道连点良知也没有？"

孙红哭出了声："小兰家和我家的生活条件都不太好。她爸爸去世了，她妈在水泥厂工作，工资低，还有病。我们从上大学，都是自己打工交学费。我和小兰每个周六、周日的晚上，都到国际大厦迪厅打工。"

张虎："那刘小兰是不是在迪厅认识或得罪了什么人？"

孙红又摇头。

张虎："你了解刘小兰吗？"

孙红："我们从上中学起，就是同班、同桌，亲如姐妹。她品学兼优，一直是班干部、三好学生。老师和同学们都说她今后有希望……"孙红泣不成声。

张虎："她最近提到过家里发生什么事了吗？"

孙红："我只知道她妈妈在水泥厂工作，已经下岗了。"

苏红："最近这些天，小兰向你谈过什么吗？"

孙红想了想，说："小兰上个周六说过，她在六号包间发现有个小姐和客人一起吸毒。小兰说她当时很吃惊，给领班的说了，领班的还骂她多管闲事。说她以后再多管闲事，就不要干了。"

苏红："那个小姐现在还在吗？"

孙红："小兰说后来那个小姐已经不在国际大厦迪厅做了。"

苏红："孙红，我们随时都会找你了解情况。"她对刘婷婷说："你把小孙送回学校去吧。"她又对孙红说："小兰的妈妈那边我们会通知。"

刘婷婷和孙红走后，苏红对张虎说："看来，根据孙红讲的，不能排除谋杀的因素。是不是贩毒的怕刘小兰告发，下了毒手？但是我们不能轻易下结论。肇事车要查，刘小兰这边的社会关系也得再摸一摸。"

张虎："明天在全市范围内搞一个大排查。只要车是东州的，就跑不了那小子。"

苏红拨通了周伟新的电话："伟新，你在哪里？刘小兰的同学提供了一条线索。咱们到我家见吧。"

张虎对正要出门的苏红说："明天早晨我去报社取照片。"

当朱继承得知秦婕在车祸现场拍了肇事车的照片，便马上告诉了秦富荣。秦富荣十分着急，让朱继承不惜一切代价把照片搞到手。朱继承又赶到歌厅找徐开放。

徐开放正在和阿静喝酒作乐。看见朱继承走进来，徐开放一愣："朱哥，还有事吗？"

朱继承看了看阿静，眼睛一亮。阿静给朱继承敬了一杯酒。徐开放示意阿静先出去。阿静出去后，朱继承说："怪不得你小子这些天都朝这地方跑，原来找了一个靓女。"

徐开放："朱哥，我不能和你比。你们有女人爱。我是有了点温馨就浪漫，逢场作戏。"

朱继承："别不知足。这么好的女孩，打灯笼也难找。"他的脸变了色，压低声音说："有点儿麻烦。报社有个女记者在现场拍了照片。你知道怎么做。"

徐开放："我明白了。"

朱继承："老八，你小心点，对你身边那个女人不要多说。歌厅的女人不能信。"

徐开放："朱哥，你就放心吧。就是我的头掉了，也不会卖你们。我的头没你们的一根指头值钱。"

朱继承满意地点点头。他出了歌厅，刚要上车，看见一辆警车开了过来，他下意识地把脸转了过去。等警车过去后，他自言自语地说了一句："真是做贼心虚啊！"

刚才过去的警车里坐着苏红和周伟新。车到了苏红家楼下，周伟新不好意思地说："太晚了，我真的不忍心打扰你妈。"

苏红挽起周伟新的胳膊，不由分说推开了门。

孙敏端上一个大碗，说："小周，一定饿坏了吧？先把这碗鸡汤喝了。"

苏红撒娇地说："妈，您怎么这么偏心眼。"

孙敏："小周不是刚千里迢迢从甘肃出差回来，又接着忙碌到现在嘛。"

苏红不依不饶："怪不得人家说'好闺女不如好女婿'。我看这好女婿也是惯出来的。您到老的时候，就看他怎么伺候您吧！"

孙敏在餐桌旁坐下，关切地说："说多了，你们也别烦。你们现在还年轻，身体素质好，所以感受不到。等上了年纪，这病那病就出来了。老苏年轻时工作也是不甘落后，加班加点，没日没夜，现在毛病都出来了，这也不好，那也不舒服。"

苏红："妈，这话别让我爸听见，他可自以为'革命人永远是年轻'。"

周伟新冲孙敏笑了笑。

苏红："我爸还没回来？"

　　孙敏感叹地说:"你爸这些年工作上从没有白天黑夜之分。刚刚回来,正在冲澡呢。"

　　苏红:"妈,我哥天天忙得不顾家,您也没说过他。"

　　孙敏摇摇头,说:"他这些天也忙着呢。今晚马奶奶不舒服,他一直在马奶奶家陪着。"

　　苏红:"听说我哥快当副市长了。"

　　孙敏责备地说:"看看,又多说了。让你爸、你哥听到,又得批评你。"

　　苏红不服地说:"东州都在传。"

　　孙敏严肃地说:"人家传咱也不能传。你爸爸听见了,又会批你没点儿组织纪律性。"

　　苏红:"好了,我以后注意。"

　　孙敏:"你每次都是虚心接受,坚决不改。"

　　周伟新听了孙敏的话,笑得喷出一口饭。

　　苏红递了餐巾纸给周伟新,不满地说:"你就知道笑。从进门到现在没跟我妈和我说两句话。怪不得局里人不叫你小周叫老沉,沉闷。"她抬头看了看挂钟,说:"赶快吃吧。完了,我还有正经事和你商量。我先上楼了。"

　　苏红的房间里很乱,她上楼赶快整理起来。过了一会儿,周伟新也上来了。他走到书架前,随手拿了一本书。突然,他的目光被书中一张照片吸引。他指着书中一对青年男女的合影照片问:"这个女的是报社的秦婕吧?"

　　苏红:"是哟。秦婕对我哥真是一往情深,到现在也没谈男朋友。我有时真想劝我哥离婚同她结婚。可是,我知道我哥不会。"

　　周伟新:"为什么?"

　　苏红:"我哥不会自断前程,他把政治生命看得比自己的生命都重要。"

　　周伟新若有所思:"那你哥对秦婕没感情?"

　　苏红:"那也不是,我哥很爱她。我能看出来。爱一个人但又不能公开地去爱,不能尽到爱的责任,是一件非常可悲的事。因此,我觉得我哥活得很累、很痛苦。"

　　周伟新笑了笑,没说话。

　　苏红:"好了,咱们说正事。刘小兰的同学孙红刚才向我们提供了一个情况，说刘小兰在歌厅发现有小姐吸毒。我和虎子怀疑有人为了灭口，故意制造了车祸。"

周伟新："不能排除这个可能。但是从现场看，又不太像。"

苏红："为什么？"

周伟新："肇事车是逆行，说明事前并不一定知道刘小兰是从国际大厦出来。"

苏红："那为什么肇事后要逃逸呢？撞了人，出了事，完全可以通过交警部门处理。"

周伟新若有所思，说："我也在想这个问题。按照常理，应当像你说的那样，撞了人，出了事，可以报案，事故处理有交警部门，赔偿有保险公司。但是肇事者没有按常规去做，而是选择了逃逸，我想是有原因的。第一，车上有不可见人的东西，比如走私的毒品一类；第二，车的来路本身就不明，比如是走私车；第三，肇事者身份特殊，怕暴露；第四，肇事者确实有十万火急或者说不能不办的事情。"

苏红听见门响，说了声："可能是我爸。"

周伟新："我也该走了。"

苏红："我送送你。"她和周伟新到了楼下，看到刚从洗浴室出来的苏礼正在看报纸。于是，她悄悄从身后捂住苏礼的眼睛。

苏礼开心地笑了："我的小女儿今天怎么舍得回来这么早陪老爸，我猜小周也来了。坐吧。"

苏红坐下后，周伟新也坐下了，问道："苏市长，您还好吧？"

苏红不满地说："还叫市长，你不觉得别扭？叫爸。"

苏礼没有计较，问："这一行收获不小吧？"

周伟新点点头。

苏礼："马上要开国际经贸洽谈会了，你们的任务很重。要注意休息好。休息好了，才能更好地完成任务。"

周伟新起身告辞，苏红把周伟新送到门外。周伟新突然想起了什么，问道："报社的秦婕在现场拍了照片的事，知道的人多吗？"

苏红不解地望着周伟新。

周伟新若有所思地说："我担心秦婕今晚不安宁啊！"

正在国际大厦的秦婕接了苏红的电话后，悄悄对张晓说："你刚才分析得不错，我们暂时不能把照片没拍好的事张扬出去！"

张晓："交警队找你要照片怎么办？刚才苏红不是说明天一早就派人去找你吗？"

秦婕说："交警要照片倒好说。我琢磨着可能会有人利用一切手段向我要照片。从他们的言行中，我可以分析问题，发现问题。这样有利于公安交警部门侦破案件，抓到肇事者。"

张晓惊愕地睁大了眼睛："怎么，你是活得不耐烦了，换个活法？"

秦婕："我不怕。说心里话，我还真想碰一碰黑恶势力。"

这时，苏常胜从外边走进来，精神有些疲惫。

张晓："苏局长，现在已经是凌晨一点。你是迟到的祝福了。"

苏常胜坐下后，跟秦婕碰了杯酒："小婕，生日快乐。"

张晓："苏大局长，你带什么生日礼物来了？"

苏常胜好像心事重重，没有回答张晓的问话。他把礼盒递给了秦婕。秦婕接过后想放进包里，张晓抢了过去。

苏常胜问秦婕："怎么不高兴？"

秦婕："没什么。"

张晓："我认识秦婕这么多年，第一次见她怒发冲冠。"

苏常胜："是吗？是为什么事？"

秦婕："一个没有人性的人。开车撞死人，逃了。"

苏常胜一惊，但没有说话。

张晓不由分说，打开礼品盒，里边是一只做工精细的电动鸡。张晓按动了开关，那鸡跳动起来。张晓高兴地说："秦婕，你快看，金鸡起舞。"

秦婕淡淡地一笑。

张晓："苏局长，你还不请我们秦小姐一起金鸡起舞！"

苏常胜还在犹豫。秦婕却主动地向苏常胜伸出手。但是，苏常胜看出秦婕仍然心事重重，劝说道："婕，你还在想着那件事？也可能明天肇事者就投案自首了。"

秦婕："我在想，那个大学生和她的同学在歌厅里当服务员打工的事。"

苏常胜："你是不是说她们不应该在这样的场所打工？"

秦婕没回答。

苏常胜："现在有的贫困家庭交不起学费，有的贫困学生上了大学读不下去，这种事，报纸电视上也经常见。"

秦婕："我在想，在这点上我们能做点什么呢？"

苏常胜想了想，说："你可以发挥媒体的优势，搞一个社会帮助活动。比如叫'帮助贫困大学生读完大学'。"

秦婕点了点头。

苏常胜："还有一个办法，可以试一试。找一些单位，与贫困大学生签署用人订单。单位先行投入，学生毕业后必须到这个单位服务几年。如果违约，自愿接受处罚。现在搞订单农业，可以借鉴一下嘛。"

秦婕笑了："胜子哥，你还挺会与时俱进嘛。"

苏常胜淡淡一笑。

秦婕闻到苏常胜身上的气味，皱了皱眉头，问："你这几天忙什么呢？怎么又喝酒了？"

苏常胜怏怏不乐地说："我想对水泥厂的资产进行重新评估，但是……"

秦婕："但是市里有领导施加压力是不是？"

苏常胜点头。

秦婕："你打算怎么办呢？"

苏常胜没说话。

秦婕："要不要我们报纸为你呼吁一下？"

苏常胜："让我想一想。"

秦婕的手机响了，她看了看号码，说："我爸的电话，刚才还在家里，怎么又回办公室了！"

苏常胜："你是不是又惹秦叔叔生气了？"

秦婕："我才懒得理他呢！"

苏常胜："这就是你的不对了，我劝你多少次了。秦叔叔年龄大了，年底就要退休了。到了他们这个年纪的人，最需要的是亲情。你不能因为他做错过一件事，就终生对他耿耿于怀，让他遗憾一生吧！只要是生活中的人，谁也不能保证自己一生不做错事甚至于犯罪。"

秦婕惊讶地望着苏常胜，想说什么，欲言又止。

苏常胜感慨万端地说："我觉得，人都是情感的囚徒，生活就是情感的牢笼。"

秦婕："你怎么了，发了这么多感慨？"

苏常胜感觉到自己有些失态，忙掩饰说："我只是有点感想，不知对不对。"

秦婕没有回答。苏常胜突然抱紧了秦婕，把脸贴在秦婕的脸上。秦婕开始还觉得很幸福，但很快就觉察到苏常胜有点反常，直截了当地问："胜子哥，你是不是心里有事？"

苏常胜："我有点怕……"

秦婕鼓励他说："胜子哥，你不要怕。你坚持对水泥厂资产进行重新评估是对的。如果有人利用权力压你，我写内参反映。我相信全市人民会支持你！"

徐开放带着阿静回到家时，已是凌晨一点多钟。阿静边脱衣服边说："徐哥，我想洗个澡，和你一起洗。"

徐开放："算了，太晚了。"

阿静有点不情愿，但没有勉强，钻进被子里。她突然想起了什么，问道："徐哥，刚才到歌厅找你的那个人是谁？"

徐开放："我的一个哥们儿，怎么了？"

阿静："我看那个人很色。见了我，两只眼都不知该长哪儿了。"

徐开放："你别胡说。人家是大老板，什么样的女孩子没见过，在东州，他想见哪个女人，还没有不遂意的。"

阿静："那不一定。我这样的女人他就没见过，对吧，徐哥？"

徐开放："去你的。"

阿静拿出白粉，吸了几口。

徐开放："你以后不要在歌厅里吸，那儿人多容易出事。"

阿静点点头，又问："他是大老板，你就不能让他帮你一把，给我哥盖个房子，让我哥娶上媳妇？我也好死心塌地地跟着你。"

徐开放得意地说："不用他帮忙，我有办法。"

阿静不满地说："你有什么办法，抢银行？"

徐开放很自信地说："你放心吧，最多一两个月，我就给你一笔钱，让你回家盖房子。"

阿静一下子坐了起来，伸出食指，要和徐开放拉钩："徐哥，你是个男子汉，说话要算话。"

徐开放和阿静拉了个钩，然后拨了个电话，但对方的电话响了几声，没人接听。

阿静不解地问："这么晚了，你还找谁？"

徐开放不耐烦地点了支烟，看了看表："这么晚了还不回家，不是个好女人。"

阿静惊奇地问："徐哥，你说谁？"

徐开放："一个报社的女记者。"

徐开放说的报社女记者正是秦婕。她和苏常胜、张晓刚刚从国际大厦出来。

张晓："秦婕，你们走吧。我打车回去。"

秦婕和苏常胜上车后，秦婕说："到我那儿坐坐。我爸今晚不在家。"

苏常胜点点头。秦婕见苏常胜心事重重，又安慰他说："胜子哥，你过去不是这样。我的记忆中还没有什么能难住或者说吓着你的事呢。"

苏常胜望着车窗外，没有说话。

到了秦婕家里，秦婕给苏常胜和自己倒了茶。秦婕看见餐桌上的生日蛋糕，有点儿心动。苏常胜趁机说："看，秦叔叔对你多好。你不要老是和他闹别扭。"

秦婕走到自己的房间，把苏常胜送给她的电动鸡放在柜子里，柜子里已放了二十多只形态、色彩各异的玩具鸡。秦婕出来后，看了看蛋糕，又不满地说："你看我爸这人，蛋糕也买了，可不等我回来，半夜三更又走了。能不让人生气吗？"

其实，秦富荣并没有走远，他就在楼下的院子里，一边抽着烟，一边踱着步，心事沉重。看见家中的灯亮了，他才松了口气。他想了想，拿出手机，拨了个电话，对着电话郑重其事地说："朱总，我告诉你，你转告你的兄弟们，不要对秦婕有什么过激行动。你给我记住了！"说完，不等对方回答，他就挂断了电话。他又在楼下走了几圈，然后才走出大门，打了一辆出租车回单位去了。

秦婕换了睡衣从卧室出来，见苏常胜坐在沙发上发呆，就挨着他坐下，问道："胜子哥，你到底有什么心事？"

苏常胜避开秦婕的问话，说："小婕，你也不小了，我觉得你应该成家了。"

秦婕不高兴地说："怎么，影响你了？"

电话铃响了，秦婕拿起话筒，"喂"了几声，对方无应答。她把电话放下，感到有些奇怪："是不是张晓在捣蛋？"

电话铃又响了。秦婕又拿起了话筒，话筒里传来了一个男人的声音："你是报社的秦婕秦记者吗？"

秦婕警觉地反问："你是谁？这么晚打电话来有什么事吗？"

话筒里的声音："我是谁不重要。你是不是在国际大厦门前拍了辆肇事车的照片？"

秦婕想了想，按下了电话的录音键。

话筒里的声音："我想把你的胶卷买下来，你开个价吧！"

秦婕："你为什么要买我的那个胶卷？"

话筒里的声音："这个我不说你也明白。我只问你卖不卖，要卖就开个价。"

秦婕："你是不是那个肇事司机？"

话筒里沉吟了一会儿，说："你不要管那么多。你应该明白，现在社会上没人爱多管闲事，尤其是容易给自己带来麻烦的闲事。对你来说，谁是司机并不重要，重要的是一念之差。也可能你一念之间把胶卷卖给我，既落了一笔钱，又免了许多麻烦；也可能你一念之间把胶卷洗成照片了，交给交警或在报上发表，那么你可能招来杀身之祸。你好好想一想吧，过十分钟我再打电话给你。"

话筒里的声音断了。

苏常胜："怎么回事？什么照片这么重要？"

秦婕若有所思地说："真让我猜中了，看起来，这起交通事故后边还有比交通事故更惊心的事情。"

苏常胜："你真拍了照片？"

秦婕想摇头，犹豫一下又点点头，转了话题："你说这个肇事者会是什么人？"

苏常胜想了想说："这很难说了。他在肇事前一分钟乃至一秒钟，可能还是个很好很好的人。从一个好人变成坏人或者说叫罪犯，往往并不很难。比如出车祸这种事，每一个司机都不能打百分之百的包票。"

秦婕点头表示同意，说："你说得对。但是，我觉得像今晚这样的事，前边可能是无意，但后边逃跑是主观故意，性质变了。"

苏常胜看了看表，说："小婕，你休息吧。我回去了，如果有事，赶快通知我。东州也是共产党的天下，他们横行不了。"

秦婕："胜子哥，你真打算这一生一世也不碰我？"

苏常胜："婕，我不能啊！"

秦婕起身，默默地把苏常胜送到门外，与苏常胜做了一个长久的吻；恋恋不舍地看着苏常胜的身影消失，然后进了洗澡间。

客厅里的电话又响了，洗澡间里的水声太响，秦婕没听到。

这个电话的确是张晓打的。她回到家后，越想越睡不安宁，担心秦婕猜想的事情会发生，于是给秦婕打了电话。她见秦婕家的电话无人接，又拨了一次，但还是没人接。她想了想，穿衣起身想走，电话响了。

话筒里传来一个男人得意的笑声。

张晓一惊："你是谁？"

话筒里的声音："我是谁对你来说并不重要。秦婕是不是你的朋友？她在花园广场拍照片时你也在现场吧！我想让你劝劝你朋友，赶快把胶卷交给我们。"

张晓："你们是谁？为什么要交给你们？再说，她的照片已洗出来，上边只能看见有一辆车的黑影子。"

话筒的声音沉寂了一会儿，接着威胁说："你在骗我。你的朋友是记者，记者拍照片会失误吗？看来你也不识时务。告诉你，如果你的朋友不把胶卷卖给我，你就不要想再见到她了。"

对方把电话挂断了。张晓镇定了一会儿，疯也似的拉开门冲了出去。她打了一辆出租车，直奔秦婕家。到了秦婕家的楼下，她发现苏常胜正在楼下不安地走来走去。他看了看表，又抬头看了看秦婕家的窗口。秦婕家的窗口灯光亮着，映出秦婕在梳头的剪影。

张晓长长喘了口气，对苏常胜说："苏局长，我来给秦婕做伴，你放心回去吧。"

张晓说完急忙上了楼。

秦婕洗完澡出来，一边擦着湿漉漉的头发，一边打开电视机。门铃响了。秦婕从猫眼里看见满头大汗、十分狼狈的张晓。她犹豫了一下，开了门。

秦婕："你怎么这个时候跑来了？"

张晓："秦婕，可能要出事，有人把电话打到我那儿，索要你今晚拍的胶卷。"

秦婕沉思了一会儿："这么说，我判断得没有错。你怎么告诉他的？"

张晓："我说你的照片全拍坏了！"

秦婕有点儿急了："你怎么这样说呢？我说的话你忘了吗？"

张晓赶忙解释道："我这全部是为你好。事实上，你的照片全拍坏了，没有必要不告诉他们真情。再说，你也完全没有必要卷进一起车祸案子里，招来对自己不利的麻烦。"

秦婕只是望着张晓，没有说话。

电话又响了，秦婕没动。张晓怒冲冲地把电话线拔掉了。

这个电话是徐开放打来的。他见对方不接电话，又拨了一遍，还是没人接。

阿静："别打了，人家是姑娘。欺负姑娘的男人我看不起，因为我就是女人。"

徐开放："我收了人家的钱，就得给人家消灾，不然我在东州怎么混？"

徐开放起身去洗手间，阿静悄悄把电话接头线拔掉了。

徐开放回来后，又拨了电话，骂道："到底是女人胆子小，连电话也不敢接了。"

他又拨朱继承的手机，也是没有接通，生气地说："睡吧！"

朱继承和黑蛋这时在焦急地等待徐开放的消息。

朱继承拿起手机看了看，没有来电显示。

黑蛋："这徐老八说不定在搂着那个女人睡觉，把你交给他的事忘在脑后了。"

朱继承忍不住又看了看手机。终于，黑蛋的手机响了，是徐开放发来的消息。

黑蛋："朱哥，徐老八说报社姓秦的小娘儿们不吃软的，必须给她点颜色看看！"

朱继承："你打算怎么办？"他看了看表，神情显得焦急不安："现在都到凌晨两点了，再过三四个小时，天亮了，上班了，事情也就暴露了！"

黑蛋："你放心，我不会让那个小娘儿们拿出照片来。"

他压低声音，在朱继承耳边嘀咕了一阵。

朱继承点点头，叮嘱说："千万别伤了她。你知道她的背景！"

夜深了。张晓和秦婕还没有睡。

秦婕："张晓，我看得把今天夜里发生的事告诉交警支队。"

张晓："为什么？"

秦婕："我也说不明白。我总觉得这事应该让他们知道。现在那个叫刘小兰的女学生一家肯定痛不欲生。唉，好端端风华正茂的一个女孩子，不明不白受到这样的伤害……"

张晓："这事我想着也不对劲。肇事者的能量还真大，连我和你在一起、我家的电话都知道。"

秦婕："我觉得这件事不会轻易结束。"

张晓："秦婕，别杞人忧天啦。太晚了，睡一会儿吧！明天还要上班呢。"

秦婕:"我睡不着啊!"

手机铃声响了,张晓想去接,被秦婕夺了过去。

秦婕怒气冲冲地问:"你们想干什么?"

传来的是秦富荣的声音:"婕儿,你,你没事吧?"

秦婕也吃惊:"这么晚了,你怎么想起打电话?"

秦富荣:"怎么,爸给你打电话还得分时间?"

秦婕:"爸,我只是觉得奇怪。你是不是真有事?"

秦富荣犹豫了片刻,说:"没事,快要开经贸洽谈会了,我手中的事多,这些天可能不回家,你自己注意点。"

秦婕放下电话,一脸的诧异:"我爸今天怎么也怪怪的。"

张晓:"是你多心。"

秦婕摇摇头。

这时,手机铃声又一次响起,她看了看,激动地打开接听:"胜子哥,你到家了吗?"

苏常胜反问:"婕,没事吧?"

秦婕:"我没事,你怎么还不睡呢?"

苏常胜:"我担心你,睡不着。"

秦婕:"没事。张晓在我这儿呢,你快点睡吧。明天别一脸憔悴地出现在同志们面前。你是领导,要注意形象。"

苏常胜:"好吧!你也早点休息。"

秦婕放下电话。

张晓:"我真替你们犯愁。"

秦婕:"你还是替你自己犯愁吧。"

秦婕走到阳台上,望着东州的夜景默默地思考着。

张晓拿上一件衣服悄悄地披在秦婕身上。秦婕回过身,握着张晓的手:"张晓,你看这夜色多么宜人哪!可是,在这宜人的夜色下,光明与黑暗、美丽与丑恶、善良与阴险,却是结合得那完美,仿佛患难与共……"

张晓:"这才叫社会。"

秦婕叹了一口气。

张晓："秦婕，我有预感，肇事者不是一般人物。他们不会放过你。不行就报警吧！"

秦婕："我倒要看看是个什么人物！"

张晓："太危险了。"

突然，张晓指着大街上苏常胜的背影喊起来："秦婕，你快看，那不是苏常胜吗？"

秦婕点点头。

张晓："原来他没有回家，在你家楼下保护你。"

秦婕两眼含泪，拨通了苏常胜的手机："胜子哥，你为什么骗我？"

苏常胜抬头看到了站在阳台上的秦婕，不好意思地说："婕，我只是想多陪你一会儿。你没事了吧？"

秦婕直言不讳地说："你要想陪我就上楼来。你那样陪我，我如果真的有了事，你还来得及吗？"

苏常胜沉默。

秦婕："胜子哥，你快回家吧。"

苏常胜挂断电话，还有点恋恋不舍地一步一回头，直到出了大门，才拦了一辆出租车。

张晓在秦婕旁边看着苏常胜上了车，情不自禁地说："真让人感动！但可惜啊……"

秦婕的泪水涌了出来。

天刚放亮，苏礼就起了床。他着一身运动服，准备外出锻炼。

住在楼上的苏常胜听见楼下有响动，悄悄开门朝下看。苏礼穿戴整齐，已经走到门口。他赶忙下楼，走到苏礼的面前，把一件外衣递给苏礼，关心地说："爸，穿暖一点。"

苏礼感动地看了看儿子，说："昨晚几点回来的？马奶奶好些了吗？你也要注意身体。"

苏常胜："爸，您更要注意身体。"

东州沿河公园里，一些老人或成群结队，或零零散散地在锻炼身体。一些年轻人有的习拳，有的跑步。苏礼与几个老人在一起练太极拳。一会儿，他收了拳，一边擦汗一边与几个老人聊天。

老汉甲："苏市长，只有你能坚持与民同乐。难得，难得。"

苏礼："这样好，一方面可以锻炼身体，一方面可以听听老同志的意见，一举两得。"

老汉乙："苏市长，听说昨夜一个女大学生被车撞成重伤，生死不明，开车的逃了。抓住后一定得严肃处理，以平民愤。不然可能会惹出大事来！"

苏礼一愣，接着点了点头："当然，一定会严惩不贷！"

苏礼一边练着太极，一边在思考。回到家吃早餐时，他开门见山地问苏红："红儿，我早上锻炼时，听群众反映，昨夜发生一起交通肇事逃逸案，被害者是一位女大学生？"

苏红点了点头。

苏常胜："苏红，你们查到线索了吗？"

苏红："这种案子哪有那么快就查到线索。不过，等秦婕的照片冲洗出来，就有线索了。再说，尾号为'9'的车也不难排查。"

苏常胜："秦婕也在现场？凭一张照片就能认定事实了吗？我看你们想得有点儿天真了。"

苏红没有答话。

苏礼："红儿，你告诉你们领导，群众的舆论要考虑，受害者家属的情绪要顾及，但不能急躁，一定要重证据、重事实。比方说把希望寄托在报社记者拍的照片上就不太科学。"

苏常胜："瞧瞧，苏市长的指示英明正确吧！"

苏红："我们办案讲的就是科学。"

苏礼："小周那边忙不忙？让他注意身体。"

苏常胜："爸，妈，你们对小周比对我还关心，让我都嫉妒了。"

苏礼一笑，说："我和你母亲操你的心还少吗？再说，操小周的心也是为你好嘛。"

一家人都笑了。

苏礼又问苏常胜："马奶奶的病怎样了？"

苏常胜："亏得送医院及时，不然今天就见不到了。"

苏礼点了点头："别耽误了。"

苏红走后，苏礼开门见山地问："常胜，听说你们国资局对水泥厂资产评估的事不满意，要重新请人评估？"

苏常胜："是啊！我们正在组织专家，准备进一步评估。"

苏礼："水泥厂是咱们市首批改制的国有企业，你们一定要慎重。我支持重新评估，但是，你们一定要拿出重新评估的报告，要能服人。不然的话，过去评估的部门和专家会对你们有意见，有可能说你们破坏改革。"

苏常胜有些激动："如果市里硬压着我们通过那个评估报告，我们只能服从。不过，我首先要辞去国资局局长职务。"

苏礼脸色有些缓和，说："市里没有任何人压你们啊！好吧，你们再评估吧。不过，最好不要过了洽谈会。"

苏常胜上班走了。苏礼也准备走，孙敏说："老苏，你儿子敢于坚持真理，这是好事。你应当为他高兴。"

苏礼："任何事情都不那么简单。"他走到门口，又回过头来，说："我怎么感觉胜子今天情绪不太对劲？"

孙敏："是吗？我没看出来。"

苏礼摇摇头。

新的一天开始了。当太阳从窗口照射进交警支队办公室时，忙碌了一夜的张虎刚刚趴在办公桌上睡去。方正走进办公室，拍了拍张虎的肩膀："虎子，快醒醒，太阳要晒屁股了！"

张虎揉了揉眼皮，然后看了一眼手表："七点多了。瞌睡虫怎么也赶不走。方支队，我该去报社了。"

方正开玩笑说："你先去打扫打扫口腔和脸上的卫生，别把人家秦婕给吓着了。媒体上一宣传交警不讲卫生，影响可不好！"

张虎笑了笑，拿出牙具、毛巾，去了洗漱间。另一位交警也进来洗漱，看到张虎，问："虎子，昨晚有什么进展吗？"

张虎摇了摇头。

那位交警气愤地说:"虎子,我认为抓住那个肇事者一定要判重刑。那小子不仅是交通肇事,而且算是故意伤害,故意杀人。这还不明摆着,他先是知道撞了人。撞了人就应该停下车,他又不停车,把被撞的人拖出五百多米远。这五百多米,他难道不知道车轮下有人?也真够残忍的。"

张虎听着,若有所思地点了点头。他回到办公室,还在想着刚才的话,正要出门时,和刘婷婷撞了个满怀。刘婷婷手里拿着一张报纸,朝桌上一掷,生气地说:"今天的报纸把昨晚发生的事故登出来了。看看,咱们现在面临泰山压顶之势!"

方正拿起《东州日报》看了看。

看到登载昨晚交通肇事逃逸消息的《东州日报》的人很多。秦富荣早在方正他们看到报纸之前就已经看到了。

当时,老传达交了班,准备回家,在门口遇见散步回来的秦富荣。秦富荣多年来保持早晨散步的习惯。如果头天晚上住在家中,他第二天一早散步到机关上班;如果头天晚上加班住在机关,他第二天一早到大街上散步。

老传达:"秦秘书长,你昨晚睡得很晚,今天早上又起这么早?"

秦富荣:"马上要开国际经贸洽谈会了,千头万绪的事,没有办法。"

这时,送报纸的到了,秦富荣翻开《东州日报》看了一眼,脸色一下变得苍白。老传达每天下班之前收报纸,按机关单位分发好,然后才下班。长此以往,他已经形成了快速浏览的习惯,在分发报纸时,一目数十行,主要内容记在头脑中。他也看到了《东州日报》登载的交通肇事逃逸的消息,悄悄看了秦富荣一眼,问道:"秦秘书长,没什么事吧?"

秦富荣摇头。

老传达已走到门外,秦富荣喊了他一声:"老传达。"

老传达站住了,回头问:"秦秘书长,有事吗?"

秦富荣笑了笑:"晚上我还找你下棋。"

老传达点了点头。

秦富荣回到办公室,把《东州日报》登有昨晚交通肇事逃逸的消息又看了一遍。他一方面考虑如何应对这条新闻出现后,社会上的反响尤其是市委、市政府领导的反应。同时，他也担心女儿秦婕的安全，于是，给家中拨了个电话，家中的电话没人接。他又拨秦婕的手机，手机响了半天也没人接。他颓丧地坐在椅子上。

　　秦婕和张晓这时已经下了楼，上了车。秦婕发动以后，发现异常，下车一看，后边两个轮胎都没了气，惊讶地说："张晓，昨晚停车时好好的，怎么没气了。"

　　张晓："别急，可能是扎了钉子。"

　　秦婕看了看，两个轮胎上分别有一条长口子。她生气地说："你看，这像是刀具割裂的。"

　　张晓："那就是说和昨晚的电话有关系。看来，你的麻烦会接踵而至。"

　　秦婕："张晓，不能送你了，你坐公交车走吧。我跟交警支队联系一下。"

　　张晓犹豫了一下："秦婕，你当心一点！"

　　秦婕点了点头。

　　马路边的报摊前围着很多人，人们在争相购买当天的《东州日报》。有的人边看边议论。

　　"这个肇事者也太惨无人道了。他如果当时停下车，把女大学生送医院抢救，说不定大学生还能保住一命。"

　　"这种人真是天良丧尽。"

　　秦婕听着人们的议论，脸上的神情更加凝重。她听见包里的手机响，正要掏手机。张晓已上了公交车，在与秦婕挥手告别。这时，一辆红色摩托车突然急驶而来，车手伸出手，一把抢过秦婕左手上的书包。秦婕没有注意，身子一歪，差点儿跌倒，铃声正响的手机也摔出很远。她还没来得及看清摩托车手的面孔，摩托车又急驶而去了。

第三章

　　气急败坏的秦婕急忙拦了一辆红色夏利出租车。她一上车就催促司机王大道："师傅，能追上刚才那辆摩托车吗？"

　　王大道："我尽力吧！大白天公开抢劫，真疯狂至极！"王大道加快了车速，眼看就在追上摩托车时，一辆奔驰小轿车从后边超了上来，把王大道的车挤在路边停下了。坐在奔驰车上的朱继承从车上下来，气势汹汹地训斥王大道："你的车速开多少公里？你百分之百违章行驶。你会不会开车？"

　　王大道小心地赔着笑脸，回答说："同志，我在帮这位女同志追小偷！"

　　朱继承："混蛋，你以为你是谁？"

　　秦婕这时也不好意思地说："同志，我是《东州日报》的记者，这个师傅的确在帮我追抢劫的。"

　　朱继承故意四下看了看车，说："报社记者也得讲交通法规。谁规定报社的记者有特权。"说完，他不等秦婕反应就上了车。

　　他的车在前边故意开得很慢，王大道的车在后边缓缓行驶，而摩托车已无踪影。王大道叹息说："小姐，对不起，我没能帮上忙。"

　　秦婕："谢谢你了，你已尽了力。请送我去东州日报社！"

　　王大道来了兴致："你是报社的记者？"

　　秦婕点了点头。

　　王大道不满地说："同志，你们记者也打抱不平一下。你看看，咱这城市交通为什么没有秩序，还不是因为一些身份特殊的车子搞的。先是小号车，也就是领导的车，市领导、区领导、局领导；再就是警车，公安的、法院的、检察院的；三是一些有钱的人，花钱买的好车号，'6''8''66''88''666''888''6666''8888'，多了，就像刚才那辆奔驰车，坐的就是爷；这些身份特殊的车，不管快车道、慢车道，也不管是红灯还是绿灯，一路横冲直撞，目中无人，警察不管不问，还谈什么交通秩序。最下三烂的是我们这些开出租的。早上起得比猪早，晚上睡得比狗晚，辛苦不说，还常受窝囊气！"

　　秦婕："你们为什么不反映呢？"

　　王大道："反映给谁，谁又理睬？交通部门根本不管。有一次，一个报社的打我的车，我说了，他说要能掏点赞助费，他可以登报反映。问题是谁掏得起这赞助费？"

　　秦婕："那人肯定不是正式记者。"车到报社大楼前，秦婕掏了掏衣袋，空空如也。她对王大道说："师傅，请你等一下，我进去借了钱再给你送来。"

　　王大道："不急，不急，我等你一会儿。"

　　秦婕下了车，刚巧一个同事的车子也到了。秦婕向他借了十元钱，递给王大道。同事奇怪地问："小秦，怎么到了山穷水尽的地步？"

　　秦婕："今天真晦气，出门开车，车胎被刀具割裂了大口子，接着就在大街上被一位摩托车飞盗把包给抢走了！"

　　同事愣了一下，望了望秦婕。

　　东州郊外有一条河，河边有一片松林，风光秀丽。朱继承的车停在河边的林荫道上，刚才在大街上抢了秦婕的那辆红色摩托车开过来了。车手黑蛋停好车，钻到朱继承的车里，把包交给了朱继承。朱继承急忙打开包，取出相机，打开后盖，里边空空的。他气愤地把相机摔在地上，又翻包，里边有采访本、录音机，还有口红等化妆品。他失望地骂道："这个小婊子，百分之百把照片洗出来了。"

　　黑蛋："会不会像她朋友说的那样，拍坏了？"

　　朱继承想了想说："我想不会的。一个专业的记者能容易失手？不能掉以轻心。"

黑蛋把摩托车推到河里，然后上了朱继承的车，问："朱哥，你不是说好今天请苏常胜吃饭吗？他会不会像往常那样拒绝？"

朱继承："我让秦秘书长约他。他不给我面子，还不给秦秘书长面子吗？不管怎样说，秦秘书长算他叔叔辈的。"

黑蛋："听说秦秘书长和苏市长关系很铁。"

朱继承："是'文革'那个大熔炉铸就的他们钢铁般的关系。"

秦婕包里的手机响了，朱继承看了看来电显示，眼睛一下睁大了："这是秦秘书长的电话啊。"

黑蛋："这老家伙倒是时刻关心他女儿的安全。与其这样，不如他自己找他女儿说清，就说肇事者是他，让他女儿把照片交给他。"

朱继承冷嘲热讽地说："那不是等于把自己卖了？这些当官的有这种觉悟吗？就是有这种觉悟也没这种勇气。"

黑蛋不解地问："那是他女儿，他女儿能不帮他？"

朱继承："他们父女间的事，咱说不清。"

秦婕包里的手机铃声还在不停地响，朱继承想了想，接听了电话："秘书长，是我。"

秦富荣惊恐万状，问："你们把我女儿怎么样了？"

朱继承："秘书长放心，我们没动她一根毫毛。我们只是按照你的指示，想把她现场拍的照片拿过来。可是，很遗憾，包里没有照片。"

秦富荣那边沉默了片刻，又说："我知道了。"

朱继承把秦婕的包扔到窗外。

东州日报报社里现在忙得不可开交，办公室里几部电话铃声响个不停。

一个记者："喂，你好。东州日报社。你是？你看了今天的报纸……"

对方一个老人的声音很响亮，屋内的人都静静地听。

老人："你们报道得很好。那个肇事者太恶劣。我看了报，气得直发抖。可是，你们为什么不登出肇事者的名字？你们是不是怕事？是不是被收买了？"

秦婕接过了电话："老人家，您的心情我们理解。可是肇事者逃了，现在还不知是谁。"

一个记者："刚上班半小时，这类电话已来了几十个。"

与此同时，交警支队的电话也是络绎不绝。

刘婷婷刚放下这边的电话，另一部电话又响了。她无可奈何地接起电话："同志，我们昨夜一直在查找。我们也想马上抓到肇事者。请你理解我们……"

对方的声音："我没法理解。你们是干什么的？这种没有人性的坏人要是抓不到，老百姓会骂死你们。"

刘婷婷放下电话，无奈地说："记者一篇小稿子，我们的压力千钧重。"

方正："以后，让记者从现场走开。"

苏红这时走进来。

刘婷婷："刚才报社的秦记者来电话说，她的车子停在楼下，今天早上发现轮胎被人用刀具割裂了大口子。"

苏红："是吗？是什么人干的？得好好查一查，可能与她在肇事现场拍照有关。"

方正不耐烦地说："这事让派出所去查吧。我们哪有时间管她这些事。"

苏红："如果是与她昨晚在现场拍照有关，那我们就应该查。这说明肇事者想掩盖。"

方正没有表态。

苏红拨通报社的电话："你好，请找一下秦婕。你就是！婕姐，我是苏红。听说你遇到了麻烦。怎么样，你没受伤吧？"

秦婕在电话中说："我没事，谢谢你的关心。那个摩托车手的模样没看清。是辆红色的车子，我把车号记下了，'98765'。我的包里有相机……"

苏红一惊："你相机里是不是有昨晚现场拍的照片？我明白了。我马上向队领导汇报，追查那辆摩托车和车手。"

放下电话，苏红对方正说："方支队，我认为今天早上抢劫秦婕的那辆摩托车，是冲昨晚现场的照片去的，我们以这条线索追查，可能会找到肇事者。"

刘婷婷："说不定是个惊天动地的大案呢！"

方正想了想，说："这边肇事汽车还没查到，又出了一辆抢劫的摩托车。我们要是去追那辆摩托车，肇事汽车谁去追？就算是摩托车与肇事者有关系，我们要是去追摩托车也中了他们的计。再说，摩托车是抢劫，也不归我们交警管。我们管了，要治安支队干什么？"

苏红坚持说："只要对破案有利的线索，我们都不应该放弃。"

刘婷婷："是啊，要是这条线索丢了，那肇事者更难查了。"

方正无可奈何地说："好吧，我们现在两条线索一起抓。苏红，你和刘婷婷去看看秦婕的车，再查一下那辆摩托车。"

苏红和刘婷婷走后，方正又对值勤人员说："你去给虎子打个电话，看他到报社取回照片没有。"

这时，张虎刚刚走进秦婕的办公室。

秦婕搬了把椅子让张虎坐下，开门见山地问："是不是来要胶卷、照片的？"

张虎点了点头，说："秦记者现场拍的照片，对我们来说很重要，希望秦记者给予配合和支持！"

秦婕微笑着说："张虎同志，请你放心，我们会全力支持你们工作。不过，我的包今早被盗，相机在包里。"

张虎吃了一惊："怎么会出现这种事情！"

秦婕："我也不知会搞成这个样子。"

张虎若有所思："会不会……"

秦婕："请你说下去。"

张虎："我也只是猜想。会不会车祸、抢劫两起案子都是一个人所为呢？"

秦婕："张虎同志，说得有道理。"

张虎："我马上回去汇报，尽快采取措施，看来有人想销毁证据！"张虎刚出门，张晓又急急忙忙进来了。她手里提着袋装牛奶和油条。她拉起秦婕，上上下下看了一遍："你没事吧？可把我吓死了。"

秦婕："我觉得这件事情不是一起普通的抢劫，正像昨晚的车祸不是一起普通的车祸一样。车祸和抢劫是有联系的，有可能是在抢照片，销毁罪证。"

张晓："太可怕了。你报警了吗？"

秦婕点了点头。

张晓把牛奶和油条放在桌上。秦婕狼吞虎咽，吃了个精光。

张晓四下看了看，见有人在看着她和秦婕，于是压低声音说："苏局长对你很关心，今天一早就把我叫过去，问昨天夜里发生什么事没有，问你睡得怎么样，问……"

秦婕打断了张晓的话："好了好了，我都知道了。"

张晓："我把你早上在大街上被抢的事告诉了苏局长。他当时又惊又怕，脸色苍白，两眼发直，差点儿昏过去。"

秦婕埋怨地说："都是你制造紧张气氛。以后，别把什么事都告诉他。"

张晓的手机响了。她看了看来电显示，说："是苏局长的电话。他一定急得像热锅上的蚂蚁。我在这儿接电话不方便，我回去了。你千万要注意。"

张晓猜得果然不错。她推开苏常胜办公室的门，一股浓重的烟味扑面而来，呛得她咳嗽几声。再看苏常胜，人整个埋在沙发里，一副萎靡不振的样子。张晓上前把他拉了起来，严厉批评道："你看看你还像个局长的样子吗？人家秦婕受了恐吓、遭了抢，还面不改色心不跳。她要是知道你这样，一定会失望。"

苏常胜："好，我接受你的批评。"他走进洗手间，用冷水洗了洗脸，然后，看了看镜子中的自己，稍作梳理才走出来，问："秦婕在班上吗？"

张晓笑了笑："局长，你得给我发奖金。"

苏常胜："为什么？"

张晓："昨晚，有人打电话威胁秦婕，还把电话打到我家里。我担心秦婕的安全，就奋不顾身前往她家，守了她一个晚上。我这是替你尽责，你说该不该给我发奖金？"

苏常胜："好，好。我给你奖金。"

张晓："今天早上，我发现有人当街抢秦婕，赶快来向你汇报，并且根据你的要求，到报社去安慰她。你应不应发奖金？"

苏常胜点点头。

张晓故意逗他说："秦婕不听劝，又出了事。"

苏常胜一下子从椅子上跳起来："出什么事，有没有危险？"

张晓："人倒是没危险。"

苏常胜松了口气："出了什么事？你快说啊！"

张晓笑了："她一口气吃下四根油条。"

苏常胜也笑了："你呀……"

张晓："苏局，你说他们还会不会缠着秦婕不放？"

苏常胜沉思了一会儿，反问："秦婕和你怎么看这起车祸？"

张晓："我们都认为这起车祸有背景。"

苏常胜："你说明白点。"

张晓："你想想，如果肇事司机是酒后驾驶，严重违章，肇事逃逸，他会隐藏起来，不至于为了照片，接二连三找秦婕的麻烦。他急于要照片，说明还不仅是为了逃避肇事责任。"

苏常胜若有所思地点了点头。

门外有人叫张晓接电话。张晓问："苏局，还有什么重要指示吗？"

苏常胜哀叹一声，说道："这几天水泥厂那边改制的事很忙，马奶奶又生了病，我真正感到了时间的紧迫和压力。秦婕那儿，只有请你多陪陪。"

张晓开玩笑说："那可要再给我加奖金。"

张晓走后，苏常胜的目光又落在报纸上。他看了看，起身向外走。

秦富荣接到朱继承要来办公室找他的电话，心里又紧张了一阵子。朱继承坐下后，开门见山地问："秦秘书长，苏常胜你约了吗？"

秦富荣："约过了。他同意和你见一面。"

朱继承："在什么地方？"

秦富荣："你安排吧。"

朱继承得意地笑了笑。他给国际大厦的经理打了个电话订了包间，然后又压低声音，问："要不要给他准备一个红包？"

秦富荣脸色一变，严肃地说："你不要引火烧身。有什么需要表示的我可以替你表示。"

朱继承："那他能百分之百同意批准我们的评估报告吗？"

秦富荣犹豫了，有点为难的样子。他知道，作为国有资产管理局局长的苏常胜，对水泥厂的资产评估有着相当大的权力。如果国有资产管理部门不同意，水泥厂的资产评估就会推倒重来。而苏常胜恰恰不同意过去搞的评估报告。

朱继承看出了秦富荣的难处，嘲讽地说："你这个还有半年时间的秘书长要发挥作用啊！等你退下来，就更说不上话了。再说，我还打算在水泥厂给你多留点股份。"

秦富荣："我让你怎样做你就怎样做。"

朱继承起身向外走，到了门口，又说了一句："报社那个姓秦的照片没找到。"

秦富荣："你们不要随便动她。"

朱继承："你放心，我知道她是你的宝贝女儿。我们只是为你帮忙。"

朱继承走后，秦富荣重重地关上门，长长地叹息一声。看得出，他的心里很矛盾。

朱继承是乘坐电梯下的楼。出了电梯，迎面碰上苏常胜。

朱继承："苏局长，您好！来开会啊？"

苏常胜冷淡地点点头，没有说话。

朱继承心里不悦，但脸上仍然堆满笑容，目送苏常胜进了电梯，又看着电梯向上行，才转身向外走。上了车，他狠狠地对窗外吐了一口痰，骂了一句："什么孙子，不识好歹！"

黑蛋："我看见苏常胜了，可能是找他爹的。"

苏常胜的确是到苏礼办公室去的。

苏礼刚刚看完《东州日报》上秦婕的文章。报纸就放在他的桌子上，他气愤地走来走去。

秦富荣走进来："苏市长，你找我？"

苏礼指着报纸问："这篇文章你看到了吗？昨夜出的事故你知道吗？"

秦富荣摇头说："我正在赶一篇讲话稿，没注意。"

苏礼："这种事情太恶劣了。我批了几句话，让公安局尽快破案。"

秦富荣："这段时间交通事故不断。有人说原交警支队队长提副局长后，现在没有支队长。副支队长方正年纪大了，干劲不足，只求稳妥。"

苏礼："求稳妥也没有什么不对。听说方正同志的爱人要出国，需要花很多钱。你让公安局写个报告，争取批一些。公安干警每天拿着生命同犯罪分子斗争，应该关心他们。不能让我们的干警有后顾之忧，后院起火。"

秦富荣点了点头。

苏礼："你把我的批示告诉马达同志。"

秦富荣："苏市长，水泥厂评估的事，我想找胜子谈谈。"

苏礼："可以。有些话我说不如你说。"

秦富荣走后不久，苏常胜推门进来。

苏礼抬头看见苏常胜，问道："胜子，你有什么事吗？"

苏常胜点点头，一屁股坐在沙发上，双手插在头发里，沉痛地叹了几声。

苏礼愣了一下，走到苏常胜旁边坐下，亲切地拍着他的肩膀，问道："胜子，怎么了？什么事把你愁成这样。你长这么大，还是第一次让老爸看见你愁眉不展。"

苏常胜想说什么，抬头看了看苏礼，又把话咽了回去。

苏礼在等待苏常胜，苏常胜却在犹豫不决。苏礼问："是不是马奶奶病危了？"

苏常胜摇头。

苏礼又问："是不是你工作上遇到了麻烦？"

苏常胜又摇头。

苏礼有点儿急了，批评苏常胜道："不要说你像不像我苏礼的儿子，就说你堂堂一个正处级干部，一个共产党员，一个七尺男儿，有话就说嘛！"

苏常胜犹豫了一会儿，沉痛地说："秦婕出事了！"

苏礼大吃一惊，但站起来走了几步，很快又镇定下来，冷静地问："哪方面的事？与你有多大的关系？"

苏常胜好像说错了话，赶快转了话题，诚挚地问道："爸，如果你的儿子坐了牢，对你这个市长有没有影响？对母亲的身体有没有影响？"

苏礼愣了。他呆呆地望着苏常胜，半天没有回答。

苏常胜十分紧张，额头上渗出了汗水，像一片洒落的星光。他见苏礼身体晃了晃，赶忙上前扶着苏礼坐在椅子上，换了副笑容，解释说："爸，我刚才是说的如果。你不要担心。你不了解儿子吗？"

苏礼想了想，说："是的，我很了解我的儿子。我相信你不会做出一定要去坐牢的事情。"

苏常胜舒了一口气。

苏礼："不过，你会不会因为感情上的事情犯错误，爸没有把握。你为了让那个叫丽丽的女孩子安心照顾马奶奶，曾私下找人把她的户口转到城里来。我知道后之所以原谅你，就是理解你对马奶奶的感情。你老实告诉我，是不是为秦婕又犯了错误？"

苏常胜摇头，说："爸，真没什么事情。我是怕水泥厂重新评估，万一有人报复我，出了事情。"

苏礼："秦婕出了什么事情？"

苏常胜："没有。她昨天晚上在中心花园广场拍了肇事现场照片，有人恐吓她，要买她的照片，如果她不给就会有杀身之祸。"

苏礼恼羞成怒地拍了下桌子："什么人如此猖狂？！"

他沉思了片刻，眼睛不时看着苏常胜。显然，他怀疑苏常胜还有话没说出口。但是，他没有进一步逼他。恰巧有电话进来，有人要来汇报工作。他顺势说："秦婕的事有公安机关处理。东州公安是过硬的队伍，你就不要太操心。至于水泥厂重新评估的事情，你和你富荣叔多谈谈，他会帮你想办法。"

苏常胜点点头，走了出去。苏礼望着儿子的背影，心头仿佛罩上一层阴影。

苏红和刘婷婷到了秦婕家的楼下，在小区保安的陪同下，找到秦婕的捷达车。她们仔细检查了秦婕这辆车轮胎上的伤口。

苏红："很明显，这是有人用刀具故意割破的。"

刘婷婷拍了照片，不解地说："这人为什么要割秦婕车的轮胎呢？要是想害她，制造车祸，也不应该割后轮胎。"

苏红沉思一会儿，没有表态。她们回到办公室时，张虎刚刚向方正汇报完去报社了解的情况。

方正说："虎子，你分析得有道理。看起来我们昨晚的判断没错，那个肇事者是东州人，而且车子也在东州。"

张虎："我已经通报各个修理厂，让他们注意，一旦发现情况就向交警支队汇报！"他想了想，又说："秦记者现场拍了照，今早包就被抢了，我怎样想都觉得这两件事有必然联系。"

苏红："我看是有联系的，说明肇事者怕秦记者把照片交给我们或者在报纸上曝光。"

刘婷婷："会不会是外地过路车呢？"

张虎："从迹象分析不可能。"

刘婷婷："要是我们的监视器系统早一天上去就好了。"

方正："秦记者那边什么时候能出照片？"他不满地说："光把稿子发了，照片也不提供给我们。"

张虎："要是抢包的人发现胶卷已被她取下了，还会再找她。"

方正："你告诉那个姓秦的记者，照片在她那里多放一分钟，她就多一分生命危险。包括她的家人。"

刘婷婷："是不是派个人保护秦记者？"

方正没理睬，对苏红说："你们先去修理厂排查一下，看有没有线索。就是钻进洞里，也得把他找出来。"他想了想，又问苏红："摩托车查到了吗？"

苏红："我们根据车号查到了摩托车车主，车主说他是今天早上发现车不见了的。"

刘婷婷："我们了解了一下，车主今天早上的确一直在家，而且发现车不见后，已向派出所报了案。"

张虎："摩托车有线索了吗？"

苏红："正在查找。我想今天晚上到歌厅去找一找刘小兰见过的吸毒小姐。"

方正："那事让刑警去干吧。咱们要什么都干了，让人家做什么？"

苏红："这件事有可能与昨晚的车祸有联系。"

方正不高兴地说："你是不是觉得我们交警支队的工作还不忙不乱？"

苏红正要和方正争论，市公安局长马达带着刑警支队副支队长周伟新和分队长陈刚走进来。

方正："马局长，你大驾光临，也不告诉我们一声。"

马达坐下后，开门见山地问："案子有进展吗？"

方正："我们已抽出力量在全市排查。"

马达郑重地说："这是东州近两年来影响比较大的交通事故。用苏市长的话说，性质恶劣、民愤极大。今天一上班，市委、市政府、市人大、市政协、市政法委的电话不断，许多群众打电话要求严惩肇事者。市领导要求限期破案，给人民群众一个交代。"他说着，把上边有苏礼批示的《东州日报》递给方正。

方正看了看报纸，说："马局，我明白了。"

马达："老方，你怎么不像过去那样说'请领导放心'？"

方正："年纪大了，勇气也减弱了。"

马达："气可鼓而不可衰啊！"

方正："局长批评得对，我虚心接受。"

方正把案情的进展向马达做了汇报。马达边听边思考。方正讲完后，他对周伟新说："伟新，你说说你听了后的想法。"

周伟新："听了方支队刚才的介绍，我认为有一点现在就可以认定。那就是花园广场交通事故的肇事者，无论是故意谋杀，还是为了逃避责任，背后一定有其更复杂的原因。"

马达赞同地点了点头，说："你们的担子很重啊。希望你们精诚合作，尽快破案。市里马上要开经贸洽谈会，市领导的意见是，这个案子影响太大，反映强烈，不能让这个案子带到会上，引起社会的不安定。"

方正试探地说："局长，是不是把案子交给刑警支队？"

马达："市局党组认真研究了这起案件，认为交通肇事逃逸已构成刑事犯罪。但当前应当从追查肇事车和肇事者入手。所以，局党组决定，成立花园广场肇事专案组，由我任组长，周伟新、方正同志任副组长。交警、刑警开始联手侦查。"

方正："我支持局党组的决定。"

周伟新："刑警支队派了一个分队长陈刚同志负责。"

马达对在座的说："你们都说一说想法吧。"

苏红抢先发言："我认为，到目前为止，还不能排除谋杀的可能。刘小兰在歌厅发现有小姐吸毒，告诉了领班，被领班骂了一通。第二天，那个小姐就不见了。接下来，刘小兰自己出了车祸。从这些情况看，有可能是有人对刘小兰下了毒手。"

方正点点头，周伟新没表态。

马达："好吧！凡是对破案有用的线索，都要查一查。"

就在马达同交警、刑警一起讨论案情时，朱继承和黑蛋已经到了国际大厦酒店的房间，正在点菜。黑蛋悄悄地说："朱哥，我照你的吩咐，给苏常胜办了一张购物券，里边放了十万。"

朱继承："你先不忙着拿出来，要看谈的结果，还得问问秦秘书长的意见。秦秘书长的办了吗？"

黑蛋："哪能不办他的。每回也少不了他的一份，这已经成规矩了。这个秦秘书长，前前后后加起来，没有少拿。"

朱继承一瞪眼："我怎么觉得你现在废话越来越多。你就不能少说几句，百分之百没人把你当成哑巴。"

黑蛋："我是怕我们肉包子打狗。"

朱继承转了话题："你再联系一下出国旅游的事，赶快把方正的老婆送出国。我们往后百分之百少不了要用着他。"

黑蛋点点头。

朱继承又叮嘱一句："今后，不管在哪里，嘴巴要放个站岗的。祸从口出，老祖宗的教诲不能忘记啊。"

黑蛋又点了点头。他突然想起了什么，问朱继承："大哥，老八把车藏哪里告诉你了吗？"

朱继承看了黑蛋一眼，示意他往下说。

黑蛋："我担心他把那车弄出事。刚才我在大街上,看见交警队的人拖着秦婕的车去了大修厂。万一徐老八做事不小心,露了马脚……"

苏红和陈刚从秦婕家楼下,把秦婕的车拖到了大修厂。他们一边让修理工为秦婕修车,一边向工头了解有关情况。

秦婕急急忙忙赶到。

苏红："婕姐,你受惊了。"

秦婕："受点惊没什么。我现在最恼火的是找不到新闻线索。很多读者来电话追问,我们无法回答。你们现在有线索了吗?"

苏红摇头。

秦婕:"那个受伤的大学生有消息了吗?"

苏红:"还没有醒过来。不过,听医生说危险比较大,我们已通知她的家里了。"

秦婕难过地低下头。

苏红:"秦姐,你要多注意啊!"

秦婕:"都怪我……"

苏红:"婕姐,我哥要是知道了你的遭遇,一定会担心的。"

秦婕看了苏红一眼。

秦婕的车没有损坏,只是轮胎被划破,所以很快就修好了。她临上车时,苏红问她:"婕姐,你是不是要去找孙红谈一谈?我同你一起去吧。"

秦婕点了点头。

苏红把车钥匙交给陈刚,上了秦婕的车。

车开动后,苏红问:"婕姐,你觉得那个刘小兰会不会是被人蓄意撞的?"

秦婕:"我想也许有这种可能。"

苏红:"希望这个孙红能多给我们提供点线索。婕姐,你约她在哪里?"

秦婕:"国际大厦。我想她到了那个环境,可能会想起些线索。"

正是中午时分,国际大厦酒店里人来人往,一片嘈杂。秦富荣戴着墨镜,低着头走进来，进了与朱继承约定的包间。

朱继承和黑蛋在等待秦富荣和苏常胜。秦富荣到后，朱继承不失时机地与他先谈起来："秦秘书长，我听说有人在找赵书记和苏市长，要买水泥厂。如果再拖，我怕就拖黄了。再说，现在水泥行情看涨，几乎一天一个价。你无论如何要帮我们这个忙。"

秦富荣："实在不行，再给你们换个企业行不行？比如酒厂。"

朱继承一下跳起来："那百分之百不行。酒厂得要垮了的企业，那不等于让我们背上那个包袱。"

黑蛋："水泥厂要办不成，我们公司的损失就大了。我们为了运作这个项目，前前后后已经花了上百万。这上百万谁赔？"

秦富荣有所触动，说："今天先跟苏常胜见见面，谈一谈你们的意见。过一两天，我安排你们和苏市长见一见。应当说，苏市长对赵书记以前定的事还是比较认可的。"

黑蛋："苏常胜是苏礼的儿子，他说话，苏常胜也不听吗？"

秦富荣不高兴地说："那你可以问问他。"

这时，苏常胜进来了，四下看了一眼，讥讽地说："朱总的能量很大，能让秦秘书长给我下命令。"

秦富荣："都坐吧，别客气了。"

苏常胜坐下后，服务员要给他倒酒，被他拒绝了。

朱继承："好，咱们中午不喝酒了。小姐，上饭。"

就在苏常胜进入酒店之后几分钟，秦婕、苏红和孙红也到了。她们在大厅选了一个偏僻、安静的地方，边吃边谈。

秦婕："你有没有发现刘小兰同社会上的人接触？"

孙红想了想，说："小兰很精明，也很老实，她不会和不三不四的人接触。不过，我们俩上班以后，各管各的包间，不在一起。"

苏红："刘小兰给你说过认识什么人吗？"

孙红想了想，说："小兰对那些常去歌厅的男人很反感，经常骂他们不顾家。"

秦婕："在她心目中，那些常去歌厅的男人没有一个可以信赖的吗？"

孙红点点头。

苏红："你昨天说刘小兰发现歌厅有小姐吸毒，还告诉了领班。那个领班会不会告诉吸毒的小姐？"

孙红："我不知道，小兰也没说过。"

苏红："那之后小兰有没有受到过威胁？"

秦婕见从孙红这儿问不出多少新线索，就转了话题，交代孙红照顾好刘小兰的母亲。

饭后，秦婕把孙红送上公交车，才和苏红一起上了车，苏红不满地说："给我的感觉是孙红没说实话。"

秦婕点点头："也许她有难处吧。我想再找她谈一谈。你是公安，她对你可能有戒备。"

苏红："婕姐，你得注意自己的安全。"

秦婕："我想，那个肇事者现在也不会心安理得。"

车子经过东州市国有资产管理局大楼前，秦婕突然让苏红停车："我要去找胜子哥。他有个新闻发布会的事找我商量。"

苏红："是水泥厂的事吧？"

秦婕点点头。

苏红："你告诉我哥，我支持他。"

秦婕笑了笑。她到了大门前，张晓正出来。张晓看见她，奇怪地问："你怎么这个时候跑来了？"

秦婕："你们局长让我帮他做个会议策划。"

张晓："他中午出去了，还没回来。我去给他打个电话。贵客到了，他却不在，真不像话。"

张晓在传达室打电话，秦婕在大门外等候。一会儿，张晓出来，说："打过电话了，马上就到。走吧，先到我办公室坐一坐。别让人看着你在大门口像个上访的。"

秦婕笑了："我像吗？"

二人说笑着进了大楼。

苏常胜本来就不想和朱继承一起吃饭，完全是看在秦富荣的面子上。接了张晓打来的电话，他更有理由了。他挂断电话，起身告辞："对不起，有人找我，我要先走一步。"

苏常胜走后，朱继承有点不高兴："这是什么事？还没说上话呢。"

秦富荣："算了，我再找他吧。"说完，他也起身走了。

朱继承把秦富荣送到电梯口："秦秘书长，这事还得靠你运作。"他把一个信封塞到秦富荣手里。

秦富荣把信封放进包里，叮嘱道："你快把那件事摆平了。"

朱继承见秦富荣乘坐的电梯已下楼，狠狠地呸了一口。回到包间里，朱继承还在生气。黑蛋火上浇油说："朱哥，苏常胜也太狂了。我找几个弟兄教训他一下！"

朱继承："你叫徐老八过来。"

黑蛋打电话时，徐开放就在国际大厦附近，所以接了电话，十几分钟就赶到了。不过，他把阿静也带来了。

朱继承："老八，大哥敬你一杯酒。"

徐开放："大哥，你太客气了。都是自家兄弟，上刀山下火海也是一句话，何况这区区小事。"

朱继承看了看阿静，阿静也看了看朱继承。阿静："朱哥，我敬你一杯酒。徐哥老是说你好。今后，你还得多多照顾我们。"

朱继承："没的说，没的说。"

徐开放起身说去卫生间。

黑蛋："阿静姑娘，你是鲜花插在牛屎上了。要是和朱哥在一起……"

朱继承打断黑蛋："你胡说什么，都是自家兄弟。"

阿静笑了笑。

徐开放进来后，朱继承压低声音说："你千万不要让那辆车惹出是非。"接着，他又压低声音跟徐开放说了几句。

苏常胜回到办公室，秦婕、张晓已经在办公室等他。

苏常胜："张晓，你去帮我打盒饭。"

张晓："苏局长真是日理万机。"

张晓走后，没等秦婕问，苏常胜说："朱继承请我吃饭，我没吃。我觉得一旦吃了他的饭，就不会理直气壮了。"

秦婕："他还是为水泥厂的事？"

苏常胜点头："看起来他是不到黄河心不死。"

秦婕笑了笑："你可是条不容易逾越的黄河啊！胜子哥，我这两天在忙那起交通肇事案子的报道，没能很好完成你的任务。不过，我听说你爸爸对这件事很重视。"

苏常胜："我早上已经和他正面交锋过了。"

秦婕："不至于那么严重吧？还交锋？"

苏常胜认真地说："是交锋，我不骗你。我爸很生气。"

秦婕："我想了一下，最好是从北京和省城请一些专家学者来。他们的意见不仅能引起市委领导的重视，还可以反映到省委和中央领导那儿。"

苏常胜："这个主意好。我给你说吧，我已经去过省城，找了几个专家，他们都表示要写文章呢。"

秦婕："你去过省城，什么时候？"

苏常胜赶忙改口说："我打算去，还没成行。"

秦婕笑了："你别担心，我不会把这个消息登报的。"

苏常胜也笑了。

张晓拎着盒饭进来："开饭了，开饭了。"秦婕见苏常胜要吃饭，就起身告辞了。

张晓送秦婕到了大门外，对秦婕说："我觉得苏局长这两天情绪不好，都是因为上边压力太大。我就不明白，为什么非要把一个正常运转而且效益很好的国有企业改制给朱继承那样的民营企业？而且资产评估又不正常。这里边一定是朱继承在操作。说白了，他是想借改制侵吞国有资产。"

秦婕若有所思："据说那个厂子不是一个姓朱的盯着呢。"

张晓："苏局长这人真是条汉子。赵正明书记找他谈过，苏市长是他爸，也和他谈过，他就是不吐口。"

秦婕："你得多帮帮他。"

张晓："凭什么？他是你什么人？"

秦婕："又来了是不！"

张晓笑了。

秦婕开车走远了，张晓拎着东西正准备上楼。一辆面包车突然而至，挡住了她。

徐开放和小胡子从车上下来，对张晓说："科长，有人找你。"

张晓犹豫了一下，徐开放把她拉上了车。

张晓发现情况异常，大声喊道："光天化日之下，你们要干什么？"

徐开放："一会儿你就知道了。"

面包车加速开走。

张晓还想喊叫，小胡子把一条毛巾塞到她口里。

面包车行驶在大街上，张晓挣扎着向外看，大街上车来人往，可是没有人看见她。

第四章

　　这是东州市郊区的一个工地。因拖欠工程款，工程已停工。工地上一片静寂。小胡子把张晓推到一间废弃的房子内，才把她口里的毛巾拿下来。张晓喝问道："你们大天白日绑架，不怕惹祸上身吗？"

　　徐开放："去你的。老子恨的就是你们这些人。"

　　张晓看见徐开放头上有条很深的伤疤，面容狰狞，心里有些恐慌，又问："你到底要干什么？"

　　徐开放："告诉我，你昨晚一直和秦婕在一起，她把拍的照片放在什么地方了？"

　　张晓："她是当记者的，每天拍的照片多了。我不知道你说的什么照片。"

　　徐开放："你不知道我可以告诉你，是她昨晚在花园广场拍的照片。"

　　张晓："我朋友拍的照片与你们有什么关系？"

　　徐开放点了一支烟，用烟头在张晓脸上比画几下，威胁说："你朋友拍照片的时候你就在现场，昨晚你也一直和她在一起，你难道不知道她把照片放在什么地方了？"

　　张晓："她放什么地方怎么会告诉我？"

　　徐开放："你昨晚不是说她的照片坏了吗？为什么骗我们？"

　　张晓沉默不语。

徐开放："好吧，就算你不知道，我要你替我向你朋友把照片给我要来。"

张晓："我朋友的事我管不了。有本事你们自己去要。"

徐开放打了张晓一个巴掌："你现在给你的朋友打电话。她要是还当你是她的朋友，就会把照片送来。她要是不把照片和胶卷送来，就说明不在乎你。"徐开放用手机拨通了秦婕的电话，然后把手机交给张晓。他拿出一把尖刀，在张晓脸上比画着，威胁说："你还没有找老公，不想让漂亮的脸蛋上长出一条虫吧？"

张晓害怕了，接过手机就对着喊起来："秦婕，快救我！"

秦婕是在办公室接到的电话，一听是张晓，大惊失色："张晓，你怎么了？你在哪里？"

秦婕的同事放下手中的工作，不约而同地围了过来。

张晓的声音比较响，办公室里的人听得清清楚楚："我也不知是什么地方。他们要你昨天晚上在花园广场拍的照片和胶卷。"

接着，一个男人的声音："姓秦的，你要是还认张晓是你的朋友，就把胶卷和照片给我们。你考虑一下，准备好了，过五分钟我再给你电话。"

秦婕放下电话，怒发冲冠地说："这帮流氓，什么事都干得出来。"

一个同事："小秦，别着急，先报案。"另一同事打了"110"电话。

不一会儿，周伟新带着公安人员赶到了。

周伟新："他们告诉你为什么要绑架张晓了吗？"

秦婕着急地走来走去："他们没有说在什么地方，只是让我想一想后果，把照片准备好。他们过几分钟再打电话过来。"

周伟新想了想："看起来还是与肇事车子有关。"他思索了一会儿，又说："他们再来电话，你就答应他们把照片送过去。"

秦婕急得掉了泪："我哪有什么照片。昨晚因为太着急，什么也没拍上。"

这时，电话又响了。办公室里所有人的目光都投到电话机上，周伟新示意秦婕接电话。秦婕拿起电话，里边是徐开放的声音："你考虑得怎么样了？照片和胶卷准备好了吗？"

秦婕对着电话，着急地说："我的照片……"

周伟新一下子把电话夺了过去，对秦婕说："你那样说张晓可能就没命了。"

秦婕定了定神，接着对电话那边的人说："我的照片和胶卷都已经准备好了。你说送到什么地方吧？"

对方沉吟了片刻，说了一句"你等我的电话"，就把电话挂断了。

苏常胜一脸焦急，急急忙忙走进秦婕的办公室。秦婕不顾一切地扑到苏常胜怀里。苏常胜拍着秦婕的肩膀，安慰她说："秦婕，你别着急。事情我已知道了，我们共同想想办法。"

秦婕："都怪我，是我牵连了她。"

苏常胜："是什么人绑架了张晓呢？她的性格很热情，平时没有得罪过什么人。"

秦婕："是昨天晚上给我打电话的人。"

苏常胜："他们是不是还在向你要照片？"

秦婕点了点头。

苏常胜："你可以洗一套给他们，应付一下。"

秦婕："我当时太急太慌乱，没有照下来，怎么给他们？"

苏常胜一惊："真的？那你为什么不告诉他们？"

秦婕："我想把肇事者引出来。可是没想到……"

苏常胜劝慰秦婕："你也别着急了，着急解决不了问题。这样吧，刚才秦叔叔给我打过电话，让我过来看看，我先给他回个电话，让他不要着急。"说完，他拨通个电话："秦秘书长，我是常胜。我在秦婕办公室。她很好，你不要担心。绑架张晓的人是要照片。秦婕昨晚距离太远，加上肇事车跑得快，没有拍到车的照片。你放心好了。公安局的小周他们都在，张晓也不会有问题。"

周伟新看了苏常胜一眼。

秦婕依旧十分着急地走来走去，不时看着桌上的电话。屋子里的其他人也都很安静。

这时，周伟新手中的报话机响了。周伟新接听后，对警员命令："快，测到犯罪嫌疑人的位置了，抓紧行动。"

周伟新等人飞速下了楼，登上了警车。

　　秦富荣在办公室接完苏常胜的电话，心里轻松了许多。秦婕没拍到现场的什么东西，就是说没了这方面的证据。但是，公安局已经行动，万一抓住朱继承的人，后果也不堪设想。于是，他赶忙给朱继承打电话："公安局已经行动了。你们赶快撤。记住，不许动那姑娘一根汗毛。"他握着电话的手有点颤抖。

　　朱继承接了秦富荣的电话，大惊失色。他说："我明白了，我马上通知他们。你放心，不会出什么事。"放下电话，他又接听徐开放打来的电话。徐开放得意扬扬地说："大哥，报社姓秦的那个女人已经答应把照片给我。你看让她送到哪里去？"

　　朱继承冲徐开放发火说："还送个屁。我刚才接到电话，百分之百的可靠消息，那个女人的照片全作废了。上她的当了，你们快撤。"

　　徐开放的声音："这个女人怎么办？"

　　朱继承："你还有心思管她……"

　　徐开放刚刚挂断手机，一直在外边放风的小胡子急忙跑进来，说："八哥，条子上来了。"

　　徐开放恶狠狠地对张晓说："你的朋友把你出卖了，你怪不着我们。"说完，他用手中的尖刀，在张晓脸上狠狠地划了一下，张晓的脸上顿时出了血。张晓一声惨叫。

　　刚刚停下车的周伟新听到张晓的叫声，判断了一下方位，挥手指挥公安人员包抄过去。

　　徐开放和小胡子上了车，急忙逃走。周伟新连续开了几枪，由于距离太远，没有射中。他指挥公安人员冲进了关张晓的房子，房子里只有头部流血、已经昏迷的张晓。他背起张晓跑着送到车上："快，送医院。"

　　秦婕和苏常胜得知张晓已被送往医院的消息后，急忙向医院赶去。路上，苏常胜对秦婕说："婕，你说那个肇事者今天要投案自首，公安机关会宽大处理吗？"

　　秦婕："他肇事逃逸已经涉嫌犯罪。又动用非法手段甚至于绑架，想销毁证据，就是自首了，也不能轻饶他。当然，他要是交代同伙，有立功表现可能会减轻一些罪责。"

苏常胜望着窗外掠过的建筑、车辆、行人，长长地叹了口气，不无感慨地说："人的命运真是脆弱，平时自由自在地生活，不知哪一会儿一不小心，就会成为失去自由的囚徒。"

秦婕："所以，我一直很钦佩你一心一意做人、一丝不苟做事的原则。"

苏常胜脸一下子红了。

秦婕进了张晓的病房。张晓正躺在病床上，脸上缠着绷带，两眼不停地流泪。秦婕握着张晓的手，不安地说："让你跟我受牵连，真不好意思。"

张晓："我受点伤没什么。万一是你被他们抓起来，不死也要脱一层皮。"

见秦婕反应冷淡，张晓又诚恳地说："婕，我劝你别再管这些闲事了。这起车祸后边有黑势力。"

秦婕有点儿生气，说："一个十八岁的女孩子被无故撞伤，肇事者逃之夭夭，这是闲事吗？一个记者现场拍了照片，遭受威胁，朋友被绑架，这是闲事吗？这件事还没让你清醒，让我怎么说你。"

张晓不服气地说："反正我也是为了你好，听不听是你的事。你没看这些人多猖狂，他们肯定是有背景的。如果你有什么三长两短……"她说着，泪水落了下来。

秦婕也受了感染，眼眶里溢满了泪水。她怕张晓伤心，强忍着没让泪水掉下来。

二人沉默了一会儿。秦婕给张晓倒了一杯水，坐在床边，问道："张晓，我想问你一个问题。你半夜里接他们的电话，不是已经告诉他们我在现场拍的照片坏了吗？怎么他们还会再绑架你？"

张晓："我也感到奇怪。"说完，她又问秦婕："苏局长呢？你不是说和他一起来吗？"

秦婕："他去看马奶奶了。"

苏常胜快到医院时，给丽丽打了个电话，让她先给马奶奶换衣服。苏常胜平时心很细，尤其是对马奶奶，几乎每一个细节都关心到。

丽丽接了苏常胜的电话后，给马奶奶换了衣服，一边给马奶奶梳头，一边着急地看墙上的挂钟。马奶奶仿佛猜透了她的心事，说："丽丽，胜子工作忙，不要着急，我现在感觉好多了。他万一来不了就不要来了，反正我也不是什么大病。"

这时，有人开门。丽丽马上绽开了笑容："苏哥来了。"

苏常胜一进屋，就急忙对马奶奶说："奶奶，我临时有个重要的会，来晚了一会儿。现在还烧吗？"

丽丽："医生说要拍胸片。"

马奶奶要下床，苏常胜拦住了。他背起马奶奶，向拍片室走去。丽丽在后边紧紧跟着。当他背着马奶奶经过张晓的病房前时，张晓从窗口看到了，感叹地对秦婕说："苏常胜对老奶奶真是情深义重。"

秦婕："他和马奶奶是生死之交。"说着，她陷入了对往事的回忆。

那还是 20 世纪 70 年代初期，少年苏常胜跟随被下放到北方某农村劳动改造的父母到乡下不久的一个日子里。

双目失明的马奶奶手挂一根竹竿，蹒跚地走在黄泥路上。苏常胜放学回家，正和马奶奶迎面而来。一辆手扶拖拉机从马奶奶身后开来。马奶奶想躲避拖拉机，不小心跌倒在水沟里。苏常胜赶忙跑过去，把马奶奶扶起。

马奶奶的竹竿已经折断，苏常胜牵着马奶奶的手向村里走。

马奶奶："你是谁家的孩子？"

苏常胜："我姓苏，我爸叫苏礼。"

马奶奶想了想，说："你们家是不是从城里搬来的？"

苏常胜："是的。我爸以前是公安局局长。"

马奶奶："你爸是个好人啊。"

苏常胜听了马奶奶的话，心里十分高兴，回到在北方农村的家中，把马奶奶的话学给母亲孙敏。孙敏很激动，但有点不信，又问了一遍："那个老奶奶真是这么说的？"

苏常胜点了点头。

孙敏感慨万端地说："苍天有眼。你爸还会有出头之日。"

苏常胜："妈，那个老奶奶是什么人？"

孙敏："她是一个老革命、老光荣。她小时候做过童养媳，后来参加了革命。当过地下交通员、妇委会主任。她把两个儿子都送上前线，两个儿子都为革命牺牲了。她在村里威信高，那些造反派都怕她几分。"

苏常胜的目光中充满了敬仰之情。

第二天晚上放学后，苏常胜就到了马奶奶家。他坐在锅灶前，不时向灶里添火，火光映红了他的脸庞。马奶奶的孙子小勇在一旁洗衣服。

苏常胜："奶奶，我长大了会孝敬您，不让您再下地干活。"

马奶奶抚摸着苏常胜的头感叹地说："胜子是个好孩子。"

这天晚上，苏常胜在马奶奶家过的夜。

室外北风呼啸。马奶奶躺在床上的被窝里。苏常胜和小勇坐在马奶奶对面的被窝里。苏常胜手中的书破烂不堪，他在给马奶奶读书。小勇张大眼睛在听。

苏常胜收起书，问："奶奶，这世界上为什么人与人不一样？有的人想吃啥穿啥都应有尽有。有的人却吃不饱穿不暖？"

马奶奶："俺们胜子长大想当个什么人呢？"

小勇："我想做书里说的关公。"

秦婕讲到这里，感慨地说："后来，马奶奶的孙子死了，胜子哥就把马奶奶当作亲奶奶。我觉得胜子对马奶奶，比对爸妈还亲呢。胜子多次给我说过，自古以来，大凡无情无义的人，都不会有出息。有情有义、知恩图报的人才能成为人中豪杰！他这一点是我最钦佩的。"

张晓打趣地说："反正在你心中，没有人能和苏常胜比。我看你是死心塌地了。"

秦婕没说话，但看得出，她在为苏常胜自豪。

医院里看病的人很多，苏常胜背着马奶奶在拍片室门前排队等候。丽丽拿手绢想给苏常胜擦汗，苏常胜轻轻把头扭向一边。

方正急急忙忙走过来，看见苏常胜，赶忙打招呼："苏局长，您也在这儿排队呀？我去跟医生说一说，先给老奶奶看病。"

苏常胜："不必了，你没看见那一双双眼睛都盯着，弄不好，我们前脚进去，别人就会指着脊梁骨骂！"

方正走到一边，推来一辆轮椅，让苏常胜把马奶奶放在轮椅上。苏常胜说了声"谢谢",接着问道:"怎么,你也来看病?"

方正叹息一声:"我的心脏不好,这全身机器都老化了。"

苏常胜拍拍方正的肩膀,敬慕之情溢于言表:"你们辛苦了,不容易啊!"

方正无奈地摇摇头。

苏常胜:"你们那个花园广场车祸案子有进展吗?"

方正摇头:"车没查到,人没追到,线索断了。"

苏常胜:"那个受伤的大学生呢?"

方正:"还在观察室,估计没希望醒过来了。"

苏常胜难过地说:"这真是人生的不幸啊!"

方正走后,苏常胜神情有些悲伤,好像在想什么。直到丽丽喊了一声"苏哥,到我们了",他才把马奶奶推进拍片室。

从拍片室出来,回到病房,马奶奶对苏常胜说:"胜子,我这病不要住院,回家吃点药就好了。"

丽丽:"是啊,住在医院里多不方便。"

苏常胜瞪了丽丽一眼:"你不要在这儿多嘴多舌。我告诉你,如果你照顾不好奶奶,我马上就辞了你!"

丽丽生气地扭过头。

苏常胜:"奶奶,我还有个会先走一步了。您就安心住着吧。"

苏常胜到了电梯里,和已经在电梯里的秦婕相遇,主动问道:"张晓怎么样了?"

秦婕:"没大事,过两天就可以出院了。不过,她脸上可能要永远落下一块刀疤。我觉得很对不起她。"

苏常胜也是一副难过的样子。

秦婕:"我送你回去吧。"

苏常胜:"方便吗?"

秦婕:"你说呢?"

二人同时笑了。上车后,秦婕问:"水泥厂改制的事,我写了份内参。你看一看。"她从书包里取出内参清样,交给苏常胜,然后发动了车。

苏常胜翻了翻内参清样，眉头皱了起来，小心地问："你准备发给谁？"

秦婕："我想给新华社。"

苏常胜想了想，说："这样吧，我再琢磨琢磨。"说完，他把内参清样放进自己衣袋里。

秦婕："怎么，害怕啦？是不是因为里边提到了市领导？"

苏常胜摇头。

秦婕："你怕得罪市委领导？"

苏常胜沉默无言。

秦婕："这可不是苏常胜的性格。你让我怀疑坐在我面前的是不是那个个性鲜明、大义凛然的苏常胜。"

苏常胜："此一时彼一时啊！"

秦婕突然停住了车，指着对面的公园问："你很长时间没来这里了吧？"

苏常胜的眼前闪出当年的一个个镜头：

当年还是年轻英俊的苏常胜和秦婕亲密无间地散步。

在一座假山前，秦婕高兴地拉着苏常胜合影。

20世纪80年代初期的火车站破旧不堪。

秦婕在为回农村的苏常胜送行。苏常胜欲言又止。秦婕看出他的心思，说："胜子哥，你放心吧，我会等你回来。"

苏常胜："婕，感谢你在我困难时给予我的鼓励和帮助。我一生做牛做马也要报答你。"苏常胜上了火车，挥手与秦婕告别。

秦婕追赶着火车，泪流满面。

当天晚上，孙敏为了苏常胜和秦婕的事与苏常胜发生了争吵。

孙敏坚定不移地说："你就死了和姓秦的在一起的心吧。她爸把你爸搞得这样惨，你爸不会同意你们结婚。"

苏常胜气愤地转身走了出去。他后来见到秦婕，把孙敏的话说给秦婕听了。秦婕拥抱着苏常胜，流着泪说："胜子哥，我不会怪你。你也不要为我担心，我会好好对待自己，好好生活下去。你也要答应我，不能对不起自己。"

苏常胜也流着泪，点了点头。

苏常胜从回忆中醒来，两眼含着泪水。

　　第二天，秦婕回到办公室，想把昨天夜里到现在发生在自己身边的事写成内参，打开电脑，几乎一气呵成：

　　　　……当天凌晨一点三十分到两点，本报记者与其朋友分别接到同一个男人的匿名电话，要高价买断记者在花园广场车祸现场拍摄的肇事车逃离现场时的胶卷、照片，声言如不配合，将有灾祸临头。

　　　　今天早晨七点四十分，记者在自家门前马路边准备打车时，手中的书包被一突然而至的摩托车手抢去。记者随即打车追赶，但因道路交通不畅未能追上。

　　　　今天中午，记者的朋友在自家楼下被绑架。绑架者公开要记者以照片换人。

　　　　发生在我市的这一事件，有可能是一个不可低估的人物或一个组织所为。它仿佛一张看不见的黑网。随之带来的问题是将给破案带来很大麻烦……

　　朱继承心里很上火。在办公室里走来走去，不时看表，神情焦虑。不一会儿，徐开放匆匆走进来。

　　朱继承："没人跟着你吧？"

　　徐开放："他们不可能想到是我。手机也换过号了。"说着，他拿出几张手机卡，得意地说："我一小时换一次卡，让他们查不到。"

　　朱继承："你最近一段日子不要出头露面。估计公安百分之百要下大力气了，我给你找一个地方住几天。"

　　朱继承和徐开放一起向外走，上了朱继承的车。朱继承亲自驾着车。徐开放和阿静坐在后排。朱继承从反光镜看了徐开放一眼，说："老八，做事要小心。"

　　徐开放："朱哥，我明白。你就放一百个心。就是刀架在脖子上，我也不会说出一个字。"徐开放抽出一盒当地产的低档烟，点着火。

　　朱继承得意地笑了笑，问道："最近手头又紧了吧？"

　　徐开放："没啥办法。最近手气不好，输了一万多。"

朱继承从包里抽出一沓钱，扔给徐开放："这些钱你先用着！"

徐开放得意地笑了，朱继承也阴险地笑了。他把徐开放和阿静带到莲花公寓的一栋房子里。这是一套三室一厅的房子，已经装修好，家电、家具也一应俱全。阿静四下看了看，喜形于色。

朱继承："老八，你和阿静就先住上几天。等百分之百风平浪静了再回家。"

朱继承走后，阿静高兴地说："徐哥，这房子太好了，咱们就永远住下吧。"

徐开放往床上一躺，不满地说："要住你住吧。你看不出来人家对我不放心。"

阿静："我看他们对你都很好，给你钱，给你房。"

徐开放："因为他们有求于我。"

阿静："这就对了嘛！他们有求于你。你给他们办事。他们付给你钱、给你房，公平合理。"

徐开放长长地叹了口气："我这是拿命换的啊！"

阿静大惊失色："徐哥，这么危险啊！"

徐开放把阿静拉到怀里，深情地问："阿静，你是要徐哥的人还是要徐哥的钱，如果让你在人和钱之间选择其中之一，你怎样选择？"

阿静："想听真话吗？"

徐开放点头。

阿静："我要说为了你的人不为钱，你心里会感到高兴、感到满足，但那是假话。现在这个社会没有钱能做什么？所以实话实说，我既喜欢你的人也喜欢你的钱。如果让我非选一项，我选择钱。有人无钱没法生存，有钱可以找人。中国就是不缺人。"

徐开放猛地抽了一口烟。

阿静："徐哥，你生气了？"

徐开放："你只是实话实说。我没道理对你生气！"

苏红、刘婷婷在孙红的宿舍等了半天，才把孙红等到。孙红一看见她们，脸马上拉了下来，显得很不高兴。

苏红："孙红，希望你能多提供一些有利的线索，这样对我们破案有利。"

孙红："我的确想不起有什么要讲的了。别看我和小兰平时关系最铁，可每个人都有属于自己的隐私，她也不是什么事都让我知道。"

苏红："你说的我们能理解。但是，作为她的好朋友，平时她的一些变化你应当能看出来。比如她的情绪变化。"

孙红想了想，说："苏大姐，我要是想起了什么，就找你好吗？"

苏红点了点头。

出了大门，刘婷婷不解地说："现在这些大学生真复杂。"

苏红："社会就是复杂的，能让她们不复杂吗？"

刘婷婷笑了。

苏红和刘婷婷走后，孙红看着刘小兰的相片，痛苦地思索。

门外又有人叩门，孙红开了门，看到是秦婕，愣了一下："秦记者，怎么是你？"

秦婕："我来看看老朋友，不欢迎？"

孙红给秦婕让了座。秦婕看着刘小兰的相片，问："刘小兰家中来人了吗？"

孙红："她爸去世了。她妈本来就有病，听到消息，又病倒了。同学们正在给她家募捐。现在同学们意见大了，说要到市政府上访。"

秦婕："那样可不好。你给同学们做做工作。"

孙红："我现在怎样做工作？公安局的工作又没进展，小兰现在也没苏醒过来。"

秦婕："公安局的侦破工作要有个过程，你们应当理解。孙红，你也应当给公安局提供些线索，帮助他们尽快破案。"

孙红低头没说话，过了一会儿，又强调说："秦记者，我真的没有什么线索。"

秦婕："那么，你认为刘小兰是遇到了一次偶然事故吗？"

孙红："我想是的。因为我和小兰在一起，那车又没长眼睛，专门撞小兰。再说，那车本应撞着我，是小兰把我推开的。你们怎么老是想着别的？是不是怀疑小兰在外边有情人？小兰不是那种人，她不会轻易接受任何人。"

秦婕点点头，说："我们也不是怀疑，是想尽快找到肇事者，给小兰一个交代。"

两人沉默了一会儿，秦婕告辞出来。几个同学看到秦婕，围了上来。

同学甲："秦记者，撞伤小兰的肇事者还没找到，你要帮着呼吁啊！"

同学乙："要是公安再破不了案，我们就到市政府上访。"

秦婕："同学们，请你们一定要冷静。要相信党和政府、相信公安机关。据我所知，市委苏书记正在召开破案协调会。"

事实也的确如此，市委会议室里，苏礼在主持公安局有关人员会议。马达、秦富荣、周伟新、陈刚、方正、张虎、苏红等人参加会议。

苏礼："犯罪分子竟敢在光天化日之下进行绑架！他们的气焰太嚣张了。必须限期破案，严厉打击。否则，东州的稳定会受到威胁。没有稳定，谈何发展。"

苏礼讲完后，说："马达同志，你们谈谈吧！"

马达对张虎说："请交警支队的同志先谈一谈。"

张虎汇报案情："从昨晚到现在的排查情况已经出来了。全市黑色轿车尾号是'9'的共有一百零八辆。出差在外地的有七十九辆，在修理厂保修或修理的有十七辆，在还剩下的十二辆中，昨天经过花园广场的只有四辆，而且都不是在出车祸的时间经过的，车辆也完好无损，没有发现问题。"

马达："在修理厂的十七辆中有没有撞坏的？进厂时间都核查了吗？"

方正："都了解过了。十七辆车中，有十一辆已送厂一周，今明两天可以提车，六辆中有两辆是今天上午送厂的，其中一辆撞得很厉害。"

陈刚："报社的秦记者的包被抢，朋友被绑架，肇事车又找不到，我觉得这里边一定有文章。我们从河里打捞出了那辆红色摩托车，但偷车人没找到。"

方正："抢包的事经常有，不知哪会儿就会发生。我觉得这两件事还是要分开来看，因为它们之间没有什么必然联系。再说，抢包和绑架的事不是我们交警管的事。"

秦富荣："你们的思路是不是可以开阔一些，比如是外地的车辆，或者肇事者是外地人？"

马达对周伟新说："伟新，你也说说吧。"

周伟新："据张晓说，绑架她的人目的还是要秦婕的照片。"

马达："那他们为什么没得到照片就逃了呢？"

周伟新："这个问题我问了张晓。张晓说绑架者曾打了一个电话。说完，他们就扔下她匆匆逃了。"

马达思索了一会儿，分析道："这样说，有人已得到了秦婕照片作废的准确无误的消息。"

周伟新点点头，说："是这样。"

马达："又是一个与秦婕、与车祸有关的线索。伟新，对这个案子你怎么想？"

周伟新："我考虑了一下，那个女学生现在尽管还在昏迷中，但并没确定必死无疑。为什么肇事者没有想办法去害她？说明肇事者和她不认识，不是谋杀。肇事者之所以反复追要秦婕的照片，说明怕暴露。我想下一步目标不能分散，还是围绕寻找肇事车开展工作。我们咬肇事车越紧，对方就会暴露得越快。"

马达："嗯，我也是这样考虑的。"

苏礼一直冷静地听，认真地思考。

马达又说："通过排查，没有比较可信的线索，而能够提供线索的秦记者的照片又作废了。我们的工作任务更艰巨了。我想下一步要缩小范围，重点弄清今天上午送厂的两辆车的情况。下一步，交警支队还是咬住肇事车，要搞好重点排查，刑警支队尽快破获抢劫秦记者包和绑架张晓的案件。"

苏礼点了点头，表示满意。他说："看起来这个案子已经远不是一起交通肇事逃逸案件那样简单。你们要加强力量，尽快破案。"

马达等人走后，苏礼问秦富荣："你找胜子谈过了吗？"

秦富荣点头，说："还有阻力！"

苏礼："我看你也不太积极哟！"

秦富荣苦苦一笑，无奈地说："我现在支持水泥厂原来的改制方案，常胜说我是反戈一击。好像我成了人民的叛徒。"

苏礼笑了笑，拍拍秦富荣的肩膀，说："他在你面前总觉得是个孩子，所以说话也随便。你别往心里去。"

散会后，苏红、刘婷婷立即赶往刘小兰和孙红做过服务工作的歌厅，向歌厅老板了解情况。

苏红："你们歌厅有吸毒的，你们知不知道？"歌厅老板摇头："他们在包房里，做什么事情我们不清楚。"刘婷婷指着墙上贴的宣传画，义正词严地说："你们这里贴的是不准吸毒，为什么不例行检查？你是不是想推脱责任？"歌厅老板沉默不语。

苏红："你们那位姓田的领班小姐呢？"

歌厅老板："她请假回老家了。"

苏红想了想，说："你抓紧和姓田的联系一下，就说单位有事，让她马上回来。"

歌厅老板连连点头。

苏红和刘婷婷上了车，边行边谈。苏红说："歌厅里小姐流动性大，加上留的都是假姓名，的确不好查找。"

刘婷婷："我觉得老板怕担责任，不说真话。"

苏红点点头："也有这种可能。"

晚饭后，苏红约周伟新到护城河边散步。这是一条老河，三三两两的情侣的身形在河边闪动。

苏红挽着周伟新边散步边交谈。苏红问："伟新，你觉不觉得这起车祸非同一般？要是一般的肇事者，怎么会抢劫、绑架？"

周伟新："是有点儿不对劲。而且从一些现象看，也不正常。"

沉默了一会儿，周伟新又问："案情有没有进展？"

苏红摇头说："还没查到线索。"

周伟新："我认为你分析得对，肇事车被藏匿起来了。"

苏红点了点头，说："这个肇事者好像不是一个人。"

周伟新："今晚安排查堵了吗？"

苏红点了点头，说："听秦婕说今天她去学校找孙红了解情况，刘小兰的同学包围她，说是要到市委、市政府上访。"

周伟新若有所思。

苏红："我干交警这么多年，也可以说每天都和交通事故打交道，遇到的人和事也是形形色色，但像这样复杂的还是第一次。我就是想不明白，不就是违章撞人了吗？不就是肇事逃逸吗？怎么会又牵出绑架，发展下去，还不知会出什么惊心动魄的事情。"

周伟新依然在沉思。

苏红："伟新，你怎么考虑的？"

周伟新："我还没有考虑好。我们刑警这边也在歌厅进行了调查，进展也不大。"

苏红不太满意。

周伟新："秦婕拍的照片作废，有几个人知道？"

苏红摇头。

秦婕惦念着住在医院的张晓，到医院和张晓一起吃晚饭，饭后，她见张晓有些换下的衣服，就帮她洗了。

张晓在看电视。

秦富荣走进来，不无歉意地说："张晓，让你为秦婕受牵连，真不好意思。"

张晓："秦叔叔，我希望用我的血唤醒秦婕，不让她管这种事，她还不听。"

秦富荣叹息。

秦婕边洗衣服边思索问题。突然，她问："张晓，我拍的照片作废，有几个人知道？"

张晓："这个问题只能问你本人。"

秦婕低头想了一会儿，摇摇头。

张晓哭笑不得地说了一句："你真较劲！还有心思管哪。"

秦婕坚定地说："我现在更要管下去，直到抓到肇事者。"

张晓："你是不是想让我的悲剧在你身上重演？"

秦婕："我就不信他们的黑网能罩住阳光。"

秦富荣叹了口气："婕,有句俗话说,听人劝,吃饱饭。你现在是爸的话听不进去,朋友的话也听不进去啊!"

秦婕："我听你的,注意点儿。但是,你也要尊重我的意见,那就是不能不管。现在,我们报社的电话都快让读者打爆了。读者不理解,在骂我们不敢报道。交警支队没人敢接电话,打电话的都骂他们无能。你说,这事能完吗?"

秦富荣不说话了。

张晓拉着秦婕到阳台上晾衣服,责备地说:"你怎么对秦叔叔发火呢?"

秦婕："我也不知道,心里面有火。"

张晓突然指着楼下的大街说:"你看,那不是苏局长吗?"

秦婕朝楼下大街看了一眼,见苏常胜和几个人在街上忙碌,问:"他们在干什么?"

张晓："好像在掏下水道。"

苏常胜的确在和几个工人掏下水道。他一身泥水,一脸汗水。

一个工人给苏常胜敬烟,苏常胜摆手拒绝了。苏常胜掏出一盒烟,给几个工人每人敬了一支:"我不抽烟。这是我拿我们家老爷子的烟,敬给大家,谢谢你们加班加点。"

一个工人:"苏局长这么大的官,能和我们一起干这种脏活,我们还有什么可说的。"

苏常胜:"我也是苦水里泡大的,什么样的脏活重活没干过?"

张晓在阳台上对秦婕说:"我的大记者,要不要下去慰问慰问苏局长?"

秦婕笑了笑。张晓拿了条毛巾下了楼。

苏常胜一脸污泥,干得正有劲。张晓到了苏常胜身边,递给他一条毛巾。苏常胜看了看周围的工人,把毛巾又递回给张晓。

张晓朝楼上看了一眼。秦婕站在阳台上,默默地看着苏常胜等人干活。张晓拉了苏常胜一把,说:"这不是你国资局长的活。走吧,上楼去看看马奶奶。再说,秦婕还等你呢。"

苏常胜跟张晓上了楼,秦婕已在张晓的病房门前等他。

张晓进屋后,苏常胜问秦婕:"张晓不会有什么后遗症吧?"

秦婕："再过几天可以出院了。我怎么也想不明白，他们应当找我，为什么找张晓？"

沉默了一会儿，苏常胜说："你还打算过问这件事？"

秦婕点了点头，和苏常胜一起进了病房。苏常胜看见秦富荣，先是一愣："秦叔叔，你也在这儿？"

秦富荣把苏常胜拉到一边，问道："常胜，你今天上午去苏市长办公室，苏市长向你提水泥厂改制的事了吗？你们的意见什么时候拿出来？苏市长等着开会定呢！"

张晓在一旁听见，直言不讳地说："秦叔叔，你们不要以势压人好不好？我们苏局长坚持原则，我们全局的同志都支持他。他要是为这事当不成副市长，我们全局的同志都要去省委上访。"她说完，看了一眼秦富荣，发现秦富荣身上羊毛衫的袖子脱了线，露在了外边。她拉了秦婕一下，示意让秦婕看，秦婕看了一眼，神情一下暗淡了。

苏常胜对张晓说："大人说话，小孩子不要逞能。"

秦婕也笑着说："就是，你是小孩子。"

苏常胜一本正经地说："秦叔叔，我们的意见早已报上去了。"

秦富荣："好了。胜子，咱们不说这个了。听说马奶奶也病了，怎么样，要不要紧？"

苏常胜："不要紧，是老毛病。"他又对张晓说："你出院后先别上班了，好好在家休息吧。"

张晓："不行，我在家待不住。再说，你现在是最需要我这样敢说敢干的大将之际。我怎么能临阵脱逃呢?！"

苏常胜笑了。

这时，观察室处响起一片哭声。有人在喊："那个被车撞的大学生死了！"

秦婕、张晓等人向观察室跑去。

秦富荣从病房出来，和苏常胜对视一眼，二人都有点儿尴尬。

第五章

　　夜深了。正在交警支队办公室值班的方正接到了妻子从家里打来的电话："老方，你什么时候回来？"

　　方正一惊："有什么事吗？"

　　电话里的声音沉默了片刻，说："你宝贝女儿又来电话要钱了。她还催着我快点过去。"

　　方正放下电话，烦躁地点了一支烟。张虎走进来，看了方正一眼，对他说："方支队，我来值班，你回家吧。"

　　方正收拾东西，走了出去。他上了车，刚发动，朱继承突然出现在车前。他愣了一下："朱总，你干什么？"

　　朱继承："今晚没事，想请你一起坐坐，我保证百分之百没有其他用意。"

　　方正："不行，我得回家。昨夜就没回去。"

　　朱继承上了方正的车，说："我已经给你们家嫂子打过电话。你猜她怎么说？她说老方和你在一起，我百分之百放心。"

　　方正无可奈何地说了一声："我媳妇不会说这种话。在东州口口声声说百分之百的人只有你朱总经理，外号百分之百。走吧。"

　　朱继承得意地笑了。然后，他带着方正进了一家酒店，找了一个包间坐下。他给方正倒酒，被方正拒绝了："不喝了，今晚心情不好。"

朱继承："是不是昨晚没回家，老婆生气了？你不就是怕嫂子责怪你吗？放心吧，我给嫂子说过了。再说，回不了家，我再给你安排一个新家。"

方正一本正经："你别给我吹歪风邪气。"

朱继承："男子汉也不能老是拴在女人的腰带上吧。我的经验百分之百正确，女人不能惯。"

方正："你言重了。我不是怕老婆，怕老婆也是为了少生闲气。等你到了我这个年纪，就会明白。老伴老伴，老来有伴。"

朱继承喝了一口酒，笑着问："你老兄一生就一个女人？"

方正点了点头。

朱继承大为感慨地说："太可惜了。有的男人一生之中不沾烟、不沾酒、不沾钱、不沾女色，到头来不知男人还有其他应享受的滋味。这种人百分之百活得没有意义。"

方正不高兴地问："你是不是骂我？"

朱继承："不敢不敢。我只是觉得这世道不公平，怎么就让你这样一个好人窝囊一生一世呢。现在当官的有几个像你这样。就说昨夜的大学生吧，她来世上一趟，享受过什么？就这样死去，值不值得？"

方正："是啊，那女孩子死得确实太惨了。"

二人沉默了一会儿。方正问："朱经理，你找我是不是有什么事情要说？"

朱继承："没有，没有。我就是好长时间没和你一起坐坐，想和你喝几杯。还有，顺便告诉你一声，嫂子的机票已买好了。这两天就送她走。我用了先斩后奏的办法，你不会生气吧？"

方正一愣，紧张地摆手说："你这样做，我哪来钱还你？"

朱继承："我说过让你还吗？"

方正不解地看了朱继承一眼。朱继承接着说："到时兄弟搞几辆车，你再给弄几副车牌，钱就有了。"

方正严肃地问："去年你找我办过一副车牌照，我想起来了，那车的尾号也是'9'。是不是出事了？"他见朱继承没有正面回答，更加生气了，指责他说："这下，你可把我害苦了。"

朱继承装出不在乎的样子，说："那辆车本来是想出手的。可是，一个好哥们儿要玩一玩，我也就同意了。没想到他技术不高，玩出了事。"

方正："你劝他投案自首不就行了。"

朱继承："要是像你说的那么简单，还会到现在吗？"

方正："那现在怎么办吧？上边压着，群众叫着，民怨沸腾，看来要一查到底。再说，刑警也参加了调查，不是我能挡得住的。"

朱继承："你是主持工作的交警支队副支队长，你没办法？"

方正痛苦地说："我有什么办法。"

朱继承："老兄，你再有两年就退了。我看也不会提你当正的。现在上边没人替你说话，干得再好也没戏。你既然当不上正的，何不趁机弄几个钱？你以为你甩手就没责任了？告诉你，你给走私车上牌照，已经违法乱纪。你女儿在国外这两年，钱也都是我和朋友资助的。你现在的出路只有一条，把这件事摆平。"

方正痛苦地低下头。

东州医院观察室门前围了很多人。

大夫："我们已经尽力了。从受伤情况看，撞倒后如果及时送来，可能还有救。拖了五百多米，好人也拖死了！"

孙红和刘小兰的母亲胡小凤放声大哭。胡小凤痛不欲生地哭喊："小兰，你不能这样离开我们啊！"

孙红："肇事者还没有归案，交警无能，我们要向市委、市政府请愿！"

众同学马上响应："对，请愿去，我们请愿去！"

秦婕赶忙拦住："同学们，你们千万不要冲动！你们这样做，有可能给东州的经济和社会带来不好的影响。公安交警同志正在积极努力破案。"

一个同学："那我们的同学刘小兰就白死了吗？"

一时间，群情激愤。远处，秦富荣看到这种情况，想了想，急忙走了。苏常胜虽然站着没动，神情却有些不安。

秦婕对学生们说："如果大家信得过我，我愿意把你们的意见和要求带给市委主要负责人！"

秦婕急忙向外走，苏常胜紧紧跟着。一直到上了车，秦婕心情依然悲愤难平。苏常胜的神情也很沉重。二人默不作声地开车行驶了一段路。秦婕确实忍不住，把车停在路边，趴在方向盘上哭了。

苏常胜安慰秦婕："婕，不要激动。"

秦婕："我能不激动吗？那个女学生已经死了。一个活生生的生命，就这样消失了……"

苏常胜叹口气，说："秦叔叔可能已经向我爸反映情况了。"

秦婕说："你说肇事者现在能心安理得吗？"

苏常胜突然让秦婕停车，下车后点燃了一根烟，猛抽了一口，呛得连续咳嗽几声，泪水都涌了出来。

秦婕见状，赶忙下了车，从身后抱住苏常胜，不无歉意地说："胜子哥，对不起。我的心情太乱了，害得你跟着我难受。"

苏常胜回转身，抱紧秦婕，痛苦地说："都怪我不好！都怪我不好！我……"

秦婕打断了苏常胜的话："胜子哥，我不怪你。"

两人在路边默默地拥抱着，吸引着一些行人惊奇的目光。过了一会儿，秦婕主动把苏常胜扶回到车上。她打开车灯，仔细看了看苏常胜的脸，关切地说："胜子哥，你今天突然苍老了许多。看看，白头发也生出来了。"

苏常胜没有面对秦婕的眼睛。他把头靠在靠背上，闭着眼睛，慢腾腾地说："婕，你告诉我，在你心目中，你胜子哥是一个好人还是坏人？"

秦婕愣了一下。她对苏常胜的问话感到莫明其妙，想了想，说："我心目中的胜子哥，不是一个'好'字或者一个'坏'字就能简单概括的。我心目中的胜子哥是会变化的人，而不是一成不变的活化石。如果胜子哥是一个没有情感，没有思想，没有人性的化石，那么就是价值连城，我也不会动心。"

两行泪水顺着苏常胜的脸颊流下来。秦婕吻了吻苏常胜脸上的泪水。

这时，苏常胜的手机响了。他犹豫了一下，打开了盖，对方刚说了两句话，苏常胜就哭出了声："我、我现在都有想死的心。要不是看在爸妈、儿子和……我……"

对方又说了几句话，苏常胜没回答，就把手机挂断了。

秦婕起了疑心，因为眼前这个苏常胜和她熟悉的苏常胜判若两人。苏常胜的态度更让她不可思议。她惊讶地望着苏常胜，想从他那里找到答案。但苏常胜仍然闭着眼不看她。她想了想，问："胜子哥，是不是为了水泥厂改制的事，你的压力太大了？"

苏常胜没有回答。

秦婕又问："是不是你遇到其他麻烦了？"

苏常胜还是没有回答。

秦婕急了，拉着苏常胜，让他直起身，面对反光镜，看得见自己的模样，然后责备他说："你自己看看，你还像苏常胜吗？你还是苏常胜吗？我真怀疑，如果有人绑架你，你有没有张晓那样一个女同志的勇气和力量！"

苏常胜仿佛被针刺了一下，睁开了眼睛，怔怔地看着秦婕。

秦婕越说越严厉："你应当清楚，这么多年过去了，我之所以对苏常胜情有独钟，是因为他身上那股男子汉的气概。我希望你不要让我后悔。请你下车吧！"

苏常胜下了车。秦婕一踩油门发动了车，泪水同时也夺眶而出。

苏常胜默默地站了一会儿，拦了一辆出租车，直接回了家。

苏礼正在大厅里看电视，见苏常胜进来，招呼他在自己身旁坐下，看了看他，关切地问道："胜子，你是不是不舒服？"

苏常胜强装笑颜，摇摇头。

苏礼关上电视，摆出一副谈话的架势。苏常胜有点儿紧张，四下看了看："我妈睡了吗？"

苏礼叹息一声："还是在乡下落下的毛病。"

苏常胜起身要走："我去看看我妈。"

苏礼让他坐下，郑重地说："你妈没什么大病。你妈倒是担心你，说你这一两天有点变化。来，你给我说说，到底怎么回事？"

苏常胜无可奈何地重又坐下，很认真地说："爸，我就是心里乱。"

苏礼："还是为水泥厂的事吧？你这孩子，事业心强，工作认真负责，而且秉公办事，这些，我和你妈都放心。这是你的优点。而你的优点又恰恰成了你的致命伤，就是不容易改变自己的立场。水泥厂改制的事，主管部门建材局、审计部门审计局、改革部门体改办等，都有报告，都有意见。你国资局不同意，市委、市政府也不能只听你一面之词，轻易推翻那几个部门的结论吧？真理往往在少数人手里。你只要觉得自己手里有真理就不用怕。"

苏常胜低着头，静静地听着。

苏礼喝了口茶，接着说道："有些事我知道，你秦叔叔都告诉了我……"

苏常胜一听，惊恐万状地从沙发上跳起来。

苏礼也情不自禁地站起来："胜子，你怎么了？"

苏常胜："爸，秦叔叔告诉你了？"

苏礼不以为意地摇摇头："看你这一跳，我还以为什么大事。你秦叔叔把你对水泥厂资产评估程序的怀疑以及你要重新组织评估的意见都告诉了我。我认为这是可以接受的嘛。我和赵书记也通了电话，赵书记也表示支持。你有什么必要这么紧张呢？我又没批评你。就是批评你，也没这个必要。"

苏常胜擦了擦脸上的汗水，重又坐下。不过，他这次坐在与苏礼对面的沙发上。苏礼刚要再说，电话铃响了。苏礼接起电话："富荣，这么晚有什么急事？"

他听着秦富荣说完，想了想，说："通知有关部门去做一下学生的安抚工作，通知马达同志到我办公室。"

电话铃声把苏礼的妻子孙敏从卧室里唤出来。她见苏礼要穿衣服，赶忙拿来衣服，埋怨地说："这个肇事司机真缺德，他这一跑，带来多大的麻烦啊！"

周伟新和苏红在河边的椅子上已坐了很久。周伟新一直深沉地望着河水在思考，苏红不满地说："我的周支队长，你又在想什么？能不能和我多说几句。"

周伟新冲苏红笑了笑。

苏红生气地说："谁要你的笑？不稀罕。"

周伟新不说话。

苏红倚在周伟新身上："伟新，我喜欢躺在你的身上，听你的呼吸。别看你话不多，我习惯了这种宁静。"

周伟新正要亲吻苏红，手机响了，他打开听了几句，一下子站起来，神情也严肃起来："马局长，我马上到你办公室。"

苏红："马局长这个时候找你，一定又有了案子。"

苏红和周伟新一起上了车。到了市公安局，苏红让周伟新上楼，自己在车上等他。周伟新走进马达办公室时，马达正在抽着烟思索问题。见周伟新走进来，马达招手示意他坐下，开门见山地说："局里刚开了会，想给你调整一下工作，去交警支队。"

周伟新略一迟疑，说："我还是想干刑警。"

马达拍了拍他的肩膀，说："都一样。你到交警支队工作，主要是与刑警支队配合，抓紧弄清花园广场交通肇事逃逸案。如果不能尽快找到肇事者，学生真有可能闹起来。"

周伟新点点头。

马达说："苏市长刚才召集我和有关同志开了个紧急会议。刘小兰死了，学生联名上书，要求尽快破案。市委、市政府压力很大，苏市长对交警支队的工作提出了批评。你到任后要好好抓一下。方正缺乏开拓精神，积极性也不高，有人反映他女儿出国后，夫妻之间常闹些矛盾，他的态度更消极。估计是因为钱的事。你以后要注意和方正搞好配合。"

周伟新点头，说："马局长，我这两天也在考虑花园广场交通肇事案。我觉得，这个案子可能会引出一些其他案子来。"

马达点头表示赞同。

周伟新："我们刑警支队也对歌厅做了调查，的确有坐台小姐吸毒。刘小兰发现吸毒的那个小姐是四川人，在刘小兰出事的头一天离开的国际大厦歌厅。我们正在调查她的去向。不过，我依然感觉刘小兰不是被谋杀的。"

马达沉思着，问："你认为肇事车会藏在什么地方？"

周伟新："我认为就在东州。"

马达点了点头，说："你虽然到了交警支队，这个案子还是由交警、刑警配合来抓。我的意见是由你负责。"

周伟新与马达告别后，回到车上，一直等候在车上的苏红问："马局长找你谈什么？"

周伟新笑了笑，没回答。

苏红："你这个人，哼！其实你不说我也能猜出来。马局长对方正有看法，想把案子交给你们刑警办。"

周伟新轻松一笑。

苏红看了看表，说："走吧，先送我回家。"

到了苏礼家门前，苏红见大厅灯还亮着，就招呼周伟新进屋。

苏常胜坐在沙发上看电视，由于心烦意乱，他不住调换频道。

苏红："哥，你怎么还不睡？"

苏常胜："你不回家，我什么时候能安心睡？"

周伟新要走，苏常胜挽留他。他坐在苏常胜旁边。

苏常胜："苏红，你们那个案子还没破？"

苏红："还没找到线索。"

苏常胜："是不是没有希望了？"

周伟新："希望还是有的。"

苏常胜笑了笑："那得抓紧啊！再破不了，老百姓可不答应。"他站起来说："你们再聊一会儿。我有点儿不适，先睡了。"

周伟新："我也该走了。"

苏常胜看了周伟新一眼，说："你等一等。"

周伟新不知苏常胜有什么事，在客厅站着。苏红上去抱着他，吻他。苏常胜拿着一件风衣下楼，对周伟新说："夜深了，外边风大，你把这件风衣穿上。"

周伟新在犹豫。苏红已接过风衣，给周伟新穿上，对苏常胜说："哥，谢谢你。等周伟新有了钱，让他给你买一件皮大衣。"

苏常胜笑着，转身上了楼。苏红抱着周伟新又缠绵了一会儿，周伟新上车后，苏红才兴致勃勃地回屋。她看见苏常胜又回到大厅的沙发上坐着，惊奇地问："哥，你不是睡了吗？"

苏常胜叹息一声，说："睡不着啊。"

苏红："你是不是心里有事？"

苏常胜："是有事，而且是大事。我正在考虑搞国有企业改制规范化文件。你知道这牵一发而动全身。全省都没动，我们先动，搞试点，搞不好就会有麻烦。"

苏红："搞好了，你不就成典型了？这就是风险和机遇同在。哥，我先睡了。"

苏红刚走几步，苏常胜叫住了她："苏红，我……"

苏红惊奇地问："哥，什么事？"

苏常胜："我今天带马奶奶看病，在医院里听说，那个出车祸的女学生已经死亡……"

苏红："是啊。她才十八岁。我十八岁那年正在警校上学。这个肇事者真是没有人性。"

苏常胜："肇事者为什么不投案？是不是投案自首会被枪决？"

苏红："不会的。他要是投案自首，我们有政策嘛。就是不知他怎样想的。如果被抓捕归案，那就是另外一回事了。"

苏常胜沉默了一会儿，说："我想和秦婕一起搞一个活动，叫'安心工程'，让家庭贫困的大学生安心学习，不要再出现像刘小兰这样在歌厅打工的事。"

苏红高兴地说："哥，这是好事。我第一个支持。"

苏常胜笑得有点儿沉重。苏红上楼后，他又坐了一会儿，漫无目的地换了几个频道，最后关了电视也上了楼。他躺下后，又想起了什么，起身下床，从抽屉里取出和秦婕的合影，看了又看。

那辆肇事车就停在东州体育场一个废弃的游泳池内。徐开放悄悄地进了停车的地方，四下看了看，打开篷布，充满感情地抚摸着车。然后，他蹲在地上抽着烟，看着车，思索了一会儿才离开。

阿静已经躺在床上。听见开门的声音，她赶忙用被子蒙住头。

徐开放进屋后，到床前看了一眼，以为阿静已经睡着。他脱了衣服，钻进被窝。他听见阿静在哭，赶忙问道："阿静，你怎么了？"

阿静："我妈今天给我打电话，说我哥现在女朋友要吹。这是我哥谈的第八个女朋友。我哥说如果吹了，他就死。"

徐开放："是不是因为要钱盖房子？"

阿静："我妈让我回家，要用我给我哥换个媳妇。在我们那个地方叫'转亲'。"

徐开放急了："这怎么行呢？我不是说好过些天给你钱吗？"

阿静："徐哥，我也不想离开你。可是没办法。你说过一段时间，是什么时候？"

徐开放想了想说："一个月。"

阿静："不行，一个月，我哥可能早死了。要钱还有什么用？"

徐开放又想了想："一个礼拜。"徐开放把阿静按倒在床上。

阿静一边叫，一边说："徐哥，你说话要算数啊！我不但给了你身子，把心也给你了。你要是骗我，我就死在你家里。"

徐开放气喘吁吁地说："我明天一早就去找我大哥。"

第二天一早，没等徐开放找，秦富荣已约朱继承到一个工地上谈话。他告诉朱继承昨天苏礼连夜开会的事，并说已打算投案自首。朱继承听了，脸色十分难看："秦秘书长，投案自首这条路百分之百不能走。有什么事，兄弟百分之百给摆平了。有句话说，坦白从宽，牢底坐穿；抗拒从严，回家过年。事情已到了这一步，一旦投案自首，等于百分之百完了。"

秦富荣神情冷静，说："这样下去也不是办法，总得有个了结吧。"

朱继承："那就再制造几个大的交通事故，让交警忙不过来。"

秦富荣："你想让你的弟兄多几个人完蛋？"

朱继承皱了皱眉头："那你说怎么办？"

秦富荣："我有办法还来找你吗？你不是干什么都说百分之百吗？怎么，江郎才尽了？你要是没办法，我就找别人。东州比你有本事的大有人在。"

朱继承："秦秘书长，你放心吧，我百分之百摆平。"

秦富荣上了车，黑蛋走过来，见朱继承阴沉着脸，问："出什么事了？"

朱继承："他要投案自首，神经病。"

黑蛋："他一自首，我们不也坏了？"

朱继承：“所以，不能让他动摇。”

黑蛋：“那怎么办呢？”

朱继承想了想：“我有办法，百分之百的办法。我还得找方正。你帮我打电话约他晚上见面，地点由他定。”

黑蛋：“大哥，你是不是想多拉几个做咱们的囚徒？”

朱继承阴沉着脸，没有回答。

黑蛋：“大哥，听说那女学生死了。这事是不是越来越大了？”

朱继承：“早知是块会卡喉咙的骨头，咱就不吃了。”

其实，报社的同事也有人这样说秦婕：“你吃了一块不应当吃的骨头。”

秦婕一上班就坐在桌子旁发愣。一个同事走进来，说：“怎么，灰心了？”

秦婕：“我在想上次那份内参写得不来劲，我想再写一篇。”

同事安慰秦婕说：“这事急不得。上次你写的内参，苏书记在上边批了很长一段话，让公安部门严肃查处。对了，苏书记还在上边表扬你是一个好记者。”

秦婕点了点头：“我要的不是这个。我要的是公正、正义。”

同事若有所思地说：“正义往往要付出代价。”

这时，一个记者拿着一沓信进来，说：“这些人民来信都要求尽快报道花园广场交通肇事逃逸案，有的说我们报社隐瞒真相，有的说公安袒护肇事逃逸者，但都要求抓住肇事逃逸者要给予重处甚至应当处以极刑。”

秦婕接过信，看了几封，心情十分沉重。突然，一封匿名信吸引了她的目光。信是打印的，很简单：“我向你们报社举报一件与花园广场交通肇事有关的事情。出事那天夜里一点半钟，我看见一辆尾号为‘9’的宝马车，开进了东郊建材市场。车上坐着一男一女，样子很慌张。”秦婕的目光越来越深沉，神情越来越严峻。她收起信，背起包向外走。

秦婕首先去了李总编办公室，把收到举报信的事向总编做了汇报，并说了她想去东郊建材市场调查的意见。总编没听秦婕说完，有点儿不耐烦地说：“小秦，这是公安机关的事情。你把信转过去让他们调查吧！”

秦婕据理力争：“我们新闻单位也有责任。”

总编："就你有正义感有责任感啊？责任也有区别嘛。我们的责任是办好报纸，不是参与破案追逃犯。"

秦婕还想争辩，总编已接电话了。她转身就走。总编喊了秦婕几声，秦婕没有回答。总编放下电话，想了想，给秦富荣拨了个电话："秦秘书长，秦婕还是坚持要报道花园广场那个车祸案。我劝她不听。你交代的任务，我没法完成，谁让她是你秘书长的女儿呢！"

秦富荣听总编话中带着不满，赔着笑说："老总，给你添麻烦了。你有意见都记在我的账上。哪天请你吃饭吧。"

秦富荣放下电话，才发现苏礼站在他办公室门口。秦富荣忙着给苏礼倒水。

苏礼："交警支队那边有什么新消息吗？"

秦富荣摇头，说："公安局的意见是让周伟新到交警支队当支队长，报告已经报上来了。周伟新是一个干才。"

苏礼脸上掠过一丝欣慰的笑容："你找常胜谈过了吗？"

秦富荣："常胜这几天特别忙，我还没见到他。"

苏礼警觉地问："他忙些什么？"

秦富荣犹豫。

苏礼不满地说："富荣，你这几天好像有心事，说话不痛快，做事也不踏实。"

秦富荣从包里取出一张请柬："听说常胜正在筹备一个专家学者论证会，从北京、省城请了一些有名的专家学者，要对水泥厂改制和资产评估进行论证。这是我从一个朋友那儿得到的常胜发出的请柬。"

苏礼看了请柬，皱了眉："他这样做，不是明显对市委来的吗？不行，你通知他，这个会不能开。"他想了想，又摸起电话："我来给他说。"

苏礼拨通电话："胜子，你今晚再忙，也得回家吃饭。我有话给你说。"放下电话，他想了想，说："常胜一直是不让我操心的，怎么现在越来越让我操心了？！"

秦富荣没说话。

秦婕虽然当了多年记者，经常到基层采访，但毕竟没有侦查方面的经验，到了东郊建材市场转了半天，也没有发现一点线索。

秦婕先是找市场的保安人员了解情况，问有没有开车牌尾号为"9"、黑色宝马车的老板。保安很警觉，盘问了她很长时间，问她采访的意图、目的，她撒谎说是找老板进点建材。

保安部长："我们这里都是做建材生意的，你为什么非要找坐宝马车的？记者就是爱搬弄是非，是不是又来找新闻曝光？"

秦婕："能坐宝马车的，说明生意一定做得很大，可信程度就高，这点你承不承认？"

保安部长点点头。

秦婕："我也是听一个朋友介绍的。但是他忘记了老板姓什么，只记得老板开一辆黑色宝马车，车的尾号有个'9'的数字。"

保安部长这才相信了她的话，给她找来了进入市场的车辆登记册。东郊建材市场是东州最大的一个建材市场，有五千多家商户，来自全国近二十个省市，坐黑色宝马车的有十几个，尾号数字为"9"的只有两个，一个姓刘，一个姓田。秦婕问清了姓刘的和姓田的两家的营业地点，于是前往姓田的家的店铺。姓田的是做建筑材料的。他的门面很大，也很气派。一辆黑色宝马车就停在大门前。秦婕一看尾号有个"9"字，马上激动起来，从包里取出照相机，想先把那辆车拍下来。她刚想拍照，从店里冲出一个身材高大的中年男人，朝她面前一横，仿佛一堵墙，挡住了她的视线。

中年男人气势汹汹地问道："你是干什么的，为什么到我们公司门前拍照？"

秦婕在路上就想好了对策，从容回答："我是《东州日报》的记者。现在全市搞创建卫生城市活动，我是来市场拍新闻照片的。"

中年男人指了指门前，说："我们公司是卫生先进单位，你睁大眼睛看看我们这儿脏乱差吗？"

秦婕："正是你们门前卫生搞得好，我才拍照片，想登报表扬你们。"

中年男人冷漠地一笑，说："你们报社记者就是干些不讨人喜欢的事。登了报，再找人家要赞助。我们不欢迎！你快走吧，不然，我打电话报警了。"

秦婕理直气壮地说："你报警吧！我相信警察也会支持我们采访。"

秦婕和那个中年男人争执的过程中，不少人围过来观看。等秦婕要仔细看时，门前那辆黑色宝马车不知什么时候已悄悄地开走。她大吃一惊，同时更加认定那辆黑色宝马车有问题。她见和那个中年男人再争执已毫无意义，就离开了东郊建材市场。她一边开车一边想，怎么也想不起那辆宝马车从她眼前消失的时间和细节。她决定立即去交警支队报告。

秦婕到了交警支队，方正、陈刚、张虎、苏红等人恰巧都在。她把在东郊市场的所见所闻向他们从头到尾讲了一遍。她边讲边比画，情绪很激动，苏红看了，忍不住想笑。

方正一直严肃认真地听秦婕讲述，并且不停地插问："你看见姓田的所有的那辆宝马车有伤痕吗？"

秦婕摇头，回答："我还没走近，就被拦住了。"

方正："你向保安了解姓田的那天晚上回去的时间了吗？"

秦婕回答说："没有。但是，我这儿有反映他那天晚上回去时间很晚的信。"说着，她把信取出来，递给方正。

方正接过信，连看也没看，又递给了苏红，然后对秦婕说："秦记者，你反映的情况我们知道了。请你先回去吧。我们研究研究。"

秦婕一听，急了："信是人证，车是物证。人证、物证都有了，你们为什么还不行动？那个姓田的已经被我打草惊蛇，万一跑了，你们是失职！"

方正不高兴地说："秦记者，请你不要插手太宽。我们知道怎样尽职尽责。"

苏红怕秦婕和方正吵起来，就把秦婕拉了出去。到了大门外，苏红诚挚地对秦婕说："婕姐，这种事情不像你们抓拍新闻，要有证据。"

秦婕："我提供的这些还不能算证据吗？"

苏红笑了："婕姐，你提供的这些最多只能算信息。好了，你放心吧，我们会追查到底的。等有了消息，我再告诉你。我保证让你得第一手新闻。"

秦婕："这个并不重要。我是想尽快抓住那个肇事者，为刘小兰讨个说法。"

苏红换了话题，调皮地说："婕姐，我真敬佩你。你用什么办法，怎么越活越年轻，越活越漂亮？"

秦婕笑了："你呀，就会开姐的玩笑。我问你，你哥这两天同苏伯伯闹意见了吗？"

苏红："好像有点不愉快。我听了是因为水泥厂改制的事情。"

秦婕："你支持谁？"

苏红："这还用问吗？我当然支持我哥。他是捍卫国有资产不被一些蛀虫侵吞。现在，像我哥这样的干部还有多少？"

秦婕点点头表示赞同，对苏红说："你这样说，我很高兴。不过，你一定要劝你哥哥不要悲观，不要被压力吓倒。要让他坚信，我们支持他，广大人民群众支持他！"

秦婕走后，苏红把与秦婕的谈话，打电话告诉了苏常胜。

苏常胜正在水泥厂调研，听苏红讲完，非常激动。他在水泥厂厂长张民的陪同下，参加了水泥厂的一个下岗工人座谈会。根据他事前的建议，会议放在水泥厂家属宿舍社区办公室召开。一进门，他第一眼就看见一个五十岁出头的妇女，低头趴在桌子上，身子不住抖动，好像在抽泣。那个妇女旁边，围着几个女同志，其中还有孙红。他想了想，主动坐到那个妇女旁边的位子上。

张民不高兴了，指着那个哭泣的妇女，训斥厂办的人说："国资局的领导是来开下岗职工座谈会，不是来开安葬会，你们把她找来干什么？"

厂办的人见厂长发了火，忙过去拉那个哭泣的妇女："胡姐，你心情不好，今天就别参加会了。走吧，我送你回家。"

苏常胜见状，站起来摆手制止说："既然来了，就一起谈谈嘛！这位同志如此伤心，一定有她的理由。我也想听听她的意见。"

张民低声对苏常胜说："她不是对我们改制有意见。她的女儿前天晚上在花园广场被撞，刚刚死亡……"

张民的话还没说完，苏常胜的脸色已经变得苍白，神情也呆若木鸡。张民朝厂办的人挥了挥手，示意把那个姓胡的女同志架出去。站在旁边的孙红不满地说："你们这是干什么？不让老百姓说话啊？是不是心虚？苏局长，你表个态度吧。"

苏常胜这才镇定下来，朝张民摆手，说："让她参加，让她参加。"

张民无可奈何，只得照办。

会议开始，张民先讲了一通欢迎之类的话。最后，他又重点强调，要求参加会议的人实事求是，不准讲假话，不准攻击领导，等等。

苏常胜打断张民的话，说："既然是座谈，就请大家知无不言，言无不尽，有气就发出来。在座的都曾为水泥厂的建设流过血、流过汗、流过泪，水泥厂如果没有你们和全厂广大职工的贡献，不可能有今天的辉煌。"苏常胜的讲话，博得一阵热烈的掌声。孙红的掌声最响也最长。

苏常胜点名让刘小兰的母亲胡小凤先发言。

胡小凤几乎是说一句哭一声。她是"老三届"学生，当年，响应毛主席的号召上山下乡，在那里与刘小兰的父亲相识并且恋爱。回城后，她和刘小兰的父亲一起分配到水泥厂工作。那时，水泥厂刚刚筹建。"文革"后百废待兴，各项建设大干快上，她和刘小兰的父亲，还有一些上山下乡回来的年轻人，为了让水泥厂早日投产，推迟了婚期。水泥厂投产后，由于建设的需要，产量一超再超，工人经常加班加点，而且没有加班费。但是，那些工人们毫无怨言。胡小凤说："我怀孕到生产那些日子，小兰的爸爸天天加班，几乎没照顾过我。我既要照顾小兰病重的奶奶，又要照顾小兰……"

在场的人，除张民外都落下了泪。

胡小凤泣不成声。苏常胜拿了几张纸巾，递给孙红，让孙红为胡小凤擦泪。孙红接过纸，向苏常胜投去感激的目光。

胡小凤接着又讲了刘小兰的父亲后来在厂里入了党，当了车间主任、车间党支部书记，如何爱厂如家的事。从胡小凤的话里，苏常胜等人听明白了，现任厂长张民，是刘小兰父亲的徒弟，并且是刘小兰父亲介绍入的党，推荐为车间团支部书记、副主任。十年前，刘小兰刚刚八岁那年夏天，一场史无前例的暴风雨侵袭东州，水泥厂仓库漏雨，几百吨尚没发运出去的水泥面临报废，刘小兰的父亲身先士卒，带领一些工人抢修仓库屋顶，连续干了五六个小时，筋疲力尽时摔下来，当场死亡。张民当时也在现场，而且后来因此被表彰为优秀党员，接任了车间党支部书记。

胡小凤："当时厂里、局里、市里领导都说，小兰爸是为抢救国家财产牺牲的，国家不会让他的家属子女为今后的生活流泪。"

胡小凤说，刚开始几年，厂里对她和小兰的确很关照，让她坚定生活的信心，要把他们的女儿抚养成人。所以，她拒绝了很多朋友为她介绍老伴的好心，一心一意培养刘小兰。没想到，三年前，厂里让她下了岗，而女儿小兰那时正在读高一……"下岗三年了，厂里没发一分钱的工资，也不给报销医疗费，找到厂里，厂里让找分厂，分厂说是承包了，过去的事情找过去的领导解决。"

张民粗暴地打断胡小凤的话，说："你这是胡言乱语！你前年写申请，我不是批了五百元钱给你吗？"

胡小凤："我当时是因为要手术，没有钱，才求的你。你那五百元钱，还不够我的手术费。直到现在，我也没有手术。我女儿考上大学，没钱交学费，我东借西借，借了一些钱，又把那五百块做手术的钱也用上了。我女儿为了少欠债，瞒着我，在放学后去歌厅做服务员。要不是因为这，她也不会被车撞，也不会……"

屋子里又响起一片哭泣声。

张民恼羞成怒，低声咕哝道："说不定你女儿是坐台小姐呢！"

胡小凤气愤地指着张民，张了张口，哭出了声。

苏常胜一脸愤怒，拍案而起，斥责张民说："你这是什么态度？你怎么说话的？我看你完全不是站在工人群众一边。身为一厂之长，你说出这种话不感到脸红吗？假如你厂里工人的女儿因为生活所迫当了坐台小姐，首先应当感到耻辱的是你这个厂长！"

张民低着头不说话。

苏常胜强忍悲痛，又问胡小凤："你患的什么病？"

胡小凤："职业病，水泥厂有不少工人患这种职业病。"

苏常胜："患职业病的工人有多少治疗好的？"

一个退休老工人说："过去发现早，早治的，都好了。这几年，有病的都没人要了，下了岗，连工资都没有，哪来钱治病？"

张民脸上一阵红一阵白。

胡小凤哭得不省人事，张民借机让人把胡小凤送回家。张民也跟着出去了一会儿。张民回来后，苏常胜怒发冲冠，拍了一下桌子，厉声对张民说："这是不是事实？"

张民："我不了解情况。这些是厂卫生部门的事，他们工作没做好。"

苏常胜："你是一厂之长，怎么能这样推脱责任呢？"他转身问几个工人："党中央、国务院对下岗职工的生活保障有政策规定，有最低生活保障金，你们没有领到吗？"

几个工人同时摇头。

苏常胜还想发火，但考虑到这次来水泥厂调研的目的，又把火压下，转了话题问："水泥厂要改制的事，你们都听说了吧？谈谈你们的想法吧。"

几个下岗工人面面相觑，无人发言。

张民："改制的事，厂里都对他们宣传过了。他们都很支持。"

苏常胜又问了几遍，几个参加座谈的下岗工人都缄默不语。

正在这时，秦富荣给苏常胜来了电话，说苏礼让他立即停止水泥厂的座谈会，赶回市里参加会议。苏常胜无奈，只好让座谈会停下。临走，他又提出到胡小凤家看看，张民却坚决反对："苏局长，她刚失去女儿，心里悲伤，家里乱七八糟，你去不方便。"

苏常胜执意要去："越是这个时候，我才应当去看一看。我是国资局长，关心国企职工生活是我的责任。"

张民无奈，只好带着苏常胜到了胡小凤家。

这是20世纪70年代后期盖起的职工宿舍楼房，体现了当时的时代特征。两室一厅，室内大约五十平方米。胡小凤为了生活和供应女儿读书，把其中一间租了出去，自己住在那间大约九平方米的房子里。房里除了一张大床、一张破旧的桌子和两把椅子，还有一台黑白电视机，没有其他家具电器。床上的被子上，补着两块很显眼的大补丁。苏常胜一进屋，抬头看见挂在墙上的一个镜框，青春洋溢的刘小兰笑得十分灿烂。他低下头，默默站了两分钟，抬起头时，满脸泪水纵横。

孙红把毛巾递给苏常胜。苏常胜看了孙红一眼，诚挚地说："小孙，小兰家的事，你以后多关心。有什么困难就找我。我对不起小兰……"

屋里的人都惊奇地望着苏常胜。

苏常胜赶忙解释说："我是国资局长。党把我放在这个位置上，我没有尽到责任，让下岗职工的孩子因打工造成意外伤亡。我有责任，不，有罪啊！我对不起小兰，对不起你们。"说着，他又泪如雨下。

张民赶忙说："苏局长，你不要难过。这是孩子自己不小心。"

胡小凤也说："苏局长，你这样说，我心里也不安。我们虽然和你见面很少，但听说过你。你为全市国有企业改革可以说是呕心沥血，为下岗职工也做了不少好事。就是水泥厂改制的事，如果没有你坚持原则，这么大的财产还不被少数人侵吞了，我们这些工人还不是被人当垃圾扔掉了？"

苏常胜脸红了。他从书包里掏出五百元钱，交给胡小凤，说是让她去看病。胡小凤坚决拒绝，她说："苏局长，我今天拿了你这五百元钱，能解决什么问题？我给你说心里话，我们这些下岗工人，不需要你们当官的送点钱物，需要的是你们定个好政策好制度，让我们有事做，有尊严。"

苏常胜郑重地点点头，握着胡小凤的手，激动地说："大姐，今后你就是我的亲大姐。你说的话我都记住了。只要我苏常胜能干一天，我就会为广大职工谋一天的利益。"

返回的路上，苏常胜一直默不作声。他的心情很沉重。

第六章

　　因为是周五，所以苏礼、苏常胜、苏红和周伟新晚上都回家吃饭。这是苏礼给自己和子女定的规矩。每个人平时工作忙、应酬多，周五必须回家一起吃顿饭。苏礼端着酒杯敬酒，说："小周，祝贺你调任交警支队长。"

　　苏红不满地说："有什么可祝贺的，是个苦差事，又是平调。爸，你怎么也不帮伟新说句话。"

　　苏礼："我要是说话，人家小周还不高兴呢。伟新是一步一个脚印走过来的。"

　　周伟新谦恭地笑了笑。

　　苏红："伟新，你当了交警支队一把手，我们家就有四个一把手了。我爸是市政府一把手，我哥是国资局一把手，你是交警支队一把手。"

　　孙敏："还有一把手呢？"

　　苏红："还有就是妈你呀！你是咱们家的一把手。"

　　全家人除了苏常胜神情凝重，心不在焉，其他人都笑了。苏礼和周伟新观察到了苏常胜的表情。苏红像个孩子一样，高兴地一边说笑，一边不时给苏礼和孙敏揽菜。

　　吃完饭，苏礼见苏常胜也已吃完，说："常胜，你到我房里来一下。"

苏常胜应了一声，跟着苏礼向楼上走，周伟新看了苏常胜的背影一眼，发现苏常胜的背仿佛一下子驼了。

苏红："妈，爸怎么那么严肃？哥也好像不高兴。"

孙敏无奈地摇头。

苏红："一定还是为水泥厂的事。其实我哥没有错。"

孙敏："你爸也有难处。他是怕别人利用这件事，挑拨市委主要领导之间的关系，影响团结，影响工作。"

这时，从楼上苏礼的房间里传来争吵声。

苏礼："你现在也到了关键时候，如果固执己见，会受到直接影响。"

苏常胜："我就是不当副市长，也不能违背了自己的良心和良知。"

苏礼："你这个会不能开。我已经让市委办公室通知缓开了。"

苏常胜气急败坏的声音："你们可以运用权力，但是，我不会服。我保留我的意见。"

苏常胜下了楼，头也不回地走了出去。苏礼从房里出来。孙敏想喊苏常胜，被苏礼制止了："让他去吧。他太狂妄，好像就他对东州的父老乡亲和子孙后代负责任。这是一种片面的思想，发展下去很危险。"他在沙发上坐下后，对周伟新说："小周，你还年轻，官做得越大越要谦虚谨慎，越要脚踏实地。"

周伟新点了点头。

苏礼："你上任了吗？"

周伟新如实回答："局里明天去交警支队宣布。"

苏礼若有所思，叮咛说："方正是个老同志，有经验，也有能力，你年轻，遇事要多向他请教。年轻人做官，最怕的是狂热、狂妄。其实，多说一句好听的话，又不受什么损失。"

苏红："爸，伟新很佩服您。"

周伟新笑笑，表示同意苏红的话。

这时，方正还不知道周伟新已调到交警支队任支队长。他下班后没有回家，而是在办公室的电脑前看车的资料。电话铃响了。他接起电话，听了一会儿，脸色马上变得难看了。

电话是朱继承打来的。他对方正说："我的消息百分之百可靠。马达明天就到交警支队宣布周伟新的任命。我没说错吧，老兄？这种好事到不了你。你要是有个当市领导的老子，百分之百不是今天了。那件事你想好怎么办了吗？这样吧，我请老兄去喝一杯。"

朱继承的消息，对方正无疑是一个沉重的打击。不想当将军的士兵不是好士兵。他也一直在等着支队长这个位置。对于市级公安局干部来说，当上支队长，就等于解决了副处级。所以，他愣了一会儿，关上电脑，走了出去。上车以后，他坐了一会儿，抽了一支烟，才发动了车。

朱继承已经在酒店里等他。方正坐下后，像受了委屈的孩子，忍不住流了几滴泪水。

朱继承劝说："方支队，你还在生气？你不想一想，你百分之百没法和周伟新比。人家可是市长的女婿。"

方正喝了一大口酒，说："我不是为了当这个支队长。我这把年纪，也希望年轻人上来。可是，我，我，我这面子……代支队长代了一年，最后，前边还是个'副'字。"

朱继承拍了拍方正的肩膀，说："老兄，你的心情我百分之百理解。可是，你数一数咱们市里的处级干部，有几个像你这样没有后台、没有背景的？没有后台、没有背景，百分之百是有钱的。所以，我早在几年前就劝你多弄几个钱，当用的时候用得上，你不听、不信。现在怎么样，让我百分之百说对了吧。"

见方正已有醉意，朱继承进一步劝说道："这姓周的一上任再抓出点成绩，到时候，你的面子百分之百没处搁了。"

方正："我，我辞职。"

朱继承："方支队，你这又是何必呢？凭你的能力，凭你的才华，凭你的为人，凭你这些年的经验，要是公平竞争，周伟新肯定比不上你。你要是自暴自弃，那才百分之百让人笑话。"

方正在思考。

朱继承："马达百分之百是因为花园广场交通肇事案没破对你不满，加上他自己想巴结苏礼，才让周伟新来当交警支队长。不能让周伟新很快出成绩，那样就把你比下去了，你永远也翻不了身。"

方正："无所谓了，我对官场已经很淡泊。随他去吧！"

朱继承："你这是男子汉大丈夫说的话吗？"

方正："那有什么办法？"

朱继承："办法要你方支队想。"

方正："算了，我想下海了。"

朱继承："你这想法，兄弟我百分之百举双手拥护。"他敬了方正一杯酒，接着说："但是，你下海也得有资金投资啊！"

方正无奈地说："我，我这些年就不敢贪、不敢拿、不敢要，除了你老弟把我当大哥，在我女儿出国、给我老婆买机票上，给了我些资助，我敢保证没拿过别人一分钱。"

朱继承："这就对了。交人就得交心。千万不能一时不小心，让人套进笼子，成了别人的囚徒。只有像咱们这种哥们儿关系，才是牢不可破的。再说，你拿你兄弟我的，也不违法啊！咱们是同学，有同学之情；咱们又是兄弟，有兄弟之情。你从我这儿拿得再多，也不会有事。这次你的支队长没当上，说句对你打击的话，你这一辈子官场走到头了。再不弄几个钱，退下来怎么办？"

方正接受了朱继承的思想。他又喝了一口酒，问道："继承兄弟，你还有什么事让老哥办，说吧！"

朱继承："我现在公司正是如日中天，不想出什么麻烦。就是那天花园广场的肇事车，你能不能想办法销案？"

方正眼睛一瞪："那有什么办法？现在市委、市局盯得很紧。"

朱继承："这事这几天占了我百分之百的精力。再拖下去，我怕……"

方正想了一会儿，伸手向朱继承要了一支烟，抽了几口，说："有一个人，是外地的，用的也是宝马车，尾号也是'9'。这个人在东州做生意。花园广场出事那天，他很晚才回来，车上还带着一个小姐……"

朱继承一边认真地听，一边动脑想。

方正："报社那个姓秦的记者报案说，姓田的有嫌疑。我在网上查了一下，姓田的车没有上牌或者说不是真牌照。你们要是把这个人搞定了……"

朱继承点头："我明白了，让他当替罪羊。我百分之百搞定。"

方正摇头摆手："我可没跟你说过什么啊！"

朱继承："我搞个声东击西，让新上任的支队长百分之百找不到北。"说完，他走了出去。

方正心情烦闷，大口地饮了几口酒。朱继承走到走廊里打了个电话，返回房间，发现方正已醉意蒙眬。他想了想，扶着方正到了地下桑拿部，对经理说："找个小姐，好看点的。"

经理叫来一位小姐。朱继承看着方正被小姐扶进贵宾房，脸上露出阴险的笑容。

夜深时分。田学习家。田学习和小小正在休息。

电话铃响了一阵。田学习不高兴地拿起电话："这么晚了，有什么事？"

对方的声音："田老板，你小子胆量不小。你走私贩毒，嫖娼，无恶不作。"

田学习一惊："你是谁？"

对方笑了："你别管我是谁。我告诉你，你的事我们百分之百掌握，而且公安已经去你们家了。"

田学习急急忙忙跳下床，披了件衣服就向外跑。小小惊醒了，问："你，你要干什么？"

田学习："你也快走吧。公安来了。"

小小大叫一声。

田学习下了楼，把一辆黑色宝马车从地下车库开出来。刚刚开出几百米，一辆面包车从后边撞过来。田学习一惊，加上本来心慌意乱，车子右侧撞到交通护栏上，迸出一串火花。他开着车跑了。

面包车上的黑蛋和徐开放得意地笑了。

这时，出租车司机王大道开着出租车在行走。田学习的车迎面过来。王大道看见车的尾号为"9"，马上警觉起来。他又看见车的右侧有撞痕，他下了车，想拦车。田学习一闪，开了过去。王大道看着田学习的车远去，掏出了手机向交警报案。

交警支队值班民警接到报案，马上向方正、张虎、苏红等分别汇报。苏红正在家里和周伟新说话，接了电话，脸色一下子变得严肃起来，屋子里的人都把目光投向苏红。

苏红："发现了可疑的车辆，是，宝马车，黑色，好，我明白了。"

屋子里的人的表情各异，一下子都凝固了。

苏红和周伟新急忙开车向王大道报案的地点赶去。

王大道正在焦急地等候。苏红下了车，开门见山地问："王师傅，你看清了吗？"

王大道："没错。我看得清清楚楚，车尾号是'9'，是一辆黑色宝马车。那辆宝马车的右前侧有撞痕。"

苏红："你看见车开哪儿去了？"

王大道："我追了一会儿，到这儿就不见了。"

周伟新四下看了看，说："苏红，你通知方支队，组织力量今晚排查。我和王师傅再向前边追一追。"

苏红开着周伟新的车走了。周伟新上了王大道的出租车。

交警支队的一辆辆警车已经闻风而动，大街上警灯闪烁。

王大道边开车，边感慨地对周伟新说："这小子胆子也够大的。这事还没完，他又开着车出来了。"

周伟新若有所悟，用心思索着。

王大道："周支队，我想起出事那天晚上，有个人坐我的车，问我一辆二手宝马车值多少钱。"

周伟新："是你今晚见到的吗？"

王大道想了想说："好像不是。不过，今晚太仓促，我没来得及看见开车人。他的车开得发了疯。"

周伟新没说话。

这时，他们已经追到城外一个路口。周伟新下车后，向值勤民警问了几句，值勤民警摇头。周伟新见到苏红时，苏红还沉浸在激动中，跃跃欲试，说："如果今晚拉网，一定能抓住那辆车。"

周伟新："方支队呢，怎么没见他？"

苏红生气地说："他现在真的是萎靡不振了。"

第二天上班，马达和局有关领导到了交警支队。马达主持会议。他指着周伟新说："周伟新同志，我就不向你们再做介绍了。他作为新上任的交警支队长，昨夜一直和你们一起工作。现在，听听他的汇报。"

周伟新："昨夜，我们设卡对所有进出城的车辆进行了检查，同时，对一些修理厂也进行了检查，没发现可疑车辆。我个人的判断是，那辆车可能没出东州。"

方正："不可能。我们前些日子对修理厂进行过地毯式的检查，没有发现。昨晚又突然袭击地查了一遍，还没发现。肇事者再蠢，也不至于在东州等我们抓。"

周伟新："我分析有两种可能。一种是犯罪嫌疑人错误估计形势，认为刘小兰尸体已经火化，事故暂告一段落，我们可能已停下了调查；另一种可能是，犯罪嫌疑人急于把车出手。"

方正："我认为，犯罪嫌疑人可能已出了东州。"

马达点点头说："我同意周伟新同志的判断。这样吧，安排对全市修理厂再进行一次检查。同时，对一些死角进行排查。"

就在交警支队分析案情的时候，在南郊林场已经待了半宿的田学习，还没有从惊恐中回过神来。那辆黑色宝马车停在一片竹林中。身材肥胖的田学习慢慢打开车窗，四下看了一眼，见无人后，下了车。他长长地出了一口气，然后，找了些竹子，把车盖上，看了又看，走出竹林。远处传来警车的呼啸。他吓得又缩回头。

警车过去后，他在身上摸手机，发现手机没带上。他沮丧地又走到林子里，神情委顿地躺在地上，仰望着天空，一脸愁容。

他感到饥饿，用舌头舔了舔嘴唇。

新上任的交警支队长周伟新在思考问题，也没有用早餐。他的桌子上，放着没动的早餐盒。张虎进来，看了一眼，说："周支队，该吃饭就要吃。不要因为工作搞坏了身体。"

周伟新笑了笑，拿起一个馒头，边吃边说："虎子，你说那个人如果是肇事者，为什么昨夜把车开出来？"

张虎："正像你判断的一样，他想急于把车处理掉。"

周伟新："那他为什么走大街呢？"

张虎："这也许就是心存侥幸吧。我觉得方支队有责任，不应该昨晚就把卡撤了。这是失职呀！"

周伟新若有所思。这时，秦婕风风火火走进来，开门见山地问："周支队，案子有没有进展？"

周伟新摇头。

秦婕："现在，每天给报社、给我打电话的不断，询问案子进展。我们真的招架不了。"

周伟新："我这儿同样。马局长那边也是压力很大。"

秦婕："真没想到，一起车祸案这样复杂。你总得让我们有个交代吧。"

周伟新："无可奉告。"

秦婕生气地起身就走，方正进门，和秦婕差点儿撞上。

方正："她来干什么？"

周伟新笑笑，没回答。

方正："伟新，我想那辆车还是出了东州。"

周伟新摆出认真听的样子。

方正："你想，如果没出东州，怎么也会有点儿线索。现在，我们差不多把东州搞了个底朝天，什么也没发现。是不是让省里协查一下。"

周伟新："我想暂且不用。今晚再看一看。"

苏红和刘婷婷一起回来了，她们显然有些疲劳。周伟新给苏红和刘婷婷各倒了一杯水。

刘婷婷："谢谢领导关心。"

张虎也开玩笑说："领导也得关心关心我们男同胞啊！"

周伟新突然想起什么，对张虎说："虎子，喝口水，咱们走。"

苏红："去哪里？我也去。"

周伟新、张虎、苏红在车上还在讨论案情。

苏红："伟新，你说那个肇事者会不会真的出了东州？"

周伟新使劲地摇了摇头。

苏红感叹地说："这么大个城市，这么多人，藏一辆车、一个人也太容易了。"

周伟新开到田学习的车和面包车相撞的地方，好像发现了什么，把车停下后，下了车。张虎、苏红也跟着下了车。

苏红："伟新，发现了什么？"

周伟新在地上看了一会儿，掏出手绢，把地上的车皮渣包起来。

苏红大为不解："伟新，你包这干吗？街上的车子发生小小的碰碰撞撞是常事，又没人报案。"

周伟新笑了笑，交给张虎："你把这东西送去检查一下。不过，要保密。"

张虎点点头："我明白。"

晚上，朱继承又约方正到了酒店。

朱继承："你老兄做得百分之百好。这就叫嫁祸于人，让新上任的周伟新和姓田的捉迷藏去吧。"

方正："你别得意太早。周伟新那小子贼着呢。今天早上，他问了几个问题，差点儿把我难住了。你们还得快一点想办法。"

朱继承点点头："姓田的那小子会跑到哪里去？你们能百分之百抓住他吗？"

方正："估计他不会走得太远。"

朱继承："抓住他不等于我们空欢喜一场？"

方正："那也没办法不抓他！"

朱继承想了想说："你可以在抓他的时候干掉他。"

方正一惊："你想让我犯罪？"

朱继承阴险地一笑。他给方正倒了一杯酒，等方正又喝了一杯酒，他才笑眯眯地问："方支队，昨晚那个小姐功夫怎么样？"

方正装出一副不知情的样子："什么小姐？"

朱继承："那个小姐可说了，没想到姓方的老板年龄那么大，功夫还那么好。"

方正勃然大怒，拍了桌子："朱总，你，你逼人太甚。"

朱继承："方支队，不是我逼人太甚，是别人逼我太甚。"

方正："又不是你肇事逃逸，谁能逼你？"

朱继承："这不是一句两句话能说清的。我以后会告诉你。"

方正长长地叹息一声。朱继承见方正不说话了，心里暗暗得意。送走方正后，他把黑蛋、小胡子和徐开放找来。

徐开放一见面就忙着问："朱哥，那小子抓住了吗？"

朱继承摇头。

徐开放："这么说，我们可以高枕无忧了。"

朱继承："你高枕个屁。"

徐开放住了嘴。

小胡子："那个跟姓田的好的小姐也奇了怪了。她老公是一个国企老板，有的是钱。她还和姓田的一块混。"

朱继承："你懂什么？国企的钱是百分之百共产党的，能随便动吗？"

阿静："这个小姐才最现实。女人和谁睡不是睡，干吗不和有钱的睡。"

黑蛋："你这叫资源利用。"

阿静："我这是合理利用。"

朱继承示意一下，黑蛋跟着朱继承进了屋。朱继承拿出两包白粉，递给黑蛋："你马上到姓田的住处去一趟。"

黑蛋："朱哥，你真高。让姓田的等死吧！"

此刻，疲惫不堪的田学习从竹林中钻出来。他走上了大路，少气无力地走了一段路后，坐在地上歇了一会儿，看见不远处有一个小卖部，门上挂着牌子：国际长途。他犹豫一下，走过去，四下看了看，开始打电话。电话通了，里边是一个男人严厉的声音："你找谁？"田学习急忙把电话挂断。他看着店铺里的食品，两眼不住乱转。

秦婕正在电脑前打稿子。张晓悄悄走进来，站在秦婕身后，看了一会儿。

秦婕起身，看见了张晓，惊奇地问："你怎么来了？出院了吗？"她想看张晓的脸，张晓痛苦地转向一边。

张晓："婕，你还在关心那件事。我看你比交警支队长还上心，不要着急。交警支队的同志们够辛苦的了，你们报社不能再给他们施加压力。"

秦婕点点头。

张晓推了秦婕一把，催促地说："走吧。"

秦婕关上电脑，和张晓向外走。上车后，秦婕问张晓："你们苏局长今天怎么样？"

张晓："一脸阴云密布。"

秦婕看了张晓一眼。

张晓："真的，没骗你。你不知道，市委办公室通知我们局，取消了原定的专家会。苏局长打电话跟我商量，让我回单位上班。我忙了一个上午，给那些专家打电话解释。"

秦婕："为什么要取消专家会？"

张晓："那你去问苏局长吧。"

秦婕："他现在在哪里？"

张晓把秦婕带到一家酒店。

苏常胜在喝酒，而且已有醉意。秦婕和张晓走进来，秦婕夺下苏常胜手中的酒杯。

苏常胜："别管我，我要一醉方休。"

秦婕："你看看你的样子，还像不像平时那个苏常胜？"

苏常胜不说话，又要拿酒。秦婕挡住了他的手。苏常胜站起来，想夺秦婕手中的酒。秦婕闪了一下身子，苏常胜一下子扑倒在地上。秦婕赶忙去扶苏常胜。苏常胜已有点不省人事，站不起来。她着急地对张晓喊："张晓，快帮忙。"苏常胜哇的一口，吐在了秦婕的身上。秦婕扶起苏常胜上了车。

张晓："苏局长从来不喝酒的。今天他一定是心里特别不好受。"

秦婕加快了车速，把苏常胜直接拉到自己家楼下，在张晓的帮助下，跟跟跄跄把苏常胜扶上了楼，把他放在沙发上，赶快拿毛巾，给苏常胜擦脸。

张晓给苏常胜倒了茶。

秦婕忙完，十分劳累地坐在沙发上。

秦富荣从房间出来，看了苏常胜一眼，对秦婕说："你去休息吧，胜子交给我。"

秦婕进屋后，张晓说："你爸对苏常胜也那么好。"

秦婕："我爸把他当儿子。他们之间的感情没的说。"

张晓责备秦婕说："你看秦叔叔的羊毛衫破得不能穿了，也不帮他买一件新的。你就不怕别人说你这个当女儿的不孝顺？"

秦婕叹了口气。看得出，她心里已经有了歉意。

张晓："这样吧，明天我陪你去商场，给秦叔叔买一件新羊毛衫。这钱你要不出，我出！"

秦婕白了张晓一眼，说："你以为你是谁？你也想姓秦？"

张晓笑了。

客厅里，秦富荣一边用毛巾给苏常胜擦脸，一边专注地看着醉意蒙眬的苏常胜，神情显得很复杂。

田学习在南郊林场度过了一个不眠之夜。

第二天早晨，他一边走，一边四下张望，来到小卖部。他已经是举步维艰，嘴上的胡子也密密麻麻。他四下张望一阵，在确认无人注意的情况下，拨通了一个电话。

对方是一个女人的声音："喂，你找谁？"

田学习："我就找你。"

对方："你是谁呀？"

田学习："才几天你就听不出我的声音了。"

对方："是你呀！你跑哪儿去了，让人都快急死了。到底出了什么事情？"

田学习："你听着。你找你老公给我找一辆车，或者买好机票，把我送到机场。"

对方："可是，可是，我怎么跟他说呢？"

田学习不耐烦地说："怎么说，你自己去想办法。"

对方："你现在在哪里？"

田学习："你不要问这么多。我下午再给你打电话。"

说完，他挂断了电话，然后买了一桶方便面，让小卖部的老头用水泡开，蹲着狼吞虎咽地吃起来。他一边吃，一边思考。还没等吃完，他又拨通刚才那个电话。

对方："田哥，我老公不同意借车。"

田学习："你给我买机票了吗？"

对方："东州这几天没有去南非的飞机。"

田学习："你他妈不帮我！"

对方发火了："你让我怎么帮你？你让我把公款提出来，把钱都划到国外去了。现在我手中无钱，你又躲着不见我。你才是个大骗子。"

田学习一下子冷静下来，哀求说："小小，我现在是没办法脱身。等我出去后，马上给你办手续。请你看在咱们几年交情的分上，帮我买一张去南非的机票。"

对方把电话挂断了。田学习又拨了几次，话筒里都是电话占线的声音。田学习不知道，一张大网正在向他靠近。

原来，秦婕今天一大早就到了东郊建材市场。她想看一看姓田的和他的车在不在。保安人员告诉她，姓田的从那天她来过后，就没来建材市场上过班，听说姓田的手下正朝外出租店铺。

秦婕出了建材市场，马上给周伟新打了个电话。周伟新接了电话，立即带着张虎、陈刚奔田学习家。在车上，张虎对周伟新说："周支队，化验出来了。这里边有两辆车的漆皮。一辆是宝马车的，另一辆是国产车的，好像是面包车。"

周伟新一阵惊喜，但没有表现出来。

张虎："从分析看，两辆车可能产生过碰撞。"

周伟新点点头说："应该是这样的。"

周伟新和张虎到了田学习家，看见刑警支队的李伟等人正在屋子里检查。他看见床头上的手机，拿起来看了一眼，手机已经无电关机。

这时，张虎从屋里出来："周支队，发现了白粉！"

  周伟新接过白粉看了看，又给了李伟。这时，他突然发现地板上有一个异常的脚印。他从田学习鞋柜里拿出一双男式鞋对着鞋印量了量，鞋印比鞋大出一截。他把手机交给张虎："调一下这里边的电话，可能能找到线索。"

  李伟又从田学习家的洗手间里发现几件女人用品。

  根据周伟新的布置，对田学习和他身边那个女人的调查很快就开始了。陈刚和刘婷婷到了一家街道办事处，向办事处人员了解情况。苏红和一位警察到了水泥厂小区物业管理办公室，向工作人员了解情况……

  中午时分，各种信息一起反馈到了交警支队。

  苏红汇报："跟田学习一起的小姐没有用身份证登记租房。"

  陈刚汇报："我们了解了她所能去的街道办事处，也没有她的信息。我怀疑田学习在东州还有住处。"

  周伟新思考着，点了点头，问："刘小兰打工的那家歌厅领班找到了吗？情况了解了吗？"

  张虎："治安支队已经以她介绍妇女卖淫罪把她拘留了。据她交代，她和田学习也很熟悉，田学习经常带白粉到歌厅去。与田学习在一起的小小不经常去歌厅，什么时候缺钱花才去一次。自从和田学习绑上后，就很少去歌厅了。"

  周伟新："请方支队长来一下。"

  方正正好走进来。

  周伟新："方支队，我想现在的重点应该是继续追查肇事车。我觉得田学习与花园广场车祸案可能没有什么直接的关系。"

  方正："你的意思是不是说有人故意转移我们的视线？"

  周伟新点头。

  方正："这不太可能吧！我认为田学习极有可能是花园广场车祸的肇事逃逸者。他的女朋友吸毒已经得到证实；花园广场出事当晚他回家很晚也是事实，他的车尾号为'9'又是事实，而且他现在潜逃还是事实……"

  张虎："可是，周支队在田学习家发现了另一个男人的脚印。"

  方正不耐烦地挥了挥手："这很正常，潜逃之前家中可能来了客人。你不要用刑警那一套来套交警。"

周伟新看了方正一眼，没有说话。

刘婷婷拿着检验报告走进来，说："周支队长，经过鉴定，那个脚印的确不是田学习的！"

周伟新看着鉴定书，又一次陷入沉思。

苏常胜、张晓带着几个专家已进入水泥厂。

张晓："苏局长，你昨晚酒醒后，因为什么事和秦秘书长争吵了很长时间？"

苏常胜一愣："你和秦婕都听到了什么？"

张晓摇头："反正你们俩的声音一会儿高一会儿低，挺吓人。我想出去劝，秦婕说你们一定是为水泥厂的事吵，不要我管。"

苏常胜笑了笑："是水泥厂的事。张民向秘书长告了我一状。"

进了会议室，张民等人已经在等候。苏常胜看了看表，问："人到齐了吗？"

张民："五洲集团的朱总还没到。刚才来了电话，在路上。"

这时，楼下响起汽车声。一位专家从窗口看了一眼，惊讶地说："谱不小啊！"

苏常胜也看了看，见三辆黑色小轿车同时停下。从前后两辆车上分别下来两个身材魁梧的年轻人。他们站定后，中间一辆黑色小轿车的车门打开，朱继承从车上下来。苏常胜厌恶地转过脸。

朱继承进了会议室，笑容可掬地说："苏局长，您很忙啊！"

苏常胜看了朱继承一眼，继续和专家说话。朱继承有点不悦，点燃了一支烟，问旁边的一位专家："老先生，您昨晚住我们五洲大厦了吧？感觉怎么样？"

专家生气地说："条件是不错，可就是有一样讨厌。"

朱继承一愣："请讲。"

专家："夜里老是有小姐打骚扰电话。我睡不着了，一气之下把电话线拔断了。那小姐竟然来敲门。"

朱继承哈哈大笑："那你就当仁不让，老当益壮一回啊。"

专家一拍桌子："要不是看你朱总的分上，我就报警了。"

苏常胜宣布开会后，朱继承抢先发言："我们五洲集团是一家与港商合资的公司，从事建筑开发、房地产、建材物资、酒店管理等多项业务。去年，我公司总产值超过五十亿，百分之百是东州目前最大的、效益最好的企业，也是东州的纳税大户。东州水泥厂是我公司计划收购的第一家国有企业。这也是我们帮东州市政府背包袱，百分之百为国企改革作贡献。赵书记很重视这个，说这个水泥厂改制，可以给东州的国企改制提供经验。"

苏常胜白了朱继承一眼。

专家也嘲讽地问："这么说，你是救世主了？"

朱继承指着墙上的东州市地图，自豪而又傲慢地说："我要让东州成为我的试验田或者叫伟大的作品。"

朱继承见专家摇头，问道："怎么，你不相信？你不相信可以问问苏局长和张小姐。在东州，谁能和我的五洲集团相比？"

张晓："朱总，请你别忘了这是开论证会。"

朱继承拍案而起："你懂什么？你不就是一个月一千多元钱工资的打工妹吗？你们这是传统社会主义的观念在支配着……"

一位专家："请问朱老板，你认为的社会主义是什么样子？"

朱继承不屑一顾。苏常胜一直默不作声，冷静地看着朱继承。

专家恼火了："苏局长，如果水泥厂一定要改制的话，我建议重新选择一个合作对象。我们首先要考虑选择一个对企业、对工人、对社会有感情，负责任的领导人。一个没文化、没教养的人，搞不好现代企业。就是靠不择手段一时搞好了，也不会长久！"

朱继承有些恼火，但没有表现出来，反而冷冷一笑，反唇相讥说："中国的事情之所以难办，百分之百是因为有些不愿退出历史舞台的老朽在那儿百般挑剔，因循守旧。"

专家生气地指着朱继承："你，你懂什么……"

苏常胜气急败坏地冲上去要抓朱继承，被张晓拦住了。

朱继承："这个水泥厂我已付过定金。你不批准改制，这水泥厂早晚也得归我。"

朱继承说完，得意地下了楼。

专家："真没教养。我敢断定，他不仅仅是看中水泥厂效益，而且是冲水泥厂这块地来的。如果水泥厂交给了他，命运不堪设想，工人的下场更难以预料。社会主义的公平、公正和正义将被他无情亵渎。"

张晓："这样一个没文化的人，七八年前还是从农村到东州打工的泥瓦工，能发展成东州数一数二的首富，我敢断定，他走的不是正路。"

这时，专家大喊："你们看外边！"

苏常胜等人起身向外看，只见几百名工人挡住了朱继承的去路。站在前边的胡小凤和几个老工人打着一条横幅，上写着：坚决反对廉价出卖东州水泥厂。

朱继承的几个打手欲对工人动武，苏常胜一急之下从二楼窗口跳了下去，落地时人扑倒了，额头上流出了血。张晓从楼上跑下来，扶起了苏常胜，站在他旁边。苏常胜朝朱继承面前一站，大义凛然地说："朱继承，我警告你，这儿是共产党领导的国有企业，你要是胆敢撒野，绝对没有好下场。"

朱继承脸色铁青，一言不发，钻进车里。朱继承的车开走后，工人们一拥而上，把苏常胜包围了。

胡小凤："苏局长，说什么也不能把水泥厂交给他们！"

另一个工人说："我们又不是干不下去了，为什么要卖掉？"

张民气急败坏，跑到办公室给秦富荣打电话："秦秘书长，不得了啦，苏局长被工人包围了。"

秦富荣的声音："朱总走了吗？"

张民："走了。"

秦富荣冷静的声音："不要急，苏局长有办法。你下午到市政府来一下，向苏市长做一下汇报。"

中午，苏常胜请几位专家回城里用餐。他余怒未消，将一杯酒一饮而尽。

张晓："苏局长，你怎么又喝酒了？小心我打你的小报告！"

专家："苏局长，我们做你的后盾，如果需要，我们给中央写信反映。"

苏常胜赶忙摆手："不用了，不用了。有什么困难，我会求教各位老师。"

专家："苏局长，东州有你这样的国资局长，真是大幸啊。"

苏常胜对张晓说："你赶快把水泥厂得职业病的工人统计一下，组织他们到医院做一次全面检查。另外，通知张民，让他把应该支付的工人的保险、医药费、最低生活保障费用等一周内办完。否则，国资局将向市委建议撤销他的厂长职务。"

张晓点了点头。

苏常胜端起杯子又要喝，被张晓夺了下来。张晓一饮而尽，然后用纸巾揩着嘴跑了出去。

一个专家问："苏局长，听说令尊大人是东州的父母官，他和你的观点是十分一致，还是大相径庭呢？你为什么不与他沟通沟通呢？"

苏常胜："我们论私情是父子，论工作是上下级，从来清清楚楚。在水泥厂改制问题上，我们的意见有分歧。"

另一个专家说："你们不是有个叫秦富荣的秘书长吗？他对企业改革和经济方面颇有研究，十年前，就发表过有关企业改革的文章。前年，他还写过文章谈社会公平问题。他应该是支持你的。"

苏常胜："此一时彼一时。他开始是支持我，但现在变了。我理解他，在他那个位置上不能不说些违心的话、做些违心的事。"

其实，秦富荣和朱继承、张民三个人就和苏常胜在同一个饭店的不同包间用餐。朱继承也在大骂："苏常胜真不识抬举。他要不是苏礼的儿子，我今天百分之百让他难堪！"

秦富荣没说话。他已经醉意蒙眬。

张民："秦秘书长，水泥厂改制的事不能再拖了。再拖，我们怎么向外国合作伙伴交代？"

朱继承："我还等着那块地搞开发呢。"

秦富荣："我知道这一点。苏市长也知道，我再跟苏常胜谈一谈。"

朱继承："秦秘书长，凭你和苏礼、苏常胜的交情，这事不应该太难办，是不是我做得不到位？你问问苏常胜想要什么，胃口到底有多大？"

秦富荣摆手。

朱继承误解了秦富荣的意思，问："五十万？"

秦富荣又摆手。

朱继承："五百万？"

秦富荣已懒得回答。

朱继承略一思忖："行，五百万就五百万，只要他在立项报告书上签字。我见了签字就把五百万划到他账户。"

秦富荣抬头看了看朱继承，又低下头，趴在桌子上昏昏欲睡。

朱继承和张民对视了一眼，悄悄走到门外。

张民："朱总，这事怎么办呢？"

朱继承猛抽一口烟，低声对张民嘀咕了几句。这时，一个熟悉的身影在他不远处出现。他赶忙进了屋。

朱继承熟悉的那个身影是张晓。张晓是去卫生间的。她在卫生间里呕吐了一阵。呕吐完后，用水冲洗，从镜子里看见一个女孩背对着她，浑身发抖，正在摸索着点烟。

张晓没有在意，匆忙走了出去。她回到房间，看到一个专家点烟，突然明白过来，又走了出去，在门口，她给秦婕挂了个电话，急切地说："秦婕，我刚才发现有个女孩在卫生间吸白粉。你抓紧过来吧！"她挂断电话，推开了卫生间的门，里边已没了那个女孩的身影。她在酒店里上上下下找了几遍，也没发现那个女孩。在大厅里，她遇到匆匆赶来的秦婕。

秦婕开门见山地问："那个女孩呢？"

张晓："不见了！"

秦婕埋怨张晓："你为什么不抓住她？"

张晓："我，我凭什么呀？"

陈刚和苏红匆匆赶到。苏红看到秦婕和张晓失望的样子，马上明白发生了什么事。她拍了拍张晓的肩膀，安慰她说："下次你再遇到这种事就有经验了。"

陈刚和苏红走后，秦婕问张晓："常胜是不是也在这里？是不是又喝酒了？"

张晓又点了点头。

秦婕生气地说:"他过去不是这样没出息,遇到事情借酒消愁,根本不是他的性格。我真感觉他像变了一个人。"

张晓:"他心里有事嘛!你要不要上去看看他?"

秦婕学着张晓的样子,喊了一声:"我凭什么呀?"说完,就生气地走了。张晓犹豫片刻,追了上去,说:"走吧,去给秦叔叔买件羊毛衫。"

秦婕发动了车。

晚饭后,周伟新把支队的几个分队长和刑警支队参与专案的陈刚找到办公室。张虎按捺不住激动的心情,进了门就问:"周支队,是不是要行动了?"

周伟新一脸严肃,神情凝重。他简明扼要地布置了任务:"田学习的女朋友吸毒上瘾,一定会想方设法找毒品,我已请示了马达局长,请刑警支队和治安支队支持,今晚采取一次搜查行动。重点是歌厅、洗浴中心,我们要全力配合。"

随着周伟新一声命令,张虎、苏红和其他几位分队长分别带领各自的队员,展开了行动。

苏红和几个公安从歌厅带着几个女孩上了车。张虎和几个队员从洗浴中心带走两个吸毒者。陈刚带着刑警也查到了吸毒者。

周伟新和方正坐镇办公室指挥,汇报的电话不时响起。

治安支队来电话说,在一家歌厅找到了田学习的女朋友。周伟新非常振奋,马上打电话让苏红过去协助询问。

第七章

　　苏红和刘婷婷到了治安支队，同治安支队的同志马不停蹄地询问田学习的女朋友小小。

　　苏红："你是从什么时候开始吸毒的？"

　　小小："从发现我老公外边有女人。"

　　苏红："你第一次吸毒是从哪里搞的毒品？"

　　小小："田老板给我的。"

　　苏红："你什么时候认识的田老板？"

　　小小："他到东州来做生意不久。他和我老公比较熟，经常请我老公吃饭和去歌厅玩。我老公就是认识他以后，在歌厅认识了一个女孩子。我之所以拼命花田学习的钱，也是为了报复他给我老公介绍女孩子。"

　　苏红："田学习的毒品从哪儿来的？"

　　小小："不知道。我每次问他，他都不告诉我。"

　　刘婷婷："你知道吗？他那是为了控制你。"

　　小小："我知道。所以，我也不问他。他以为玩了我，其实我也玩了他。这些男人，都是很自负，很自信。所以，这种男人，你玩死他，他也不知谁玩的。"

　　苏红有些厌恶，把话题转到了肇事车辆上，突然问："八号晚上你和田学习在哪里？"

小小想了想，回答得很干脆："我没和他在一起。因为我那天上午还跟他开玩笑，说今天是八号，是女同志的节日，你晚上要陪我一起过。他说三月八号才是你们的节日。我说我要每月八号都过节日。"

苏红："八号晚上他是几点回家的？"

小小："他一夜没回。"她想了想又说："我也一夜没回和他住的那个地方。"

刘婷婷："那你怎么知道他一夜没回去？"

小小："我夜里两点打过一个电话，没人接。"

刘婷婷："他如果故意不接呢？"

小小："他不会，因为他家里的老婆有时会打电话。他最怕夜里有电话，不是他父母病了，就是孩子有事。他虽然花心，是色狼，但顾家、孝顺。"

苏红："你九号见到他了吗？"

小小："见了。"

苏红："你看没看见他的车有伤或者他有没有告诉你他八号发生过什么事？"

小小一惊："你们是不是问八号夜里花园广场车祸的事？"

苏红点点头，厉声问道："你是不是知道与车祸相关的事？"

小小双手掩面，没有回答。

刘婷婷："抬起头，回答问题！"

小小突然朝地上一跪："我说我说。九号我见到田学习，他告诉我在市中心花园广场出了车祸。"

刘婷婷："他还告诉了你什么？"

小小："他还说要把店转出去，带我到南非。他在南非那边做生意。"

苏红看了看记录，让小小签了字，然后和治安支队的同志告别，同刘婷婷一起返回交警支队，把询问小小的情况向周伟新、方正做了汇报。

方正听了，当即表态说："现在事实很清楚了，田学习就是花园广场车祸案的肇事者！我们下一步追田学习。"

周伟新没有表态。他反复看了苏红对小小的询问笔录，眉头皱紧了。

方正："周支队，你的意见呢？"

周伟新："我觉得还有一些疑点。这毕竟只是一面之词。"

苏红有点儿不高兴，脸色变红了。

方正看了看表，说："今晚就这样吧。苏红，你们战果辉煌，等抓到田学习，一定给你们庆功！"

方正走后，刘婷婷也走了。苏红问周伟新："伟新，你什么意思？"

周伟新："我觉得小小的话有出入。"

苏红："你是怀疑小小陷害田学习？不会吧！她对田学习有意见，但毕竟和田学习在一起两年多，也有感情啊。"

周伟新没说话。

方正下了楼，刚上车，手机就响了。他打开接听，是一个操南方口音的男人。

方正："你是谁？是不是打错电话了？"

对方说："方支队，我没有打错电话。我姓田，叫田学习。我曾经找你帮忙上过车牌……"

方正的神情一下子慌了。他支支吾吾应付，一边四下看了看，见周围没人，才问道："你在哪里？现在正在抓你。你明白吗？"

田学习说："我明白。不过，我不知道为什么抓我啊。我猜想是不是我身边那个女人的老公想害我？"

方正没有正面回答，问道："你给我打电话什么事？"

田学习说："我想离开东州，走得远远的。可是，我现在出不去。方支队，你能不能帮帮我？只要你帮我离开了东州，我给你一百万。"

方正故作不满地说："既然是老朋友，就不要讲这些。你告诉我，你在哪里？"

田学习犹豫了片刻，回答说："我在南郊林场。"

方正："好吧，你等着，我想想办法。你明天早晨八点再给我打电话。"

田学习急不可待地说："方支队，谢谢你了！请你无论如何抓紧时间。"

方正挂上电话后，想了想，拨通了朱继承的电话："姓田的在南郊林场。你要做就做得干净利落些。"

朱继承："我明白。"

朱继承放下电话后，立即打电话找来黑蛋和徐开放，给他们下了指示。

第二天早晨八点，田学习按照与方正约定的时间，到小卖部去打电话。趁这个机会，黑蛋放风，徐开放对田学习的刹车片做了手脚。

田学习打通了方正的电话。方正在电话里告诉他，晚上派人去接他。田学习十分高兴。他想起在小小处还有一笔钱，于是给小小打电话。但是，他一连拨了十几遍，电话无人接听。他气急败坏地把电话摔了。

店主："你这位先生怎么回事，干吗拿我的电话出气？"

田学习走后，店主马上给"110"拨了个电话。

接到小卖部店主的电话，周伟新、李伟、方正等立即带领公安人员行动。一辆辆警车从公安局大门驶出。

田学习从小卖部回到停车的地方，刚刚抽完一支烟，一辆摩托车朝他这边驶过来。摩托车手朝他喊道："田老板，公安来抓你了。赶快开着你的车跟我走。"

田学习抬头一看，不远处果然有几辆警车开来。他跳上车，急忙发动，跟着摩托车向山上驶去。

这时，警车上的周伟新发现了田学习的车和那辆摩托车。周伟新用报话机对方正说："方支队，你和陈刚盯住那辆摩托车。我们去追小轿车。"

方正嘴上答应，但却把车掉转了方向，故意说："这个周伟新，真有私心，他是怕别人抢了功。我们不管他！咱们从这条路上去堵截田学习。"

摩托车已从视线里消失。

田学习的车已上了山坡。周伟新的车追了上来。二百米、一百米、五十米……苏红开始喊话："田学习，我们是东州警察，你马上停下车！"

方正、刘婷婷的车也从另一方向追上来。

田学习想刹车，可是刹车失灵，车子一下子栽到山下，起火爆炸，一串烟火腾空而起。

周伟新、苏红等人跑了过去。车已摔得七零八落，田学习也当场死亡。

方正等人也跑了过来。

周伟新："那辆摩托车呢？"

方正："没追上！"

周伟新生气地说："我不是已经命令你们盯紧那辆摩托车了吗？怎么回事？"

方正理直气壮地说："我们认为那辆摩托车与本案没有直接关系，所以，我们想抄近路堵截，没想到你们没留活口。"

周伟新："那辆摩托车这时候出现，就有重大嫌疑。你们为什么不盯住？"

方正还要争辩，周伟新摆手制止，说："回去再说吧！"

方正气哼哼地上车走了。

周伟新在方正等人走后，和陈刚、张虎、苏红一起检查田学习的车。

周伟新回来后，立即把情况向马达做了汇报。参加汇报的还有刑警支队长李伟。

周伟新："我检查了田学习的车，刹车好像被人做过手脚。"

李伟："我们也检查了现场。在田学习曾停车的地方，发现一个脚印。这个脚印的尺寸同在田学习家发现的脚印尺寸相同，但不是田学习的。"

周伟新："现在，我怀疑有人用手段，故意抬出田学习。"

马达："让田学习当替罪羊？"

周伟新和李伟同时点点头。周伟新说："如果我的判断没错的话，田学习的死，可能对我们抓获真正的犯罪嫌疑人有帮助。"

马达："我明白你的意思。"

周伟新和马达、李伟经过商量，制定了一个行动方案。

晚上在朱继承住处，朱继承和黑蛋、徐开放、阿静等在打麻将。他的手机响了。他拿起接听，听完，眉飞色舞地说："姓田的小子死了，好，好。"

徐开放："他这一死，万事大吉。"

朱继承点点头，说："我们做得滴水不漏，公安交警百分之百会认定肇事者田学习已经死了。"

徐开放两眼乱转，心不在焉。

朱继承："老八，你怎么了？"

徐开放："我的头有点儿痛，我想回家睡觉。"

朱继承不高兴地把牌一扔，说："算了，真百分之百地扫兴。"

徐开放拉上阿静向外走。走到电梯里，阿静不解地问："徐哥，你怎么了？弄得朱哥不高兴。"

徐开放："我要做件大事。不得不走。"

阿静："什么大事？"

徐开放："还不是为了你。"说完，他亲了亲阿静："过几天，我送你一个惊喜。"

屋子里，朱继承一脸的不高兴。

黑蛋："朱哥，我看你是喜欢上那个阿静了，她一走，你就不高兴。"

朱继承瞪了黑蛋一眼："你别乱说，让徐老八听见了，百分之百会和咱离心离德。为一个女人丢掉一个朋友值吗？"

黑蛋："精彩！朱哥，你这句话百分之百可以入选名人大辞典。"

朱继承开心地笑了："你也是人才。"

黑蛋倒了两杯啤酒，给朱继承一杯，问："朱哥，这事会不会就算完了？"

朱继承："那要看周伟新下一步怎样做了。"

第二天一早，徐开放一起床就对阿静说："快，快，去到大街上买一份今天的《东州日报》。"

阿静惊奇地说："今天太阳从西边出来了吧？你从来不读书，不看报，今天怎么换了一个人，换了一种兴趣？"

徐开放不耐烦地挥挥手："你少啰唆，我看报有用。"

阿静走到楼下大街旁的报摊前买报。这时，一辆公交车驶过，站在车窗前的孙红看见了阿静，眼睛一亮，赶忙喊司机停车。等孙红从不远处的汽车站跑过来，阿静已上了楼。孙红四下看了看，不见阿静的影子。她失望地走到公用电话亭，给秦婕拨电话："秦记者，我看见刘小兰说过的在歌厅吸毒的那个小姐了。"

秦婕在电话中对孙红说："你在那儿等一下，我马上过去。"

孙红一边在等待秦婕，一边向四下张望，想再看到阿静。秦婕赶到，停好车，问孙红："你认准了吗？不会错吧？"

孙红："刘小兰说她吸毒，还指着她给我说过。我一定不会认错。"

秦婕："她是在这儿出现的吗？"

孙红："我当时在公交车上，等我下了车赶到，她就不见了。"

秦婕安慰孙红："别着急，只要她还在东州，就有办法找到她。她躲过初一躲不过十五。"

秦婕和孙红上了车。孙红不解地问："秦记者，你们报上不是说肇事者已经死了吗？那与这个小姐还有关系吗？"

秦婕没正面回答。

徐开放看了《东州日报》，顿时眉开眼笑。

阿静做好饭，叫徐开放吃饭，埋怨说："你老是睡，哪来钱？天上还能掉票子？"

徐开放得意地说："我就能有办法叫天上掉票子。不信，你等着看。"

阿静白了徐开放一眼。

徐开放把报纸放在桌上。

阿静："就这报纸能变成钱？"

徐开放："你等着看吧。"

当天晚上，朱继承让黑蛋打电话，约徐开放去打牌，徐开放以头痛为由拒绝了。他一个人去了一家修理厂，和工头悄悄谈了好长时间。

又过了一天，也就是第三天凌晨，徐开放悄悄进了体育场。

他把车上的篷布拉开，车牌早已被摘掉了，车上积了一层尘土，他脱下身上的毛衣，把车擦拭了一遍，然后把车开出体育场，开进那家修理厂。

工头在等徐开放。

徐开放到后，工头指挥着，让他把车开到后边一个车间里。

徐开放下车后，对工头说："兄弟，有两件事。第一，我等着用钱，你必须在两天内给我修好；第二，你找几个自己人干，别出了意外。事后，我和你五五分成。"

工头左右看了看，问："八哥，这不是那辆在花园广场肇事的车吧？"

徐开放脸一板说："什么肇事车。那辆车已在南郊林场一个竹林里找到了，肇事者也死了。"

工头点点头。

徐开放："再说，修车给你钱，还让你分成，你管那么多干啥，找死！"

工头连连点头。

徐开放从厂里出来，想打车，可是等了一会儿，没有车来。他不高兴地沿大街走着。

大街上三三两两的人在锻炼身体。张晓从东向西跑步。突然，她看见了走在旁边的徐开放。她马上想到自己被绑时的情景。她悄悄跟着徐开放走了一段，见有一处电话亭，忙过去打电话。

徐开放上了一辆出租车。张晓放下电话，回头看时，徐开放已不见了。

张晓的电话是张虎接的。当时的交警支队办公大楼走廊里的灯还亮着。来来往往的人们一片忙碌。

张虎放下张晓的电话，就去找方正。

方正："虎子，这么急有什么事？"

张虎："张晓报案，发现绑架她的嫌疑人。"

方正一惊。

张虎："方支队，咱们行动吧？"

方正："抓紧给周支队长汇报，看看他有什么指示。我的意见是先通知刑警支队，让他们去抓。"

张虎："那样会失去时机。"

方正脸一板："发现的是绑架嫌疑人，又不是肇事嫌疑人，你忙什么。我马上请示一下马局长。这事应当是刑警管。"

张虎生气地走后，方正拨了个电话。

张虎回到办公室，也给周伟新拨了个电话。

周伟新和苏红正在街上。他听张虎讲完，高兴地说："好，好，跟踪这个嫌疑人，有可能会查出我们需要的肇事者。"

放下电话，周伟新和苏红上了车。他们到了交警支队，一见面张虎就高兴地说："周支队，你真是神机妙算。他们这几天就露出水面了。"

周伟新："方支队说得对，关键要查到肇事车。"

周伟新马上召集紧急会议。他强调说："我们一直怀疑，绑架张晓的人同肇事车有关。所以，这次要配合刑警支队，尽快找到那个嫌疑人。"

张虎："我觉得还有必要查一下大修厂。"

方正："我觉得我们的手伸得太长了不好。绑架张晓的事属于刑警支队的工作。我们查，人家刑警会有意见。"

张虎："绑架张晓的事与肇事车有关，我们当然有责任追查。"

周伟新："对，虎子说得很有道理。说不定嫌疑人出现与车有关。"

方正："那田学习怎么解释？"

周伟新没回答，而是对张虎说："虎子，马上对全市大修厂进行一次调查。"

方正到了卫生间里，打开了手机，给朱继承打了个电话："朱总，你怎么搞的？他们发现绑架张晓的人了！"

朱继承接到电话，大吃一惊，马上让黑蛋约徐开放到工地上见他。清晨的薄雾中，朱继承抽着烟，焦急地走来走去，不时看看手表。

徐开放急急忙忙赶来，气喘吁吁地说："朱哥，这么早叫我有什么事吗？"

朱继承打了徐开放一个巴掌。

徐开放一愣："朱哥，你这是……"

朱继承："你把车放哪儿去了？"

徐开放犹豫一会儿。

朱继承："你混蛋！现在交警百分之百发现你了。"

徐开放张口结舌。

朱继承："让你不要轻举妄动你不听。为了讨女人的欢心，你敢把车偷出来准备修了出卖。现在有事情了吧。你赶快收拾东西走人，走得越远越好。"

徐开放低下头，喃喃地说："我以为姓田的死了，报纸上也说了，就没事了。"

朱继承扔给徐开放一沓钱，然后又亲切地拍着徐开放的肩膀，说："兄弟，你先出去躲几天，等事情过去，我百分之百好好安排你。"

徐开放难过地说:"朱哥,我对不起你。"

朱继承没说话。

徐开放回到家,急忙进屋,对正在化妆的阿静说:"快,收拾一下东西,走。"

阿静嗔怪地说:"徐哥,这么急着去哪里?"

徐开放气喘吁吁:"阿静,你不是等着用钱吗?走,跟我走,有个朋友答应借钱给我。"

阿静喜出望外,马上收拾东西。

与此同时,根据周伟新的安排,张虎、陈刚来到了徐开放送车的修理厂。

工头迎了上来:"虎子哥,有什么事吗?"

张虎:"我们查一查车。"

工头:"你上次不是已经查过了吗?再说,我们还没上班。"

张虎没回答,和陈刚一起到了后车间,地上没有车辆,但车间有几个工人在休息,而且表情紧张。

张虎四下看了看,发现了墙上的开关。他严厉地问工头:"这是什么?"

工头低下了头。

张虎打开开关,一辆正在修理的黑色轿车渐渐从地上浮现,车牌已经摘掉。张虎围着车转了一圈,问:"这车是什么时间送来的?"

工头:"昨天夜里。"

张虎:"车是怎么撞坏的?"

工头:"开车的说是喝多了酒,不小心撞了的。"

张虎:"凭你的经验判断,这辆车撞之前,车速应该在多少公里?"

工头想了一会儿说:"这就看不出来了。我只会修理车,不会断案子。"

陈刚仔细看了看,说:"这车上的漆和肇事车的漆基本一致。"

张虎点点头,表示同意。他让工头把修车单拿来,严厉地问道:"这辆车是什么人送来的?什么时间送来的?"

工头的目光躲躲闪闪,回答得也不干脆:"那个人我不认识。他也没有留下联系电话,说是会来提车。"

　　张虎注意观察着工头的神情，过了一会儿，严肃地对工头说："这辆车你先别修等我们的通知。如果那个送修的来了，赶快通知我们。"

　　陈刚强调了一句："希望你在大是大非面前保持清醒头脑。千万别走错了路，啊！"

　　工头点了点头。

　　张虎和陈刚上车后，陈刚说："这辆车和工头有问题。"

　　张虎点点头。

　　上午，苏常胜在埋头看一份文件。看完，他走到隔壁的办公室，对张晓说："原定下午的理论学习不是取消了嘛，你再通知一下，今天下午照样举行，任何人不能请假。现在人的思想复杂，形势也多变，不学理论行吗?！"

　　苏常胜向张晓点头示意，张晓跟着他进了办公室。

　　苏常胜："张晓，我喝多了是不是很狼狈？"

　　张晓笑了笑。

　　苏常胜："秦婕生气了吗？"

　　张晓反问："你说呢？"

　　苏常胜不好意思地笑了笑。

　　张晓："你们在一起这么多年，你还不了解她？她特同情你，但是不理解你。"

　　苏常胜若有所思。

　　张晓开诚布公地说："苏局长，实事求是地说，你在水泥厂改制问题上坚持原则的态度，让秦婕和我都称赞，但是，你的表现却让秦婕和我失望。"

　　苏常胜神情黯然。

　　张晓："这样吧，等秦婕回来，我请客，你给秦婕赔个礼。"

　　苏常胜："秦婕去哪里了？"

　　张晓："她昨天去了西山县采访，可能今天晚上就回来。"

　　苏常胜："今天不行，今天是马奶奶生日。"

　　张晓点点头，说："明白了。那就改个日子吧。"说完，她转身刚要走，苏常胜叫住她："好吧，就晚上吧。"

张晓走后，苏常胜拨了一个电话："丽丽，马奶奶情绪怎么样？这样吧，今天是马奶奶八十大寿，我晚上没时间，中午过去和你、马奶奶一起吃饭。"

他两眼盯着桌子上摆放的一个镜框，里边放着苏常胜和马奶奶的合影。望着照片，他的思绪回到了在北方农村时的一幕幕情景。

那天，村场里正在开村民大会。

苏礼、孙敏站在中间接受批斗，他们脖子上都分别挂着几块红薯。

一个村民："苏礼，你说，是不是你指使你儿子偷队里的红薯？"

苏礼理直气壮地回答："尽管我们家口粮不够吃，但我不会做出这种事。"

一个村民："这个坏分子还嘴硬，打他！"

一些人一拥而上，对苏礼拳脚相加。孙敏奋不顾身去保护苏礼，也被打倒在地。苏礼的脸上被打出了血。躲在人群中的苏常胜偷偷跑了出去，他一口气跑到马奶奶家。马奶奶正坐在草屋中做饭，灶里的柴火旺盛。马奶奶的孙子小勇在一边看书。苏常胜满头大汗跑进来，一下子跪在马奶奶面前，哭着说："奶奶，快救救我爸我妈。"

马奶奶："孩子，别着急，慢慢说。"

苏常胜把爸爸妈妈在村场上挨斗被打的事简单向马奶奶说了，然后说："奶奶，快救我爸我妈，不然他们就没命了。"

马奶奶听完苏常胜的讲述，拉着苏常胜和小勇起身向外走，忘记了熄灭灶里的火。

马奶奶走进了会场，村干部恭敬地说："我们的老革命、老光荣来了，咱们听她对坏分子批判。"

马奶奶："把他们放了。"

村干部："马奶奶，您老人家没说错吧？"

马奶奶："那几块红薯，是我孙子在队上的地里挖的，我让分给苏家孩子。"

村干部："马奶奶，这不会吧？"

马奶奶："我家里这几天没东西吃。我也不想让上级知道你们让我老太婆饿肚子，就让小勇去挖了几块红薯。你们要批要斗，就冲我来。"

村干部十分紧张，一边让放人，一边给马奶奶赔礼："马奶奶，我们对您老人家关心不够，您多多包涵。我现在就派人给您送粮食去。"

这时，一个村民慌张地跑来说："马奶奶，你们家失火了。"

会场上一片混乱，人们都向马奶奶家跑。马奶奶的房子在燃烧。苏礼和大人们一拥而上忙着救火。苏常胜想上前，手被马奶奶拉住了。苏常胜跪在马奶奶面前，说："奶奶，长大了我给你盖洋楼。"

就在这个时候，小勇却不见了。

下午，人们在河里发现了小勇的尸体。马奶奶抱着小勇号啕大哭。

一个人在读小勇的信：

> 我从小就受奶奶、老师的教育，要爱护国家财产。现在，我做了错事，没脸活着……

读信人泣不成声，周围响起一片哭声。

苏常胜也泪流满面，他的手里紧紧握着小勇给他做的桃符。

这只桃符一直带在他身边。

他回忆到这里，又捧起桃符，深情地看了看。他想起父母落实政策即将回城的前一天晚上，自己背着行李来到小勇的坟前。

不远处停着一辆手扶拖拉机，马奶奶坐在拖拉机上，像是要出远门。苏常胜朝着坟地磕了几个头，泪流满面，泣不成声地说："小勇哥，我的好哥哥，你放心吧，奶奶今后就是我的亲奶奶。"

苏常胜回到拖拉机上，看见马奶奶也泪流满面。

苏常胜回忆完了，脸上挂着泪珠。他看了看表，起身向外走，到了门口，又回头，给秦婕打了个电话："婕，今天是奶奶的生日，我过去，你有没有时间？"

秦婕在电话那边说："胜子哥，我很抱歉，我在西山县还没有回去。"

放下电话，秦婕也陷入了回忆。

苏常胜到了马奶奶家，亲自进厨房里做饭。

苏常胜问丽丽："我让你买的山芋呢？为什么没买？"

丽丽："现在都什么年代了，谁还吃那东西。给奶奶过生日，让她吃点好东西。"

苏常胜呵斥说："你懂什么，那是奶奶最爱吃的。"

苏常胜说完，解下围裙就向外走。丽丽想拦，见苏常胜一脸怒气，没敢说出口。

马奶奶问："胜子去哪儿了？"

丽丽："他去买山芋了。"

马奶奶："这孩子做事就爱较真，从小就那个样子。"

丽丽："奶奶，我放首《祝你生日快乐》您听听！"

马奶奶问丽丽："闺女，你比胜子小多少岁？"

丽丽没有思想准备，犹豫了一下，说："我和苏哥差二十岁。"

马奶奶听后，笑了笑。

苏常胜拎着提袋匆匆回来，又钻进了厨房。苏常胜的手机响了，他一边擦手一边接听："下午再说吧，什么事那么重要，也不如我现在的事重要。"说完，他关了手机。

丽丽在一旁听了，深情地看着苏常胜。

虽然是周日，交警支队依然十分繁忙。

张虎正在向周伟新汇报案情，有的人在吃着工作餐。

周伟新："现在最重要的是弄清那辆车的来龙去脉！"

张虎："我按你的要求认真查了一下档案。这辆车没有档案。"

方正一惊。

周伟新："虎子，你看这辆车属于什么性质呢？"

张虎："黑车，也是走私车。没有档案记录，牌照肯定是假的。"

方正生气地说："虎子，你说话注意影响。东州没发现过走私车。你也是老交警，照你的说法，你自己也有问题。"

周伟新："那么，昨夜是谁送厂的？"

张虎："大修厂的工头说不认识，我看问题更明显。"

周伟新："方支队，这辆车和田学习的那辆车是同一型号，同一出厂时间，而且是同一个牌号，又都是假牌号，你认为问题在哪里呢？"

方正："这事只能问田学习。如今他死了，死无对证。"

周伟新若有所思。过了一会儿，他毅然决然地说："把那个修理厂的工头带来。"

张虎和陈刚等人到了大修厂，向大修厂工头出示了证件后，带着工头上了警车。工头一脸的紧张。

到了公安交警支队，周伟新亲自出面对工头询问。方正、张虎、苏红等也同时参加。

张虎："我们的政策你也了解，如果你知情不报，就是包庇。"

工头想了想，说："我只知道人们叫他老八，他原先是市体校的武术老师，后来因为打伤人进去过。"

张虎："他什么时候把车送来的？"

工头："今天凌晨一点多吧。"

周伟新："你知道怎样和他联系吗？"

工头摇头。

刘婷婷与治安支队联系后，查到了徐开放的家庭住址。

周伟新看了看表："苏红，你们马上去市体校！虎子，你们去徐开放家。"

张虎、苏红等应声出发了。

苏红到了市体校，向体校的领导说明来意。市体校领导十分重视，立即找来人事、保卫部门人员，经了解，徐开放原是体校武术教练，前几年因参与一起建筑工地斗殴，打伤人，被判过刑，半年前才刑满释放回来，没有回体校工作。

苏红问徐开放平时和什么人来往，体校的同志都说不知道。

苏红一行几乎没有什么收获，只好返回支队。

张虎一行到了徐开放家，敲了几下门，屋子里没人应声。隔壁一个邻居开了门，说："走了，和一个女人一起走的。"

张虎："什么时候？"

邻居："一大早，我们去锻炼的时候。"

下楼后，张虎不解地说："奇怪，徐开放把车送进修理厂，想修好了卖出去，说明他没想逃。现在他能去哪里，会不会是逃跑？他怎么知道我们要找他？"

回到支队，张虎、苏红把情况向周伟新和方正做了汇报。

张虎："从迹象分析，徐开放有可能听到了风声，外逃了。"

苏红："我认为现在应该一边查徐开放，一边查车主，弄清车的来龙去脉。"

张虎："那不是转移视线了吗？我认为现在应该通缉徐开放。很明显，徐开放是畏罪潜逃。再说，那是辆黑车，没有档案，查车主很困难。现在，我们掌握的线索就是徐开放是肇事的司机，就应该按这条线索查下去。"

方正："和徐开放一起逃逸的那个坐台小姐，是不是刘小兰在歌厅发现吸毒的那个小姐？她和田学习认识的那个坐台小姐有没有关系，也要追查一下。如果不搞清楚，恐怕田学习的事情不好交代啊！"

周伟新点点头。

花园广场交通肇事逃逸一案又发现新的犯罪嫌疑人的消息，很快就传到市政府。苏礼对此十分恼火，让秦富荣找马达谈一谈，对交警支队提出严肃批评。

秦富荣没有找马达，而是先找到朱继承。他大发雷霆："你朱继承也算在地面上混的人。你是怎么搞的，还没几天就出了问题。你不是口口声声百分之百没问题吗？"

朱继承："都怪我把徐老八想得太简单。我以为他百分之百可信，没想到他为了自己喜欢的女人，什么风险都敢冒。他是答应了给那个叫阿静的女人一笔钱，所以想私下里把车卖了。"

秦富荣："这么说，你是没有办法了？你要是没办法，我可以找有办法的人来办。你应当知道，东州有才干的能人很多。"

朱继承："我百分之百理解你的处境。我向你保证百分之百不会再出问题。"

秦富荣："朱总，我不希望你再有失误。"

朱继承："秘书长，这一回请您老人家百分之百放心。"

朱继承之所以敢这样说，是因为徐开放已经在出逃的火车上。上了火车，徐开放和阿静在人群中匆匆忙忙走过。阿静沉不住气，问道："八哥，到底出了什么事？"

徐开放："阿静，事到如今，八哥也不瞒你。我有个做官的朋友出了点儿事，需要我帮他扛上一段日子。这个朋友帮过我，我不能忘恩负义。你要心甘情愿跟我走就走，不心甘情愿，我也不勉强你！"

阿静刚要发火，看见徐开放书包很鼓，想了想，说："八哥，我跟着你了。"

徐开放叹了口气，说："老子要不是因为你，不至于到今天。"

阿静还想问徐开放，徐开放示意车内人多，没让她开口。

一名列车乘警走过来，徐开放赶忙低下头。

徐开放逃走的当天晚上，交警支队在治安支队的配合下，又对重点歌厅进行了一次调查。

苏红和刘婷婷、陈刚走进歌厅，找老板了解情况。

房间里灯光昏黄。老板找来同阿静一起坐台的小姐。那个小姐从包里拿出几个小姐的合影照片，指着阿静给苏红看。

苏红："这张照片能不能借我用一用？"

小姐把照片给了苏红。

苏红上车后，刘婷婷掩饰不住内心的激动，说："现在我越来越不明白了。田学习认识的坐台小姐吸毒，被刘小兰发现后，田学习为杀人灭口制造了车祸；这又出来个徐老八认识坐台小姐吸毒，而且也是在同一歌厅，基本可以断定，徐开放得知刘小兰已经发现阿静吸毒，所以迫不及待地制造了车祸，想杀人灭口……车祸可就一起，死的也就一个刘小兰啊！"

苏红："你认为肇事者是田学习的可能性大还是徐开放的可能性大呢？"

刘婷婷摇头。

当交警支队研究时，方正坚持认为徐开放是贩毒分子："我同意虎子的判断。这样看起来，徐开放本身可能就是个毒品走私犯。"

苏红："你是说阿静的毒品是徐开放的。"

方正："这是当然。"他转身对周伟新说："周支队，这个案子应该转给刑警支队。"

周伟新沉思着，没有马上表态。

方正："你是不是有别的考虑？毒品不是我们交警管的事。"

周伟新："徐开放也是交通肇事嫌疑人。"

方正的神情有点儿不高兴。

周伟新："虎子，你去进一步调查徐开放的情况。苏红，你去把阿静的家庭地址了解一下，看能不能更详细一些。"

苏红和张虎走后，方正忍不住对周伟新发牢骚说："我的周支队，你怎么不理解我的心情？现在案情越来越复杂，我让把这个案子交出去，也是为你好。"

周伟新笑了笑，问："方支队，你的心脏检查有问题吗？要不要住院治疗？"

方正："这案子如此缠手，我哪还有时间。我总不能把事情都丢给你，自己忙私事吧！"

周伟新："那也不能耽误治疗啊。"

方正："等案情有了进展吧。"

周伟新拍了拍方正的肩膀："谢谢你了！"

周伟新走后，方正陷入了苦恼之中。

第八章

　　东州西山县是一个贫困县。秦婕和几个记者正在一个山村采访，接待他们的是年过半百的老村主任。

　　老村主任："小婕，你爸在我们这儿当过教师，老百姓都夸他是个好人、热心人。"

　　秦婕笑了笑。

　　老村主任："我说的都是真话。前年这里闹大水，受了灾，你爸跟苏市长来过这里。你爸看到村小学还是他在的时候的破烂房子，而且被大水泡倒了几间，当时就掉了眼泪。他回去后，就张罗给村学校盖房子的事。这不，去年你爸通过上级给了咱三十万，建了一所新学校。"老村主任一边说，一边指着山坡上的一座学校让秦婕等人看。山坡上的学校，青砖红瓦，绿树环绕，一群下了课的孩子在操场上玩耍。校门前的五星红旗格外醒目，秦婕和几个记者都拍摄了几张照片。

　　老村主任："你爸不仅帮我们盖了新学校，还打算给村里修条路。"

　　秦婕："大爷，那也不是我爸的钱，是政府拨的款。要感谢应当感谢政府。"

　　老村主任："你爸给咱们这里建了四所希望小学。大家想用他的名字命名，他不同意。我们想给他立块碑，他说啥也不答应。"

秦婕一行上了回城的汽车，在车上，她还在思索着，往事也在她的眼前浮现。

那是秦婕读高中二年级时，她的母亲因病住院。一天，放学后，她去医院看望母亲。

秦母正在和医生说话，没发现秦婕已经到了门前。秦母含着眼泪对医生说："医生，我求求你，千万别把我患癌症的消息告诉老秦。他一月那点儿收入，怎么付得起昂贵的医药费啊？再说，我这病已经这样了，看也不一定能看好，就别给他增加负担了。"

医生："大姐，你放心，我们会全力以赴。苏市长也有交代。"

秦婕的泪水落了下来。

医生走后，秦婕擦干了泪水，走到母亲病床边坐下。秦母看见女儿，脸上露出微笑，握着秦婕的手，关切地说："婕儿，这些天，妈病了，爸又忙，让你在学校吃食堂，吃得好吗？"

秦婕哽咽着点了点头。

秦母："俺婕儿是大人了。不管发生了什么事，你都要记着，做人、做事要像你爸爸那样谦虚谨慎。"

秦婕点点头。她给母亲削了只苹果，一片一片地送到母亲嘴里。母亲吞咽得十分困难，但脸上依然带着微笑。

张晓和苏常胜带着水果、花篮走了进来。

苏常胜："阿姨，什么时候做手术啊？"

秦母看了秦婕一眼，把话题转到一边："胜子，你妈身体还好吗？"

苏常胜："好！好！我妈说周末休息时来看您。"

张晓见秦婕一脸悲伤，就把她拉到门外，问道："你怎么了？"

秦婕没回答，直接去了医生办公室。张晓也跟了上去。

秦婕开门见山地问医生："医生，我妈的手术费需要多少钱？"

医生想了想，犹犹豫豫地伸出两根手指头。

秦婕惊讶地睁大眼睛："两万？"

医生点头。

秦婕大惊失色，差点儿倒在地上。张晓上前扶着她，走出了医生办公室。

　　当天晚上，秦婕回到家里，灯也没开，坐在沙发上，神情不安地想着心事。秦富荣疲惫不堪地走进来，开了灯，发现了秦婕，大吃一惊："婕儿，怎么了？"

　　秦婕扑到秦富荣怀里，哭着说："爸，你一定要救我妈。我不上学了。我打工挣钱，帮你给妈治病。"

　　秦富荣的眼睛也红了。他拍了拍秦婕的肩膀，安慰她说："孩子，你放心。爸在想办法。"

　　过了一会儿，苏常胜来了，手里拿了一个提包。他看了看秦富荣，又看了看秦婕，马上明白了怎么回事，笑着安慰他们说："多大个事啊，用得着这么犯愁吗？"他把提包放在桌上，对秦富荣说："秦叔。这是我爸恢复工作后补发的工资，以及这几年的积蓄，不多，八万元，我爸让我交给你。"

　　秦富荣："胜子，这怎么行呢？你家里也不宽裕。再说，这些钱，我一辈子也还不上啊。"

　　苏常胜火了："秦叔，您是不是要让我爸亲自给您送来，还得跪下求您？"

　　秦富荣低下了头。

　　苏常胜对秦婕说："小婕，我告诉你，你安心上学，别的都别想。你现在还是个学生，家庭的事情与你没关系。你要真想尽孝，就好好上学，大学毕业，找个好工作，有个高收入，那时再尽孝。"

　　秦婕低着头不说话。

　　过了几天，秦母要动手术。秦婕、张晓、苏常胜和秦母单位的一些人在手术室门外焦急地等候。秦婕心神不定，苏常胜紧紧攥着秦婕的手，不住地安慰她。

　　张晓着急地说："秦叔叔怎么到现在也不来？"

　　苏常胜："秦叔叔现在在抗洪一线，比咱们这里还紧张呢。"

　　一会儿，护士推着昏迷的秦母走了出来。秦婕赶快扑上去，和护士一起，把秦母推进病房里。

　　苏常胜问从手术室里出来的医生："怎么样？"

　　医生："手术做得还可以吧。不过，她的病已到了晚期，即使做了手术，也可能会出现危险。"

苏常胜听后，一脸茫然。

秦富荣一身泥水，急急忙忙地来到医院。

一个月后，秦母去世。在东州郊外公墓秦母的坟墓前，秦婕泣不成声。张晓挽着秦婕。苏常胜站在悲痛欲绝的秦富荣身边。

秦婕从回忆中醒来，擦了擦脸上的泪水。

秦婕回到报社时，天已黑了。她刚进办公室，一同事对她说："小秦，你今晚可能又睡不了安生觉喽。"

秦婕一惊："怎么？……"

同事："你还不知道啊？今天听说又冒出了一个肇事者！"

秦婕一惊："又冒出一个？"

同事："是啊！我们刚刚把肇事逃逸者坠崖死亡的消息发出两天，今天听说，交警支队又发现一辆同样的肇事车。"

秦婕马上给交警支队挂了电话："交警支队吗？你是张科长？听说你们又发现了肇事车的新线索？肇事者找到了吗？什么，又跑了？"

同事："这就奇怪了！司机查到了吗？"

秦婕："刚查到，又跑了。"

同事："你说他跑了？他怎么这么快就知道了消息呢？难道公安内部有问题？"

旁边一个记者开玩笑说："秦婕，你是不是想当中国当代的福尔摩斯呀？"

秦婕："惭愧、惭愧！我是觉着心里不平。"

同事："这件事轰动很大。老百姓现在还在议论，还有的打电话询问我们为什么不报道。"

秦婕："但愿这一次别再出现假新闻，否则，全市人民不会原谅我们，全国新闻界同行也会耻笑我们。看起来，这次发现的叫徐开放的这个人既狠毒又残忍。像这种人的恶行不是一天两天形成的，说不定他过去就有过什么罪恶。我想深入采访一下。"

同事点点头，赞同地说："你说得对。新闻舆论监督应该向更深层次突破。我国舆论监督虽然不能像法律那样威严、权威，但也可以发挥其法律不可替代的作用。我支持你，你这种行为可以冠名为新闻参与。"

同事走到门前，又回转身，关切地说："小秦，你已经卷进旋涡了，可要注意自我保护。有什么事情及时与我们联系。"

秦婕关上电脑，也走了出去。她走到车前，要去开车，旁边一辆出租车的门开了，苏常胜从车上下来。秦婕又惊又喜："你怎么来了，事前也不打个电话？"

苏常胜："怎么，不欢迎？不欢迎那我就走了。"

秦婕打开车门，把苏常胜推了进去，然后也上了车："本记者今天绑架苏大局长。说吧，去哪里？"

苏常胜："方向盘在你手里，你看着办吧。"

秦婕开车出了报社大门，驶到大街上，问道："你过去从来不到报社找我，今天来一定有事吧？"

苏常胜："是有事。"他打开书包，取出一份材料："上次说的搞一个助学行动计划，也叫安心工程的方案，我搞出来了，想请你看一看。"

秦婕接过后，放在一旁，沉痛地说："第一个肇事者坠崖身亡，又发现第二个肇事者，可第二个肇事者又跑了。我真不明白，他从哪儿得到的消息？"

苏常胜没说话。

秦婕："胜子哥，你说会不会有人给肇事者通风报信呢？我怀疑交警支队内部有问题。"

苏常胜有点儿不高兴："婕，咱们能不能说点别的。"

秦婕："我今天去了西山县我爸工作过的那个山村。想不到，还有这么穷的地方。"

苏常胜："贫富差距是社会的一个大问题啊！我想去水泥厂宿舍，看看刘小兰的母亲。"

秦婕点点头。

水泥厂与市区有十几公里的路程，秦婕和苏常胜边行边谈。

秦婕："胜子哥，水泥厂改制的事到哪一步了？"

苏常胜："正在重新搞评估。"

秦婕："朱继承他们就那么甘心情愿？"

苏常胜："听说张民去了北京，到中央党校找赵书记去了。"

秦婕："那你准备怎么办？"

苏常胜沉思了一会儿，说："我感觉很累。"

秦婕生气地说："又来了。你能不能振作起来，能不能像当年的苏常胜那样不畏一切困难，只知勇往直前?！"

苏常胜长长地出了一口气："时过境迁了。"

秦婕突然停下车，从苏常胜胸前掏出桃符："你看看这个。你再想想当初在小勇坟前说过的话。"

苏常胜看着桃符，泪如雨下。

他们到了胡小凤家，敲了一阵门，一个小女孩才过来开了门。

小女孩："叔叔阿姨，你们找谁啊？"

苏常胜："请问小兰的妈妈在家吗？"

小女孩："你们找我胡阿姨呀？她病了，在床上躺着呢。晚上，我妈做的饭，我送给胡阿姨吃的。"

胡小凤在屋里说话了："是苏局长吗？请进。"

胡小凤想起床，秦婕赶忙到床边扶她躺下："大姐，您身体不好，躺下说话吧。"

因为屋子里只有一张椅子，苏常胜坐了，秦婕只好坐在胡小凤的床上。秦婕抬头看着刘小兰的照片，视线被泪水模糊了。

苏常胜："大姐，你怎么还没去医院？"

胡小凤没回答，泪流满面。

小女孩搬了个凳子进来，让秦婕坐。听到苏常胜问话，接上说："我胡阿婕说没钱看病。"

苏常胜气愤地问："厂里还没有把医保问题解决吗？有没有一个说法？"

胡小凤摇头。

苏常胜拿出手机："我现在就找张民，太不像话了。"他拨了张民的手机，话筒提示对方已关机。他想了想说："大姐，你还是先去住院，医药费的事，我会找张民说。"

胡小凤："苏局长，我很感谢你。你的工作这么忙，还关心我一个下岗职工，真不好意思，给你添麻烦了。"

苏常胜让秦婕帮胡小凤穿上衣服。胡小凤开始不同意，两人争执了一会儿。最后，胡小凤没有争过秦婕，还是换上了衣服。苏常胜背起胡小凤向外走，小女孩拦住了，大义凛然地说："你不能偷我胡阿姨！"

秦婕抱起小女孩："孩子，叔叔不是偷你胡阿姨，是送你胡阿姨去医院。等你胡阿姨病好了，再送回来，好吗？"

小女孩："叔叔真好！"

在去医院的路上，胡小凤不住地说感谢话。苏常胜一言不发，不停地擦眼泪。

秦婕考虑到医院可能已下班，就给熟悉的一位副院长打了个电话，请那位副院长安排一下，让胡小凤先住上院。到了医院办住院手续时，住院部说要三千元钱住院押金，苏常胜一下愣了。

苏常胜："这样吧，我回家一趟，向我妈先拿点钱。"

秦婕翻了翻书包，找出一千元钱。她又给那位副院长打了个电话，说先付一千元，把工作证和身份证放在医院，明天一定把钱送来。她最后想了想，对那个副院长说："这位病人是苏市长的公子苏常胜局长亲自送来的，你还怕交不起医药费跑了啊？"

那位副院长在电话那边笑了："你这个秦记者，千万别让苏常胜局长对我们医院有什么想法。"

苏常胜和秦婕办完胡小凤的住院手续，安排好胡小凤，时间已是晚上十点多钟。二人出了大门，上了车，秦婕说："到我家去吧。"

苏常胜没表态。秦婕把车开到了自己家的楼下。苏常胜犹豫了片刻，跟秦婕上了楼。

进屋后，秦婕问苏常胜："你喝茶还是喝咖啡？"

苏常胜："白开水。"

秦婕倒了水，挨着苏常胜在沙发上坐下，说："看看你这个局长，真让人感动。私事从不用公车，请客从不用公款，至今还是喝白开水……"

苏常胜："我至今也没把自己看成什么局长。我始终觉得，不管做什么官，做多大的官，都不能忘本。"

秦婕拥抱苏常胜："胜子，这也是你最让我为你骄傲的一点。"

二人紧紧拥抱在一起。

秦婕："胜子，我，我想让你今晚留下来。"

苏常胜犹豫不决。

秦婕进了卫生间去洗澡。苏常胜在客厅里坐卧不安，一会儿调调电视频道，一会儿又走来走去。看得出，他的思想斗争很激烈。这时，他隔着浴室的玻璃，看见了秦婕赤裸的身子的美丽剪影：飘逸的长发、修长的身躯、高耸的乳峰……他的心动了，迫切地脱光了衣服，推开了浴室的门，和秦婕紧紧地拥抱在一起。然后，他又把秦婕抱到卧室的床上。

二人做完爱，穿好衣服，回到客厅坐下后，苏常胜不无痛苦地说："婕，你会后悔的。"

秦婕："胜子哥，我永远不会后悔。因为，我把自己给了我最爱的人。"

苏常胜感慨地说："我有时在想，人的感情真是一只铁笼，把人囚在里边。人一旦被情所困，往往不能自拔，这是人的悲哀。"

秦婕："这也是人的伟大之所在。"

苏常胜："婕，我是不是对你不负责任？"

秦婕摇头："胜子哥，你千万别这样想。"

苏常胜看了看表。

秦婕注视着苏常胜。

苏常胜说了句"我该走了"，起身向门口走。

秦婕有点儿依依不舍，拉着苏常胜的手不放。

苏常胜："婕，我真的该走了。"

秦婕："胜子哥，你是不是还有话跟我说？"

苏常胜犹豫了一会儿，说："婕，我想申请到美国看看他们。"

秦婕神情有些不悦，但口中却说："你应该去看看他们了。要不要我帮助准备东西？"

苏常胜感动地亲吻了一下秦婕，急忙走了。

秦婕痛苦地闭上眼睛。

这时，秦富荣走进来。秦婕看了秦富荣一眼："爸，您回来了。"

秦富荣点头，问："胜子是不是刚走？"

秦婕没回答，说："我累了，先睡了。"

秦富荣："别急。来，咱们下盘棋。有什么事情，一下棋就可以忘掉。"

秦婕犹豫，秦富荣已把棋摆放好。她无可奈何地坐在棋盘前。

走了几步棋后，秦富荣问："你现在是不是还在调查花园广场车祸的事？"

秦婕："怎么，您是不是又要劝我放弃？！"

秦富荣不语。

秦婕生气地说："您曾经让我放弃过多少事啊！大学毕业，分配去电视台，您说整日抛头露面不好，让我放弃，我听了您的。我和胜子的感情深厚，您说苏伯伯苏伯母不喜欢我这种性格的，劝我放弃，我就没有争取；您现在还要我放弃我的追求，我不能再听您的！"

秦婕说完，转身进了屋。

秦富荣一脸愁容。

清晨，秦婕家。

秦富荣在厨房里忙着做饭。

餐桌上放着已经煎好的鸡蛋。

秦婕从房里出来，看了一眼餐桌："爸，不是说过您不下厨房了吗？怎么又抢我的事干！"

秦富荣从厨房端着粥出来，笑着说："吃饭吧！"

秦婕进卫生间洗漱。

秦富荣在餐桌前看报。

秦婕："爸，您先吃吧！"

秦富荣："不急，我等你。"

秦婕一会儿出来，在餐桌前坐下，说："爸，我昨天到了西山县，还看了您工作过的学校。"

秦富荣低头无语。

秦婕："村里人都夸您帮着重建学校，办了件好事。"

秦富荣无言。

秦婕："爸，我给您买的那件羊毛衫您试了吗？"

秦富荣："我身上这件还能穿。"

父母俩默默无语地吃着饭。秦富荣突然问："婕儿，你最近和苏常胜接触是不是很多？"

秦婕惊觉地反问："您什么意思？"

秦富荣没开口。秦婕急了，把筷子一放："您有话就说呗！"

秦富荣："吃饭，吃饭，你吃饭，爸给你说！"

秦婕又拿起筷子。

秦富荣："苏常胜的妻子、儿子都在国外，你们接触多了影响不好。"

秦婕："我不管别人怎么说，总让闲言碎语左右自己的感情、自己的生活，累不累！"

秦富荣："这是社会，人是生活在社会中的！"

秦婕："社会要以人为中心。我承认人是在社会中生存，人要有社会责任感。但社会对每一个人的感情世界应给予宽容，否则，这社会不是太沉闷了？！"

秦富荣："好了，我现在不和你谈这个问题。你要是相信爸不会害自己的女儿，最好听爸一句话，少和苏常胜接触！"

秦富荣说完，拿上包走了。

秦婕望着已经关闭的门，百思不得其解。在她记忆中，秦富荣一直把苏常胜当作亲生儿子一样对待。秦婕边想边穿衣服，下了楼。

交警支队的周伟新办公室里一片静寂。周伟新正在全神贯注地看材料。方正走了进来，问："周支队长，虎子有什么新线索吗？"

周伟新摇了摇头。

方正给周伟新一支烟，二人点燃了烟。

门开了，苏红走进来。

方正："苏红，你和周支队长什么时候请兄弟们喝喜酒？"

苏红："瞧你这么大个人，连话也说不好。"

三人同时笑了。

苏红："伟新，师大来了两位学生，是死者刘小兰的同学，想问问凶手抓到了吗，你见不见一下？"

周伟新立即表示："见，理所当然要见！"

苏红出去后，方正不悦地说："凶手，什么人能称之为凶手。这些学生太无知了。"

周伟新笑笑，没有言声。

苏红、刘婷婷带着孙红和另一位女学生走了进来，介绍说："这是我们周支队长，这位是方正副支队长！"

孙红和同学一下子跪在了周伟新和方正面前。周伟新、方正措手不及："这、这是干什么，快起来，快起来！"

孙红哭着说："警察叔叔，我从小就崇拜警察叔叔，热爱警察叔叔。我看到的警察叔叔都是抓坏蛋，为民除害的……"

秦婕走进来，悄悄站在一边。

孙红继续哭诉："我的同学刘小兰是班干部，学习成绩也特别好，老师表扬她，说她有发展潜力和发展希望。可是，她突然被……她死得太惨了……"孙红说不下去了。

孙红的同学接着说："刘小兰死后，我们班同学到现在都没心思吃饭、学习。小兰家里穷，母亲辛辛苦苦攒几个钱供她上学，希望她长大后有出息。现在她的母亲悲伤过度生病住院了，可是，肇事的凶手至今逍遥法外，我们……"

孙红："社会上有人造谣说刘小兰与田学习有不正当关系，损害女大学生的名声。我们求警察叔叔给刘小兰一个公正，给社会一个公正，给热爱警察叔叔的我们一个公正……"

两颗晶莹的泪珠从秦婕眼里滚出。

苏红沉痛地低下了头。

周伟新狠狠地抽了几口烟，拿起挂在墙上的帽子戴在头上，系好风纪扣，认真而又严肃地向孙红和她的同学敬了一个礼，坚定地说："请回去转告你的同学们，我们一定会尽快抓获肇事凶手，一定会给刘小兰同学一个公正。"

方正内心很矛盾，也很痛苦。他掏出几张人民币，交给孙红，说："请把我和周支队的一点心意转达给刘小兰同学的妈妈。"

方正走到门外，大口大口地抽烟，然后上了车。

周伟新目送孙红和她的同学走出去，神情十分沉重，拨了一个电话："马局长，我请求发徐开放的通缉令。"

徐开放和阿静还在奔驰的火车上。不过，他们是到了南方一个城市后，又马不停蹄改乘另一列往北的火车。

阿静刚起床，化妆完毕，见徐开放还在睡觉，拧了一下他的胳膊。徐开放醒来，骂道："你想找死！"

阿静撒娇地说："我就想早一点死，早一点死也比这样逃亡好。"

徐开放又躺下了。

阿静："八哥，咱们到底要到哪里去呀？不能在火车上过一辈子吧！"

徐开放："什么过一辈子。等个一年半载，风头过去了，我们就可以风风光光地回东州了。你跟着我，还能少了享福？！"他说着把阿静抱了过来。阿静用手示意上铺有人，老八往上瞪了一眼。

阿静小声问："八哥，咱们这样折腾，在哪儿落脚？"

徐开放神秘地摇了摇头："现在还不能告诉你。"

阿静对徐开放说："我现在就想钱。没钱，我哥就没命了。"

徐开放："我答应你，先给你们家寄一万。"

阿静："你要说话算话。"

火车停站。徐开放探头看了看，站牌上写着"南平站"。他急忙拿行李，嘴上嚷着："下车，下车！"

阿静四下看了看，不满地说："我还以为你带我到广东呢，没想到来这个破地方。"

徐开放得意地笑着说："出其不意这才是我徐开放的高明之处。"

阿静："你高明就不跑了。"

徐开放拉长了脸，步子加快了。阿静紧跑了几步，追上徐开放。徐开放生气地说："你要是看不起我，就给我滚。"

徐开放看到路旁有一家移动通信商店，就钻了进去。出来的时候，他手中多了一部移动手机。他拨了朱继承的电话，里边传来的声音是："对不起，你所拨打的用户已关机。"他想了想说："咱们先住下，明天我再和朋友联系。"

朱继承正在东州高尔夫球场，与黑蛋边打球边聊天。

黑蛋："朱哥，徐老八这个人我了解，很重感情。你就放一万个心吧！"

朱继承："话是这么说，就怕关键时刻掉链子。多少在官场玩得红火的人，就因为相信'感情'两个字，到头来被自己认为不会出卖的人出卖。徐老八走时还带了个女人，那个女人百分之百可能成为祸根。"

黑蛋："那是个坐台小姐，红尘女子，有钱就能拢得住。方正这个人怎么样？"

朱继承讥讽地说："办事胆小，好像天上掉下片树叶也怕砸破了头。他现在知道是那辆车出的事，已经很紧张了。不过，我想他会百分之百围着我们转。"

黑蛋："要不要把我们给方正老婆买机票办出国的事捅出去，让他有点儿压力。"

朱继承火了："混蛋，那样做还是人吗？再说，那样一说，方正肯定受审查，最后暴露的百分之百是我们自己！"

黑蛋点了点头，又问："张民有消息了吧？"

朱继承："昨晚给我来了个电话，说赵书记所在的地市级干部班外出考察没回来，他还没见到赵书记，要在北京等几天。"

黑蛋不满地说："再等，菜就凉了。苏常胜那边的资产评估已经动起来了。秦富荣那边怎么也没进展？"

朱继承没回答。

黑蛋说："看来，还得给他点压力。"

朱继承点点头。

黑蛋："朱哥，你说怎么办吧？"

朱继承挥杆把球打出，球在天空划了一条弧线，飞出很远。黑蛋情不自禁地鼓掌喝彩："好球！"

朱继承阴险地一笑，说："这才是百分之百的实力！"

秦婕从交警支队出来后，先到医院补交了胡小凤的住院押金。她见了胡小凤，心里越发不安，下决心要继续追踪采访，找到花园广场车祸的肇事者。晚上，她约张晓一起吃饭，把想法给张晓说了。张晓一听就急了："你还不死心啊！给你说过这事有公安管，与你没多少关系了，你就是不听。难道你真想惹来杀身之祸啊？"

秦婕把胡小凤的情况以及孙红等人到交警支队要肇事者的情况给张晓说了一遍，最后说："这难道不是新闻记者应当关心的吗？"

张晓："好了好了，我说不过你。你要做什么，我奉陪到底。"

秦婕："我在等你这句话。"

二人一起到了国际大厦歌厅。秦婕找到和阿静熟识的小姐了解情况。一个小姐说："那天晚上，徐哥在这个房间同阿静一起玩，有人打电话给他，他就走了，走了大约两小时又回来的。"

秦婕："他走的时候是几点钟？"

小姐："我记不清了。好像足球赛刚开始。徐哥喜欢看足球，是我帮他调的频道。"

秦婕点了点头。她与小姐告别后，走出歌厅，张晓正在等她。二人一起上了一辆出租车。张晓迫不及待地问："有收获吗？"

秦婕："徐开放在花园广场出事那天晚上是在歌厅里，但中间出去了两个多小时。"

张晓："两个小时足够了。这家伙一定是用歌厅和女朋友做掩护，然后出去作案，作案后又回到歌厅！"

秦婕没有接张晓的话，她在认真思考。

张晓："你是不是还有疑问？"

秦婕点了点头，说："我想先去一下交警支队。"

张晓看了看表："这么晚了，谁还不下班！"

秦婕："周伟新他们不会下班，你看……"

她向大街上示意。

张晓向窗外望去，看见一位女交警正在指挥车辆，感叹地说："他们真辛苦哇！"

秦婕到了交警支队，见了周伟新，开门见山地说："谁是黑色宝马车的真正主人？徐开放刑满刚刚三个月，在一家公司开大货车。另据歌厅小姐说，事发当晚，徐开放和一坐台女子在歌厅，他接了一个电话后外出约两小时……"

周伟新："徐开放接电话，是在车祸发生前还是发生后？"

秦婕："那个小姐不和徐开放一个包间，说不清楚。那些小姐到那个时候已是醉意蒙眬，什么也记不清。"

张虎："如果徐开放接电话外出是在车祸发生后，徐开放可能不是真正的肇事者。"

秦婕："那肇事的会是什么人？"

周伟新摇了摇头，说："现在还难说。"

秦婕："周支队，有了消息赶快告诉我啊。"

苏红回到家，吃完饭，陪着孙敏在客厅里看电视。她一边看电视一边织毛衣。

孙敏笑着说："你看看你，又没有时间，还不让我替你织，什么时候能织完，不如给小周买一件！"

苏红认真地说："妈，那可不行！这是一种心情，一种感情，一种寄托，您懂不懂？"

孙敏笑了："红儿，你们那个案子进展怎么样？"

苏红："刚查到一条新的线索。"

孙敏："是什么人？"

苏红："一个刑满释放的人。可是，他又逃跑了。"

孙敏叹了口气："怎么搞成这个样子。小周的压力一定很大吧？你劝他要注意休息啊！"

苏红："妈，您对伟新真够关心的。"

孙敏笑了笑。

苏红："妈，我哥这几天忙什么呢？"

孙敏："他一年四季老样子，工作起来不要命。"

苏红："我嫂子最近写信了吗？"

孙敏："现在哪还有写信的，都是打电话。红儿，你怎么突然关心起你哥来了？"

苏红："妈，我什么时候不关心他？"

孙敏："你是应该多关心他。他从小就疼你。你嫂子又不在家，当妹妹的应该多关心关心他。"

苏红望着墙上的照片，动情地说："我可想我的小侄子了！"

孙敏的眼里有泪光闪烁。

苏红："我爸和我哥还为水泥厂改制的事争论吗？"

孙敏："这爷儿俩不知怎么的，最近工作上老是有冲突。我劝谁，谁还都不服。"

苏红："那是因为我爸是摆领导的架子。他在别人眼里是领导，在儿子面前是父亲，应该心平气和，互相尊重。要我看，在水泥厂改制的问题上我哥没错。"

孙敏叹了口气。

苏红看了看表："我爸怎么还不回来？我想和他谈谈他同我哥关系的事。"

孙敏："这一家人，都是工作狂。小周是不是也在加班？"

苏红一下子站起来。她用袋子装了几个苹果，边向外走边说："我去队里看看。"

苏红到了交警支队，周伟新办公室的灯果然亮着。周伟新正在思索案情，苏红进了门，他也没发现。苏红把两只苹果放在周伟新面前，说："我妈听说你加班，让我带给你。看我妈多疼你。"

周伟新笑了笑，拿起一个苹果吃起来。

苏红："伟新，你说徐开放怎么知道咱们要找他？还有那辆黑车怎么上的牌照？"

周伟新："说说你的想法。"

苏红："那个和徐开放跑的女孩叫阿静。我已经打听到她家的住址。是不是派人到她家一趟，可能会找到徐开放和她的地址。她总会和家里联系的。"

周伟新和苏红走到阳台上，极目远望，夜幕下的东州十分光彩。他想了想问道："关于徐开放还有什么消息？"

苏红摇了摇头，悄悄地依偎在周伟新身上。

这个时候，方正也很紧张。他约了朱继承在一个茶社谈话。

朱继承："方支队，谢谢你。我已经打十万美金到你女儿的账上了。"

方正："我可是提着头给你们做事。不过，我想让你告诉我回答我，真正的肇事者是谁？"

朱继承："方支队，这重要吗？别忘记'祸从口出'这句老祖宗的教导。"

方正沉默了一会儿，说："要知道害人如害己。我现在睡觉都怕闭上眼睛。过去，我开着警车，感到威风凛凛，而现在一坐上去，就有一种当囚犯的感觉，提心吊胆的。我有时想，这真不是人过的日子。"

朱继承脸色一变，严厉地说："你现在说这些有什么用？我还恨怎么不生在省长家呢。世上的事情有的是靠先天，有的是靠人。我可以告诉你，我这个人没背景，十年前你认识我朱继承吗？百分之百不认识，我那时只是一个泥瓦匠。我有今天，百分之百是个人奋斗上来的。你就是现在去认错，你的组织能原谅你吗？你的前途要葬送在你自己手里吗？兄弟，你是明白人，知道应该怎么做。"

两行泪水从方正的眼眶中流出。

朱继承却无动于衷，扔下方正，开车走了。他刚走出没多远，徐开放的电话就打了过来。

徐开放已在南平宾馆住下。他就是在宾馆给朱继承挂的电话。朱继承一听徐开放在南平，有点儿急了："你怎么跑南平了？这里与东州可是近在咫尺。你就不怕被人发现？"

徐开放："我也想走远远的，不惹你心烦。可是，我手中钱不够哇。"

朱继承："你走时，我不是给了你三万吗？"

徐开放不高兴地说："朱哥，你说这三万够干什么？我要吃要住，还得做点小生意吧。"

阿静在一旁比画着，示意徐开放多要钱。

徐开放听朱继承不耐烦，生气地说："那好，我不找你了。我去抢银行。"

朱继承听徐开放一说，也着急了："好，好。你别冲动，我没说不给你钱用。你说吧，要多少。什么，二十万？你也太黑了点儿……好，你等几天，我让人给你送过去。"

徐开放听了很高兴，挂断电话后，和阿静一起下楼去用餐。

徐开放："阿静，我认识了你，才有了头脑。过去，我都是猪脑子，干什么事不问青红皂白，只讲一个'情'字。正像你说的，现在这社会，谁还认那个。"

阿静："徐哥，你这就对了。我在歌厅坐台，经常接触各种各样的人，听他们讲形形色色的事。眼下，给人讲课的要钱，给人办事的要钱，就是领导题字也要钱。什么这主义、那思想，都是糊弄老百姓的。你徐哥给他们拼命，他们理所当然要给你钱，你要钱也理直气壮。"

徐开放高兴地吻了一下阿静。

阿静："你说给我家汇款，什么时候办？"

徐开放："明天就去办。"

阿静高兴地给徐开放夹了一块肉。

朱继承回到公司办公室，正心烦意乱，黑蛋进来了。他惊奇地四下看了看，把椅子收拾好，又给朱继承的茶杯添了茶，小心地问："大哥，是不是徐老八惹你生气了？"

朱继承假装没事一样，喝了口茶，问："徐老八同那个叫阿静的认识多久了？"

黑蛋："大概就一个月吧！"

朱继承生气地说："这个徐老八，为了一个刚认识不久的女人，跟我讲起价钱来了。真可恶。"

黑蛋："老八过去不是这个样子。以前我们一起打打杀杀，他也只说一句'给我留一口酒就行'，他没有讨价还价过。"

朱继承："那是过去。现在他身边不是有一个女人嘛。百分之百的女人会坏事！"

黑蛋恶狠狠地说："好多事就坏在女人身上。所以，我不主张弟兄们找情人。老婆不敢管的事，情人敢做。"

过了一会儿，黑蛋问："朱哥，你打算怎么答复徐老八？"

朱继承："能怎么样？都是自家兄弟。他要钱就给他。再说，他带着个女人，在外边也不容易。"

黑蛋："要了就给？朱哥，这可是个无底洞。"

朱继承没说话。

黑蛋："朱哥，要不行，我带人过去把他干掉。"

朱继承拍桌子发火："你这是什么话。那百分之百是咱自家兄弟。"

黑蛋："朱哥，你现在下不了决心，将来可能坏事就坏在你的仁慈上。"

朱继承烦恼地摆了摆手。

黑蛋："公安局那边还不依不饶呢。"

第九章

　　第二天上午，张虎和苏红、刘婷婷刚从东州体育场调查出来。刘婷婷感慨万端地说："这个徐开放爸妈都去世了，也是个苦孩子，怎么就惨无人道？不可思议。"

　　苏红："问题是徐开放是不是真正的肇事者。"

　　刘婷婷："那晚值班的老大爷不是亲眼看见徐开放开了一辆车进来吗？老大爷只是怕徐开放，没敢过问也没有报案。"

　　三人边谈边上了车。

　　刘婷婷："现在车找到了，嫌疑人也有了，应该能吻合。"

　　苏红："不是那么简单。"

　　刘婷婷："虎子，你怎么不说话？"

　　张虎笑了笑说："意见不成熟，不敢猜测。"

　　他们到了周伟新的办公室，把调查的情况向周伟新和方正做了汇报。

　　周伟新："你们有什么考虑？"

　　苏红："徐开放是花园广场交通肇事逃逸嫌疑人的可能性很大。"

　　张虎："据说他贩毒、吸毒也有历史了。"

　　方正："如果徐开放是嫌疑人，那田学习怎么解释？给全市人民如何交代？那可是登了报上了电视，家喻户晓。"

周伟新："那也要实事求是。通知晚上开全体人员会议。"

晚上，天空下起大雨。周伟新主持全体人员会议布置工作。他说："我刚来就让同志们加班加点，不好意思。但是现在案子没有多大进展，市局、市政法委压力都很大。现在我们来研究一下，下一步从哪个地方寻找突破口。张虎，你说说吧。"

张虎："我认为有一个人和一件事值得我们注意，一个人是徐开放的女友阿静，她可能会与家中联系；一件事是全市所有的邮政局。徐开放临时出走，手头上不一定很宽松。他假如是有联系人，必然会跟他联系。"

周伟新："我同意虎子的判断。下一步，一边去阿静家乡等候，一边在全市继续排查。"

果然不出东州公安所料，徐开放在阿静的催促下，第二天上午就来到了南平某邮政局。大厅里人很多。徐开放和阿静进来后，问窗口服务员，要了汇款单，在一起填写。

阿静见徐开放在汇款单上填写的金额是八千元，不满地叫起来："不是说好一万元吗，你怎能说变就变？"

徐开放解释说："咱们吃住行也要用钱。我想先寄八千，过几天钱到了，再一次性寄个三万五万。"

阿静一脸不高兴。出门后，徐开放在前边走，阿静生气地跟在后头。徐开放去拉阿静的手，被阿静甩开。又走了几步，阿静看见一家珠宝店。她马上换了一副笑脸，主动拉着徐开放的手："徐哥，这有家珠宝店，咱们进去看看吧。"

徐开放："手头紧，看那干什么？"

阿静："我也没说要买，就看一眼不行吗？"

徐开放不太情愿地跟着阿静进了珠宝店。阿静挽着徐开放转了几个柜台。她在一节柜台前站住，不愿离开，让服务员拿了一串珍珠。

服务员："两千八百元。"

阿静："徐哥，我妈早想要一串珍珠，我想买这串。"

徐开放："我手上的钱不多了。"

阿静："不行，我今天就要买。你要不给我买，我就找别人。"

徐开放十分不乐意地付了钱,阿静喜不自禁地吻了徐开放。

中午,周伟新在办公室和苏红一边吃午饭,一边交谈。

苏红:"徐开放的那个女友叫阿静,过去是坐台小姐,花钱大手大脚。徐开放在没钱的情况下,只有两种可能,一是向有关联的人要……"

周伟新接上说:"一是铤而走险。二者必居其一。"

朱继承最担心的也是徐开放铤而走险。他此刻正在酒店里同黑蛋一起吃饭,不无忧虑地说:"我现在就怕他铤而走险,惹是生非,那样百分之百会拔出萝卜带着泥。"

黑蛋:"这小子的性格,急了,可真能做得出来。"

朱继承叹了一声气。

黑蛋:"朱哥,水泥厂改制的事有进展吗?"

朱继承:"我听北京一个朋友说,张民在北京还活动了其他公司。"

黑蛋:"这个小子,拿了我们几百万。他要是做小动作,我把他的头拧下来。"

朱继承:"你拧下他的头管屁用?他那颗肥猪头值几百万吗?再说,水泥厂如果按咱们的评估买下来,百分之百可以净赚一个亿。你们以后做事先动动脑子。"

黑蛋惭愧地低下头。

朱继承:"我今晚约了苏常胜。"

晚上,苏常胜应约到了酒店。他看了看桌子上丰盛的饭菜,一脸的不悦。

朱继承笑容可掬:"苏局长,请坐下谈。"

苏常胜:"我还有事,有什么话就直说吧。"

朱继承:"苏局长,水泥厂那边我们已经投了上千万……"

苏常胜愣了一下,好像对朱继承的话感到震惊。他看了朱继承一眼,认真地说:"朱总,你要相信我们会秉公办事。"

朱继承:"我不能不急。听说还有别的公司在四下找关系。"

黑蛋:"他们再找关系,还有苏局长你的关系硬吗?朱哥早说了,有你苏局长,在东州这块地上,他是稳操胜券。"

苏常胜很坦然地说："我的意见，包括我们国资局的意见，是要实事求是评估，公开挂牌销售。同时，我们选择对象时，一定要兼顾企业效益、职工利益、社会稳定等多方面的目标。这一点，你能做到吗？"

黑蛋刚要说话，被朱继承用手势制止了。他端起酒杯给苏常胜敬酒："苏局长，吃了饭找个地方，兄弟们乐一乐。"

苏常胜："不了。我还要去看马奶奶，她最近一直不好。"

黑蛋大发感慨："不就一个瞎老太太吗？你管她吃管她住就不错了，没必要天天像孝子一样。你看看你为了她，失去多少难得的欢乐机会。"

苏常胜勃然大怒，狠狠地摔了酒杯，起身向外走，一边对朱继承说："好好管教管教你的兄弟，你要是管不了，我替你管。"

苏常胜走后，黑蛋莫明其妙地问："他为了一个瞎老太太，怎么动这么大的感情？"

朱继承："你小子不讨人喜欢。那个瞎老太太，在他心目中百分之百是上帝。"

苏常胜上了车还怒气未消，嘴里不干不净地骂着。他开了一阵车，又在一个小摊前停下，要了一瓶啤酒，一饮而尽。这时，他看见一幅广告，画面上是一位老太太在给一个女孩子穿外衣。他的眼前浮现出在北方农村时的往事。

那是一个晴朗的日子，苏常胜在帮马奶奶晒粮食。他低着头，闷闷不乐。马奶奶好像感觉到什么，问："胜子，这几天奶奶没听你唱，也没听你讲故事，是不是又有什么事了？"

苏常胜诚实地说："我爸我妈不让我给你说。"

马奶奶："对奶奶还有什么秘密？你要是不说，以后别来找奶奶了。"

苏常胜天真地说："我说了，您可不能说是我说的。"

马奶奶点了点头。

苏常胜："奶奶，队里不让我上学了。"

马奶奶："为什么？"

苏常胜："他们说我爸是坏分子。坏分子的子女不能和贫下中农的子女一起上学。"说完，苏常胜哭了。

马奶奶抚摸着他的头，安慰说："胜子是男子汉，不哭。你上学的事，奶奶找他们去说。"

苏常胜高兴了："奶奶，他们都怕你，你一说准行。"

马奶奶果然去找了村里的头头。经马奶奶一说，苏常胜被批准入学了。第一天放学后，他背着书包，高高兴兴地跑进马奶奶家，对马奶奶说："奶奶，我又能上学了。"

马奶奶拿出一件外衣，帮苏常胜穿在身上，亲切地说："秋天了，别受凉。"

苏常胜的泪水夺眶而出。

苏常胜从回忆中醒来。他擦了擦泪水上了车。车到国资局大楼下，他停好车，上了电梯。开电梯的人说："苏局长，有人放了东西给你。说是你要的材料。"

苏常胜接过一个鼓鼓的大信封，进了办公室，他打开信封，里边掉下几沓钱，有美金，有人民币。他脸色大变。他想了想，拿起了电话，叫来了局纪委书记，义正词严地说："你把这件东西交给市纪委。这些人太恶劣了。"

局纪委书记当晚写了一篇新闻稿，发到《东州日报》的电子信箱里。

第三天，《东州日报》在一版显要位置上登了这篇文章：《拒腐局长苏常胜》，并配有苏常胜的照片。

丽丽看到报纸，十分高兴，读给马奶奶听："苏常胜发现那笔钱后，丝毫也没犹豫，马上打电话给纪委书记。他让纪委把钱上交市有关部门。他说：'党和人民给我们的权力，是用来为人民服务的，而不能成为谋私的手段。越是有权，越要珍惜权力，用好权力……'"

马奶奶："胜子是个知书达理的好孩子。"

苏常胜也看到了《东州日报》。他看了一眼，就扔在一边，想了想，拨了一个电话："婕，有件事请你帮帮忙。我想请你们报社给我们做个专访。"

秦婕："你不是从来都不喜欢宣传吗？怎么又热衷起当新闻人物了？"

苏常胜的声音："不是我热衷于当新闻人物。我是想配合这次国企改革，加强国有企业改革的宣传。"

秦婕："我帮你搞个策划吧。晚上有事吗？"

苏常胜的声音："我先去马奶奶那儿看看。老太太不愿住院，回家了。"

秦婕笑了："我真搞不明白，这些老人家都那么恋家。我爸也是这样。"

苏常胜："胡小凤大姐那里你盯着点，如果医生认为需要做手术，就一定动员她做。"

秦婕："她老是担心医药费、住院费。"

苏常胜想了想，说："我晚上去看看她吧！"

晚饭后，苏常胜到了医院，刚走进胡小凤的病房，同病房的老太太就对他说："先生，你怎么才来？你媳妇出院走了。"

苏常胜大吃一惊："什么时候走的？"

老太太："刚走一会儿，你应当能遇上她呀。"

苏常胜扔下带的东西就向外跑。到了楼下，遇见了秦婕。秦婕见苏常胜慌里慌张，问道："胜子哥，你干什么去？"

苏常胜告诉她胡小凤出院了。她一愣："说好明天动手术的，怎么就出院了？我想一定还是因为住院费和医药费的事。"

苏常胜拉着秦婕，跑到大门外，四下找了一会儿，没见胡小凤的踪影。苏常胜又气又急，汗流满面。秦婕用手帕为苏常胜擦了擦汗，安慰他说："胜子哥，你也别着急。胡大姐走不远，咱们到车站去看一看。"

他们二人到了通往郊区的汽车站。车站里人山人海，找人真是大海捞针一般困难。两人分头找了半天，也没找到胡小凤。苏常胜突然想到了什么，拉着秦婕上了车："快，到刘小兰的墓地看看。"

刘小兰的墓地在南郊一座公墓。因为天空有月亮，苏常胜一下车就看见墓地中间位置有一个人。他的脚步突然一下子变得沉重起来。秦婕看出苏常胜的情绪变化，上前扶了他一把，一起向墓地走去。到了跟前，果然是胡小凤。胡小凤看见他们来了，站了起来，抽泣着说："苏局长、秦记者，你们不要再为我的事忙活了。我，我的命不好，丈夫走了，女儿走了，我一个人活着有什么意思啊！"

苏常胜低着头。

秦婕生气地说："胡大姐，你这样做能对得起小兰和她爸吗？现在撞死小兰的嫌疑犯还没有归案，你能心安地走吗？"

苏常胜用手擦了擦脸。

秦婕："再说，苏局长为你跑前跑后忙活，就是想让你治好病，再为水泥厂的改革发展作贡献。你要是走了，别有用心的人还不造谣说苏局长害的你。"

这句话，对胡小凤震动很大。她握住苏常胜的手，不无悔恨地说："苏局长，对不起，让你担心了。我听你的，回医院。"

秦婕松了一口气。

路上，胡小凤问苏常胜："苏局长，我们改制的事定了吗？"

苏常胜："你放心，我们绝不会牺牲企业和职工利益。"

胡小凤高兴地说："有苏局长您这句话，我们就放心了。"

把胡小凤送回医院，返回的路上，秦婕问苏常胜："你当时怎么会想到胡小凤在墓地？"

苏常胜："感觉告诉我的。"

秦婕："你怎么会有这种感觉？"

苏常胜："情，还是一个'情'字啊！国人常说英雄难过美人关。其实，多少英雄是为情倒下。这个情并不只是美人。"

秦婕深情地看了苏常胜一眼。

苏常胜："秦叔叔这几天怎么样？"

秦婕奇怪地问："你问什么怎么样？"

苏常胜掩饰地说："你和秦叔叔的关系啊！"

秦婕动情地说："我发现爸爸苍老了。其实，我在心里早已原谅了爸爸，理解了爸爸。只是，有时候面子上下不来，不肯给他认错。"

苏常胜也感慨地说："你妈病重时，秦叔叔去医院是少了些，以至于你妈去世时他也不在跟前。但他的确是工作太忙。你妈去世这么多年了，你都长大了，秦叔叔到现在也没有找个老伴，一方面是怀念你妈妈，没人能取代你妈妈在他心中的位置；一方面是为了你，他怕找个老伴，如果与你相处不好，对不起你。"

秦婕一边抹着泪水，一边点着头，接上说："这几天，我感觉我爸有些不对劲。"

苏常胜吃惊地问："怎么了？"

秦婕："说不上来，只是有一种感觉。"

　　朱继承最头痛的是怎样攻破苏常胜。他找了一份苏常胜的简历和几张照片，放在桌子上反复研究。

　　张民来了个电话。张民在电话中告诉他，已见到赵书记，赵书记的态度是苏市长在家主持市委、市政府的工作，水泥厂的改制问题，请苏市长处理。朱继承放下电话，心里老大不痛快。他打电话让黑蛋过来。黑蛋一进门，看见朱继承一脸的愤怒，惊奇地问："大哥，是不是徐老八又惹你生气了？"

　　朱继承开门见山地说："苏常胜这小子真不可思议。我说给他五百万……"

　　黑蛋："朱哥，他说什么？"

　　朱继承："我百分之百也想不到他那么正经。他竟然骂我！"

　　黑蛋："他会不会嫌少？"

　　朱继承："我看百分之百不像。"

　　黑蛋："他爹是市委副书记、市长，他也不少那点钱。"

　　朱继承："看来，咱们也不能用一种眼光看共产党的干部。否则真有可能出现走错庙投错胎的事。"

　　黑蛋："那个姓秦的秘书长和他就大相径庭。"

　　朱继承："不，我感觉姓秦的不像是为自己搞钱。去年给他的三十万，听说他给了西山县的一个贫困山村。"

　　黑蛋："那都是做做样子。后来咱们给他的，他不也都收下了吗？"

　　朱继承边说边向外走："打球去。"

　　二人一起下了楼，上了车，朱继承说："赵书记对张民说的那句话的意思，会不会是对苏市长的暗示？"

　　黑蛋不以为然地摇摇头。

　　朱继承："交警支队那边有什么新动向吗？"

　　黑蛋："听说刑警支队的人又到歌厅找小姐调查了。"

　　朱继承："什么意思？"

　　在交警支队门前，周伟新正在给陈刚、刘婷婷送行。

　　周伟新："你们到了阿静的家乡，首先要取得当地的支持。一定要注意保密，不能打草惊蛇。同时，你们也要注意身体。别回来时个个瘦得像条棍子。"

陈刚和刘婷婷笑着上了车。方正看着陈刚和刘婷婷上车，神情有点儿不自在，他走进自己的办公室，把门反锁上，点了一支烟，大口大口地抽了几口，看得出是在作思想斗争。最后，他还是拨了个电话："朱总，周伟新已安排人去那个徐老八身边的女人家乡调查。"

朱继承刚到高尔夫球场。接了方正的电话后，他有点儿心慌，招手让在一旁的黑蛋过去。

黑蛋："朱哥，有什么事吗？"

朱继承："你说对这个徐老八怎么处理？"

黑蛋想了想，说："你安排他走的时候我就不同意。你想，他带了个女人，能走哪里去。现在都信息年代了，公安不出门就能查着他。我看，把他处置了吧。"

朱继承沉默了片刻，沉重地说："你让我想一想。他毕竟是我兄弟，为我们拼过命，坐过牢，这事也是为了我们。"

黑蛋不满地说："大哥，你没有多少选择。"

朱继承："你打个电话，订个房，中午同方正一起坐坐。"

中午，方正一见到朱继承，就不安地说："朱总，我想了想，还得给你写张借条。我要是不写借条，那笔钱今后就说不清。上次二十万，这次十万美金，那可不是小数目。"

方正把已经写好的借条拿给朱继承，被朱继承挡住了："方支队，你这是什么意思，不相信兄弟还是怎么的？"

方正："你借钱给我，我和我媳妇已经感恩不尽了，怎么能要你的钱？"

朱继承："方支队，老大哥，你是百分之百太天真了。这钱早已让你女儿用了。再说，我就是说给过你钱用，有什么凭证？你要给我写借条倒是给了我凭据。你好好想一想，还要不要给我借条？还有，就凭你和嫂子那点收入，这辈子你能还清吗？我劝你还是想开一点。"

方正叹了口气。

朱继承："来，喝酒。"

方正："你不收借条，我就不喝了。"

朱继承："好，好，我收下。"

方正见朱继承把借条放进包里，才放心地同朱继承喝酒。

不一会儿，方正有些酒意，起身向外走。朱继承在扶着方正下楼时，悄悄把借条又放进方正衣袋里。

方正满面通红，跌跌撞撞地回到交警队，上楼差点儿被一级台阶绊倒。张虎恰巧从后边走来，上前扶了他一下，方正一甩胳膊："去，我还没到看不清路的时候。"

张虎白了方正一眼，先一步上了楼。

张虎进了周伟新的办公室，不满地说："周支队，我发现方支队这几天情绪不佳。我刚才上楼时，见他东倒西歪，满脸通红，一嘴酒气，看样子刚喝了酒。咱们不是规定中午不准喝酒吗？你得处理，要不怎么叫一视同仁。"

周伟新笑了笑说："是要一视同仁，但有时还要区别对待。"

方正这时走进来，张虎生气地起身离开。

周伟新给方正倒了一杯茶，平静地问："方支队，要不要躺一会儿？"

方正摆手："不用了，不用了。我心里不好受，多喝了几杯。"说完，他竟号啕大哭。有几个同事在门外边看边议论。

"方支队一定是没当上正的，心理不平衡。"

周伟新挥手让同事走开。回头再看，方正已经趴在桌子上睡着了。周伟新无可奈何地笑了笑，拿件衣服披在方正身上。突然，他发现方正衣袋里掉下的一张字条。他想了想，打开看了看，神色一下子变了。那正是方正的借条。周伟新把字条放回方正的衣袋里，又把自己的大衣给方正盖上。然后，他去找苏红，在走廊里看见张虎在和苏红说话。

周伟新走过去，对苏红说："苏红，你晚上到方支队家看看，他们夫妻之间是不是又闹矛盾了。你劝劝他爱人，多理解他。"

苏红为难地说："我不会劝人，怎么跟他爱人开口？"

张虎："是呀，苏红还得你劝呢。"

周伟新："苏红同志，这可是革命任务。"

苏红："好吧，我试试看。"

张虎："我刚才与陈刚那一组联系了一下，他说已经与当地的同志接触。当地的同志大力支持。现在就等阿静与家里联系。"

周伟新点点头，说："他们也辛苦了。"

周伟新和苏红一起向外走。

周伟新："我到局里找一下马局长。"

马达正在看文件，周伟新推门进来："局长。"

马达："伟新，坐。"

马达给周伟新倒了杯茶，问："有什么进展吗？"

周伟新点了点头："已经越来越近了。"

马达："你可抓点紧。苏市长盯得很紧。上次说认定田学习是肇事者错了，苏市长生气要撤你的职。"

周伟新："局长，我想给你谈谈方正的事。"

马达一愣。

马达："你们是不是闹矛盾了？"

周伟新摇头。

马达拉着周伟新在沙发上坐下，说："小周，坐，说说怎么回事？"

周伟新把发现方正向朱继承借钱的事向马达做了汇报。马达听周伟新讲完，感到震惊，在房中踱着步子沉思着。

周伟新："我现在担心的是方正被人控制。那样，对我们破案会产生不利影响。"

马达边听边点头："这样吧，现在一时不好找证据，再观察观察。我们已按苏市长的要求，把给方正检查和做手术补贴的报告交上去了。我再催一催秦富荣秘书长。"

傍晚，南平某宾馆。徐开放在睡觉，阿静打开徐开放的包看了一眼。

徐开放睡意蒙眬，不高兴地说："你干吗？"

阿静："你天天在宾馆睡，钱一天天少，我看你到最后，连宾馆的大门都出不去就让人抓了。"

徐开放听到这里，一下子坐起来，吻了阿静一下，说："英明。我现在就给他们打电话。"徐开放拨通电话后，带着情绪说："朱哥，你们要是再不管我，我可就回东州了。我说到做到，反正也不是我撞死了人，也不是我的车。"

他放下电话后，阿静心神不定地问："徐哥，你们还有人命啊？"

徐开放："我没有。"

阿静："你是不是说那个朱哥？"

徐开放拉下脸说："你别问那么多。知道多了不如知道少，知道少不如不知道。"他看了阿静一会儿，又问："阿静，假如有一天我不在了，你会不会想我？"

阿静一惊："徐哥，你说这话什么意思？你是不是有预感要出事？你是他们的兄弟，他们也会对你下毒手吗？"

徐开放长长地叹了口气，有些悲观失望，说："他们这些人很自私，如果挡了他们的发财路，亲爹亲娘，他们也会搬掉。"

阿静大惊失色："徐哥，你答应我的事还没办呢。你不能离我而去。"

徐开放有点不高兴："你们这些女人真是无情无义，我算是看透了。你们只认钱不认感情。到这个时候了，你还只惦念你需要的钱。"

阿静："徐哥，你这话我不爱听。我们这种女人认钱有什么不对吗？感情值几个钱？感情是有钱有地位的人玩的，不属于我们。"

徐开放不耐烦地转过身："我出去买点东西。"他在超市转着，挑着食物。一个公安进了超市，徐开放吓得赶忙向外走。走了很远，见那个公安没有追他，他才松了口气，坐在一个石椅上。他抬起头时，看见了公交车候车亭上的通缉令和他的照片，又出了一身冷汗，赶忙起身离开。

苏常胜在马奶奶家吃了晚饭，和马奶奶在房间里坐着聊天。

马奶奶："胜子，你又做好人好事了。你爸妈知道了，一定会很高兴。"

苏常胜："奶奶，您不是也经常教我做好事吗？"

马奶奶："是呀。人在世上，不能太贪，该是你的就是你的，不该是你的，你就不用去想。自从盘古开天地，三皇五帝到如今，多少人死在一个'贪'字上。你做得对。"

丽丽向苏常胜使了个眼色，苏常胜起身说："奶奶，我走了。"

苏常胜并没有离开马奶奶家，而是进了丽丽的房间。

丽丽："苏哥，我听说当官的都贪，你为什么不那样，收了钱还交公？"

苏常胜："我怎么回答你呢？我也问你一个问题，是不是所有的女孩子都喜欢花钱？"

丽丽笑了，说："我怎么知道别人。我是该花的才花，不该花的不花。苏哥，你是不是怕我花你的钱？"

苏常胜："傻丫头。"

苏常胜要走，丽丽抱着他不让。苏常胜急了，用劲一推，把丽丽推倒在地上。丽丽一愣，流下泪水。

苏常胜急忙向外走，丽丽又上前抱住他："苏哥，你别生气。我知道你是个孝子，要回家陪父母。我是舍不得你。"

苏常胜没理会丽丽，开门走了。

丽丽委屈地哭了。

苏常胜没有回家，而是去了秦婕家。

秦婕已经洗完澡，一边梳头，一边等候苏常胜。

苏常胜在外边敲门。秦婕赶忙开了门，一下子抱住了苏常胜。

苏常胜轻轻推开秦婕。秦婕不解："胜子哥，出了什么事？"

苏常胜："没什么事。"

秦婕："是不是还是因为马奶奶的病？"

苏常胜点点头："这老太太真怪，一听说住院就嚷，好像医院是龙潭虎穴。"

秦婕："我找马奶奶说过。她说不想让你为她花钱。她说你的收入也不高，老婆、孩子都在国外，花费太多。"

苏常胜感叹地说："老太太从另一个方面充当了我的监护人。我爸爸妈妈经常告诫我，当官不要贪。可老太太从来不说，而是默默地做。有几回我去，看到她都是吃咸菜。"

秦婕："你不是给她找了个小保姆吗？"

苏常胜："小保姆哪里能说得动她。"

秦婕也很感动："胜子哥，有这样一个老奶奶也是一种福气。"

二人沉默了一会儿。秦婕问："胜子哥，你出国的事申报了吗？"

苏常胜："我还要再考虑考虑。"

秦婕明白苏常胜的意思，说："胜子哥，你就放心去吧，不要为我担心，我已经长大了，成了老姑娘了。再说，你去了又不是不回来。"

苏常胜抱紧了秦婕。

秦婕："胜子哥，咱们出去走走吧。"

苏常胜看了看表，点点头。二人起身向外走。秦婕刚拉开门，孙红站在门外。她问："孙红，你怎么来了？快，进屋坐。"

苏常胜见状，说了一句："我在楼下等你。"然后下了楼。

秦婕和孙红进屋后，秦婕给孙红倒了杯水："孙红，来喝水。"

孙红接过杯子："秦记者，我们算是老朋友了吧？"

秦婕："是，是，咱们当然是老朋友了。"

孙红："朋友之间是不是无话不说，是不是应当相互帮助？"

秦婕："孙红，朋友之间应当信任。不管你有什么样的事，既然你找到我，就说明你把我当成好朋友。我希望你有话直说。"

孙红："我想问问如果当初我没有向苏红和你说实话，那算不算犯法？法律怎样治我？我希望你实话实说。"

秦婕："你还没说什么事情，我怎样帮你分析啊。不过，你可以放心，我会帮你分析，帮你找有关部门咨询。"

孙红："刘小兰出事的第二天早上，有人找过我。"

孙红回忆起那天的情景。当时她正在宿舍里收拾东西。同宿舍的一个同学在看书。阿静走进来，问："孙红在吗？"

孙红的同学见状，走了出去。徐开放接着也走进来。孙红发现不太对劲，一边站起来，想向外走，一边紧张地问道："你们到底是什么人，为什么要找我？"

徐开放："小妹妹，你不用怕，我们是来向你了解一个情况。你如果如实地向我们说了，我们会给你一笔钱。如果你不如实说，那就会遭遇不幸。"

孙红："你们想问我什么？"

徐开放："有人说你昨晚看见了那个肇事车司机的模样，是不是真的？那个司机是个什么样的人，比如他多大年纪，长什么样子，穿什么样的衣服？"

孙红警觉地问："你们是干什么的，为什么要问我这些？"

徐开放："我们是干什么的并不重要，对不对？关键是你到底看没看见。"他说着，掏出一把匕首，在孙红脸前晃了晃。

孙红吓得脸色大变，忙说："我没看清。那时候那样紧张，没顾上看车里边，再说，车子里没开灯，什么也看不见。交警问我的时候，我已经如实告诉他们了。"

徐开放："那好，我就相信你一回。不过，我把话说前边，如果你把我们找你的事告诉公安，那么你就等着去地下与你的同学相见吧！"

孙红看着徐开放和阿静走出门，一屁股坐在床上，抬头看了看刘小兰的照片，失声哭了。

秦婕听孙红说完，拿了条毛巾让她擦了泪，安慰她说："孙红，你不要太难过、太自责。"

孙红："我觉得我太软弱了。我对不起小兰，对不起你们。"

秦婕："那两个人你还记得吗？"

孙红："记得。"

秦婕："走，我现在带你去找周支队长。"

孙红："周支队长他们会原谅我吗？"

秦婕点了点头。下了楼，秦婕看见苏常胜还站在楼下，抱歉地说："胜子哥，我有点事要出去一下，咱们明天再见吧。"

苏常胜笑笑："明天再联系吧。"

秦婕和孙红上车后，孙红看了看正在路上走的苏常胜，问："秦记者，苏局长是你的男朋友吗？"

秦婕没有回答。

孙红："他是一个好官，胡阿姨天天夸他。对了，我还听说他多年如一日赡养一位老奶奶。现在这社会，像他这样的干部真是难得。你有这样一位朋友，也值得骄傲啊！"

秦婕笑了笑。

苏常胜和秦婕、孙红分别后，没有打的，而是一个人在大街上漫无目的地走着。苏红恰巧开车经过，看见苏常胜，停下了车："哥，我一看你走路的方向，就猜得出你是从秦婕那儿回来的。秦婕为什么没送你？是不是闹矛盾了？"

苏常胜："去！你以为就你和周伟新懂得珍惜。"

苏红："哥，你没什么事了吧，陪我吃饭怎么样？"

苏常胜犹豫一下，上了车。苏红问："哥，说实话，你为什么不离婚，同秦婕结婚？你们这样，你痛苦，她也痛苦。与其你们两个人痛苦，还不如让我嫂子一个人痛苦。"

苏常胜："谈何容易。"

苏红："有什么不容易？要是爸妈那边有阻力的话，这个堡垒我帮你炸掉。我看，还是你的问题。你为了自己的名誉，不敢冒天下之大不韪。其实，你错了，完全错了。现代社会，人们更关注的是情感，是情感质量。你和秦婕是真心相爱，社会会理解你们、支持你们的。"

见苏常胜摇头，苏红生气地说："我要是秦婕，早就不理你了。她还那么执迷不悟。"

他们到了一个小吃摊，坐了下来。苏红点了几个菜。

苏常胜："你和小周的事打算什么时候办？"

苏红："手头这个案子就够忙活的了。爸也天天让秦秘书长催促破案，周伟新的压力很大。现在哪有心思办婚事。"

苏常胜："案子有进展吗？"

苏红："目前还没有太大的进展。"

吃完饭，苏红说："哥，今晚你买单。"

苏常胜笑了笑："我要是能买单，就不会步行了。"

苏红："看，看，哪有你这样寒碜的局长。我要回支队。哥，你自己打车回去吧。"说完，她掏出十元钱给了苏常胜。

苏常胜："转告小周，让他注意休息。"

周伟新在办公室里听孙红讲完，沉思了一会儿。

秦婕："周支队，那一男一女会不会是徐开放和他的女友？"

周伟新点点头："从孙红讲的迹象看是他们。"

秦婕："他们究竟能逃到哪里去呢？"

此刻，徐开放和陈静还在南平那家宾馆。陈静边哭泣边埋怨："你骗我。你说不出一个月就能拿到一大笔钱。"

徐开放："阿静，我真没骗你。当初，我以为把车买了，怎么也有个十万八万，没想到出了事。"

阿静："你不是说你帮朋友做事，朋友给你钱吗？怎么不见你朋友的人，也不见钱呢？"

徐开放："他们要等事情平静一些再来。不是给你家已经寄了八千元吗？我想也应该收到了，你明天再给家里打个电话问一问。"

在西南某地邮政局。陈刚和刘婷婷正在邮政局调查。邮政员拿出一张汇款单，交给陈刚和刘婷婷。陈刚看了看，上边的邮戳是南平市。他对邮政员说："同志，请帮我们复印一份。"

邮政员："这不行，我们有行业规定。"

陈刚："不，这钱你们要送到陈静家中，不然就会打草惊蛇。"

邮政员表示理解，给他复印了一份。从邮政局出来后，兴高采烈的陈刚马上给周伟新打电话汇报。

周伟新接到电话，立即开会布置任务。

周伟新："陈刚、刘婷婷来电话，已从陈静家当地邮局发现了汇款单，经鉴定，笔迹是徐开放的。汇款地址是离我们不到一百公里的南平。估计徐开放和陈静现在还在南平。陈刚、刘婷婷已直接乘飞机去了南平。我、苏红、虎子马上赶到南平去。马上准备，十分钟后出发。"

第十章

　　领了任务后，苏红一边收拾，一边给家中打电话："妈，我们马上出发，对，去南平。今晚不一定回来，你不要等我和小周。"

　　孙敏刚放下电话，苏常胜进来了，问道："妈，谁的电话？"

　　孙敏："红儿来电话，说和小周出发去南平，晚上不回来。"

　　苏常胜点了点头。"礼拜天他们还那么忙。"他一边向楼上走，一边说，"妈，我去找样东西，马上就回来。"

　　就在周伟新等人准备出发之际，秦富荣得知了他们要去南平抓捕徐开放的消息，立即打电话告诉了朱继承。

　　朱继承一边穿外衣，一边向外跑。黑蛋紧紧跟着。上车后，朱继承说："黑蛋，快一点，要赶在周伟新他们之前见到老八。"

　　黑蛋："如果赶不到周伟新之前呢？"

　　朱继承："他们不知徐老八的确切地址，还要查。我们先通知徐老八换个地方。"

　　黑蛋拿出手机，给徐开放拨电话，拨通后，对徐开放说："八哥，手头紧了吧？大哥让我去你那里送点钱。"

　　徐开放："多少？"

　　黑蛋看了看朱继承。朱继承伸了三个手指头。黑蛋心领神会，对徐开放说："大哥的性格你还不了解？三十万！"他又告诉徐开放换个地方等他电话。

徐开放放下黑蛋的电话，兴致勃勃地说："阿静，我朋友没骗我吧，他们已经在来的路上了。他们带了钱来，让我们先换个地方等他们。"

阿静不解地问："为什么要换地方？"

徐开放不耐烦地说："你不懂，这叫战术。我们在这个宾馆已经住了几天，突然来人找我们不是容易引起怀疑吗？"

阿静："我们下一步去哪里？"

徐开放："我朋友说让我去香港。"

阿静高兴地跳起来："徐哥，我们真要去香港？"

徐开放："我朋友刚才在电话中这么告诉我的。他们说让我留在内地，总是心里不踏实。"

阿静："那我给家里打个电话吧。"

徐开放想了想，说："你快打吧，顺便问一下他们收到钱没有，但暂不用告诉家中我们去哪里。"

阿静走到阳台上打电话。徐开放着急地走来走去。

阿静打完电话，心花怒放地说："我妈说今天收到钱了。"

徐开放若有所思地点点头。

阿静："徐哥，怎么了？"

徐开放："东州的警察知道我带一个女人走的，如果说你妈没收到钱，说明他们给查封了，我们也有危险。你妈收到了钱，说明我们平安无事。"

阿静："徐哥，你真聪明。"阿静要收拾东西，被徐开放拦住了："阿静，不要收拾了。这些破烂东西，到香港也用不上。我们这样出去，不会引起怀疑。要走了，还打算付房钱？"

东州通往南平的高速公路上，两辆警车在飞速行驶。

第一辆车上，张虎驾着车，周伟新和苏红坐在车上。

第二辆车上坐的是刑警支队的李伟等人。

朱继承的日产越野车就在交警支队的车前边几百米，从反光镜里可以看见警车上闪烁的红灯。小胡子驾着车，黑蛋坐在副驾驶的位置上，朱继承坐在后排。

小胡子："百分之百是徐老八又不老实了，不然，交警怎么会知道他在南平。"

黑蛋："朱哥，我还是那句话，留着老八是个后患。当然，这主意得你拿。"

朱继承叹息一声，说："见机行事吧。"

黑蛋："胡子，你听我的招呼。"

小胡子点了点头："黑哥，放心吧！"

朱继承："开快点，别让我看见后边的警车。"

小胡子加快了车速。

徐开放和阿静离开宾馆，走在大街上时，天已经黑下来，大街两旁的灯也已亮了。看见两辆警车呼啸而过，徐开放把阿静抱紧了，急忙拐进一条胡同。

陈刚和刘婷婷就在那辆警车上。他们是刚下飞机，去南平公安局接洽的。虽然与徐开放和阿静擦肩而过，但是不认识。

陈刚、刘婷婷风尘仆仆走进南平市公安局。南平市公安局的同志已经在等候他们，听完他们的汇报，立即组织警力对徐开放可能藏匿的宾馆进行检查。

徐开放拐进胡同里，赶忙给黑蛋打电话。他这时并不知道朱继承也随车来了南平。

黑蛋听见手机响了，看了看来电显示，说："老八的电话。"他接听电话："老八，你从宾馆出来了吗？你说什么，情况不对？用大哥的话说百分之百没事，你可能有点儿紧张。我到了就和你联系。"挂上电话后，他问："大哥，要不要告诉老八东州公安来了？"

朱继承："那样，他就更紧张了。他一紧张，百分之百会发生什么事情。"

在朱继承的车后，周伟新等人的车拉着警报在跑。

周伟新："陈刚、刘婷婷已到了南平，和南平公安联系上了。南平公安局已封锁了交通出口。"

张虎踩了一下油门，加快了车速，说："这回我们是瓮中捉鳖，看徐开放个龟儿子朝哪儿跑。"

苏红："我觉得今晚要发生点什么事。"

周伟新看了苏红一眼。

晚上，苏礼、苏常胜和孙敏正在家中用餐。

苏礼："常胜，水泥厂改制的事，你们还没批吧？"

苏常胜："爸，那个项目争议很大。不少专家学者反对过去的评估报告，工人的意见更大。我们慎重一些，也是减少市委、市政府的压力。万一不负责任地通过了，以后工人到省里、到中央上访，不还是市委、市政府挨批评？"

苏礼沉思了一会儿，说："这是东州国企改制的样板，市委、市政府十分重视。赵书记昨天还打过电话来问，你千万要把握好。"

苏常胜笑了笑："爸，重视不等于就合理。"

苏礼有点不悦，说："我听说分管的市长和秦秘书长找你谈了几次，你始终固执己见。"

苏常胜："爸，我不是固执己见，我是坚持真理。"

苏礼生气地说："你不要自以为是，就你一个人坚持真理？我们这些人不坚持真理？你爸追求真理几十年，到头来成了不坚持真理的人？听说你还要搞记者招待会。"

苏常胜："爸，你知道我不会向权力低头的。"

苏礼起身上了楼。

孙敏："胜子，你怎么这样和你爸说话？论公，他是市委副书记、市长，你是他的部下；论私，他是你爸，你是他的儿子。"

苏常胜："妈，我不能因为惧怕权力和家庭权威，让东州的后代骂我这个国资局长慷国家和人民之慨。"

孙敏叹了一口气。

苏常胜吃完饭，刚要上楼，苏礼已从楼上下来，叫住了他："我的国资局长大人，能不能坐下谈一谈？"

苏常胜："爸，您要是因为水泥厂的事，我看就不用谈了。"

苏礼："我想和你谈谈你出国的事。"

苏常胜给苏礼倒了一杯水，在沙发上坐下，说："爸，我想出国看看他们母子俩。去一周就回来。"

苏礼："有人反映你是为了躲水泥厂改制的事，借故离开。"

苏常胜："爸，你儿子是那种人吗？我对水泥厂评估和改制有我的意见，毫无保留。我为什么要躲避呢？爸，我劝你们也听一听专家和群众的意见。"

苏礼："好了，这件事再开一次专家会议论证一下。你打算什么时候动身？"

苏常胜："我想等改制的事有个结论就走。"

苏礼点点头。

苏常胜看了看表。

苏礼："怎么，你还有事？"

孙敏接上说："胜子是在担心红儿。"

苏常胜："我想找秦叔叔交换下意见。"

苏礼也看了看表："好吧，他可能还在办公室。这个拼命三郎！"

秦富荣没在办公室，而是在传达室和老传达下棋。由于心不在焉，他连出了几步错棋。

老传达吃惊地问："秦秘书长，你是不是故意让我？你要是故意让我，这棋下得就没意思啦。"

秦富荣回过神来，把老传达吃掉的"马"给拨拉开，说："这步棋我没看清，不算！"

老传达气急败坏："不行，说好了不准悔棋！"

秦富荣不愿松手，老传达伸手去夺。秦富荣索性起身，把"马"藏在身后。老传达也起身去夺。二人吵吵嚷嚷，争执不下。

苏常胜从窗口看到这一幕，笑了。他敲了敲玻璃。

老传达看见苏常胜，一惊。秦富荣趁机把"马"放在将军的位置，手舞足蹈地说："我将你的军了，你输了！"他顺着老传达惊诧的目光，抬头看见了苏常胜，放下棋子走出了门："常胜，这么晚，有事吗？"

苏常胜点点头。

秦富荣："走吧，到我办公室谈。"

进了秦富荣的办公室，二人又都沉默了。秦富荣掏出了烟，苏常胜给他点上火。秦富荣递给苏常胜烟，苏常胜摆手拒绝。秦富荣感叹地说："还是你有出息，抽了十几年烟，说戒就一下子戒掉了。我下了多次决心也戒了多次，就是屡戒不掉。我自己都感觉自己没出息。"

苏常胜："秦叔叔，这是一种习惯。戒掉了不一定就有出息。"

秦富荣摆手："错了！大凡有出息的人，都是知错就改的人。知耻近乎勇，这是鲁迅先生说过的。"

苏常胜不作声。

秦富荣沉默了一会儿，问："你那个记者招待会还开不开？"

苏常胜摇头，但看得出很痛苦。

秦富荣点头表示赞许："这就对了！俗话说胳膊拧不过大腿。市里已经定下的，你一个国资局何必硬扛着。知道底的认为是你苏常胜敢于坚持真理，不知底的又会造谣生事，说苏市长在背后支持你，故意和市委主要负责人唱对台戏。再说……"他突然停下了。

苏常胜摆出一副洗耳恭听的样子。

秦富荣向苏常胜摆摆手，二人走到窗前。秦富荣低声对苏常胜说了几句话，苏常胜先是一脸惊恐，后来又点了点头。

二人各自回到座位上，苏常胜说："秦叔叔，你得给我个时间，如果我转得太快，那些专家学者和记者会骂我见风使舵，秦婕也会对我有意见。再说，我个人感情上也一时接受不了啊。"

秦富荣："可以，但不能拖太久了。苏市长都生气地说过，如果国资局还不同意批准改制，就换一个愿意听市委、市政府话的局长！"

苏常胜不平地说："我爸就是习惯用权力讲话，老一套。如果这种权大于法的现象长期存在，我们国家发展的脚步无疑会受到阻碍。"

秦富荣一副无动于衷的样子。

苏常胜起身，问："秦叔叔，您回家吗？"

秦富荣看了看表："我还有个文件要看一看，你先走吧。"

苏常胜出门后，秦富荣长长地叹了一口气。他看着苏常胜的背影，陷入了回忆。

那还是 20 世纪 60 年代，社会主义教育活动如火如荼的日子里。

在东州管辖的东南县简陋的礼堂里，一个表彰大会正在进行。主席台前横匾上写着：社会主义教育活动积极分子表彰大会。

时任东南县县委书记的苏礼等人坐在主席台上。

主持人宣布："下边，请县委书记苏礼同志发奖。"

秦富荣走上台，与苏礼握手、合影、领走了奖状。

苏礼："小秦，要珍惜荣誉，继续革命不停步啊！"

秦富荣激动地点点头。

两天后的一个晚上，秦富荣应约到了县委书记苏礼住的简陋的平房里。

孙敏正在用扇子给煤球炉加火，苏礼在昏黄的电灯下看报纸，苏礼八岁的儿子苏常胜在灯下写作业。

秦富荣敲了门，苏礼、孙敏热情地把秦富荣迎进屋里。

苏礼："小秦，快坐，快坐！"

孙敏给秦富荣送上一杯开水，秦富荣有点受宠若惊。

苏礼："小秦，县委根据省里要求，准备在这批积极分子中选派几个同志组成宣讲团，到各个乡巡回宣讲社会主义教育。我点了你的名，让你留下来。"

秦富荣诚惶诚恐地站起来，鞠了个躬："苏书记，谢谢您的栽培！"

苏礼摆手让秦富荣坐下，说："你口才好，文笔好，思想进步，这是应该的嘛。"

孙敏："老苏经常提到你，夸奖你。"

苏礼又严肃地说："这次宣讲活动，也是一次组织考察，表现好的同志要发展入党，可能还要选一些特别优秀的同志留在县机关工作。"

秦富荣："苏书记，您放心吧，我会努力的！"

秦富荣起身告别，开门时，一阵冷风扑来，他打了个寒战。苏礼看在眼里，赶快回到屋里，把自己的军大衣拿了出来，对苏常胜说："胜子，送给那个叔叔。"

秦富荣已走出几十米，苏常胜追上他："叔叔，天气凉了，把这件大衣带上。"

秦富荣推辞："苏书记经常到乡下跑，比我需要。"

苏常胜不容分说，把大衣披在了秦富荣身上。他的个子比秦富荣矮，大衣掉在地上。他和秦富荣同时低下头去捡。

秦富荣："孩子，你叫什么名字？"

苏常胜："叔叔，我叫苏常胜，小名叫胜子。"

秦富荣的眼泪涌满了眼眶。

秦富荣回忆到这里，起身看了看叠得整整齐齐、放在床上的一件有些发白的军大衣，又一次陷入回忆。

那时秦富荣还在家乡所在的山区做民办教师。当选为社会主义教育活动积极分子后，他和"宣讲团"的同志到全县各地演讲。

小河里已经结了冰。山坡上积雪还没有融化。秦富荣和宣讲团的几个人从小桥上走过。宣讲团里有一位后来成为秦婕母亲的姑娘。秦富荣已把那件黄大衣让给了那个姑娘。因为桥上有冰，一个团员脚下滑了一下，跌到河里。秦富荣毫不犹豫地跳下河，把那个团员救了上来。

年轻姑娘激动地喊起口号："向秦富荣同志学习！"

当天晚上，被冰冷的河水冻得感冒发烧的秦富荣，躺在农村老乡家的地铺上不住地哆嗦。几个团员和当地村干部在一旁急得团团转。

年轻姑娘："不能再拖了，现在已经高烧四十度，再拖，可能会引发别的病。"

村干部："我已经给公社医院打过电话，公社医院派了医生，正朝这儿赶呢。"

门外响起汽车喇叭声。村干部打开门，看见一辆吉普车停在门外。一位秘书模样的年轻人从车上下来，问："秦富荣同志住在这儿吗？"

村干部点点头。

那个年轻人进了屋，说："县委苏书记听说秦富荣同志生病了，十分着急。他因为有会走不开，派我们带了医生来接秦富荣同志。"

秦富荣的泪水落了下来。两个医生进了屋，把秦富荣抬上了车。到了医院后，医生说如果再晚来十分钟，秦富荣就没命了。

那次宣讲活动结束后，秦富荣被苏礼点名留在县委机关，并且当上了县委秘书。

有一天晚上，他正在伏案写作，苏礼走进来，亲切地问："富荣，最近怎么样？工作习惯吗？"

秦富荣："苏书记，谢谢您，我已经习惯了。"

苏礼："个人问题总是要抓紧解决哟！我看你们宣讲团那个姑娘不错嘛！"

秦富荣脸红了。

苏礼："看过电影《冰山上的来客》吗？"

秦富荣点点头。

苏礼一挥手："阿米尔，冲！"

秦富荣开心地笑了。

几天后，孙敏根据苏礼的指示，安排秦富荣和那个姑娘约会。

秦富荣和宣讲团那位年轻姑娘边走边谈。年轻姑娘说："我真羡慕你，县委书记对你那么器重、培养你，还亲自当你的入党介绍人。"

秦富荣："你不知道，他还要亲自给我当红娘。"

年轻姑娘一愣："他要给你当红娘，女方是谁？"

秦富荣："不告诉你！"

年轻姑娘生气地大步向前走。

秦富荣追上她："你别急。苏书记介绍的就是你！"

年轻姑娘又是一愣。

秦富荣学着苏礼的声腔说："富荣，看过电影《冰山上的来客》吗？阿米尔，冲！"

他一下子把年轻姑娘抱在怀里。

秦富荣从回忆中转过神来，他打开抽屉，取出一个信封，信封里有一本存折。他打开看了看，然后又放好，接着，他又拿起一张照片，上边是他和妻子及女儿秦婕的合影。就在这时，电话突然响了。他拿起电话，里边传来秦婕急切的声音："爸，您今晚用不用车？我想借您的车用一用。"

秦富荣大吃一惊，惊愕地问："你要借车？！"

秦婕的声音："我到您那儿去吧，见了面再告诉您。"

秦婕已把电话放下，秦富荣还握着听筒，听筒里传来断线的"嘟嘟"声。

不一会儿，秦婕急急忙忙推门进来，急切地说："爸，我想借您的车去南平一趟，交警和刑警的同志已经走了。在南平，发现了徐开放。我想采访抓捕的现场。"

秦富荣："可是，我的司机不在。你能找到司机吗？"

秦婕想了片刻，说："我找王大道师傅。"说着，她打了个传呼："小姐，请传'1678'，秦婕找你有急事，回电话。"

秦富荣："婕儿，你可要注意安全。你完整地去，必须完整地回。"

秦婕感动地点点头。

王大道很快回了电话。秦婕对他说："王师傅，我想借你当司机，送我去南平采访，有重大新闻。好，五分钟后市政府门前见。"

秦婕正要走，手机响了。秦婕接了电话："胜子，这么急，有什么事吗？"

苏常胜的声音："我马上想见到你。"

秦婕："不行，我马上要去南平，等我回来行吗？"

苏常胜沉吟片刻，无可奈何地说了一声："好吧！"

秦婕挂上电话，急忙下了楼。王大道这时赶到，换了秦富荣的车。秦婕上了车就催："王师傅，把你的水平好好显示一下。"

王大道："行，我尽力。"

秦婕坐在司机旁边的座位上。她给王大道点了一支烟，说："王师傅，抽支烟提提神。"

王大道："你不怕闻烟味？我在车上有客人时，一般不抽烟。像你这样的客人，还是第一次见。"

秦婕："我也希望你开车不要抽烟。今晚是个例外。"

王大道笑了。

秦婕："王师傅，你在车况允许的情况下，尽最大可能开快一点。"

王大道："姑娘，我心中有数。"

晚上，苏常胜和孙敏坐在沙发上看电视。

苏常胜心神不定，不住地看表："妈，苏红没来电话吧？"

孙敏惊奇地反问："你一直坐这儿，不知道她来没来电话？"

苏常胜不好意思地笑了笑。

孙敏："胜子，你是不是找苏红有事？"

苏常胜："没有。我只是关心她的安全。"

孙敏："你呀，她和小周一同出发的，人家小周不会保护她？"

苏常胜停了一会儿，突然问："妈，您是喜欢儿子还是喜欢女儿？"

孙敏一愣："你怎么会问妈这个问题？你是不是觉得妈对小周客气？人家现在还是红儿的男朋友。再说，按你爸老家的规矩，女婿一直都叫'高客'。"

苏常胜："妈，我有时看一些老干部，真看不明白。他们在位时，对自己、对子女要求十分严格，一生得到别人夸奖，什么高风亮节，什么为政清廉，什么廉洁奉公……到退休了，这些荣誉也都跟着退休了。荣誉，对于政治家的政治生命旺盛阶段是耀眼的光环，是进步的阶梯。但是，一旦政治生命结束，就一文不值，生老病死，还不都得靠儿女。如果儿女没能力，儿女苦，他也跟着苦。"

孙敏有所触动："胜子，你是在说你爸？"

苏常胜赶紧分辩："没有，我只是随便说说。这是一种普遍的社会现象。我经常碰见一些退了休的伯伯、阿姨，他们都很有感慨！"

孙敏没说话。

苏常胜看了看表，又说："苏红也应该来个电话了。"

孙敏笑了："看你急的。我给你说了，小周和她在一起呢！"

苏常胜也笑了笑，但笑得很不自然。

南平那边，搜寻犯罪嫌疑人徐开放的工作在紧锣密鼓地进行。陈刚、刘婷婷和南平的公安人员进了徐开放曾住过的宾馆。

宾馆迎宾小姐："请问，你们找……"

刘婷婷掏出证件，并拿出了徐开放的照片："公安，请问你们这儿住着这位客人吗？"

迎宾小姐看了看，说："这位客人在二十分钟前和一位女同志出去了。"

刘婷婷着急地问："他们退房了吗？"

迎宾小姐："没有。"

陈刚果断地给周伟新拨了电话："周支队，我们已到了徐开放住的宾馆。对，徐开放不在。据服务员小姐说，他和阿静出去有二十多分钟了。"

周伟新在行驶的车上，接听了陈刚的电话，略一沉思，坚定地说："我已进南平市，马上就可以见到你们。不过，我分析徐开放回来的可能性很小。你告诉南平的同志，请他们马上布控。"

放下电话，周伟新沉思起来。

苏红："虎子，再快点。"

与此同时，秦婕也在催促王大道："王师傅，再快点。晚了，咱们可能看不到精彩的场面。"

王大道："秦记者，我们快进南平了。我大胆问一句，是不是来抓花园广场车祸的肇事者的？"

秦婕："是呀，公安局的同志可能已经把他抓到了。"

王大道高兴地说："但愿这回抓到的是真正的肇事者。再不是真正的肇事者，东州百姓都不愿意。"

秦婕："王师傅，你听到什么说法了吗？"

王大道："这不明摆着，那个坠崖身亡的姓田的，让老百姓高兴了一场，后来又听说不是真的。老百姓对你们报社有意见，对公安有意见，说是肇事者的关系硬，通过公安局内部的人，找了一个替罪羊。如果再抓个冒名顶替的，这说明什么？"

秦婕若有所思，神情也很凝重。

周伟新、张虎、苏红等人一进南平，直接到了徐开放住的宾馆。陈刚上前汇报说："周支队长，徐开放还没有回来。"

周伟新："有没有新线索？"

陈刚："目前还没有徐开放的任何消息。"

刘婷婷："徐开放会不会知道我们要来抓他？"

苏红："不可能。"

周伟新思索片刻，果断地说："苏红，你们在楼下等候。我们到他房间看看。"

秦婕的车子也正在向宾馆赶。

王大道："这小子抓住后，得重判。东州人恨他。"

秦婕笑笑说："反正他会为他的行为后悔莫及。"

到了宾馆门前，王大道停下车，二人急忙上楼。

周伟新等人在宾馆服务员带领下，进了徐开放的房间。他们看了看房间里的东西。

陈刚："东西好像没带。"

周伟新发现一支扔掉的、女人用的眉笔，又看了看卫生间，马上说："徐开放可能又逃走了。"

刑警支队的李伟同意周伟新的判断，说："徐开放有前科。他的反侦查能力也很强。之所以没把东西带走，是给我们摆迷魂阵。但是，这小子智商也太低了，就这样一个场面，能蒙住我们吗？"

周伟新对南平公安局的同志说："请你们对交通进出口布控。"

不一会儿，南平公安紧急出动，警笛声回荡在城市的夜空。

躲在南平公园一处僻静的角落里的徐开放和阿静，听见警笛声，吓得挤作一团。徐开放刚扔掉半截烟，又点了一支，情绪十分烦躁。阿静要过徐开放的手机，看了看屏幕，上边没有任何信息。她不安地问："徐哥，该不会有事吧？"

徐开放："有什么事？他们如果说话不算数，我就带你回东州自首去。"

这时，小胡子已停好车，与黑蛋一起戴上黑色手套，准备进公园。他们刚下车，正在抽烟的朱继承叫住了他们："胡子兄弟，你在车上，我和黑蛋去把老八找来。你不要熄火，保证随时准备开车！"他扔了烟蒂，与黑蛋进了公园。他边走边低声说："黑子，你看我的眼色行事。到时，你可不要下不了手。"

黑蛋："朱哥，你就放心吧。"

徐开放没想到朱继承亲自来了，一时受宠若惊，上前拥抱朱继承，几乎要落泪："大哥，兄弟想死你了。"

朱继承："兄弟，别激动。这不是说话的地方。"

他俩和徐开放一起向公园深处走，阿静紧张地跟在后边。

朱继承："老八，我的意见，你还是和阿静走远一些。"

徐开放："我也想走远一些，可是，我需要钱哪！"

朱继承："我给你带来三十万。"

徐开放："大哥，三十万够干什么用。我要五十万。你们不给，我就不走。反正公安抓住了，我就坦白从宽。"

朱继承想了想，脸上的表情越来越难看。他对阿静说："阿静，你去那边帮我们买几瓶啤酒，我和老八喝几杯。"

阿静犹豫了一下，接过钱走了。朱继承给黑蛋使了个眼色。黑蛋明白，绕到徐开放身后。

朱继承："老八，咱们兄弟一场，你不应这样逼人太甚。"

徐开放："大哥，我没逼你们。你想，我要离家出走，不知哪天能回来。可能今生今世也回不来了。我要找工作，要买房子，要娶媳妇，哪一样不花钱哪！你看着办吧。"

朱继承："如果我做不到呢？"

徐开放："那就别怪我不讲兄弟感情了。"

朱继承一挥手，黑蛋从徐开放背后，用绳子勒住了他的脖子。朱继承也上前帮忙。徐开放挣扎几下，死了。朱继承和黑蛋又把徐开放吊在树上。

阿静买了啤酒回来，见朱继承和黑蛋跪在地上，双手掩面，十分悲伤，而不见徐开放。她大吃一惊："朱哥，你，你们怎么了？"

黑蛋站起来，挨近了阿静，指着树上说："老八一时想不开，上吊了！"

阿静抬头看了一眼吊在树上的徐开放，大叫一声，昏倒在地。

朱继承指使黑蛋把阿静背在身上，急忙向外走。路上，遇到一对散步的老夫妇。黑蛋假装着急地问："大爷，请问离这儿最近的医院在哪里？"

老人指了指大门："出了大门右转。"

黑蛋把阿静装到车里，小胡子发动了车。朱继承和黑蛋满头大汗，一上车就催促说："快开车！"

小胡子的车速很快，路上的车辆和行人纷纷躲闪。

黑蛋松了口气，说："终于把事办妥了。"

阿静醒了，但是她装作仍旧昏迷。

黑蛋："大哥，这个女人怎么办？带回东州也是个麻烦。"

朱继承："没事。她不就是需要钱吗？百分之百能搞定她。"

黑蛋玩笑地说："大哥，你是不是喜欢上她了。我看你从第一次见她，就有好感。"

朱继承叹了口气，说："也真怪了，我第一次看见她就动了心。我敢打百分之百的包票，我从来没对哪个女孩子有过这样的感觉。"

阿静把他俩的对话记在了心上。

秦婕和王大道进了南平宾馆徐开放曾住过的房间，发现屋子里的人神情凝重。她好像明白了什么事，一下子坐在床上，脸上的笑容也消失了。

苏红："秦记者，你也来了？"

这时，陈刚的手机响了。他接电话，说了几句，对周伟新说："南平公安在公园里发现一个上吊的男人。"

周伟新一惊，边走边说："快，看看去。"

原来，黑蛋和朱继承离开公园不一会儿，那一对在公园散步的老夫妇就发现树上吊着一个人，并且马上报了案。

周伟新等人赶到时，徐开放的尸体已经被公园派出所的民警从树上解下放在地上。

南平一公安："我们已经检查了他的东西，身份证证明他就是你们要找的徐开放。"

王大道看了看："是他，就是他。"

南平一公安："初步判断，此人在二十分钟前断气。是自杀还是他杀要等尸检报告。"

秦婕经允许后，拍了几张照片。

苏红从地上捡起几张百元面值的人民币。

　　周伟新在思索。突然，他想到了什么，说："我们分开两路。李伟同志，你们刑警队留几个同志，配合南平的同志，在南平侦查，我们加快回东州。"上了车，他又对苏红说："马上把情况向马局长汇报。我建议立即在东州布控，检查所有从南平方向去东州的车辆！"

　　苏红用车上的电话与马达取得了联系。马达同意周伟新的意见，立即安排了布控。几分钟后，东州进出的道口，全都被警察控制起来。

　　正在高速公路上行驶的朱继承马上知道了这一信息。电话是方正打给他的，方正在电话中说得很模糊："你们是从外地回东州吧？东州的出入口不太好走。"

　　但是，朱继承是个有心计的人。他从方正的话中已经明白发生了什么事。他思索了一会儿，果断地对小胡子说："下高速。"

　　黑蛋听到远处的警车声音，身子哆嗦一下："大哥，他们会不会追来？"

　　朱继承："我料周伟新再聪明，百分之百也不会想到我们已经改道了。"

　　小胡子把车子驶进田学习出事的南郊林场，在一片林子里停了车。朱继承和黑蛋下了车，商量对策。

　　黑蛋："不行的话，咱们弃车步行回去。"

　　朱继承："百分之百不行。各个要道都把上了，步行也会被发现。再说，等警察发现车，不是和发现我们一样吗？"

　　黑蛋："那怎么办？我们不至于在林子里过夜吧？"

　　朱继承没回答，他在思考。

　　黑蛋："真想不到周伟新反应这样快。看来，他的目光一直盯着东州。"

　　朱继承想了一会儿，毅然决然地说："我给秦富荣打电话，他百分之百得想办法帮咱们。"

　　黑蛋："对！让市政府派车。"

　　朱继承给秦富荣打了一个电话。秦富荣接了电话，一阵踌躇。他知道这个时候稍有不慎，可能会导致不堪设想的后果。但是，如果不帮朱继承，后果同样不堪设想。十分钟过去后，朱继承又打来电话，而且火气很大。秦富荣耐心地说："你别火……""火"字一出口，他突然来了灵感："你们不是在南郊林场吗？搞点小火，我可以调消防车。但是，千万别把火搞大了。"

朱继承放下电话，高兴地说："这个姓秦的，头脑还真灵活。"

黑蛋："你是说秦秘书长吧？"

朱继承："黑蛋，弄把火！"

阿静在车上听得清清楚楚。但是，她为了保命，没动声色。

黑蛋和小胡子忙活了一阵子，找了一堆干柴，点燃了一片火。

朱继承给秦富荣打了个电话。秦富荣放下电话，立即给消防队打电话，以市政府值班室的名义告知消防队，南郊林场失了火，快速去抢救。同时，秦富荣自己也开着车，向南郊林场赶去。城南出入口的警察，听说有火情，对消防队车和市政府的车辆一路放行。

周伟新等人回到东州时，消防车和市政府的车辆已经从南郊林场回到了城里。一个分队长告诉他，听消防队的同志说，南郊林场失火是虚惊一场。因为，只是烧了一个林场的工棚。周伟新听了，内心感叹一声。但是，他没有表露出来。

秦婕回到东州时，已是夜间十点半。她刚上楼，一个同事告诉她："国资局的苏局长来了，正在等你呢！"

秦婕推开办公室的门，看见苏常胜正在激动地同她的一个同事谈话。苏常胜说："有的领导只追求形象，追求政绩，不听专家学者和群众的意见。一旦水泥厂过去那个评估报告通过，改制通过，职工就会一哄而起。那个评估报告是朱继承找人做的。这种廉价出售与出卖有什么区别？凡是有良知的知识分子，都不会无动于衷吧？"

秦婕问苏常胜："常胜，你想让我们怎么做呢？"

那个同事知趣地离开了。

苏常胜："我想请你们给予舆论支持。"

秦婕："我们已经接到苏市长电话，让在报上开展讨论。你放心吧，我相信你的良好愿望会实现。"

苏常胜高兴地拥抱秦婕。他见秦婕情绪低沉，问道："小婕，怎么无精打采的？徐开放没抓住？"

秦婕："他死了。"

苏常胜一惊："死了，怎么死的？"

秦婕："自杀。"

苏常胜沉默了一会儿，又问："周伟新看了现场怎么说？"

秦婕："从现场看像是自杀。但是……"

苏常胜："但是不能排除他杀对不对？这是怎么了？"

秦婕："我现在愁的是报纸报不报这条新闻。"

苏常胜："还是听听周伟新他们的意见再说吧。你已经尽到责任了。"

秦婕："我尽到了什么责任？花园广场出车祸时我在现场，照片全拍坏了；报道一个坠崖身亡的嫌疑人，又发现新的嫌疑人，而新的嫌疑人又自杀了。让我怎么向全市人民交代呀！"

苏常胜安慰她说："这也不是你的责任，只能说犯罪分子太狡猾、太凶狠。"

东州警察的确陷入十分被动的困境。一大早，马达就带着有关人员，来到交警支队开会。与会人员个个神情凝重，马达一看，火了："怎么了，现在还不能说打了败仗，就垂头丧气，这样怎么行呢？"

周伟新："我先向同志们检讨。因为我考虑得不周密，才致使这样的事件发生。"

方正："我也要检讨。"

马达："你们这是怎么了？我们今天开的不是检讨会。我们是要总结经验教训，鼓足干劲。周伟新，说说你的想法。"

周伟新："我对前后经过做了分析。我觉得，徐开放不像是自杀。第一，他不知我们去南平；第二，他即使知道我们去南平，也没必要自杀。我认为徐开放他杀的可能性比较大。"

张虎："我和周支队做了分析，肇事者不是徐开放，而是另有他人。这个人让徐开放外逃，又是这个人杀了徐开放。"

方正拿出一张百元人民币，说："这是苏红在徐开放死亡的现场捡到的。会不会是徐开放的女友阿静贪财，杀了徐开放？人说婊子无情、戏子无义，徐开放给阿静家寄了八千元钱，远远不够阿静的要求。阿静可能会进一步向他要钱，他不给。而阿静发现徐开放手中有钱，所以，就采取了这种措施。"

张虎："我以为，这种可能性有，但不是很大。"

　　方正反问："那为什么不见阿静呢？这就很能说明问题。报纸上也曾经报道过，有的坐台小姐，与男朋友合谋杀害嫖客抢劫财物的事。"

　　张虎："徐开放正是阿静的男朋友啊！"

　　方正笑了笑，说："你以为像她那样的坐台小姐就一个男人？你以为她会对徐开放忠心耿耿？"

　　此时，阿静已经被朱继承安排在东州一处房子里。黑蛋正在和阿静谈话，阿静边哭边说："徐哥现在死去了，我今后怎么办？"

　　黑蛋："这就看你自己的表现了。"

　　阿静："黑子哥，你是徐哥的好朋友，你给我指条路吧。"

　　黑蛋装作在思考，两眼不住地看阿静："阿静，我问你，你要给我说实话。徐老八带你出去，给没给你说过什么事？"

　　阿静："黑子哥，你说的是哪些方面的事？"

　　黑蛋："比方说他有哪些好朋友，他为朋友办过什么事？"

　　阿静："没有。我知道朱老板和你和他好，是我自己看出来的。他从来不给我讲他的事。"

　　黑蛋不信，笑了："你在骗我。"

　　阿静："到这个份上了，我还骗你干什么？我实话实说吧，徐开放只是把我当作发泄的工具。在他心里，我就是一个坐台小姐。我真后悔怎么会信任他。男人都不是好东西，上床前说得天花乱坠，上过床不拿你当人。"阿静说着，痛哭出声。

　　黑蛋依然不信，又问："你以为徐老八为什么自杀？"

　　阿静想了想说："他早几天就心慌意乱，怕公安抓他。"

　　黑蛋点点头，过了一会儿，问："你觉得朱哥这人怎么样？"

　　阿静："我喜欢朱老板这样的男人。"

　　黑蛋阴冷地一笑。

　　阿静在默默地流泪。

　　黑蛋："阿静，我给你说条路，是一条阳光大道，就看你走不走得通。"

　　阿静抬头看了黑蛋一眼，没说话。

　　黑蛋："朱哥是东州地盘上响当当的汉子。你要是能让朱哥喜欢上你，你这一生不用说，连你家人都有享受不尽的荣华富贵。"

阿静考虑了一会儿，说："我也不知怎么能让朱老板喜欢我。"

黑蛋："你没发现朱哥喜欢你？以前有徐开放，那是自家兄弟，他再喜欢你也没办法。现在，徐老八不在了，你主动一些，不就大功告成了？"

阿静："可是，我一下子不能转这么快。徐哥才刚去世……"

黑蛋："我也没让你今天就怎么样。你要是转得太快，朱哥会认为你是无情无义的人呢。你老老实实在这儿待着，慢慢来。"

阿静点点头。

这时，朱继承和小胡子进来了。朱继承精神不振，一副悲伤样。黑蛋帮朱继承脱下风衣。

阿静冷冷地看了朱继承一眼。朱继承走到供奉着徐开放照片的供台前，点了三支烟，痛心地说："老八，你如果地下有知，原谅大哥。大哥没有保护好你。大哥也是没办法呀。等到了阴曹地府，大哥再赔你一命。"

朱继承看了看阿静，阿静故意用双手捂着脸。朱继承对黑蛋和小胡子说："老八是咱们的亲兄弟。现在老八走了，阿静还在。告诉兄弟们，以后要把阿静当作亲妹妹。阿静有什么事，全力以赴！谁要是敢欺负阿静，我决不饶他。听见了吗？"

黑蛋和小胡子连连点头。

朱继承和黑蛋上了楼。朱继承低声对黑蛋说："你无论如何要看好那个女人。她一旦让警察发现，百分之百麻烦大了。"

二人都低下头思考。

朱继承："秦秘书长告诉我，苏市长下午找我谈话。"

黑蛋："是不是咱们搞的水泥厂的评估报告批了？"

朱继承："批了，还要市委领导找我谈吗？"

黑蛋："警察那边下一步会怎样行动？"

交警支队会议室，会议还在进行，张虎正在发言："我建议，一方面要抓紧寻找徐开放的女友阿静，一方面要追查那辆肇事车的线索。"

方正："到哪儿去追查那辆车的线索？"

周伟新："我认为虎子的话有道理。一是那辆车毕竟是在东州开过，在东州出的事；二是那辆车既然牌照是假的，就说明来路不正，是走私车或黑道车，这也是一条线索嘛。"

马达看了看表，说："好，我支持周伟新同志的意见。该吃饭了，你们怎么没人请我吃饭，是不是要让我饿肚皮？"

大伙儿说笑着向食堂走。马达和周伟新打了饭后，在餐桌前一边吃饭，一边交谈。

马达："我看你刚才的意见对，不要等南平的尸检报告了。刑警支队李伟他们认为徐开放他杀的可能性比较大。即使是自杀，交通肇事逃逸也不能说就可以结案了。"

周伟新："我想徐开放的女朋友是个重点。另外，我还想到看守所提审田学习的那个女友小小。"

马达点点头。

苏红过来问："周支队，秦婕来电话问报上可不可以公布徐开放自杀的消息？"

周伟新看了马达一眼。

马达稍稍沉思，说："等请示一下市政法委吧。"

苏红走后，马达接着说："也不排除我们内部有问题。我们公安干警也不是生活在远离人类的真空之中。社会上各种各样的问题在我们内部也有反映，你们好好排查一下。"

周伟新点点头。

马达："方正的爱人有消息了吗？"

周伟新："我让苏红到他家去看看，苏红去了几次，家中没人。邻居说他爱人不是住院，而是出国看他女儿去了。马局长，要不要和方正同志正面接触一下？"

马达："我看这件事暂且不用宣扬。"

第十一章

　　苏礼听到徐开放在南平自杀的消息，震惊之余，又感到蹊跷，正要让秦富荣打电话找马达了解情况，马达却主动到苏礼办公室汇报。

　　苏礼听完马达的汇报，不太满意地说："我看两种意见都有道理。不过后一种的分析和推理可信程度较大。这个徐开放尽管死了，车也查到了，但他的女朋友呢？车是谁的？为什么是假牌照？都还有疑点。应该继续追下去，绝不能松懈。"

　　马达："请领导放心。交警支队的同志信心很大，刑警支队的同志也情绪高涨，现在正在排查线索。"

　　苏礼点头表示满意："请你代我向他们表示慰问。"

　　马达开玩笑说："周伟新和苏红就不要我代表了吧。"

　　苏礼也笑了笑，说："小周到交警支队工作时间不长，你们还得多帮助，严要求。"他停顿一下，又说："方正同志的事情，可以先做些外围调查，暂时不要张扬。"

　　马达走后，秦富荣带着朱继承进了苏礼办公室。苏礼热情地同朱继承握手："朱总经理，我们的工作没做好，听说你受了不少委屈。现在外商那边有没有变化？"

　　朱继承："目前还没有变化，不知再过几天会不会变化。"

苏礼招呼朱继承："坐下谈，坐下谈。"

朱继承显得很激动："苏市长，东州的改革开放要进一步深入，发展要进一步加快，必须进一步解放思想，提高办事效率。我的话可能直率一些，不太好听，但我是真心实意想为东州做点好事，百分之百想为你这个市长脸上增光。你在东州工作这么多年，无论政声还是民意都很好。所以，我们公司才找来一家外商，参与东州的国企改制。如果水泥厂的改制成功了，那就是开了个好头。"

苏礼："所以，市里对这件事很重视嘛！富荣，你找苏常胜谈过了吗？谈得怎样？"

秦富荣："国资局那边基本同意加快评估。"

苏礼："让他们特事特办。"

秦富荣点头。

朱继承起身和苏礼握手告别："苏市长，谢谢您的关心。"

苏礼："这是应该的，谈不上谢。我们尽快研究，拿出可行方案。我想，职工群众的利益、国家的利益都应当兼顾。不然，会出乱子。你朱总也不希望自己的公司好了，厂子乱了吧？有什么情况，秦秘书长会及时通知你们。"

苏礼把朱继承送到门口："富荣，你代我送送朱经理。"

朱继承边走边问："秦秘书长，你觉得这事有没有把握？"

秦富荣："据我所知，市委赵书记这个周末从中央党校回东州，要开市委扩大会。这件事一定会提到会上。苏市长这边应该没有问题。"

朱继承："苏常胜为什么要反对呢？我真搞不明白他是怎样想的。"

秦富荣叹息一声。

朱继承："他是不是嫌我给得少？"

秦富荣板起面孔："朱总，你还不了解他。"

朱继承："那个案子也了结了吧？"

秦富荣："公安局内部有争议。苏市长的态度好像支持往下查。我看，不是那么简单。这事还不能掉以轻心。"

朱继承一脸的紧张。

秦富荣："现在关键是不能再出问题了。"

朱继承点头。

秦富荣："姓徐的留下的那个女孩子，你要安排好。"

朱继承又点头。

同秦富荣告别后，朱继承让小胡子直接开车去阿静住处。

黑蛋在喝啤酒，阿静在一旁看电视。她的神情已恢复正常。她看到朱继承，尽力镇静下来，说："朱老板，朱哥，你怎么现在才来看我。我有很多话想给你说。"

朱继承："阿静，你听话，我就高兴了。我给你说……老八是我亲密无间的好哥们儿。他的死，我们心里百分之百很沉痛。不过，死去的人已经死了，我们还要活下去。怎么办？好好活着，就是对他们的最好纪念。当然，还要好好照顾死去的人的亲人。我们会比老八对你还好。"

阿静眉飞色舞，连连点头。

朱继承用眼睛向黑蛋示意，二人进了里间。朱继承迫不及待地问黑蛋："怎样？"

黑蛋："我看她对徐老八没什么，这大半天也不提了。"

朱继承："那些事她知不知道？"

黑蛋："看样子不像知道。"

朱继承想了一会儿，说："这里不能装电话，也不能给她手机。你必须保证百分之百不让她与外界有任何联系。"

黑蛋："朱哥，你的担心有些多了。她就是那种有奶就是娘的女人。"

朱继承拍了拍黑蛋的肩膀："提高警惕好。"

黑蛋："我出去买点东西。你再试探试探她。"

黑蛋走后，朱继承到客厅里沙发上坐下，故意咳嗽一声。

阿静从自己房间出来，也坐在沙发上。

朱继承："阿静，住这儿习惯吗？"

阿静摇摇头。

朱继承一愣："怎么了？"

阿静："这地方什么都好，但是我过去和徐哥一块儿住习惯了，我一个人住，睡不踏实。"

朱继承没说话。

阿静："朱哥，这样漂亮的房子能让我住多久？"

朱继承："你愿意住多久就住多久，百分之百没人赶你。"

阿静喜出望外："你的意思是不是说这房子归我了？"

朱继承："什么都能归你，就看你要不要。"

阿静想了想，说："朱哥，我要，只要你给我的，我都要。"

朱继承得意地笑了。他从包里拿出一张银行卡，递给阿静："阿静，这是公司给老八的补助金。他已不在了，就归你吧。"

阿静喜出望外，接过后问道："朱哥，这里是多少钱？"

朱继承淡淡地说："不多，二十万。"

阿静吃惊地睁大眼睛："啊！二十万哪？"

朱继承："不过，你现在还取不了。因为还要等公安那边认定书出来。"

阿静："等什么呢？"

朱继承："如果是自杀，公司可以以徐开放为公司讨债，以死相争的名义，给他补助金；如果认定是他杀，那就要等找到杀人犯，让他抵命，公司就不用给补助金了。"

阿静一听，急了，说："我可以作证，徐开放是自杀！"

朱继承："你可要想好了，这是要负法律责任的。"

阿静摇摇头，但很快又点点头。

朱继承拿出事先准备好的纸和笔，交给阿静，说："你写个证明吧！我晚上来取。"

晚饭后，阿静正在客厅看电视，黑蛋从厨房里端着刚炒的菜出来。阿静抬头看了看钟，说："朱哥该来了。"

黑蛋白了阿静一眼。

这时，朱继承开门进来，阿静高兴得眉飞色舞："说曹操，曹操就到。朱哥，你真准时。"

朱继承边脱外衣，边进了厨房。

黑蛋跟着进去。

朱继承故意打开水龙头，把水声放得很响："我侧面了解了一下，阿静就是一个人初来乍到，什么都不熟。当然，我们对她不能掉以轻心。"

黑蛋："朱哥，你今晚住这儿吗？"

朱继承想了想说："我知道你小子忍不住了。这样吧，我要是打电话，你再回来；我如不打电话，你就放心地潇洒吧。不过，明天你要早点儿过来。我一上班有重要的事。"

黑蛋乐呵呵地走了。临走，他还向阿静示意了一眼。

朱继承在阿静旁边坐下，严肃地说："阿静，你住这儿千万要小心。"

阿静不解地看了他一眼，把写好的"证明"交给朱继承。朱继承看了一眼，放在书包里。然后，他严肃地说："市公安局今天开了一个情况通报会，会上，点了你的名。"

阿静一惊："点我的名？"

朱继承："你的问题不小。"

阿静："我有什么问题？"

朱继承："你过去当过坐台小姐，和客人出过台，也叫卖淫，这是第一条；你在歌厅里吸毒，帮徐开放贩毒，叫贩毒，这是其二；你和徐开放一起去的南平，你没向公安报告，叫窝藏，这是其三；徐开放死之前，只有你和他在一起，公安怀疑徐老八是他杀，而徐开放包里的钱被洗劫一空，叫图财害命，你是重点怀疑对象，这是其四……"

阿静一下子跳起来："我不是，我找公安讲理去。"

朱继承："给你说吧，我就是公安局的。如果不是看在老八的分上，我百分之百抓你了。你能讲得清吗？有人证吗？而你陪客人睡过觉有人证，你和徐开放一起外逃南平有证据。他们等你投案自首呢。"

阿静哭出了声："都是徐开放害的我。这个王八蛋！"

朱继承递给阿静一条毛巾，让她擦泪，安慰说："阿静，你放心吧。只要你老老实实待在这儿，我保证你百分之百没事。过几个月，风头过去了，我给你一笔钱，你回老家吧。"

阿静："我不想回家，不想当农民。朱哥，我想一生一世跟着你。"

朱继承看了阿静一会儿，突然把阿静抱在怀里："阿静，我打一见你，心里就放不下别的女人了。"

阿静也抱紧了朱继承："朱哥，我要你抱我进去。"

朱继承把阿静抱起来，走进内屋。

一个小时后，朱继承和阿静做完爱回到客厅，黑蛋也回来了。朱继承向黑蛋做了个暗示，起身要走。黑蛋送朱继承到门外，低声说了一句："我给方支队打电话问了一下，交警支队那边在开会，还要往下追。"

朱继承一愣。

马达从市政府回来，召开了市局有关处室负责人会议，传达苏礼对"9·9"案子的指示："我刚才已经传达了市委副书记、市长苏礼同志的指示。局党组决定，成立专案组，由我任组长，交警、刑警支队支队长任副组长，尽快破案。苏书记说，这个案子由一起交通肇事逃逸引发，已经牵涉两条人命，不可小觑，必须彻底查到底。"

方正的神情一阵紧张。

散会后，方正和周伟新同车返回。周伟新开车，方正坐在旁边。方正突然问道："周支队，你觉得徐开放不是肇事者吗？"

周伟新没说话。

方正又问："苏市长怎么对这个案子那么重视？"

周伟新仍没回答。

方正："周支队，说句心里话吧，我也不完全肯定徐开放就是肇事者。但是，为了交警支队的荣誉，为了你这个支队长的荣誉，也为了我这个干了几十年工作的老交警的荣誉，我才坚持徐开放是肇事者，坚持结案。"

周伟新看了方正一眼，没说话。

方正："你想想，如果徐开放不是肇事者，我们对上对下怎么交代？"

周伟新："如果草率结案，我们又怎么对良心、良知和自己的职责交代？又怎么有脸接受这份荣誉？"

方正："反正徐开放不是好人！他即使不是肇事者也是同一犯罪团伙成员。"

周伟新："你的意思是……"

方正没回答。

周伟新突然问了一句："徐开放会不会提前得到了消息呢？"

方正："我想来想去，他不应该提前得到消息，因为我们的行动没有暴露。再说，我们内部不可能有人给徐开放通风报信。"

周伟新等方正下车后，直接回了交警支队。刚进交警支队院内，秦婕背着包也进了门。二人一同进了周伟新的办公室。周伟新给她倒了一杯水，笑着问："秦大记者，有什么重要新闻要发布吗？"

秦婕："我找了几个和阿静比较熟识的小姐，她们都说没见到阿静。这说明阿静要么没回东州，要么被人藏匿起来了。"

周伟新边听边思考。

这时，苏红正坐在家中的沙发上生周伟新的气。因为周伟新说好散了会到家里吃饭，现在，桌子上的饭菜已经凉了。

孙敏劝慰说："红儿，伟新工作忙，你又不是不知道。来，来，我们先吃吧。"

苏红坐到桌子旁，说了一句："那他也应来个电话。"

孙敏："就是，这个小周平时看心细，也有粗心的时候。"

苏红不满地嚷道："妈，您怎么这样说他。他从来也不粗心。"

孙敏笑了："你这人，你想怎么说人家小周都行，别人不能说一个不字。"

苏红："那当然了。"

交警支队门前，周伟新正在送秦婕。秦婕看了看表，说："周支队，耽搁你这么长时间，很不好意思，我请你吃饭吧。"

周伟新为难地笑了笑。

秦婕："是不是怕苏红骂你？"

周伟新又笑了笑。

秦婕拉着周伟新："走吧，吃一次饭，问题不至于那么严重。"

这时，苏常胜的车子从后边过来。苏常胜隔着车窗玻璃，看见秦婕拉周伟新，脸色一下子变得铁青，回到家里，他朝沙发上一坐，幸灾乐祸地说："苏红，怎么就你一个人回家吃饭了？你的那位保护神呢？"

苏红："哥，你少来。你阴阳怪气什么意思？"

苏常胜："我看见他和秦婕下饭店去了。"

苏红气愤地把碗一掷，说："下饭店怎么啦？那是工作需要。"

苏常胜气急败坏地转身上了楼。

孙敏："红儿，你怎么这么和你哥说话？"

苏红没说话，一脸怒气。

方正参加完马达主持的会议后，心里一直忐忑不安。回到家里，他躺了一会儿，怎么也睡不着。于是，他给朱继承打了个电话，约他到小河公园见面。朱继承开始推托说事情多，没有时间。方正恼了，说是不再管了，朱继承才答应与方正见面。

方正："姓朱的，你今天必须给我讲清楚事实真相。"

朱继承："怎么，你害怕了？"

方正："真正的肇事者是谁？"

朱继承："没必要告诉你。你知道了对你百分之百不好。"

方正："对我好与不好与你没关系，我只需要你如实告诉我！"

朱继承在犹豫。

方正气急败坏，说："你今天要是不告诉我，明天出了事情可别怪我。"他说完，转身要上车。朱继承拦住了他："告诉你真相，百分之百违背了我做人的原则。但是，考虑到你我的关系，我可以告诉你。我是在替秦富荣秘书长办事。"

方正惊诧地问："是市政府的秦秘书长吗？"

朱继承点头。

方正似信非信地说："那不至于呀！要是他的事，现在完全可以借徐老八之死结案了，为什么苏市长还穷追不舍？"

朱继承听了，也愣了一会儿："会不会是秘书长不好对苏市长挑明？你们打算怎么办？能不能应付过去？"

方正摇头："这回怕不行。事情越来越大，苏市长几乎天天督办。我看，就是马局长想停下来，他那刹车也不灵了，只有苏市长说话。"

朱继承："我明白了。"

方正走后，朱继承想了一会儿，也上了车。他直接到了市政府，老传达告诉他秦富荣现在在苏市长办公室，让他等一会儿。

秦富荣果然在苏礼办公室里，正在和苏礼谈话。

秦富荣："我看可以结案了。徐开放贩毒，他的女朋友在歌厅吸毒，被刘小兰发现，因此他要杀人灭口，制造了车祸。当事情败露后，他畏罪潜逃南平；在走投无路的情况下，他选择了自杀。这个案子已经很完整了嘛。"

苏礼："但是公安局内部有两种意见。马达同志、周伟新他们坚持要继续追查。"

秦富荣："苏市长，再不结案，再出现一个假冒伪劣，怎么向东州父老乡亲交代！怎么向省委交代！怎么向赵书记交代！您现在主持市委、市政府的工作，对您的形象也会有影响！"

苏礼："我不能因为个人名誉得失，就忘了法吧！公安局同志要求追查，也有一定的理由！"

秦富荣："还有什么可追查的？"

苏礼："这样吧，我们尊重公安局同志的意见，让他们继续追查。"

秦富荣："苏市长，这样……"

苏礼摆了摆手："富荣，就这样吧。"

秦富荣无可奈何地回到办公室，老传达用内线电话告诉他朱继承来了，问让不让他上来。他想了想说出去见他。

秦富荣来到大门外，上了朱继承的车，冷淡地问："这么急找我有什么事？"

朱继承："听说苏市长压着继续追查，我放心不下啊。"

秦富荣愁眉不展地说："是呀，我刚刚摸清了他的态度，他的态度很坚决。"

朱继承："那怎么办呢？"

秦富荣："现在最重要的是不要再出漏洞。你把你的人管好。还有，好好查一查有什么容易出纰漏的地方。"

朱继承："我明白了。"

秦富荣："方正那边你也盯紧了，别让他出了事。你就让方正坚持结案。只要方正坚持，我就可以给苏市长说交警支队内部分歧严重，案子就可以向后拖一拖，咱们再想办法。"

朱继承："方正早搞定了，不会有问题。"

秦富荣："不能掉以轻心。"

朱继承不解地问："秘书长，你是不是不敢告诉苏市长真情？我看，凭你和他的特殊关系，就是告诉了他真情，他也不会把你怎么样，说不定还会出面保你。"

秦富荣长叹一声："你不懂！"

朱继承不满地说："我是不懂，你们这些当官的怎么一点不讲感情！"

秦富荣恼火地说："你胡说。要不是因为讲感情，我才不至于……"他突然停住了。

但是，朱继承已听出了他话中有话，问道："秘书长，你是不是也在为他人做替罪羊？"

秦富荣没说话，下了车，步履蹒跚地向市政府大院里走去。

朱继承看着他沉重的背影，陷入了思考。

秦富荣回到办公室，坐在桌子前流泪、叹气。

他站起来走了几步，坐下；又站起来走了几步，再坐下，看得出，他心里很矛盾。

他给苏常胜打了个电话，苏常胜告诉他和秦婕刚到医院。

秦富荣紧张地问："婕儿怎么了？"

苏常胜："她没事。我们一起来看看水泥厂的胡小凤。"

秦富荣想了想，问："是不是那个车祸死亡的学生的母亲？"

苏常胜"嗯"了一声，然后问："秦叔，您找我有事吗？"

秦富荣改变了原来打电话的想法，问了几句水泥厂改制的事，就挂断了电话。

苏常胜很敏感，接秦富荣电话时，他走到病房外，避开了秦婕。放下秦富荣的电话，他意识到秦富荣的话没说完或者没有说真话。因此，回到病房里，他虽然换了笑脸，秦婕还是看出了他情绪低沉。

胡小凤也察言观色，看出了苏常胜有心事，诚恳地说："苏局长，你为我的病操了很多心，我很过意不去。另外，我们厂改制的事，也让你为难了。昨天，厂里有人来看我，说是张民私下里找人，写材料告你的状。"

秦婕气愤地说："这种人心里只有自己，没有职工群众。他们为了一己私利，什么坏事都干得出来。"

苏常胜是第一次听说有人要告他，开始时，心里有些紧张。但是，他很快就明白了原因。他没有表态。有秦婕在，他相信她会为自己鸣不平。于是，他笑了笑，宽容地说："他们想怎么告就怎么告吧。我是身正不怕影子斜。"

胡小凤："苏局长，你放心。他张民还不能在水泥厂一手遮天。我们广大职工支持你。"

苏常胜很感动。他因为心里有事，所以说了几句安慰胡小凤的话，让她安心住院治疗，等等，就和秦婕一起告辞了。上车后，秦婕直截了当地问："胜子哥，刚才是不是我爸给你打的电话？"

苏常胜点点头。

秦婕："我怎么觉得你和我爸之间的关系最近有点奇妙？到底为什么？是不是因为水泥厂改制的事？我爸为什么和姓朱的老板搞得那么热火朝天？"

苏常胜："秦叔叔也有他的难处。我很理解他。"

秦婕对苏常胜的回答不满意，没有说话。二人开始沉默了。到了报社楼下，秦婕停下车，看了看表，说："你要是没话说，或者说没想好说哪些话，我就先回去了。我还有篇稿子要改，你自己打的回去，我不能送你了。"

苏常胜下了车，目睹秦婕进了报社大院，才转身离开。上了出租车后，出租车司机连续问了几遍到哪里去，苏常胜才说出马奶奶住的小区。他到了马奶奶家。马奶奶刚刚睡下，丽丽在洗澡。

他把一袋水果放下，正准备走，丽丽披着浴衣从卫生间出来，两人都愣了。

苏常胜慌忙转身，丽丽突然扑上前抱住了他。

丽丽："苏哥，我喜欢你。你别再折磨我了！"

苏常胜："不行，我是有妇之夫，又比你大二十……"

丽丽抱着苏常胜不放："我不管，我就喜欢你的成熟。"

苏常胜："你知道，我心中深爱着一个女人。"

丽丽不住地吻他的脸、他的嘴。苏常胜推开丽丽，略带不安地说："丽丽，你会后悔的。"

丽丽坚定地说："不，我不后悔。"

苏常胜："可你并不了解我。"

丽丽："我来一年多了，怎么不了解你。马奶奶也经常给我讲你的过去。"

苏常胜："那毕竟是过去。我与过去已大不一样了。有时，我自己都认不出自己来。我有时也想，人，要是能停留在少年时期多好。"

丽丽："那是不可能的。就是树苗都要长高长大。我觉得不管长到多大，只要保持一个年轻的心态，就不会变老。"

苏常胜吃惊地看了丽丽一会儿，说："你还挺有见解。"

丽丽："我知道你一直把我当作小保姆，最多是小妹妹看待，我不怪你。可是我要告诉你，我也是有志向的人。如果你接受我，说不定我能帮你做些事情。"

苏常胜看了丽丽一眼，起身下了楼。

大街上冷冷清清。他独自在人行道上走着，脚步非常沉重。

一辆辆车子从他身边驶过，有的出租车还减慢速度，招呼他上车，他置若罔闻。

秦婕的话外音："胜子，你真的打算一辈子不再碰我？"

丽丽的话外音："苏哥，我喜欢你。你别再折磨我了！"

苏常胜停下脚步，让自己安静了一会儿。

苏红看了一会儿书，准备上床休息，去卫生间洗手出来时，下意识地向客厅那边看了一眼，看见孙敏还在客厅里。苏红走过去，挨着孙敏坐下："妈，我还以为您睡着了，就没叫您。我给您梳头吧。"她一边给孙敏梳头，一边问："妈，问您一件事，您当初就是因为秦婕的父亲'文革'中揭发过我爸，不同意我哥和秦婕结婚。你对秦婕本人到底满不满意？"

孙敏："你怎么又问起这个问题了？"

苏红："很难回答是不是？"

孙敏："秦富荣从一个乡村民办教师，被你爸培养、提拔成为一个正式国家干部。你爸当县委书记，他当秘书，后来又当科长；你爸调市局当公安局长，又把他带到市局任办公室主任。他每走一步，都是你爸扶持的。'文革'时，他检举你爸，把你爸说得一无是处。我能咽下这口气吗？"

苏红："那我爸后来怎么又用他了？"

孙敏："'文革'后，你爸当了市委副书记，很多人反对再用秦富荣。你爸说人都会犯错误，何况那种情况下。你爸力排众议，又用了他！"

苏红："我爸的胸襟宽阔。可是，妈，秦婕没有迫害我爸，你怎么也不喜欢她？"

孙敏："这话就一言难尽了。"

苏红摆出一副认真听的样子。

孙敏叹口气说："要说我当时还真的很喜欢秦婕。但是考虑到她比你哥小十多岁，性格又外向，不太听话，所以……后来，你哥为此半年多不理我。你爸从党校学习回来后也批评过我。我也后悔了。但是，晚了……"

苏红："妈，其实我嫂子也不错嘛。知识分子，现在在国外也混出名堂了。对了，我哥出国的事，我爸同意了吗？"

孙敏："你爸这个人哪，一言难尽。他到现在也没吐口。"

苏红坐在孙敏身后为她梳头："我爸想得多。前些日子传说要提我哥当副市长。您想我爸能忍心让他出国？不过，别着急，慢慢来。我爸经不住您和我哥的狂轰滥炸。"她抬头看了看墙上的挂钟，说："妈，别等我爸、我哥了，咱们先睡吧。"

孙敏边上楼边说："说不上是不是因为你哥要出国，我这几天心里老是七上八下的。"

周伟新虽然不爱说话，但办起事来却风风火火，干净利落。他一上班就带着张虎去看守所提审了小小。从看守所出来，周伟新径直到马达那里汇报。

马达看完对小小的询问笔录，在地上走了几步，说："这么说，东州有走私车进来。从你们提审田学习的那个女友情况看，有什么线索吗？"

周伟新："她说田学习和一个姓白的一起搞过来三辆车。有两辆黑色宝马车，一辆是托关系上的假牌照，另一辆是克隆的假牌照，所以车号一样。据她说，一辆田学习自己留下用了，就是坠毁的那一辆。一辆是一个姓白的包工头买走送人了。我想下一步的重点要查这个姓白的包工头，这是一条新的线索。"

马达想了想，点点头："我刚听到一个消息，方正的爱人的确已出国了。"

周伟新一愣："方正那里可是一点信息也没露出来。"

马达："据说是朱继承为他爱人办的护照，买的机票，还安排人把他爱人送到上海机场，从上海起飞的。"

周伟新思索了一会儿，说："马局，从这些天办'9·9'交通肇事逃逸案看，这起案子可能很有背景。我的感觉是，有些事情，既有政府内部人参与，也有一个经济集团参与。"

周伟新临别时，马达语重心长地说："伟新，你今后的压力可能更大，你要有充分的思想准备啊！"

周伟新心情沉重地点了点头。

夜幕降临之后，东州城一片热闹。在一家酒店里，朱继承和秦富荣、黑蛋在边吃边谈。

秦富荣："周伟新提审田学习的女朋友小小，小小又提供了新的线索，说是田学习和姓白的一起走私过几辆车，姓白的留一辆送人了。"

黑蛋："那个女人认不认识白老板？"

朱继承："百分之百不可能。她要是认识，还不直截了当点名字。"

秦富荣不住地长吁短叹。

朱继承："秦秘书长，现在的办法就是让上边压交警支队结案。不是有徐老八当替死鬼了吗？"

秦富荣叹了口气："谈何容易。秦婕不住写内参，苏市长又盯住不放……"

朱继承："秦婕是你女儿。你要给她说明真相，她可能就不会再穷追猛打了。"

秦富荣望着天花板思考了片刻，摇摇头。

朱继承无奈地说："我们现在也帮不上什么忙了。"

秦富荣："马达和周伟新的立场是一致的，要坚持追查下去，并且成立了专案组。"

朱继承："那就把马达、周伟新都换了呗！"

秦富荣："你以为这是你在做工程？苏市长也支持追查。赵书记不在家，他现在主持市委、市政府工作，也想尽快破案。"

沉默了一会儿，朱继承又说："我又准备了一百万活动经费。"

秦富荣叹了口气，感慨万端地说："一旦成了囚徒，钱再多又有什么用呢。"

朱继承："为什么要成为囚徒呢？有了钱，百分之百可以摆平一些事。你别灰心，我争取把周伟新给摆平。"

秦富荣似信非信，看了朱继承一眼。朱继承叹息一声，说："可是，苏市长那里谁能摆平呢？对了，可不可以找一找苏常胜，让他做做老爷子的工作。他也能做秦婕的工作呀！"

秦富荣狠狠地瞪了朱继承一眼。朱继承十分敏感，赶忙转了话题，说："秘书长，改制的事您老人家还得多操心。"

秦富荣边摇头，边起身告辞。

朱继承让黑蛋开车去送秦富荣。上车后，黑蛋问秦富荣到哪里下车，秦富荣想了想，说："去国资局吧！"

秦富荣到了国资局苏常胜的办公室门前，犹豫了一会儿，才举手敲门。

苏常胜已经接过传达室的电话，知道是秦富荣到了，于是开了门。他见秦富荣走路摇摇晃晃，赶忙扶他在沙发上坐下，又忙着去给秦富荣倒茶。

秦富荣头靠在沙发上，一副少气无力的样子，他接过苏常胜递过的茶杯，对苏常胜说："胜子，水泥厂改制的事你就睁一只眼闭一只眼吧。我实在是顶不住了。"

苏常胜："秦叔，您这是怎么啦？是市里给您的压力还是朱继承、张民给您的压力？"

秦富荣没有正面回答。

苏常胜有些激动，说："秦叔，不是我不给您面子，是这件事太离奇了。一个月前第一次讨论方案时，我记得是您第一个拍案而起。您说，东州市经过几十年建立的国有企业，是东州人民的财产，不能让一些人打着改制的旗号，以低廉的价格窃为己有。当时，我听得热血沸腾，心服口服。我就是受您老人家影响，才下定了决心……"

两行泪水顺着秦富荣的脸颊落下来。

苏常胜有些紧张，一时不知说什么好了。

秦富荣慢腾腾地站起来，笑了笑，拍着苏常胜的肩膀说："胜子，你能扛到今天，秦叔已经感到很欣慰了。你说得对，如果人民的财产就那么轻而易举地被那几个坏人占有，那才是天理难容。你放心，叔叔理解你。"

苏常胜："谢谢秦叔叔。"

苏常胜要送秦富荣，被他拒绝了。苏常胜拦了一辆的士，看着秦富荣上车走远了，目光越来越迷茫。他想了想，也拦了一辆出租车。

第十二章

　　秦富荣回到家里，直接回到自己的卧室里，翻看一些老照片，心情十分忧伤。过了一会儿，他起了身，走到窗前，向外张望，对面大楼上，一条红色广告灯十分耀眼。

　　秦富荣陷入了回忆。

　　那时，秦富荣还是山区一所小学的民办教师。

　　有一个下雪天，秦富荣正在给学生上课，看见一个学生没穿棉衣，冻得直哆嗦。他毅然脱下身上的棉衣，给那个学生披上。县委书记苏礼和几个干部冒雪下乡检查，路过学校。苏礼从窗口看到了这一幕，他十分感动，把自己身上披的军大衣脱下，亲自披在秦富荣身上。

　　苏礼出门后，问陪同的干部："这个教师叫什么名字？"

　　干部："秦富荣。"

　　苏礼记下了秦富荣的名字。

　　晚上，秦富荣在山区小学宿舍里的煤油灯下写着文章。

　　纸上醒目的标题：书记给我披大衣。

　　秦富荣的话外音："这件军大衣，白天，我披在身上挡风；晚上，我盖在身上取暖。它给了我温暖，给了我力量，给了我启迪……"

　　县委书记苏礼读着报纸上发表的秦富荣的文章，脸上一片宽慰。他用还是摇把的电话，要通了电话："你们安排一下，让那个叫秦富荣的教师到县里来一趟。我想见见他，听听他对农村教育的意见。"

两天后，一身泥土的秦富荣走进苏礼的办公室。

苏礼亲自给秦富荣倒了杯开水，夸赞说："富荣，你写的那篇文章我看了，文笔不错嘛。不过，有些话过分了些。"

秦富荣有点不好意思。

苏礼："好了，不说这个了。说说你的学校、你的学生，以及你对我们县农村教育的意见吧。我们开诚布公，实事求是，知无不言，言无不尽。有什么，你尽管往外倒。"

秦富荣开始时很平静，越说越激动，不时在屋子里走来走去。

天渐渐黑了，二人的面孔越来越模糊。

一个月后，秦富荣收到县委书记苏礼给他的信，他坐在灯下读着苏礼的信：

富荣同志：

上次来县，所谈意见很好。县委已决定今冬明春在全县开展一次教育工作大检查。你校贫穷，条件较差，寄上一百五十元工资，修缮一下教室……

秦富荣的泪水夺眶而出。

又是一个月后，秦富荣正在给学生上课。

一个邮递员送给他一封信。他打开一看，是一份通知："秦富荣同志，你已被录取到县社会主义教育活动讲师团，请接通知后一周内到县报到。"

秦富荣又高兴又激动，一下子跪在地上。他的学生把他围了起来。

秦婕进屋，打断了秦富荣的回忆。秦富荣从卧室走出来，坐在沙发上。

秦婕："爸，您还没休息？"

秦富荣感叹地说："爸真的感到老了。"

秦婕："爸，您才多大岁数就说老？"

秦婕在秦富荣身边坐下，给他削了一个苹果。秦富荣全神贯注地看着秦婕。

秦婕吃惊地看了看秦富荣："爸，您怎么了？"

秦富荣："没事没事。"

秦婕："爸爸，您是不是有什么事情瞒着我？"

秦富荣："没有啊。"

秦婕："爸，我感觉得出，您心里有事，而且是很难的事。您有事可以给我说。妈不在了，咱们家就您和我两个人。您有话不给女儿说给谁说？说出来，我也能给您承担一部分。一副担子，两个人挑总比一个人扛轻松吧。您是不是不相信您女儿？您看看站在您面前的女儿，已经是个顶天立地的大人啦。"

秦富荣勉强地笑了笑："爸真的是感到劳累，没有别的事。你不要多想，啊，听话。"

秦婕想了想，突然问："爸，花园广场交通肇事逃逸案发生时，您在哪里，怎么那么快就知道了消息，给我打电话？"

秦富荣一惊，随机应变说："我当时正在市政府开会，有人打电话到值班室举报，是值班室的同志告诉我的。"

秦婕半信半疑。

秦富荣："你是不是又和苏常胜在一起了？"

秦婕睁大眼睛看着秦富荣。

秦富荣叹了口气，说："婕儿，你别总是给胜子打气，让他做起事来不管不顾。现在的社会比过去复杂得多，弄不好……"

秦婕："爸，您是不是说的水泥厂改制的事？"

秦富荣点点头。

秦婕理直气壮地说："爸，在这件事情上，我认为胜子哥做得对。相反，您做得不对。"她停了一下，又说："爸，我发现您变了。您现在越来越惧怕权力，越来越贴近那些富人，说话、办事代表着少数人的利益。"

秦富荣闭着眼，一句话也没说。

秦婕："爸，您要是累了，就早点休息吧。我的话如果说重了，还请您原谅。"

秦富荣回到卧室里，一边脱衣一边回忆。

那是花园广场车祸发生的晚上，秦富荣正在参加苏礼主持的会议。一个秘书进来，给他低声说了几句话。他赶忙到值班室里接电话。接了电话，他大惊失色。

深夜，东州某工地。秦富荣在工地上徘徊，朱继承急急忙忙赶到。

秦富荣："朱总，处理好了吗？"

朱继承点头："秘书长，您放心吧。这就好办了。下边的事交给我处理，百分之百没问题。"

秦富荣："听说那个女孩子怎么样了吗？要不要去医院看看那个女孩子？"

朱继承："你想找死啊？你一到，公安就会把你抓起来。"

秦富荣："现在去投案自首，会得到宽大吧？"

朱继承笑了："你真是被吓糊涂了。只要一自首，意味着什么？你多年的艰苦奋斗、你多年的流血流汗、你多年的抱负追求、你多年的荣华富贵，都会付诸东流，还有你的女儿也会抬不起头，再说，有谁会为你的投案自首鼓掌？有谁会为你的犯罪庆祝？"

秦富荣低下了头。

朱继承："听我一句话，把心放在肚子里。"

秦富荣犹豫了片刻，满腹心事地走了。

秦富荣想到这里，哀叹一声，心情沉重地躺在床上。

上午，苏礼刚结束一个小型会议，秦富荣进来了。苏礼见秦富荣的眼睛有点儿红肿，关心地问道："富荣，你怎么了？是不是昨天晚上加班了？我早给你说过，你的年龄大了，注意身体。有些文字让处室的年轻人多干点。这也是多给他们锻炼的机会。"

秦富荣点了点头，汇报说："苏市长，明天市委要开廉政建设汇报会，这是会议安排。常胜在会上也有个发言。"

苏礼接过文件夹，翻开看了一眼材料，皱了皱眉头，说："富荣，常胜不讲行不行？可以让其他同志讲嘛。"

秦富荣坚持地说："苏市长，常胜现在应该多讲。"

苏礼一愣："富荣，你说这话什么意思？"

秦富荣赶忙掩饰说："等赵书记回来，就要推荐副市长人选了。我想，常胜并不是别人硬捧起来的典型，他是做出来的。不能因为他是你的儿子，就要回避，古人还讲举贤不避亲嘛。"

苏礼正要说话，一个秘书进来送材料。秘书走后，苏礼问秦富荣："最近听到有关对常胜的反映了吗？"

秦富荣："下边对常胜的反映一直很好。有人甚至说，如果全市公开投票选市长，常胜的得票率可能会高于您。"

苏礼笑了笑，又严肃地说："你给常胜说一说，越是这个时候，越要谨慎，不要经常在报纸、电视上露面，让人说是故意炒作。"

秦富荣点了点头，问："苏市长，还有什么指示？"

苏礼："水泥厂重新评估的事怎样了？"

秦富荣："我想再找常胜谈一谈。说实话，我自己心里也想不通。"

苏礼摆出一副洗耳恭听的架势，示意秦富荣说下去。

秦富荣："就是不说什么大道理，说些老百姓的话，也是说不过去的。国企靓女先嫁，谁家姑娘出嫁也得有个基本条件。张民、朱继承他们原来搞的评估，等于明火执仗地掠夺。"

苏礼："所以，市里也同意重新评估嘛。"苏礼说着，突然脸色变得铁青，神情有几分痛苦。他赶忙取出了治心脏病的药，秦富荣赶忙给他倒了一杯水。

秦富荣紧张不安，小心地问："苏市长，去医院吧？"

苏礼摆了摆手："没什么大问题。你接着说吧。"

秦富荣："苏市长，我冒昧地问一句，参与水泥厂改制的人是不是有什么来头？"

苏礼沉默了片刻，说："我同赵书记通过电话，赵书记的态度很明确。不管是谁介绍的，都要按规矩办，不能让东州人民指着脊梁骂我们出卖国家和人民利益。不过，对方的利益也要兼顾。这事还是你去协调吧。"

秦富荣："我再和胜子商量商量。"

苏礼："把你那个宝贝女儿的工作做通了，常胜就通了。"

　　秦富荣正要说话，苏礼桌上的电话响了。苏礼拿起电话，见秦富荣起身想走，招手让秦富荣坐下。他对着电话那边的人，语气坚定地说："你们如果有确凿的证据，或者说有可靠的线索，可以继续往下查。马达同志，这件事已经搞得很被动，影响很不好，你们一定要抓紧，绝不能再出差错。"

　　苏礼放下电话，对秦富荣说："怎么一起交通事故引发了这么多的问题啊？"

　　秦富荣小心翼翼地说："苏市长，其实再查也没什么必要。"

　　苏礼惊奇地看了秦富荣一眼。

　　秦富荣："事实已基本清楚了。再说，查来查去，再发生差错，就更不好交代了。"

　　苏礼想了想，说："你通知一下政法委，让他们通知马达同志，让他和交警、刑警支队领导明天到市委来汇报一次。"

　　秦富荣点头。

　　苏礼若有所思："是啊，不能再为这案子死人了。"

　　秦富荣神情不安地转身走了出去。

　　其实，马达和交警支队的同志压力都很大。周伟新一直在催促办案人员调查。

　　张虎和刘婷婷刚刚调查到一条新线索，急忙来找周伟新汇报。方正见张虎和刘婷婷进了周伟新的办公室，也跟着进来。

　　张虎："我们从国资局当年负责工程的同志那里了解到，去年承包国资局大楼建筑工程的包工头的确姓白。"

　　刘婷婷："有人说他有一辆黑色宝马车。他曾说，谁能帮他的车上了牌照，他给谁十万元。"

　　周伟新："他是哪里人？"

　　张虎："海南的，姓白，叫白建设，近几年住在南平。"

　　周伟新和方正都一愣。周伟新想了想，果断地说："跟着这条线索，继续往下查。"

　　方正不以为然地说："我们现在不是查走私车的时候。"

　　周伟新没有应答。他把张虎一行送到门外，又叮嘱了几句。

周伟新没想到张虎一行当天下午就回来了，他明白他们这一行收获不大。

张虎愤愤不平地说："人说狡兔三窟，一点儿也不假。姓白的在南平光房产就几处。只有两处住人，都是年轻女性，是白建设包下来的小姐，都为他生了孩子。"

方正："有没有什么发现？"

张虎："有。这两个女的都说，他一年到头很少回家。过去，经常给家中寄钱。这两年也许是怕人查，都是让手下的人送。那些送钱的也不告诉她们白建设的地址。"

方正："他会不会犯了其他事，出国或者潜逃了？"

张虎："那还不至于。估计他不想和南平这两个老婆联系。"

陈刚："南平这两个老婆都骂姓白的，说他每到一处都讨个小老婆。这样的事在富人阶层很有代表性，有不少富人是用这种办法多生孩子。"

方正嘲讽地骂了一句："活该！她们自己没长眼睛？她们还不是图钱。"

周伟新沉思一会儿，对张虎说："姓白的不一定潜逃。因为，从我们掌握的情况看，他没有潜逃的动机。所以，目前没必要向上级报告发通缉令。当然，这只是我个人的意见。"

张虎："周支队，我同意你的意见。"

苏红进来，说："这么晚了，又下着雨，让人家虎子回家吧。"

张虎开玩笑说："你是不是赶我走？谈完了，我走了。周支队，你也快陪苏红走吧。"

周伟新拿起雨衣，说："走吧。"他看了方正一眼，问："方支队，你是不是还有事情？"

方正陪着周伟新一边向外走，一边说："伟新，我劝你别听张虎他们嚷嚷，这案子到此可以结案了。姓白的就是买过走私车，与这案子也没关系。你要想查走私车的事，以后可以查。现在应该把花园广场交通肇事案结案了。"

周伟新一边走，一边听着，没有表态。

周伟新和苏红在院子里上了车。

苏红："伟新，我没影响你和虎子的工作吧？"

周伟新："我们已经谈完了。"

苏红："你呀！过不了多久，交警支队的家属们会集体向你发动攻击。你看你，每天都加班。"

周伟新："那样做的人就不配做交警的家属。"

苏红嗔怪地问："我呢？"

周伟新："你不是交警家属！我是。"

一路上，周伟新在沉思。

苏红："怎么又不说了。你知道人家新闻单位的同志怎么说你吗？他们说交警支队有个'吴'支队长，问什么都是无可奉告。"

周伟新笑了："他们不愧是当记者的，怎么连我母亲的姓都知道。"

二人笑了一阵。

第二天下午，东州市委大礼堂。

主席台的横幅上写着"东州市党风廉政建设汇报会"一行大字。

苏礼等人坐在主席台领导席上。

秦富荣在后台，对服务员小姐严肃地说："苏市长最近心脏不好，你一定要严密注意他的身体情况。哪怕一个神色、一个情绪的变化，都要赶快通知我。我就在后台守候着，听明白了吗？"

服务员认真地点点头。

在一阵热烈的掌声中，苏常胜意气风发地走上主席台。他用洪亮的声音说："我向各位领导和同志们汇报的题目是《树立廉政为民的好形象》。"

就在苏常胜洋洋洒洒做报告的时候，周伟新和刑警支队的李伟等人正在商量案情。

苏常胜做完报告，几个记者一拥而上，采访苏常胜。

女记者："请问苏局长，你多年如一日照顾一位双目失明的老人，到底图什么？"

苏常胜："我从来没想过要图什么。我是一个共产党员，这是我应该做的。"

男记者："听说你用自己积攒的工资，为水泥厂一个下岗女工治病，却有人写信反映你挑唆下岗职工反对改制，你对此有何解释？"

苏常胜坦然自若地回答："世上自有天理，公道自在人心。我不怕！"

秦富荣走过来。

苏常胜："秦叔，有什么事吗？"

秦富荣欲言又止。

苏常胜："秦叔，我请您去一个地方，咱们好好谈一谈。"

秦富荣还在犹豫，苏常胜把他推上了车。

苏常胜带秦富荣到了一家酒店。

苏常胜："秦叔，这地方的饭菜不错吧？都是家常菜，我最爱吃。也不知为什么，这么多年了，我就是吃不惯那些山珍海味。"

秦富荣："我也是，我看苏市长也是。每次跟他下去，他都再三嘱咐，不让上海鲜一类的东西。"

苏常胜："秦叔，我出国的事，不好向我爸说，你帮我催一催吧。"

秦富荣想了想说："我尽力。"

苏常胜："交警支队那个案子现在有什么说法？"

秦富荣："好像又发现了新线索……"他压低了声音。

苏常胜听后，神色慌乱。他举起酒杯，一饮而尽。

秦富荣已带有醉意："常胜，秦叔今天喝得有点多。我给你说句真心话。如果你觉得在国内、在东州混不下去了，就快一点走。苏市长的脾气我了解。他不会为自己的亲人，把原则扔掉。"

苏常胜："秦叔，谢谢你。我最了解他，知父莫过子呀。我过去都以是他的儿子而自豪，现在想想，真的恨怎么是他的儿子。"

秦富荣："不说了，不说了，我要去上班了。一会儿还得去医院。"

苏常胜打开包，取出一沓钱，塞给秦富荣："秦叔，你跟着我爸那样的领导，吃了不少苦，钱没挣到。这是我的一点心意。"

秦富荣勃然大怒，把钱扔在地上："你把我姓秦的看成什么人了？我只是看在苏市长是我的老领导，有恩于我，我才帮你。你要是搞这些，咱们就绝交。"

苏常胜把钱收起，赔着笑脸说："秦叔，对不起。我也没有别的意思。"

他扶着秦富荣下楼。

上了出租车，秦富荣吐了几口酒。

苏常胜厌恶地皱了皱眉头。

朱继承十分关心水泥厂改制的事情进展，于是又找到了秦富荣。秦富荣告诉他，苏常胜现在有些动摇，如果再进一步做做工作，问题就可以解决。

秦富荣："昨天，我又和苏常胜谈了一次。他原则同意在你们过去那个资产评估报告的基础上再重新搞一个评估，你再耐心等几天吧。"

朱继承听了很高兴，拉着秦富荣去了高尔夫球场。

二人一边打球，一边聊天。

秦富荣问朱继承："你把徐开放的女人弄到哪儿去了？"

朱继承："你说得不假，这女子果然是红尘中人，胆子很小。我说她卖过淫，构成了卖淫罪；然后又与徐开放一起逃跑，构成了窝藏罪。她很害怕，求我不要让她坐牢。"

秦富荣："后来呢？你把她放了吗？"

朱继承："我想暂时还不能放她。否则，她百分之百会认为自己的罪不重。先关她几天，好吃好喝好招待。再过几天，派个人把她送到广东去。我想她一个女人，百分之百不敢再来东州露面。"

秦富荣沉吟了一会儿，说："不可掉以轻心。从这个女人的表现看，她对徐开放有感情，而且会做人、做事。万一让周伟新找到她，说不定会是另一种情景。"

朱继承很有把握地说："我办事你就放一千个心吧。对了，我忘了告诉你，你那个在报社当记者的女儿好像也在穷追不舍。"

秦富荣叹息："她就是这个脾气，认准了路不下道。都是因为她母亲去世早，我的工作忙，常常顾不了她，让她在一个缺少父爱和母爱的环境中长大。"

朱继承趁机挑拨说："所以，你看透了社会，看透了官场。说实在的，凭你的能力，经商肯定能发大财。"

秦富荣："发财又有什么用。钱再多，我那个女儿也不会接受。我一个老头子，要那么多钱也没有用。"

朱继承不解地望着秦富荣。

秦富荣笑了笑，说："好了，人各有志。咱们不谈这个吧。"

朱继承打完一个球，又忧心忡忡地对秦富荣说："秦秘书长，你那个女儿真得管一管啊。她要是和警察一起折腾下去，对我们的影响很大啊。"

秦婕的确在继续追踪调查。

张晓来找她时，她拉着张晓一谈就是大半天。

张晓："我觉得这个案子就像一部侦探小说，故事越来越曲折、复杂。而且越来越危险，我是说你的处境。"

秦婕："我很清楚这一点。不过，我一点儿也不惧怕。假若我有一天不明不白死了，你要为我作证，替我向上级请求，给我一个优秀新闻工作者的名誉，我就很满足了。"

张晓生气地板起面孔："你怎么这样自私呢？你要是真的出了什么问题，秦叔叔怎么办？"

秦婕安慰张晓说："我也就是说一说，你别那么紧张。"

张晓："下一步，你打算怎么办？"

秦婕胸有成竹地说："我想把重点放在调查徐开放女朋友身上。正像你上次讲的，如果把徐开放的死来龙去脉搞清楚了，可能会发现这不仅仅是一起车祸案。"

张晓想了想，问："你到哪儿去找徐开放的女朋友呢？她现在肯定不敢回家，我看你还是得依靠警察。"

秦婕点点头。

张晓握着秦婕的手，说："我支持你！"

秦婕和张晓到了楼下，上了王大道的出租车。

王大道："秦记者，咱们去哪儿？"

秦婕："先送张科长回国资局。"

王大道的车到了国资局大楼下停下车。张晓先下了车，正准备上楼，秦婕突然看见大楼嵌着一块石碑，赶忙下了车，走上前仔细观看，上边写着："建设单位：东州市国有资产管理局。施工单位：海南大海建筑公司。"

张晓愣怔一下，问道："怎么，秦大记者对石刻又感兴趣了？"

秦婕没有回答，而是沉思了片刻。

张晓一脸茫然，拉了秦婕一下，说："走吧，咱们上楼找一下苏局长，他会告诉你石刻的来历。"

秦婕摇了摇头。她想了想，给苏常胜拨了个电话："胜子哥，你在哪里？我有事找你。好吧，晚上见。"

秦婕上了车。车开动后，她还心情沉重地转头看了一眼国资局大楼。

王大道的车子经过五洲国际大厦楼下时，朱继承从大厅里抽着烟走出来。他看到了王大道的那辆红色出租车和旁边座位上坐着的秦婕。他掏出手机，拨了个号码，恶狠狠地说："把那个不识好歹的出租车砸了，让他百分之百开不成，再找弟兄们好好伺候伺候他。对，就是那个拉报社婊子去南平的……"

挂了电话，他阴险地笑了笑。接着，他开车到了阿静的住处。

朱继承问黑蛋："那女人老实吗？"

黑蛋："我看贼心不死，不如做了！"

朱继承沉吟一下，向阿静屋里走去。

阿静趴在床上，好像睡了。朱继承望着阿静的身材，仿佛在欣赏一件艺术品。

阿静突然翻了个身，冲朱继承一笑："朱哥，我猜就是你进来了。"

朱继承扔给阿静一支烟，点着火，二人并排坐在床上。

朱继承："阿静，我给你家准备了十万元，不过现在还不能送过去。"

阿静："朱哥，我理解。只要你别骗我，再长一点时间没关系。"

朱继承把烟一扔，把阿静按倒在床上。

这时，他的手机响了。他看了看来电显示，不悦地打开接听。

电话是他的一手下打来的。他告诉朱继承，刚才看见苏常胜和秦富荣一起到五洲大厦开了房间。

朱继承得意地笑了。

白天，苏常胜自己一个人在办公室。苏常胜痛苦地走来走去，他的桌子上放着水泥厂的评估报告书，上边有几行是苏常胜用红笔画的标志。电话铃声响了，他也不接。

张晓推门进来，问："苏局长，水泥厂资产评估座谈会的通知今天发不发？"

苏常胜摆摆手，粗暴地说："不发！"

张晓一惊，白了苏常胜一眼，生气地转身走了。

苏常胜又转了几个圈，拨了个电话："爸，您今晚什么时候回去？"

苏礼的声音："晚上我要陪省纪委一位领导吃饭，大概九点回家。"

苏常胜焦急地说："爸，今天是您的生日，还是回家吃吧。"

苏礼不耐烦地说："过什么生日，都是你母亲的主意。赵书记在中央党校学习，我今天晚上必须陪同。这是起码的礼貌哇！你给你妈说，生日明年再过吧。"

苏礼的电话已经挂断，苏常胜有点失望，心情沉重地坐在椅子上，点了一支烟，大口大口地抽着，让烟雾把自己罩起来。过了一会儿，他又给秦婕打了个电话。

秦婕正在网上查电话。

她用红笔在笔记本上记下了几个号码。苏常胜来电话时，她一边接听电话，一边继续在网上搜索。

苏常胜"喂，喂"几声，听到秦婕的回答后，却沉默了。

秦婕奇怪地问："胜子，你怎么啦？说话呀！"

苏常胜依然沉默不语。

秦婕停下了手中的工作，惊奇地站了起来，好像苏常胜此刻就站在她的面前。她一字一句地问道："你到底有什么事情就直说嘛！说出来，我们可以一起商量着解决。"

苏常胜还是没有说话。

秦婕急了，想了想说："你等着，我马上去见你！"不等苏常胜说话，她挂断了电话，关上电脑就向外走。一路上，秦婕反复想着这几天同苏常胜接触时，苏常胜不同寻常的一些表现，心里越来越感到奇怪。在一个十字路口，红灯亮了。秦婕在等候的时候，苏红的车停在了她同方向旁边的一条道上。她们彼此看到对方，都把车窗玻璃摇下来。

苏红："婕姐，去哪里采访啊？"

秦婕："国资局。"

苏红："见到我哥，你告诉他，让他把签证手续赶快报上去。"

秦婕点点头，问："胜子哥昨晚回家了吗？"

苏红："我睡下时他还没回去。我今天早上走得早，没见他。妈也说不知他一天到晚忙活些什么。"

绿灯亮了，苏红向秦婕摆手再见，秦婕也给苏红摆了摆手。

到了国资局大门前，传达室的同志看见她，把她拦住了，告诉她："秦记者，苏局长临时去市政府开会，急忙走了。他让我告诉你一声，回来与你联系。"

秦婕顿时火从心头起，不顾一切地进了国资局，径直上了楼，到了苏常胜的办公室前，推了几下门，的确是锁着的。她又敲了几下，里边没有声音。就在这时，张晓从隔壁的办公室出来。

张晓："找我们老板啊？"

秦婕："人呢？"

张晓："刚才还在屋里，抽了很多烟，整个屋里烟雾弥漫。我正要打电话给你说呢。我们老板怎么了？是挨上边批了，还是挨了你的训？"

秦婕生气地说："我没心思跟你开玩笑。等他回来，你让他赶快给我电话。"

张晓送秦婕下楼时，小心地问了一句："你还在对那个'9·9'案穷追猛打啊？"

秦婕余气未消，说："我也不知道他这几天到底怎么了，好像有话要跟我说，又不愿意说。问了几次，他就是不吐口。"

张晓想了想，说："我听说市委赵书记这个礼拜天回东州，可能要讨论水泥厂改制的事。而我们这边新的评估报告，由于厂里不积极配合，还没出来。苏局长会不会怕赵书记批评，心里不太好受？"

秦婕："心里有事就说出来嘛。我也给他说了，有事大家可以商量。三个臭皮匠，顶个诸葛亮。这道理他又不是不懂。"

张晓："好了，别生气了。等苏局长回来，我好好说说他。"

　　秦婕上车走了。张晓目送秦婕的车子出了大门，转身上楼时，抬头看了一眼，一下子目瞪口呆。她看见苏常胜正站在办公室的窗口向外张望。

　　苏常胜刚才一直反锁着门，待在办公室里。秦婕敲门，他听见了。秦婕和张晓的对话，他也听见了。直到听到秦婕下楼，他才打开门，然后到窗口向外望。他的心情十分沉重，也十分矛盾。他想向秦婕说说自己的心里话，但是又不敢开口。

　　这天夜里，秦婕正在电脑前改稿时，电话响了，她拿起接听，连喊了几个"喂"字，里边没有说话，她生气地把电话挂断。

　　过了片刻，电话又响。她没有接。又过了一会儿，电话声再次响起，她拿起后，正要发火，却一下愣住了。

　　电话里传来苏常胜的声音："婕，是我。我想见你。"

　　秦婕："这么晚了，你不回家，到这儿干什么？我现在在加班。要见，等白天再说。"

　　苏常胜的声音："我就在报社楼下。你要是不方便，我上去也行。"

　　秦婕四下看了一眼，无奈地说："你等一下，我马上下楼。"

　　到了楼下，苏常胜充满感激地对秦婕说："谢谢你给我一个面子。"

　　秦婕："有这个必要吗？"

　　苏常胜："咱们出去走一走吧！"

　　秦婕："我去开车。"

　　上了车，苏常胜突然问："婕，你还记得吗？我刚学会开车，是一辆破吉普车。周末，我开车到学校去接你，回来的路上，跑几里就熄火了，你也下来推车……"

　　那还是秦婕读大学的时候，有一个周末的晚上，苏常胜开着一辆旧吉普车从学校接她回家。二人有说有笑地行驶在郊外的路上。突然，吉普车熄火了。苏常胜打了几次，也没打着。他下了车去看，秦婕赶忙把他的大衣拿下去，给他披在身上。

　　苏常胜："这破车，没跑十公里，熄了十八次火。看来存心让咱们在郊外过周末。"

　　秦婕看了看表，惊慌地说："胜子，已经十点了。你这车到底还行不行？"

苏常胜："别急，我来修修看。外边冷，你到车上坐着吧。"

秦婕："那我不是没有阶级感情了吗？"

苏常胜朝秦婕笑了。他又修了一会儿，手冻得不听使唤。他用两只手相互搓着。秦婕见状，把他的手拿过来，用嘴吹了几口热气。犹豫了一会儿，她又毅然把他的手放在自己的大衣里。苏常胜感动又激动地抱住了她。

秦婕："胜子，抱紧我。"

二人热烈地接吻。

这一段回忆，让坐在车上的苏常胜和秦婕都很激动，两人的手情不自禁地握在一起。

车已到了沿河公园的河边，秦婕停下车，见苏常胜眼中还有泪光。她想去扶苏常胜下车，被苏常胜用手轻轻一挡拒绝了。

苏常胜："婕，还记着这条河吗？"

秦婕："我记着这条河。"

苏常胜十分高兴，说："咱们在这条河边多少次漫步哇！在日出的时候，在日落的时候，在下雨的日子，在降雪的日子……"

秦婕打断苏常胜的话，说："胜子，别说了。你说得再多，也都会随流水漂走。"

苏常胜的神情一下子变得不安了："婕，是我对不起你。我太自私、太软弱了。"

苏常胜想起当年在小河边发生的故事。

那也是一个月亮皎洁的晚上。苏常胜和秦婕在小河边的草地上相依着。

秦婕："胜子，我爸在'文革'时揭发过你爸，你爸怀恨在心，会让我们结合吗？"

苏常胜："我向毛主席保证，即使海枯石烂，我苏常胜爱秦婕不变。"

秦婕笑了："胜子，你的话会随河水漂走的。"

苏常胜信誓旦旦地说："不会。我的话掷地成金，比磐石还坚呢。"

想到这里，苏常胜充满愧疚地说："婕，我知道你至今都不原谅我。我也是没办法呀。"

　　秦婕："咱们不谈这些好吗？你说找我有事，一天找了我两次，却没听你说一件事。你到底怎么了？请你说吧。"

　　苏常胜犹豫不决，几次张口想说话，但几次又都咽了回去。

　　秦婕在耐心地等待着。

　　夜色已深，小河的流水声格外清晰、美妙。

　　苏常胜点了一支烟，一边抽着一边思考着怎样张口向秦婕说出心事。

　　秦婕把含有几分哀怨的目光投向流水。她有些不安和不解，但又不想逼苏常胜说出心事。因此，她还在等待。

　　苏常胜扔掉还有半截的烟，怏怏不乐地说："咱们回去吧！"

　　秦婕点了点头。但是，她的目光充满了疑问和哀怨。

　　返回的路上，二人沉默不语，车内气氛很沉闷。到了国际大厦前，苏常胜犹豫了一下，让秦婕停下车，他走了下去。直到看见秦婕的车走远了，他才给秦富荣打了个电话："秦叔，您不是找我有话说吗？我在国际大厦等您。"

第十三章

东州国际大厦茶苑一个包厢里。秦富荣一进屋，泪水就落下来，嗫嚅着说："胜子，叔叔对不起你啊！事到如今，你打我、骂我，我都认了。可是，你不给你家老爷子挑明，就太迟了。现在，就是你家老爷子最重视这件事，天天让我给公安局马达打电话催办。"

苏常胜有些恼火。

秦富荣大口抽烟。

苏常胜："您不觉得脸红吗？您让我放心，我放得下吗？还有那个姓朱的，天天口口声声不离百分之百，现在连百分之二十也没做到。搞了半天，还得让我出面。"

秦富荣不言不语，只是流泪。

苏常胜长长地叹息一声，说："我家老头子你还不了解？那可是大义灭亲的人。"

秦富荣："那要看对谁。什么大义灭亲？真正到了自己亲人、亲生骨肉时看看。那些所谓大义灭亲的人，是无可奈何。"

苏常胜："老人家一直把我当他的骄傲。出了这种事，我怎么向老人家说？不如死了好。"

秦富荣大怒："你死了，我们怎么办？我们为了你，身上已有了两条人命。"

苏常胜也恼羞成怒地说："您为了我，我为了谁呢？刚出车祸时，我是心里害怕，逃了。可是，当天夜里，我就感到内疚，要去交警支队投案，您拦住我不让。您说那辆车是别人送给您的。我要是投了案，罪责可以减轻，但交警一查车的来龙去脉，您就会因受贿被送上法庭。这样，您和我在秦婕心目中的形象就完了。秦婕也就完了。就为这，我才没去投案自首。后来，我知道被我撞的是一个十八岁的女学生，而且已经死亡，我的良心又受到鞭挞，再次要去自首，您又阻拦我，说是一旦做了囚徒，生不如死。如其做囚徒，不如多为人民做点好事。您还说现实生活中，应当做囚徒的大有人在。您让我放心，说能搞定。可是，接二连三出现姓田的坠崖身亡，姓徐的畏罪自杀，我的心也如刀割一样难受。我不想再牵连更多人去死。我又要投案自首。您说已经晚了，投案自首必死无疑，而且他们是贩毒、杀人的坏人，死有余辜。我是入了您的感情牢笼，一步一步走向深渊啊！"

秦富荣："胜子，秦叔对不起你。"

秦富荣起身向外走，他有点儿精神不振。

苏常胜抱头长叹。他突然想起什么，起身去追秦富荣。

秦富荣出了大门，走到大街上，迎着一辆汽车走过去。

苏常胜大叫一声"秦叔"，扑上前把秦富荣抱到路边。

秦富荣看了一眼川流不息的车辆和五彩缤纷的街道，一下子站了起来，坚定地对苏常胜说："胜子，咱们不能自我牺牲。你还年轻，美好的前途在等待你，美好的生活在等待你。秦叔发誓，就是豁出我这条命，也不会让你坐牢当囚徒。你放心吧。"

秦富荣说完，竟然大步走了。

苏常胜想了想，也拦了一辆出租车回了家。

天已黑下来。苏常胜到了家门外。他没有马上进屋，来回走着，不时看看屋里的灯光。过了一会儿，他仿佛下了决心，鼓起勇气推开了门。

孙敏正在沙发上看书。

苏常胜进屋后，没有像以往那样吻孙敏，而是四下看了看，问："妈，苏红呢？"

孙敏："她说出去一会儿就回来。"她又惊奇地问："胜子，你今天反常，怎么不亲妈了？"

苏常胜犹豫了一下，突然跪在孙敏面前："妈。"

孙敏大惊失色："你这是怎么了？"

苏常胜："妈，您得帮帮我。"

孙敏："胜子，你到底怎么了？是不是水泥厂的事出了问题？"

苏常胜："妈，那能出什么大事。大不了我同意他们的意见。"

孙敏："那还有什么事？你起来再说。"

苏常胜："妈，您要不答应帮我，我就不起来了。"

孙敏已经意识到发生了事情："胜子，你是不是？……"

苏常胜："您是不是想问我受过贿吗？我坦白地说没有。从回城、上大学、参加工作以来，我一直想做个好官，堂堂正正地做官，清清白白地做官。我从来不想也不敢受贿，甚至连吃顿饭也不去。可是，我怎么也没想到会出现撞车的事情。妈，我自己也不知该怎么办。"

孙敏一惊："花园广场撞死女学生逃了的是你？"她没等苏常胜回答，泪已流了下来。

"要不是为那个水泥厂改制的事，我不会去省城。市里压着我，我爸压着我，那几天我真是呼天天不应，叫地地不灵，没有办法，我想起到省局去汇报，同时去找专家，请他们帮助重新评估。我怕市委和我爸知道了，说我到处告状，对我不好，所以才找秦叔叔借了辆车。回来的路上，马奶奶的小保姆丽丽打电话说马奶奶病重，我心里着急，就走了逆行……"苏常胜泣不成声，"妈，我原以为我这一生一世也不会犯什么错误。我要对得起组织，对得起您和爸爸，对得起马奶奶和为我死去的小勇，也对得起党性和良心。"

孙敏："撞了人，你为什么要跑呢？"

苏常胜："我当时怕极了。我怕去坐牢当囚徒。我怕自己的名声因此而毁于一旦。我怕爸和您伤心。总之，我怕。我想先回家，给您和爸说一声，让你们二老有个思想准备。我还想先把马奶奶送医院，然后再去自首……我没想到事情越闹越大……现在说这些都晚了。妈，您儿子不是故意的，真的不是故意的。"

孙敏："你让我怎么对你爸说出口？"

苏常胜："您就让我爸别再追下去了，结案了事。我以后会以一个有罪之身，戴罪立功。我可以保证，我还是过去的胜子。"

孙敏："儿啊，你怎么这么糊涂。共产党不搞诸葛亮对关公那种戴罪立功，你爸那个人这一辈子没搞过以权谋私的事。"

苏常胜不平地说："妈，您真的不知道吗，我爸搞过以权谋私的事还少啊？！省里刘副书记的外甥在东州搞房地产开发，有一个特好的项目，就是我爸压着立的项；省里韩部长的儿子在东州出差时嫖娼出了事，也是我爸给摆平的。现在的社会，还有几个像 50 年代、60 年代那样什么关系也不搞的人。"

孙敏："我是怕你爸……"

苏常胜："这好办。您告诉我爸，要么把我送去坐牢，要么帮我把事摆平。反正我快出国了，让他看着办吧！"

孙敏双手掩面，哭出了声。

苏常胜神情沮丧，走到门外，恰巧苏礼的车停下，苏礼从车上下来。

苏常胜："爸！"

苏礼："这么晚了你又到哪儿去？"

苏常胜："我去马奶奶家里一趟。"

苏礼："你代我问候马奶奶，好长时间没去看她了。对了，我听你妈说小周和红儿闹矛盾了？红儿脾气不好，八成是她的责任。你劝劝红儿，她最听你的话。"

苏常胜："爸，您还说呢，我那个妹夫现在想搞我，这个六亲不认的家伙。"

苏常胜说完，转身走了。

苏礼望着苏常胜远去的身影，摇了摇头。

苏礼进了屋，看见孙敏在流泪，惊奇地问："你们这是怎么了？刚才我看见你那个宝贝儿子慌慌张张，你又在这儿偷偷流泪。"

孙敏不无埋怨地说："都怪你，平时对儿子不管不问，才出了这样的大事。"

苏礼一愣："出了什么事？"

就在孙敏哭着向苏礼陈述苏常胜的事情的同时，苏常胜坐着王大道开的出租车，漫无目的地在大街上行驶。

王大道："同志，你到哪里啊？这已经开了半小时。你如果找不到地方，说出来，我帮你找。"

苏常胜发了火："怎么，你怕我付不起你车费吗？"

王大道忙赔着笑脸解释说："我不是那个意思。我的确想帮帮你。"

苏常胜看见《东州日报》的霓虹灯，让王大道停了车。下车后，他犹豫了一会儿，想打电话，最后又放弃了，低着头，沿着大街漫无目的地走着……

孙敏刚刚把苏常胜的事情向苏礼说完。苏礼气得脸色铁青，浑身哆嗦。

孙敏："你儿子也说了，他不为难你，让你看着办。"

苏礼："这个混账东西，非把我气死，他才心甘。"

孙敏也不住地叹息："你是要儿子，还是要你还有一年的市长，你自己拿主意吧。"

苏礼仰面长叹一声："苏家怎么有这么一个不争气的儿子！"

这时，门外响起苏红的歌声。苏礼转身上了楼。

孙敏："你儿子还说，让你想想他帮你捡回的一条命。"

苏礼上楼后，躺在沙发上，长出一口气，闭上了眼睛。"文革"中在北方农村劳动锻炼时的遭遇一幕幕出现在眼前。

一天夜里，苏礼在小铺板床上疼得翻来覆去，不住呻吟。

孙敏和苏常胜在一旁着急地掉泪。

苏礼拉着孙敏的手说："我已经不行了，快要见马克思去了。胜子还小，你要多受苦了。"

孙敏："老苏，你不要着急。我现在就去找人送你去医院。"

孙敏跑出家，一连敲了几家的门，有一家开了门。

孙敏："求求你，我家老苏不行了，得马上送医院。"

开门的女人同情，但为难地说："孩子他爸上水利工地了，家中没有劳力呀！"

孙敏又跑了几家，有的连门也不开。

她难过地哭出了声。

孙敏跑出去后，苏礼抱着儿子，给他交代后事。

苏礼："你已经十一岁了，也懂事了，以后做事要让妈妈放心。"

苏常胜在哭。

苏礼："还有那个马奶奶，对咱们有恩，不要忘记人家。"

孙敏犹豫着走进来，双手掩面，泣不成声。

苏常胜："爸，我不让您死，我送您去医院。"

他去背苏礼，第一次因背不动，倒在地上。他咬着牙，第二次把苏礼背起来。孙敏在后边扶着，帮他把苏礼背到外边一辆平板车上。

苏常胜在前边拉车，孙敏在后边推着，跌跌撞撞上了路。

北方农村的小路，因为刚刚下过雨，一片泥泞。

平板车在泥泞的路上发出呻吟声，伴着苏礼痛苦的呻吟，以及旁边河中洪水的声音，在空旷的夜晚格外清晰。

苏常胜满头大汗，步子越来越艰难。他一下子滑倒，两膝磕在路上的石渣上，渗出了血。他起来后，又拉起车。

快到医院的时候，一座小桥被洪水冲垮。

苏常胜毅然背起苏礼，从河水中蹚了过去。

进了农村医院，苏常胜用嘶哑的声音大喊："医生，快救我爸。"

医护人员把苏礼从苏常胜背上接过后，送进手术室。苏常胜扶着门看了一眼，仰面倒在地上。孙敏扑过去，大哭："胜子，我的孩子。"

医护人员把苏常胜也送进了病房。

苏礼经过抢救，已经醒来，躺在病床上。

孙敏和苏常胜坐在床边。

孙敏："老苏，医生说再晚来半小时，你的命就完了。是你儿子给你捡回来这条命。"

苏礼拉着苏常胜的手，泪流满面，半天说不出话来。

苏常胜用手给苏礼擦去泪水。

苏礼一边回忆，一边流泪。他手扶额头，痛苦地思考着。

过了一会儿，他缓缓地起身，推开窗向外张望，神情一片茫然。又过了一会儿，他听见苏红和孙敏在楼下说话，就句楼下走。

苏红正在客厅给孙敏梳头，看见苏礼下来，惊奇地问："爸，您怎么不休息，又下来了？"

苏礼："我忘记了吃药。"

苏红："您叫一声，我不就给您送上去了吗，哪还要您亲自下楼？"

孙敏："你这孩子。你爸几天不见你的面，不是想跟你聊一聊嘛。"

苏红扶苏礼坐下，给苏礼倒了一杯水。

苏礼："红儿，你们的那个案子又有新进展吗？"

苏红："爸，您以前从不在家谈工作，怎么又变了？"

孙敏："你爸是市长，又主持全市工作，你和小周都在交警支队，他不关心，谁还关心？"

苏红："明白了。谢谢爸。那案子又有了新线索。报社的秦婕准备明天在报上披露……"

孙敏："是秦富荣家那个秦婕吧？她可是对你哥和咱们家恨之入骨。"

苏礼摆摆手，制止孙敏，让苏红继续说。

苏红："据说，那辆肇事车，是一个包工头送礼给咱们市一个当官的。因为是走私车，所以克隆了一副车牌照。"

孙敏："说没说咱们市那个当官的是谁？"

苏红："姓田的情人也不知道。"

苏礼想了想，说："你告诉小周，这种事一定要重事实，重证据。"

孙敏："红儿，那个肇事者当初要是不逃跑，而是投案自首，你们会怎样处理？"

苏红："违章行驶，造成重大事故，要判刑，但不会杀头。"

孙敏："那要是现在他觉悟了，投案自首呢？"

苏红想了想："那要比当时自首判得重。"她突然问："妈，您怎么有兴趣问起这事来了，您是不是认识那个人？"

孙敏："你这孩子怎么说话呢？我是顺便问问。"

苏红调皮地笑了："我也是随便说说。"

苏礼没说话，蹒跚地上了楼。

苏红："妈，我爸怎么了？今晚的气色不好。"

孙敏："没事，累的。你休息去吧。"

苏红扶着孙敏向楼上走。

孙敏进了卧室，见苏礼已经躺在床上，仰面向上，正思考问题。

孙敏上了床，小心地问："老苏，胜儿出国的事，你批了吗？"

苏礼："出了这种事，怎么再出国？你想让他外逃呀？"

孙敏："那你想让他坐牢呀？"

苏礼："不是我，是法律。他应该受到法律的惩处。再这样下去，他的命都保不住。"

孙敏哭了："老苏，你就真忍心让胜子坐牢？你以后见了儿媳和孙子怎么样向他们交代？"

苏礼："可是，我又怎么样向党和人民交代？"

孙敏："你放了韩部长的儿子怎么交代的？"

苏礼大吃一惊："谁告诉你的？"

孙敏："你不要问谁告诉我的。我把话说明了，不管你要什么，我是一定要儿子。"

二人沉默了。

楼下响起开门的声音。

苏礼起身走出屋。

苏常胜刚刚进门，正在挂衣服。

苏礼下了楼。

苏常胜："爸，您没睡？"

苏礼："你让我能睡着吗？"

苏常胜低着头说："爸，就这一回。我保证以后再也不给您和妈找麻烦了。"

苏礼："你还想着以后？"

苏常胜："爸，当年诸葛亮都能放关公一马，让他戴罪立功。我这事与关公华容道放走曹操相比，算什么事？"

苏礼："可共产党不是封建时代的诸葛亮。"

苏常胜不语。

苏礼："这件事，你早一点投案早一点主动。"

苏常胜一惊："爸，您是不是想把我交给警察？"

苏礼："不是我交，而是你自己去投案自首，争取宽大处理。"

苏常胜一下子跳起来："世上有您这样当爹的吗？我小时候，您在运动中屡受冲击，我得不到温暖。我大了，您官复原职，又借口把什么失去的时间补回来，拼命工作，不管我一点儿事。我有今天的地位，不是您给予的，而是干出来的。我现在有了点事，您不是帮助我，而是要害我。"

苏礼："我让你投案自首，才是真正帮你。"

苏常胜："我不干！我苏常胜不想让多年干出来的形象在东州人面前一落千丈。我苏常胜不想让东州人骂我是坏人。您要报告您去报告。让全东州的人，让您的老同事、老战友都知道您儿子犯了事，您大义灭亲，您无情无义，您……"

苏礼捂着心口，身子晃了几晃，倒在沙发上。

苏常胜："爸，爸……"

孙敏和苏红也从楼上跑下来。

苏礼被送进了手术室。孙敏、苏红、苏常胜等人焦急地守候在手术室外。苏常胜一脸沮丧。孙敏不住地擦泪。苏红十分悲痛。

周伟新急忙走来。苏常胜白了周伟新一眼。

周伟新把苏红拉到阳台上，小声问道："你爸怎么突然就病了？"

苏红："我爸刚吃过药，上楼躺下不久，我哥便回来了。我爸不知又下楼干什么。我听见两人好像争吵了几句。就这样……"

周伟新思考着，正要再问，秦富荣急急忙忙赶到，焦虑地说："这怎么办呢？苏市长现在正是千头万绪的时候。赵书记不在家，他市委、市政府的事一肩挑。他一病倒，东州的工作都要塌半个天。都怪我无能。"

周伟新看了秦富荣一眼。

苏常胜转过身。苏红生气地问道："哥，你怎样气爸了？"

孙敏赶忙制止说："红儿，你瞎说什么？你哥怎么会气你爸？你爸是这些天太劳累，心脏病复发。"

秦富荣赶忙接上说："是啊，是啊，苏市长这些日子太累了。"他说完，招手把苏常胜叫到一边，窃窃私语几句。

周伟新扶着苏红从阳台上过来，秦富荣和苏常胜马上住口。

秦富荣："小周，看到了吗，苏市长是劳累过度。如果不是常胜、苏红都在家，及时送医院，生命都有危险。"

周伟新没说话。

秦富荣："你们那个案子可以结案了吧？"

周伟新："市局根据田学习的情人的交代，安排我们继续调查。"

秦富荣看了苏常胜一眼。苏常胜假装没听见，转过身子。

秦富荣："对田学习的女人的口供一定要慎重。这个女人很坏，她说的都有她的目的。比如她是不是想减轻罪责？你们别再让苏市长操心了好不好？苏市长劳累过度，与你们这个案子始终不能结案也有一定关系。他是怕老百姓骂政府无能。"

周伟新："我明白。我们会慎重处理。"周伟新和孙敏等人告别后，上了电梯。苏常胜望着周伟新的背影，吐了口唾沫。苏红吃惊地看了苏常胜一眼。

周伟新离开医院，边开车，边思索。他看见一处夜市，就停下车，找了个位子，要了一碗面吃起来。

秦婕和张晓经过。秦婕发现了周伟新，也停下车，走了过去。

秦婕："周支队，怎么这样艰苦奋斗？"

周伟新笑了笑。

秦婕在周伟新对面坐好后，说："周支队，我今天调查了一下，仅近三年来，在东州从事过建筑包工的队伍就有二百多家。有的队伍的包工头常换。小小说的那个姓白的，一时查不到。看起来，调查十分困难。"

周伟新："要是不难，要咱们干什么？"

秦婕："有你这句话，我们信心百倍。"

周伟新："没有那么严重吧。"

二人都笑了。周伟新付了款，和秦婕边走边谈。

秦婕："马上要开东州国际文化经贸洽谈会了，你们到时的任务一定很重，对办案会有影响。"

周伟新："有困难我们自己克服吧。"

周伟新上了车，与秦婕和张晓告别，又说了一句："苏市长病倒，现在在医院抢救呢。"

秦婕一听，大惊失色，急忙上了车，边发动车，边对张晓说："我要去医院看看苏伯伯。"

东州医院手术室外，孙敏已经坐在椅子上睡着了。

苏红见苏常胜也在打瞌睡，对他说："哥，你先回去睡一会儿吧。明天上班，你是局长，别少气无力的，给同志们造成不好的影响。"

苏常胜："我能挺住，还是你和妈先回家吧。爸的司机在楼下。我在这儿盯着就行了。"

二人又谦让了几句。苏常胜把苏红从椅子上拉起来，推着她走。孙敏见状，拉了苏红一下，说："红儿，你哥心疼你，就先走吧，别让你哥生气。"

苏红扶着孙敏回到家，孙敏坐在沙发上，一副疲惫不堪的样子。苏红给孙敏倒了一杯茶，说："妈，您累了，上楼休息吧。"

孙敏："我歇一会儿。"

苏红无奈地坐在孙敏身旁。

孙敏："红儿，你爸这回不知能不能挺过去？"

苏红："妈，您别担心。医生不是说我爸已经脱离危险了嘛。妈，我爸这回的病怎么来得这样猛，是不是与我哥有关系？"

孙敏身子一震，忙说："没有。他是老毛病了。红儿，你怎么会想到你哥？是不是你听到了你哥的什么事？"

苏红笑了："妈，瞧您神经过敏。我爸前些日子不是因为水泥厂改制的事和我哥意见不统一，争论过几次嘛，我还以为我哥在楼下又和爸为这事争论，爸生气了呢。"

孙敏："你爸怎么会和你哥生气？你也知道，你爸心里一直把你哥当作他的骄傲，只是口头上对你哥要求严一些。"

苏红："我哥也一直是我心目中的偶像。"

孙敏："没有你哥，可以说咱们这个家早就没有了，更不用说你了。我记得我怀你那阵子，你爸身体不好，那时在农村劳动改造，两人都不能下地干活，全靠你十几岁的哥哥。"

孙敏给苏红讲起了在北方农村时的往事。

在北方农村的苏礼家的小院里。

苏礼一副病态，坐在椅子上晒太阳。孙敏挺着大肚子，蹒跚地在收拾东西。

苏礼："胜子出去三天了吧？不是说昨天就回来吗？"

孙敏向远处张望一会儿，说："到城里拉大粪，胜子硬是要和那些大人一样自己一个车。"

苏礼："那怎么行呢？他才十三岁，是个孩子。"

孙敏："我也不同意，可是他不听。他说要把咱俩的工分挣出来。不然，队里又要扣咱家的口粮。"

孙敏说着，泪水已流下来。苏礼眼圈红了，强忍着没让泪水流下。

院外，劳累不堪的苏常胜已经回来。他靠在院墙上，大口大口地喘息。听了父母的对话，他擦了擦汗，整了整衣服，强装笑脸进了门。

苏常胜："爸，妈，我回来了。"

苏礼："孩子，到爸这边来，让爸看看。"

苏常胜站到苏礼面前，苏礼抚摸着他。突然，苏礼一下子把苏常胜的衣服拉开。苏常胜肩上一道深深的血印，苏礼抱着苏常胜，痛哭失声："孩子，我的好孩子。"

孙敏也扑过来，抱着苏常胜的头大哭。

苏常胜："爸，妈，我没事。我这两天挣了三十个工分呢。"

夜里，苏常胜由于劳累，翻来覆去睡不着。孙敏悄悄地走进来，帮苏常胜披被角。苏常胜装作睡着，没动。

孙敏："孩子，你要是觉得挺不住，就喊几声，哭几声吧。"

苏常胜转过脸，满脸泪水。他擦去泪水，说："妈，我不能哭，我不能让小弟或是小妹笑话我。"

孙敏："胜子，你是喜欢弟弟还是喜欢妹妹？"

苏常胜眨眨眼睛："妈，我说了，万一到时生下来和我说的不对，您千万别骂我。"

孙敏笑着点了点头。

苏常胜趴在孙敏肚皮上，轻声说："妹妹，我想你了。"

孙敏讲着讲着，泪如雨下，苏红也在擦泪。

孙敏："红儿，你哥从小最疼你。你哥从来不和别人打架。可是因为你，他没少挨别人的打。"

苏红："妈，我知道。"她又看了看表说："妈，您放心吧，我到何时都和我哥保持一致。太晚了，您休息吧。"苏红扶孙敏上了楼。

秦婕到了医院，看见苏常胜已经睡了。她脱下自己身上的风衣，披在苏常胜身上。

正守在手术室门前的秦富荣看见秦婕和张晓，就把秦婕拉到阳台上。

秦婕："苏伯伯得了什么病？"

秦富荣："他太劳累了。"说着，他看了秦婕一眼，问："婕，你是不是还在追着花园广场车祸的案子写报道？"

秦婕点了点头。

秦富荣生气地说："你怎么也和那些人一个观点呢？徐开放是人、车、证据都在，又是畏罪自杀，这可以结案了。"

秦婕："爸，那都是表面现象，事实远不是那么简单……"

秦富荣："好了，您不用再说了。我说，你们能不能让东州安静几天！"

秦婕一惊："爸，你说这话好像是我们报社和交警支队做错了事情。我怎么听着不太对劲？您是不是……"

秦富荣火了："你想问我是不是在替肇事者解脱？告诉你，我不是。我是在为东州的大局考虑。我是在为东州即将召开的国际经贸洽谈会考虑，我也是为你劳累过度的苏伯伯考虑。"

秦婕："那也不能为了这就不把案子搞清楚了吧？"

秦富荣："你能搞清楚吗？现在还不清楚吗？"

秦富荣说完，转身走到手术室门前，侧耳听了听里边的动静，然后又回到正在发愣的秦婕身边，诚恳地说："婕，爸刚才是为了工作的事心烦，说了几句不应该说的话，你不要和爸计较。再说，爸也是为你担心，你再追下去，万一有个好歹，让我如何到九泉之下去见你妈？"

秦婕突然站起来，紧紧抱着秦富荣："爸爸！"

过了一会儿，秦富荣从包里取出一封信，交给秦婕。秦婕接过一看，信封上边写了"退报社"三个字。她抽出看了一眼，是署着她的名字的"内参清样"。她不解地问："我不明白我写的那份内参有什么问题要收回去，也不明白为什么不同意我追踪采访。"

秦富荣说："你不明白的事情多了，还是不要问明白的好。难得糊涂，老祖宗的教导你都忘了！"

秦婕无语。

秦富荣又安慰秦婕说："苏市长在医院，这种稿件现在不方便送他审。婕，你不要固执己见了。以后，发什么文章，听上级指示。"

秦富荣走到窗口，深深地吸了一口气。等他回头看时，秦婕已进了下楼的电梯。秦富荣茫然地摇了摇头。

回过身来，他给朱继承打了个电话："朱总，我们需要见一面。"

第二天，苏礼躺在病床上，精神萎靡，情绪低落，手里虽然拿着报纸，但人在思考问题。

孙敏责备地说："看看你，刚脱离危险就工作，你是不是不要老命了？"

苏礼笑了笑。

孙敏："你这条命又多亏了你儿子。"

苏礼四下看了一眼："他到哪儿去了？"

孙敏："昨天一夜没睡，今天一大早上班去了。"

苏礼叹了口气。

孙敏："老苏，咱们这样吧，你让你儿子出国，该办什么手续就让他办着。"

苏礼正要说话，秦富荣推门进来。苏礼指着沙发让秦富荣坐下，关切地问："富荣，昨晚没休息好吧？"

秦富荣："没关系，熬夜已经习惯了。"

苏礼："应该说快熬到头了。你做这么多年秘书工作，确实很辛苦。我打算推荐你到一个部门去任正职，也是实职，还可以多干两年。"

秦富荣充满感激地说："谢谢苏市长。这些年如果没有您提拔，我这个农民的孩子想也不敢想有今天的一切。不过，我到了这个年龄，工作干不动了，有机会还是让给年轻人吧。胜子是个有出息的孩子……"

苏礼摆了摆手，转了话题，问道："富荣，车祸的案子进行得怎么样了？"

秦富荣："公安局方面汇报说正在调查车主。马达刚来电话，要来向您汇报工作。"

苏礼一惊。他意识到自己失态，马上换了一种口气，说："公安交警支队还挺神速嘛！不过，你告诉老马，东州国际经贸洽谈会要开了，不能在东州投资的客商中大张旗鼓搞排查，那样影响不好。否则，谁还敢来东州投资？"

秦富荣会意地点点头。

苏礼犹豫了一下，想说，但没说出口。他想了想，说："你让马达同志来吧。"

孙敏和秦富荣几乎异口同声："你的身体……"

苏常胜到了马奶奶家，见客厅里只有丽丽一个人在看电视，知道马奶奶已经睡了。他拉着丽丽进了丽丽的房间，迫不及待地抱着丽丽，解她的衣服。

丽丽："奶奶还没睡着呢。"

苏常胜关了灯，说："她看不见。"

马奶奶听见了丽丽的呻吟声。她扶着拐杖走到丽丽的门前，侧耳听了听，神情不满地回了房间。

黑暗中，丽丽亢奋的声音超过了电视里的声音。

丽丽："苏哥，你今天怎么了，不怕马奶奶知道？"

苏常胜："我怕这怕那，得怕到什么时候？"

丽丽："苏哥，你，你怎么哭了？"

苏常胜："我这是兴奋的泪水。"

丽丽："你真坏！"

事后，苏常胜神情有些焦急，大口大口地抽烟，丽丽趴在他身上，伸手夺下烟，嗔怪地说："苏哥，别抽了。你以前不抽烟，这几天抽得怎么这样厉害？我这屋让你搞得乌烟瘴气。抽烟多了对身体也不好。"

苏常胜搂着丽丽，不无感慨地说："这几天真心烦。"

丽丽："人活着就是麻烦事。如果事事顺心，那就不叫生活了。马奶奶这几天老是问我，胜子心里是不是有事啊？我说他工作忙。你看瞎老太心里亮堂得很，你千万别把什么都朝心里放，累！"

苏常胜："你还有点儿哲学家的思想呢！"

丽丽把苏常胜的手机关了："好了，别再自寻烦恼了！"

苏常胜火了："你怎么把我手机也关了！"他又打开手机。

丽丽一愣："苏哥，你是不是心里真有事？"

苏常胜："我杀人了！"

丽丽抱紧苏常胜："你杀人了，我也和你在一起上刑场。"

苏常胜感动地抱紧了丽丽。

丽丽："你还没吃早饭，奶奶也没吃，我给你们做去。"

丽丽去做饭了。苏常胜心烦意乱地打了几个电话。

不一会儿，丽丽做好饭，喊苏常胜陪马奶奶一起吃早饭。

马奶奶见苏常胜默不作声，问道："胜子，你爸的病好点了吗？我想去医院看看他。"

苏常胜："奶奶，我爸说不让您知道。您要是去了，我爸准知道是我说的，他哪能饶了我？"

马奶奶："不打紧。有我，你爸不敢对你来脾气。"

苏常胜叹了口气。

吃完饭，马奶奶在苏常胜和丽丽的陪同下，到了医院。苏常胜把马奶奶送到电梯门口，指着苏礼的病房说："奶奶，我爸就在那间房里。让丽丽陪您过去，我怕再惹我爸生气。"

苏常胜说完，转身进了电梯。

马奶奶进了苏礼的病房，苏礼和孙敏赶忙起身迎接。

苏礼："马大娘，您这么大年纪还来看我，多不好意思。"

马奶奶："我来看看你不是应该的吗？这些年，要不是你关照，胜子照顾我，我一个孤老太婆可能早去见先人了。"

孙敏奇怪地问："常胜他没陪您来？"

丽丽："苏哥说他怕苏伯伯生气，回去了。"

苏常胜并没走，他在医院楼下来回走着，不停地抽烟。

马奶奶坐下后，说："老苏呀，大娘有句话不知中听不中听。"

苏礼："大娘，您说吧，我听着。"

马奶奶："胜子这几天好像有点儿心烦事。我不好问他，不知你当爹的知不知道？"

苏礼没言语。

马奶奶："我知道胜子从小就知道疼爹妈。有些事，他就是自己再苦再难也不给你们说。有一回，他为了弄钱给你买药，偷了人家一只鸡拿到集上去卖……"

北方某集市。

寒风刺骨，行人穿着厚厚的棉衣。苏常胜浑身发抖地蹲在一角，面前放着一只鸡。

突然，人群一阵骚动。有人大喊："市管的来了。割资本主义尾巴的来了。"人们到处乱跑。苏常胜抱着鸡，刚跑了几步，被一个戴红袖章的男人抓住。

红袖章："小小年纪也搞资本主义。"

苏常胜大声争辩："我不是资本主义。我要给我爸买药。"

红袖章："你还嘴硬。"说完就打。

苏常胜在地上打着滚，叫着："还我的鸡，还我的鸡！"

苏常胜被接回村里，躺在马奶奶家的小床上大叫："奶奶，我疼。"

马奶奶："孩子，你怎么偷人家的鸡呢？这不是好孩子该做的。"

苏常胜："奶奶，他们不给我爸治病。我家没钱买药，我就得偷。"

马奶奶："你爹妈知道了，也会生气的。"

苏常胜："奶奶，我以后不会了。您千万别告诉我爸妈。"

马奶奶讲完，孙敏已泣不成声，丽丽也在一旁抹泪。

马奶奶："我今天给你讲这个事，是想说胜子有时错了也不给你们说。为啥？他是不想让你们操心，也是不想让你们知道他也有错。可是，人一生谁能没有个错呢？"

孙敏："大娘，您说得对。"

马奶奶："你现在年纪也大了，想一想今后靠谁？养儿女干啥？你就会明白，做老子的，对儿女该管要管，该原谅时得原谅呀。要是儿女都不亲，外人看笑话。"

苏礼一边听，一边想。

马奶奶起身要走，苏礼把她送到门外。他望着马奶奶的背影，目光有些呆滞，看得出心情十分复杂。

第十四章

  周伟新下决心把"9·9"案件查到底，尽管他知道这起由交通肇事逃逸引发的系列案件有十分复杂的背景。他把自己的想法给马达讲了："马局长，我个人的意见是先不要打草惊蛇，让他们充分暴露。"

  马达想了一会儿，说："你说得对。在目前证据不是十分充分的情况下，不宜采取行动。不过，你要提高警惕，防止有更大的破坏性事件发生。"

  周伟新点头。有了马达的支持，周伟新信心倍增。为了查清徐开放到底是不是肇事者，他和张虎到了修理厂，再次询问认识徐开放的那个工头。

  工头："周支队，我知道的都说过了，你要我再说什么呢？"

  周伟新严厉地说："你该说的还没有说完。我希望你能够老老实实。不要做徐开放第二。"

  工头有所触动，想了一会儿，说："徐开放送车的时候曾说，他把车倒出去后，给我五五分成。"

  张虎："他有没有向你说起车的来历？"

  工头摇头。

  张虎："你再好好想一想，想起什么来，告诉我或者周支队。"

  周伟新和张虎上了车，张虎问："周支队，你怎么又查起徐开放的事情？"

周伟新没回答。

张虎："这案子好像越来越复杂了。"

　

苏礼在病床上躺得不舒服，就下地走动。孙敏扶着苏礼，在走廊里散步。

一个儿子背着父亲从他们面前走过。苏礼一直看着那对父子的身影消失，轻轻地叹了口气，问："他这几天干什么去了？"

孙敏："你是问胜子？我也几天没看见他了。"

苏礼："这个孩子，怎么变成这个样子了！"

孙敏叹气："这社会风气……"

苏礼："这和社会风气能扯到一起吗？红儿怎么没这样？人家小周怎么没这样？"

孙敏沉默了一会儿，说："也不能全怪孩子。"

苏礼："是呀，我们也有责任，尤其是我这个做父亲的。"

苏礼和孙敏相对无语。

苏红进来："爸，妈，你们怎么了？"

孙敏："没什么。我们在谈你哥哥有几天不见了。"

苏红："我哥几天没来看爸爸了？他也太无情无义了，我去找他。"

苏礼和妻子都没表态。

苏红到了国资局苏常胜的办公室，生气地敲门，里边没应声。

一个工作人员从旁边经过，对苏红说："苏局长去下边单位检查了。"

苏红转身下了楼。

　

苏常胜正在一家企业检查工作。

一个窗口挂着"文明窗口"的牌子，他同窗口工作人员在亲切交谈。他抬头时看见苏红气愤地站在门外，忙问："苏红，你怎么在这里？"

苏红："哥，你还是不是苏礼的儿子？"

苏常胜一愣。

苏红："我问你，爸住院后，你去过医院几次？"

苏常胜："我工作忙。"

苏红："你这是找借口。"

苏常胜不语。

苏红："你怎么不说话？"

苏常胜："是爸不想见我。"

苏红愣了："你说什么？我刚才去医院，爸和妈还在说你。妈说爸想你了。你却借口爸不想见你，你，你太过分了。"

苏红生气地转身上车走了。

苏常胜愣怔一会儿，也上了车，对司机说："走，去医院。"

苏礼的病房背对大街。

孙敏站起来在窗前向外望，一脸惆怅。

苏礼在椅子上看材料。

孙敏突然说："老苏，胜子来看你了。我看见他的车了。他下车了，上楼了……"孙敏忙着去开门，又回头对苏礼说："胜子来了，你对他好一点，别让他失望。"

苏礼："是他让我太失望。"

苏常胜已经上了电梯，想了一会儿，又下来。他向楼上看了一眼，走出了医院。上车后，他少气无力地对司机说："回去吧。"

孙敏和苏礼在病房里等了一会儿，不见苏常胜进来，孙敏开门看了一眼，只有一位护士经过。她意识到什么，到窗前看了看，楼下刚才苏常胜停车的地方，已看不见苏常胜的车子。她长长地叹息一声，说："看看，你们父子关系到了什么地步！"

苏礼痛苦地闭上眼。

孙敏："老苏，你到底怎么想的？难道你真的想大义灭亲，把他送上法庭？"

苏礼想了想，无可奈何地挥了挥手，说："让你儿子赶快办出国手续吧！让他走得越远越好。你要知道，他不仅害了他自己，还会连累我们全家。"

孙敏哭出了声："我去找小周，让小周放他一马。"

苏礼怒斥道："你糊涂！那又会连累小周和红儿。"

苏红怒气冲冲地回到交警支队。

周伟新正在看材料。苏红气愤地进来，一下子坐在椅子上。

周伟新："谁又惹了你？"

苏红："我哥不知忙什么，几天不去医院看我爸，还说是我爸不想见他。你说气不气人？"周伟新放下材料，想了想，说："也许你哥他忙。"

苏红："你也帮他说话。"

周伟新笑了笑。

苏红："我哥过去不是这个样子，我爸以前对我哥也不是这个态度。到底他们之间发生了什么事？"

周伟新："这恐怕只有问你爸和你哥了。"

苏红："你也感觉他们之间关系有变化？"

周伟新："我的感受当然不如你的感受直接。"

苏红："我一定要向我哥问个明白。"

晚上，苏红很早就回了家，一直等到墙上的挂钟的时针指向十一点，苏常胜才回来。苏常胜看见苏红，一惊："苏红，今天回来这么早？我那位亲爱的妹夫小周呢，没和你一起来？"

苏红："哥，你坐下，我有话问你。"

苏常胜想了想，坐在沙发上。

苏红给苏常胜倒了一杯茶，问："哥，你今天去医院了吗？"

苏常胜摇头。

苏红："哥，你告诉我为什么？你和爸之间是不是发生了不愉快的事？"

苏常胜不语。

苏红："哥，你说话呀！你们父子之间一直关系很好，谁不羡慕？现在到底什么原因，让你连去医院看爸都不去？咱们家就你一个儿子，你忍心让老母亲白天黑夜守着爸？"

苏常胜泪流满面。突然，他转身上了楼。

苏红痛心地哭了一会儿，开门走了。

苏红由于心情不好，驾着车像发了疯一样在大街上飞驰。

周伟新开着警车迎着苏红而行。由于苏红的车开得太快，周伟新没认出她。但是，周伟新看驾驶员超速，于是掉转车头，追了上去。苏红在前边行，周伟新在后边追。苏红故意和周伟新拼了一程。最后，周伟新追上了苏红，用车挡住了她。周伟新下车后，才发现是苏红。他大怒，训她说："你是一位交警，要带头遵守交通法规，怎么能这样逞能呢？"

苏红扑上前抱住周伟新，泣不成声。

周伟新："无论有什么事，也不能违法乱纪。"

苏红："我写检讨，行了吧？"

周伟新递给苏红毛巾，让她擦泪，劝她说："你爸和你哥之间的事情，在他们都不愿说的情况下，你可以等一等嘛。"

苏红不语。

苏红走后，苏常胜连澡也没洗，就躺在床上，望着一张全家福照片。他烦躁地起身，下床走了几步。他痛苦地点了一支烟，看着照片，陷入了回忆。

苏家一家正在吃饭。

苏礼端起酒杯，高兴地说："常胜，为你当上国资局局长，爸破例喝一回酒。不过，只是一口。"

苏红在一旁偷着乐。

苏礼："红儿，你也喝一口，为你哥庆祝一下。你警校毕业，穿上警服那天，你哥为了你可是喝了个醉。"

苏红："好。哥，我敬你一杯。"

苏常胜端起杯一饮而尽。

苏礼："胜子，爸今天喝一口酒，是有话给你说。这一次，你是公开竞聘当上的局长。这说明，你的能力、水平和群众威信都达到了组织要求。我和你妈、你妹都为你高兴。我现在不担心你有没有能力当这个局长，担心的是，你能不能当一个廉洁奉公的局长。"

苏常胜："爸，您还不了解我吗？"

孙敏："胜子是什么样的人，你当爸的不了解？"

苏礼意味深长地说："我了解过去的苏礼的儿子，可不了解苏礼今后当了局长的儿子。"

苏常胜正在和张晓及两位同志谈工作。

朱继承推门进来："苏局长，听说你当局长了，兄弟想为你庆祝庆祝。"

张晓及两位同事出去了。苏常胜亲自给朱继承倒了一杯茶。

朱继承："这种倒茶上水的事还要你大局长自己动手？你手下的人是干啥吃的？"

苏常胜笑笑，说："这些事我自己能干，何必找别人。"

朱继承："苏局长，这不是何必不何必的问题。这是一种待遇，一种标志。你看人家哪个局长办公室不是有专职服务员？你没有，就不一样。比如外边人来了，知道的当你是局长，不知道的百分之百不拿你当局长看。"

苏常胜有所动心。

苏常胜："朱总经理，你找我还有什么事吗？"

朱继承把一沓钱放在桌上："苏局长，这是贺礼，一点心意。"

朱继承扔下钱走了。

苏常胜毫不犹豫地把张晓喊来，指着朱继承扔下的钱说："张晓，你去把钱还给朱继承。你告诉他，他要不收回去，我就送到检察机关。"

张晓拿着钱出去不一会儿，气喘吁吁地回来："苏局长，退给他了。"

苏常胜："谢谢你。"

张晓："我也谢谢你。"

苏常胜："你谢我什么？"

张晓："谢谢你让我认识了一个真正的共产党员的形象。"

又是一天，苏常胜在看文件，朱继承进来："苏局长，忙着呢？我到你们局里办事，顺便看看你。"

苏常胜叫了一声："小刘！"一个小伙子高声答应着进来，恭敬地给朱继承倒茶后，退了出去。

朱继承看在眼里，脸上掠过一丝不易察觉的笑容。

苏常胜正沉浸在回忆中，电话响了，他一听，是秦婕打来的："婕，你在哪里？你说什么？你爸情绪不对？好，我马上过来。"

苏常胜穿戴好，急急忙忙向外走。

秦婕已在楼前等着苏常胜。苏常胜上车后，二人边行边谈。

秦婕："自苏伯伯生病以后，我爸变化很大，好像变了一个人。他每天回家晚是多年的习惯了，我很理解。现在索性不回家，回家也躲着我。有时候一个人待在屋里，看着我妈的照片发愣。我问过他发生了什么事，他说没有。可我毕竟不是小孩。我总觉得我爸有什么心事，或者遇到了不愉快的事。"

苏常胜："不会有什么事情吧？秦叔叔性格一向是不太张狂，不太外露。是不是你有点神经过敏？"

秦婕："不，我很清醒。我爸在外边是过于内向，可是在家里却非常活跃。他爱和我讨论问题，从古到今，从哲学到佛教，从天文到地理，无话不谈。他有时还喜欢听我唱歌。只是我对他有意见，总是让他生气。"

苏常胜想了想，没有马上表态。

秦婕也沉默了。

二人到了小河边，秦婕停下车，边走边问："胜子哥，会不会是绑架张晓的那些人，又来威胁我爸爸呢？"

苏常胜："不会的。绑架张晓的那人不是已经死了吗？"

秦婕："可那只是徐开放一个人。他们是一个黑社会组织，还有不少的同党。"

苏常胜假装思考。

秦婕："这些人真可恶。"

苏常胜："你是不是还在追踪报道这件事？"

秦婕点头。

苏常胜："我看你就停了吧。市里要结案，只是周伟新等几个人持反对意见。他这完全是从自己个人利益出发，觉得现在这样结案有损面子。可是，事实已经很清楚了，不结案也没有理由嘛。你再跟着报道，那不是推波助澜。"

秦婕："我觉得周伟新分析得有道理。"

苏常胜不高兴，不说话了。

秦婕："胜子哥，他们敢对我爸下毒手吗？"

苏常胜没搭话。

秦婕："你说他们会是些什么人？我通过这一段时间报道交通肇事案，对人民警察更了解也更理解了。现在这个年代，同犯罪分子打交道，比起战争年代与敌人打交道要难得多，因为那时和敌人是面对面，而现在犯罪分子大都有着不易识破的外衣，而且有的身处相当的位置。加上犯罪的科技化、现代化、知识化，人民警察有的时候处于劣势地位……"她见苏常胜不理她，奇怪地问："我说错了吗？"

苏常胜讽刺地说："你没说错。你很伟大，快变成侦破专家了。"

秦婕："胜子哥，你怎么了？"

苏常胜抱着秦婕："婕，你听我的，别再跟着周伟新折腾了。你爸年纪不小了。你十八岁就没了母亲，你爸辛辛苦苦把你拉扯大。他到了晚年，你应该让他享受幸福而不是整日提心吊胆。你刚才也说了，那些人很猖獗，要是把他们逼急了，他们什么事都能干得出来。不管是你还是你爸有危险，对你们任何一个人来说，都是最大的痛苦。"

秦婕："胜子哥，没想到你也会这样劝我。告诉你吧，我早已想好了，他们如果对我有什么不利，我也准备和他们斗争到底。我想告诉你，真的有那么一天，我爸就得你照顾了。"

苏常胜："万一他们对你爸来呢？"

秦婕沉默。

苏常胜："万一你爸和他们有牵连呢？"

秦婕一惊："不会的，我爸绝不会同他们有任何牵连。你怎么说出这种话？"

苏常胜："我也只是猜疑。"

秦婕："你、你太不像话了。"说完，她上了车。

苏常胜看着秦婕的车渐渐远去。

晚上，苏礼病房里的灯已关，一片漆黑。

突然，苏礼开了灯。孙敏从陪床上翻了个身，面对着苏礼，问："老苏，你要干吗？"

苏礼："我想明天检查一下，没太大的问题就出院吧。"

孙敏叹口气。

第二天上午，苏礼在苏红、孙敏等人的陪同下，与医护人员告别。出了医院，苏礼坐在车上，看着街道两旁的景象，情不自禁地说："十几天了，再不出院，我真受不了了。"

苏红："爸，再有半个月就要开国际经贸洽谈会了，您出院正赶上有活干。我怕您再累着了。"

苏礼："你把你爸看成泥塑的了。"

苏红编谎说："爸，我哥单位今天有会，他不能来接您，特地让我向您解释一下。"

苏礼沉吟一会儿，对司机说："咱们走家门前看看。"

苏红："爸，这不是正回家吗？"

孙敏嗔怪地说："你爸说的家，是指他的办公室。在他心里，那个家的分量丝毫不低于咱们家。"

苏礼的小轿车到了市政府大院，在楼前转了几个圈。到了苏家门前时，苏红忙着开门，她突然大叫一声："快来看，咱们家里有情况……"

苏礼一行进了屋。大厅中央摆着一盆很大的花篮，上边一条缎带上写着"欢迎痊愈归来"。

茶几上放着各类水果。迎面墙壁上，挂着一幅精心放大的全家福照片。

苏红高兴地说："一定是我哥给爸准备的。"

孙敏一语双关地说："到底还是儿子亲哪！"

苏红："那当然。"

苏礼有所触动，看着墙壁上的照片。

孙敏见机行事，对苏红说："红儿，你给你哥打个电话，告诉他，再忙，今晚也要回家陪你爸吃饭。对了，还有小周。"

到了晚上，苏礼一家果然都到齐了。苏常胜忙碌着做饭。

孙敏夹了菜给苏礼，说："还是你儿子了解你，做的都是你爱吃的。"

苏红："妈，您不是说哥从八九岁就会做饭了吗？"

孙敏："可不是。那时他的个子没有桌子高，就站在一只小板凳上切菜。有一回给你爸擀面条，从小凳子上摔下来，头上起了个大包。"

苏红看了看苏礼，苏礼低着头没说话。

苏常胜做完菜，从厨房出来，站了一会儿。

苏礼："你还不坐下吃饭。"

苏常胜："我先上楼冲个澡。"

孙敏露出不易察觉的笑容。

周伟新带着花篮风风火火地赶来："苏市长，没赶上到医院接您，很抱歉。"

苏礼："都成一家人了，还说什么客气话。"

苏红给周伟新盛饭。孙敏向周伟新碗中夹菜。

苏礼："小周，那个案子进展如何啊？"

周伟新："我们正在调查。"

楼上，苏常胜用心听着。

苏礼："那个姓徐的不是死了吗？肇事车不是也找到了吗？能结案抓紧结。这事不能再拖了，再拖，老百姓意见大了，还会影响国际经贸洽谈会。"

周伟新愕然地睁大眼睛。

楼上的苏常胜得意地笑了。

吃完饭，周伟新穿上外衣准备告辞。

苏红："爸，妈，我去送送伟新。"

苏礼又叮嘱道："小周，那个案子不要再拖了。我也是为你好，你毕竟是交警支队长。"

周伟新点点头："您放心吧。"

出了门，周伟新情不自禁地回头望了一眼。

苏红："我爸是不是比过去瘦多了？"

周伟新沉默着点了点头。

苏红："我爸这回大难不死，还是想着工作。不过，他也没有多长时间的干头了。我哥这次表现还不错，又是摆花篮，又是下厨做饭。别说，他做的饭，爸妈就是喜欢吃。"

周伟新在思索问题，没有搭言。

苏红："伟新，你怎么了？想什么呢？我说了大半天，你一句话也没有，真没劲。"

周伟新把车开到小河边停住。

苏红下车后，转过身子说："你不理我，我也不理你。"

周伟新把苏红抱在怀里，说："我在开车嘛！"

苏红："不对。你过去开车，也不是这个样子。"

周伟新："我在想事情。对不起，向你赔礼。"

苏红笑了。

周伟新和苏红边走边谈。周伟新："苏红，我发现你爸住了一段时间的医院，有了变化。"

苏红："是，我爸比过去憔悴多了。"

周伟新："我是说你爸好像思想也有了变化。你爸住院前，还给我再三说，要有充分证据再结案，要把每一个案子争取办成铁案。他当过公安局长，对一些案子从来都有自己的判断和见解。"

苏红："是呀，别忘记我爸是老公安出身。"

周伟新："可是，他今晚给我说了几次要抓紧结案的话。"

苏红："是不是我爸考虑国际经贸洽谈会快开幕了，他是主持全面工作的领导，从治安角度出发的。"

周伟新："也可能吧。"

苏红："咱们俩在一起时，你能不能少谈点工作。"

周伟新抱起苏红："遵命！"

周伟新和苏红走后，苏礼坐在沙发上休息。

孙敏向楼上看了一眼，见苏常胜站在楼梯口，就给苏常胜使了个眼色。

苏常胜犹豫了一会儿，轻轻下楼，给苏礼倒了一杯水："爸，您喝水。"

苏礼没抬头，"嗯"了一声。

苏常胜坐在苏礼对面的沙发上。

孙敏悄悄上了楼。

大厅里，苏礼父子沉默了一阵子，可以听见各自急促的呼吸声。过了一会儿，苏礼先开口，问："你出国的事办好了吗？"

苏常胜："马达还没签字。"

苏礼看了苏常胜一眼，没说话。

苏常胜大发感慨："现在的人，都是势利眼。马达过去对您的话从来是奉作圣旨，没有通不过的。现在，他看您快退了，他也快退了，对您阳奉阴违。我找他几次，他都说忙，连个面也不见。"

苏礼一脸不高兴，说："我知道了。"转身上了楼。

苏礼一上班，就让秦富荣把马达约来。

秦富荣陪马达进来。秦富荣对马达说："苏市长病还没好，就要求出院了。他一上班，就要听你们的汇报。"

马达："感谢苏市长对我们的支持。"

苏礼等马达落座后，说："老马，最近公安系统工作成绩很大。市委主要领导几次表扬你们。你干得不错。"

马达："是市委、市政府领导有方。"

苏礼："花园广场交通肇事逃跑那个案子有结论了吗？"

马达："还没有。嫌疑人徐开放在南平被杀，现在还没破案。第二个嫌疑人还在调查。"

苏礼走了几步，说："老马，争取快一点结案。这看是一起车祸逃逸案，但其社会影响已远远不仅于此。群众意见大，市委、市政府的压力也很大。《东州日报》有个记者还写了份内参。要不是发现及时，压了下来，说不定这事就捅到了省里乃至中央，那影响更大了。赵书记上周末回来时，就这事发了火。老马，办案也要讲政治呀！"

马达："苏市长……"

苏礼摆了摆手，没让马达往下说。他接着又讲了东州国际经贸洽谈会的情况，反复强调大会保卫工作的重要性，要求公安局全力以赴。最后，他严肃地说："有人向市委、市政府反映，你们最近在外地来东州投资的客商中搞调查，弄得意见纷纷。这样怕不妥。马上要开国际经贸洽谈会，目的是招商引资。你们那种搞法……"

马达："苏市长，我的意见，现在结案很不妥。这样做，我们公安干警的形象会受严重影响。"

苏礼板起了脸："马达同志,你只是站在公安一个局部考虑。你想没想过市委、市政府的压力?想没想过东州全局的影响问题?我们首届东州国际经贸洽谈会要开幕了,国内外客商到了,听说这样一个事情,至今结不了案,那会是什么影响?"

马达："可是,现在结案太草率。"

苏礼："肇事车是不是找到了?"

马达"嗯"了一声算作回答。

苏礼："现在的证据是不是证明,那辆车是从徐开放手里送到修理厂的?"

马达："是的。"

苏礼："你好好想一想吧,马达同志。"

马达："苏市长,我……"

苏礼打断了他的话,严厉地说:"马达同志,东州市委、市政府绝对不会让一个不听招呼、办事不力、没有水平的人当公安局长!"

马达想了一会儿说:"市里如何决定,我服从,但我保留意见。"

秦富荣就势拉着马达走了出来,一边送马达,一边劝导说:"马局长,这案子也应当结了。"

马达上了车,思索了一会儿,给报社拨了个电话:"总编同志,市委办是不是已通知发花园广场交通肇事逃逸案侦破的稿子?"

对方："我们已经接到通稿。"

马达："我想了一下,不管从哪个角度考虑,结案对我们下步工作也有利。有人可能会暴露得更快一些,但以后东州老百姓骂你们的会多一些。"

对方的声音："我们的报纸就按上边的调子发稿了。"

秦婕是在第二天早上看到《东州日报》发表的消息的。她拿着报纸大样,怒气冲冲走到总编办公室门前,猛地击门。

里边传来总编的声音:"请进!"

秦婕推门而入。

总编没有起身,而是礼貌地冲秦婕点了点头。

秦婕指着报纸大样的一篇文章,问:"总编,这篇稿子为什么急于发表？"

这是头版下角的一篇稿子，黑体字标题十分明显：花园广场交通肇事逃逸案告破。

总编微笑着问："你有什么意见？"

秦婕理直气壮地说："第一，据我了解，花园广场车祸肇事者不是徐开放，而是另有他人；第二，徐开放在南平自杀的情景有很多疑点，公安局的同志怀疑有人故意要杀人灭口；第三，这样报道就等于给花园广场车祸定了案……"

总编一拍桌子，站了起来，笑着说："要的就是你这个第三！"

秦婕不解："为什么？"

总编："小秦，在你身上，体现了新闻工作者的正义感和使命感，我很钦佩。有些事情，的确不是表面现象能够说明的。现在是有人需要你刚说的第三点的结果，其目的是为了掩盖你说的第一点和第二点。"

总编拍了拍秦婕肩膀，和她一起在沙发上坐下，然后点燃了一支烟，说："新闻要真实，但有时为了斗争的需要，还要讲究艺术，这篇报道，是上边定的调子。"

秦婕："你是不是顶不住？"

总编大度地一笑，说："不是顶不住，而是不需要顶。欲擒故纵，你明白吗？"

秦婕点了点头。

周伟新和苏红也在议论这件事情。和往日一样，他们在清晨的河边散步。周伟新神情严峻。

苏红："伟新，你在想什么呢？"

周伟新："我也很矛盾呢！同意上边定的调子，就此结案。我总觉得这件事没完。徐开放的死是罪有应得还是不明不白？如果是不明不白，天理难容！我的良心承受不了。刘小兰、田学习，又加一个徐开放，三个冤死的人会来找我讨账！不同意上边意见，万一……"

苏红："你是不是觉得案子不是那么简单？"

周伟新点了点头。

苏红："可是，徐开放死了，车子也找到了，这案子……看来案情复杂化了！"

周伟新："从各种调查的情况分析，徐开放不是那辆宝马车的主人。而且案发时，他也不在现场，这已经很能说明问题了。我不知市领导怎样想的，反正我是不同意现在结案。"

苏红："那你可以找我爸谈谈。"

周伟新没说话。

苏红："伟新，我赞成你刚才讲的第一点。我想如果你今天不继续追下去，以后还会有人追下去。等到真相大白时，人们问起现在公安交警支队长为什么昧着良心，你会无地自容的！"

周伟新紧紧抱住苏红："红，谢谢你的支持！今天的会上，我就把意见提出来！"

在市公安局局长马达主持的"9·9"专案会议上，周伟新、张虎、苏红、陈刚、方正等公安干警都参加了。不过，他们一个个神情不同。

周伟新："这个结果完全出乎我的意料。我们去南平市抓捕徐开放，从徐开放匆忙出逃的情形看，他是提前知道了消息。这个消息他是怎么知道的？歌厅小姐提供的情况，徐开放在花园广场出车祸的时间不在现场，这说明肇事者不是徐开放，而是另有他人。还有，从调查情况看，徐开放不是肇事车的主人。案子如果这样了结，我觉得不但无功，而且有过！"

张虎："我认为市领导的决定有错误。"

方正："我认为周支队和张虎同志的意见太片面，也可以说只注重表面。徐开放女朋友吸毒被刘小兰发现后，他处心积虑要干掉刘小兰；他选择了制造车祸这个办法。至于车子，他可以借，也可以偷，现在人死了，无法对证。至于案发时他不在现场，也可以解释为他先摆了一个假象就是故意和他的女朋友去歌厅，这是一个掩护。据对歌厅小姐调查，他中间出去过大约半小时，说是去洗手间。他作案后再回歌厅……"

张虎："照你这样说，也应当先查到车主。车主为什么始终不见浮出水面呢？"

方正："那你的意思是说，一天不找到车主，就一天不结案？"

马达："你们的意见可以保留。你们现在的工作是搞好总结，至于总结会什么时间开、怎么开，等请示市政法委以后再定。"

看得出，周伟新和张虎等人明显不满。

散会后，马达到苏礼办公室，把会议情况向苏礼做了汇报。

苏礼听完马达的汇报，不高兴地说："案件侦破了是你们公安局报的，立功受奖人员名单是你们公安局提的，怎么能说变就变呢！这关系到东州的大局稳定。还有你们如果继续办，办不出个结果，怎么向市委向全市人民交代！"

马达把周伟新的意见向苏礼做了如实汇报。苏礼一听就火了："你们干了些什么事情？一起车祸案搞来搞去搞不清楚。先是出了个姓田的，全市人民大快人心，结果不是；又出了个姓徐的，你们又拿不准。报上也登了，你们又说不是。你们这是在糊弄百姓，愚弄百姓。要说，你去给全市人民说。就说你马达领导的公安局无能，就说你马达领导的公安干警对不起东州百姓。"

马达正想反驳，秦富荣进来了，马达停了话头。

秦富荣："苏市长，给交警支队庆功的大会方案已经出来了，请您审查一下。"

苏礼简单看了一眼，签上了自己的名字。

秦富荣："马局长，你们的国际经贸洽谈会的保卫工作方案要抓紧啊。"

马达想说话，见秦富荣好像有话要和苏礼说，就看了看表，说："苏市长，我先走了。下午我再来找您汇报。"

马达走后，苏礼生气地说："这个马达，也不知想些什么。昨天他还同意结案，开庆功大会，今天又来反对，还说是交警支队的意见。"

秦富荣："什么交警支队的意见？小周当然听他马达的。说一千道一万，都是马达在里边颠倒的。我看他另有目的。"

苏礼："不要猜测。他本质上还是从工作出发嘛。"他想了想，又说："省委分配的去党校学习的那个指标定下了吗？什么？这样吧，就安排马达同志去吧。你安排一下，就说是我的意见。"

秦富荣："这样也好。"

　　苏礼："富荣，水泥厂改制的事情，你再找常胜谈谈。赵书记上次回来，我向他汇报过了。赵书记说他从来没指定必须让哪一家参与改制，还是要市场说话。我现在给常胜说话，他听不进去。"

　　秦富荣感叹地说："我也是，在婕儿那儿说话不灵了。"

　　苏礼："富荣，你最近见到常胜了吗？"他边问，边观察着秦富荣的神情。

　　秦富荣点点头。

　　苏礼："你发现他有什么变化吗？"

　　秦富荣摇头。

　　苏礼叹了口气，一语双关地说："你得多说说他。"

　　秦富荣点头。

　　尽管接到去省委党校学习的通知时，马达感到十分突然，也十分不情愿，但他没有提出任何意见。他明白，这一切与他坚持不对"9·9"交通肇事逃逸案结案有关。当然，他还不能够想得更深远。

　　时间急促，主持工作的副局长也已宣布。他不想搞得不快，于是决定立即起程前往省委党校。不过，临行前，他把周伟新和李伟找来谈了一次话。

　　马达："市委决定让我去省委党校学习，这是突然决定，今天下午就要报到。"

　　周伟新一愣，问："赵书记知道吗？"

　　马达："市委的决定已经向赵书记通报了。赵书记当然要尊重市委常委会意见。再说，赵书记有什么理由反对我到省委党校学习深造啊。"

　　周伟新欲言又止。

　　马达："我现在最放不下的是你抓的那个'9·9'案子。前天的会上，我也看出你和虎子他们有情绪，有意见。我也是出于保护你们，才答应结案的。不过，我事后把我的真实意见、你们的意见，向主持市委工作的苏礼同志做了汇报，他很不满意。"

　　周伟新："局长，难道就真的这样搁浅了吗？"

　　马达："这正是我找你谈话的目的。"

周伟新："你是不是要我放弃追查？"

马达："在没有找到新的证据之前，最好不要轻举妄动。否则，不但徒劳无功，还有可能伤害了自己和同志。"

周伟新："苏市长为什么要这样做呢？他住院前，还天天批示让我们一查到底，而且亲自督办。怎么态度一下子就转变了？"

马达："表面上看，他的态度还是很坚决。就是结案，也是督办啊。"

周伟新："他是为了要政绩，向全市人民有个交代？"

马达摇头。

周伟新："那是为了国际经贸洽谈会的国际影响？"

马达没回答。他拿起随身带的行李，和周伟新边谈边向外走。

周伟新："我明白。我们先把基础工作做好，把证据找到。"

马达："有什么事情可以随时找我。"

马达的车开动了，方正正好到了，看见了马达和周伟新分手时的目光，心里有些不安，问："周支队，马局长现在什么态度？"

周伟新："马局长让我们服从上级指示。"

方正笑了笑："我听说马局长这次出去学习，学习结束就回不来了。"

周伟新没表态。

方正："那庆功会还开不开？"

周伟新："庆什么功？功在哪里？"

周伟新的态度很快就传到了苏礼那里。苏礼当着苏常胜、苏红的面发了火："这个周伟新也太不像话了。他个人英雄主义严重，很危险。不要以为案子破了，居功自傲，眼里连市委、市政府也放不下了。"

苏红："爸，您这是偏听偏信。伟新根本就不同意开庆功会。"

苏常胜："爸昨晚苦口婆心给他做了半天工作。他看上去听得很认真，其实一句也没听进去。这种人哪，早晚要栽跟头。"

苏红着急地说："爸，不是这样。伟新对您一直很尊重。您想，如果放过了真正的罪犯，那可是大错特错。"

苏礼和苏常胜都浑身一震。

苏常胜："全市人民都知道徐开放是罪犯。你们还想克隆出一个罪犯，本事不小。"

苏红针锋相对："真正的罪犯想逍遥法外。但是，我们不能让他逍遥法外。"

苏常胜："爸是珍视你们的荣誉。"

苏礼摆手说："别吵了。红儿，你告诉小周，一个不把上级放在眼里的人，很难想象会有什么样的结局。"

苏红给周伟新打了个电话，让他赶快到她家来一趟："我们家失火了！"

周伟新正在办公室接待秦婕，接了电话，大吃一惊。他一边向外走，一边对秦婕和张虎说："结局我已经考虑过了，大不了不干这个交警支队长。"

秦婕："周支队长，你们下一步打算怎么办？"

周伟新欲言又止。

秦婕又问："你们就这样接受了别人的安排？"

张虎："马局长现在不在东州，有些事不好办。"

秦婕有点儿不高兴："你们为什么不据理力争？我看你们是怕权势！"说完，她转身走了出去。

张虎："周支队，你听见了吧，连秦记者这样的老朋友都骂咱们，不知老百姓怎么骂呢。"

周伟新："你抓紧再提审一次小小，同时，查一查姓白的线索。"

张虎点了点头："周支队，你该走了。"

周伟新看了看表："不好意思，我得走了。"

周伟新赶到苏红家，看见苏常胜和苏红都坐在客厅里，他长出一口气。

苏常胜："周支队长，你这次又立了功，是第几次立功了？"

周伟新笑了笑，说："你在廉政建设会上介绍的经验材料，我们已经学习了，谈得不错。"

苏常胜："你这话是什么意思？你是不是说我谈得不错，做得不好，口是心非？告诉你，姓周的，我苏常胜的党龄比你长，职务比你高，觉悟也不比你低，不需要你来教我怎么做。"

孙敏："常胜，你坐下。你怎么这样和小周说话？你们现在是一家的亲兄弟，亲兄弟之间要相互照应。"

苏常胜："周支队长，对不住了。"

周伟新依旧是满面笑容。

苏红端着一盘水果过来："哥，这是你最爱吃的黄梨。"

孙敏："看看，还是自家人亲。"

周伟新若有所思。

苏红见屋里的气氛有些不对，拉着周伟新走了。二人到了小河边，苏红挽着周伟新的手，边走边问："伟新，今晚你好像不高兴。是不是我哥对你态度不好？"

周伟新摇摇头。

苏红又试探地问："那你一定是在想那个案子的事？"

周伟新点了点头，说："我真不知怎么去领奖。"

苏红没言声。

周伟新："秦婕今天去了支队，骂我害怕权势。"

苏红一愣。

秦婕回到家时，秦富荣已做好了饭菜，一边看报，一边等秦婕。

秦婕急急忙忙进了门："爸，又做您的拿手菜了？我在大街上就闻到了香味。"

秦富荣高兴地笑了。

秦婕洗了手，和秦富荣一起坐下吃饭。

秦富荣："我要是没猜错的话，你准又跑到交警支队去了。"

秦婕："爸，真是知女莫过父啊！还是您了解我。"

秦富荣："又得到什么新闻了？"

秦婕："交警支队部分干警准备罢会。"

秦富荣一惊："是周伟新带的头吗？"

秦婕："不是！"

秦富荣："那是谁？谁还有那么大的号召力？"

秦婕："这个人不光有号召力，而且有凝聚力。"

秦富荣不解地看着秦婕："他叫什么名字？"

秦婕:"真理!"

秦富荣失望地叹息一声。

秦婕:"爸,苏伯伯这回怎么糊涂了?他也是从公安局长过来的,难道他也不讲事实、不讲真理了吗?"

秦富荣喝令说:"婕,别胡说!你苏伯伯也是从事实出发嘛。徐开放是人、车俱在,犯罪动机和犯罪事实清楚。这怎么能说结案不准确呢?我看你是不懂装懂,容易轻信。交警支队有两种意见,这很正常。两种意见都交到市委,市委只能采用一种。而不管采用了哪种意见,都不能说市委不坚持真理。以后你不要再和交警支队的一些人搅和在一起了。"

秦婕:"爸,您怎么也是这种态度?"

秦富荣:"婕,听爸的话,没错。"

秦婕:"爸,恕女儿不孝。这一回,这件事上,我不能听您的。"

秦富荣叹了口气:"你现在越来越任性了。"

秦婕:"爸,我不是任性,我是认理。"

吃完饭,秦婕在电脑前写稿。她听见秦富荣房间传出咳嗽声。她停下操作,倒了一杯水,推开了秦富荣的门。突然,她大惊失色。她看见了秦富荣吐在痰盂里的痰带有血丝。

秦婕:"爸,您怎么啦?"

秦富荣:"我没事。可能是这几天天气较干引起的嗓子发炎。"

秦婕:"不!您一定是病了。爸,明天我陪您去医院检查。"

秦富荣:"明天安排了三个会,哪有时间,过几天再说吧。"

秦婕动情地说:"爸,对不起,我关心您太少了。"

秦富荣语意深刻地说:"只要你好好活着,就是对得起爸。"

秦婕流了泪。

第十五章

　　张虎根据周伟新的安排，到看守所提审小小，却碰了壁。他回到交警支队，一进周伟新的办公室就发牢骚说："看守所不让提审小小，说是市政法委有指示，交给检察机关起诉。"

　　周伟新一愣："不提审她，怎么查车的线索？"

　　张虎在生气。

　　周伟新想了一会儿，说："这事只有找马局长。"

　　张虎："马局长的态度呢？"

　　周伟新："我想去一趟省城。"

　　张虎："你是说争取马局长支持？"

　　周伟新点了点头，然后看了看表，说："咱们俩去。"

　　苏红、方正等人都来为周伟新和张虎送行。苏红依依不舍，好像有话要说，但碍于情面没有张口。她悄悄地对张虎说："虎子，他这几天胃不好，你盯着点，别让他吃凉东西。"

　　张虎开玩笑说："放心吧，我知道你是让我盯紧点别飞了。"

　　苏红："去你的吧！"

　　周伟新和张虎上了车，与送行的人挥手告别。

　　苏红、方正等看着周伟新的车远去后，一起反身上楼。方正突然大发感慨地说："我们这个周支队呀，真是多此一举。弄不好……唉！"

苏红看了方正一眼，没有说话。

方正犹豫了一阵，还是把周伟新去省城的消息告诉了朱继承。朱继承知道，自己已经钻进"9·9"案的笼子里，只有拼命一搏。于是，他把黑蛋找来商量对策。

朱继承："周伟新真混蛋，跑到省里找马达去了。看起来，他对结案百分之百不满意，百分之百还想再追下去。"

黑蛋气愤地说："他是不是闻到了什么气味？大哥，你有什么考虑？"

朱继承："我有个方案，让这小子在省城里栽个跟头。"他伸过头，悄声在黑蛋耳边嘀咕了一阵。

黑蛋眉开眼笑："大哥，还是你聪明。"

朱继承："这样，你去一趟，告诉省城那个哥们儿，事办好了，给他二十万酬金！"

黑蛋："大哥，你赶快把周伟新去省城找马局长的这个信息透露给秦秘书长。秦秘书长说不定会气疯！"

朱继承点了点头，说："是这样……"说完，他拿出手机拨号。其实，方正已经在向秦富荣汇报。秦富荣听了，果然很生气，口气很严厉："周伟新这是无组织、无纪律，个人英雄主义的极端表现。再者说，背着主持工作的局长，去找另一个局长反映问题，这是蓄意破坏领导威信，破坏领导之间的团结，属于个人品德问题。等他回来，一定要好好批评教育。"

方正不语。

秦富荣："你是不是想说周伟新是苏红的男朋友？没关系。苏市长一开始就不赞同他们俩谈朋友。我在机关待了几十年，见过的人多了，像周伟新这种年轻干部，就是缺少教育。再说，即使他将来做了苏市长的女婿，也不能特殊化。我刚才讲的就是苏市长的意见。"

晚上，周伟新、张虎风尘仆仆地走到省城省委党校学员宿舍二楼的一个房间，敲了敲门。隔壁的房间门开了。一个中年人走出来，热情地问道："你们是不是东州来的同志，是不是找马局长的？"

周伟新点了点头。

中年人："马局长临时有事出去了。他留了话，让你们明天一早再来找他。"

周伟新："谢谢您！"

周伟新和张虎下楼后，对张虎说："虎子，咱们先住下来吧！"

他们二人在省委党校不远处的正义宾馆登记完房间，然后一起到大街上找了个地摊，点了两个菜，吃了起来。

张虎："支队长，苏红真关心你，临来时再三叮嘱我让你不要吃凉东西。比起苏红来，我的女朋友一点儿也不知道关心人。"

周伟新："你小子不要求全责备，你要人家怎么才算关心你？支持你的工作，让你上进，这不就是关心！"

张虎不好意思地笑了。

周伟新突然想起一件事，对张虎说："虎子，你女朋友不是在省卫校进修吗？吃完饭你去看看她，关心一下。"

张虎："算了吧，她周末回东州。"

周伟新："今天是见不到马局长了。我这边也没什么事，你去看看她，陪她逛逛街，也显示一下咱们公安干警温柔的一面嘛！"

张虎点点头："好吧！"

其实，从周伟新和张虎到了省委党校那一刻起，他们的一举一动都在别人的视线里。在周伟新和张虎不远处的一张桌子旁，坐着小胡子、一个戴墨镜的男人和一个小姐，他们不时向周伟新、张虎看一眼。

周伟新、张虎结完账，起身离开。小胡子和戴墨镜的男人与那个小姐跟着也悄悄离开了。

小胡子边走边给朱继承打电话，他问朱继承："大哥，姓周的小子看样子要回宾馆。我们现在怎么办？"

朱继承正在让阿静做按摩，听了小胡子的话，他想了想，说："你见到他们了？我估摸是马达百分之百不在。你和你那个哥们儿盯着他们的一举一动！如果他们是回宾馆，你想办法把张虎调出来，再按计划进行下一步行动。这件事如果办不好，你百分之百不要回东州了。就是你回东州，我百分之百不会见你。"

周伟新和张虎在正义宾馆门前分了手。周伟新想起了什么，冲张虎背后喊了一声："虎子，别忘了买点水果！"

张虎很清脆地应了一声："知道了，谢谢支队长！"

小胡子、戴墨镜的男人看见周伟新和张虎分开了，周伟新上了楼，脸上露出得意的笑容。

小胡子："真是天助我也！"

周伟新进了房间后，打开电视机，调了几个频道，没有喜欢的节目。他脱去外衣，进了卫生间。瞬间，卫生间里传出淋浴水响。就在这时，周伟新房间正对的房间门开了，走出一个打扮得花枝招展的年轻姑娘。她就是刚才和小胡子、戴墨镜的男人在一起的那个女人。她先悄悄走到周伟新门前，敲了几下。

周伟新的声音："谁呀？"

年轻姑娘："我是服务员，给您送开水。"

周伟新："对不起，我正在洗澡，请稍后再送来。"

年轻姑娘急忙回到对面的屋子里。等候在房间里的小胡子和戴墨镜的男人听了那个姑娘说的，小胡子毅然决然地挥了一下手："就这样办。"他又对那个姑娘说："事成后，你赶快离开。你的钱我给你打到银行卡上。"

过了半分钟，又是那个年轻姑娘走出来，悄悄地用钥匙开了周伟新的房间门。周伟新在卫生间里洗澡，没有察觉。年轻姑娘进屋后，用最快速度脱光了衣服，又把周伟新的衣服挂到衣架上。她钻进了被窝。

周伟新对面房间那个戴墨镜的男人见年轻姑娘进屋后，拨了个电话。他拨通后，压低声音说："'410'房间有卖淫嫖娼的！"

周伟新洗完澡，从卫生间里出来，由于房间里灯暗，没看见床上躺着一个人。他感到有些疲惫，朝床上一躺，突然听到一声惊叫。他回头看见了躺在床上的那个姑娘，大吃一惊："你，你是什么人，你干什么？"一边问，他一边走向衣架想去取衣服。

那个姑娘突然从床上跳下来，拦腰抱住周伟新："大哥，我要你我要你！"

周伟新一脚踢开那个姑娘，怒气冲冲地骂了一声："混蛋！"

两名警察在宾馆保安的带领下已到了周伟新房间的门前。一阵急促的敲门声，那个姑娘连衣服也未穿，迫不及待地去开了门。

两名警察和保安人员走了进来。

周伟新尽力保持冷静，说："我不知道这是怎么回事。"

一个警察："你的证件！"

另一个警察："让他们穿上衣服，带走！"

周伟新仰天长叹一声："正义宾馆怎么不正义啊！"

苏常胜现在越来越放肆了。下午上班时，他突然想起了丽丽。这些日子，只有丽丽让他激动，让他亢奋，让他有自尊。他觉得在马奶奶家和丽丽做爱放不开，就带着丽丽，在五洲国际大厦开了个房间。

苏常胜与丽丽刚结束云山雾海般的折腾，穿着睡衣在喝茶。

丽丽从卫生间洗浴出来，身上也披着一件睡衣。她摆了个姿势，问："苏哥，我美吗？"

苏常胜贪婪地望着丽丽，赞叹道："美，美极了！你要是不美，我能这么喜欢你？！"

丽丽："苏哥，你什么时候娶我？"

苏常胜应付地说："再等等，我得先与我媳妇离了婚。"

丽丽不高兴地说："你老是说等等，等等，再等，我都成老太婆了。"

苏常胜也不高兴地说："你要是等不及，可以不等嘛！我也没有逼着你等做我老婆！"

丽丽气得趴在床上哭了。苏常胜正想安慰她，手机响了，他想接，丽丽不让："苏哥，你就陪我好好玩玩。"

苏常胜："不行，可能有什么事。"

电话里声音很着急："苏局长，水泥厂宿舍有一栋居民楼失火……"

苏常胜非常着急："你是说胡小凤住的那栋楼？"

他放下电话，又打通了胡小凤住院的病房电话。医生告诉他，胡小凤今天回家了。苏常胜一听，十分着急，开始穿衣服。

丽丽："苏哥，我也去。"

苏常胜想了想，坚决地说："不行，你一去，什么事都暴露了。"苏常胜边说边往外跑。

东州大街上，消防车拉着警报急速行驶。苏常胜的车先是在后边，后来超过了消防车。

水泥厂职工宿舍区，胡小凤家所在的楼房着火了，窗口向外冒着黑烟。一些公安干警和消防人员正在紧张工作。

苏常胜赶到现场。苏常胜问一个消防队员："楼上的居民都撤出来了吗？"

消防队员："撤得差不多了。"

苏常胜："差不多？亏你说得出口！一个人撤不出来就是一条生命，你懂吗?！"

电视台的记者在忙着录像，秦婕也赶到了现场。

苏常胜冒着大火正向楼上跑，几个民警和消防队员跟着他跑上楼。

两辆小车停在楼下，苏礼和秦富荣下了车。几个公安干部围过来汇报。

苏常胜背着胡小凤从楼上跑下来。电视镜头对准了他，他烦恼地挥了挥手："让开，别在这里碍手碍脚。"

秦婕拍了一张照片，然后迎上前，关心地问："胜子，你没事吧？"

苏常胜："我没事。我现在有事，回头再找你。"

苏常胜把胡小凤放进救护车，转身看见苏礼，说："楼上居民全部撤离，无一人伤亡。"

秦富荣："常胜，你小子好样的！"

秦婕在一旁深思。

苏常胜跟着上了救护车。他一路上反复在想，胡小凤刚出院回家，她所在的居民楼早不失火晚不失火，怎么偏偏她一回家就失火了呢？他问了胡小凤几个问题，胡小凤回答不上来，只是说在床上躺着，什么也不知道。

苏常胜："你出院回到家，张民找过你吗？"

胡小凤："找过。他让我出面告诉大家，说你已同意他们那个资产评估报告，不要再到处告状了。"

苏常胜没说话。

胡小凤："苏局长，你真同意他们那个报告？"

苏常胜看已到了医院，就把话题转开了，说："你先住院观察几天。我明天再来看你。"

离开医院，苏常胜感到恐惧，也感到不安。他知道胡小凤和很多工人不同意张民和朱继承搞的水泥厂资产评估报告，张民因此对她怀恨在心。会不会是张民或者朱继承策划的纵火案呢？如果是那样，后果不堪设想。他原来是朝回家的方向走，突然又转身，回到了五洲大厦。

丽丽正在看电视直播，一见他就扑了上去，紧紧拥抱他："苏哥，你当时往火里钻，一点儿也不怕吗？"

苏常胜："那时候哪还有心思想别的事。万一有工人烧死或者烧成重伤，我今后还不累死！"

丽丽："你就没想如果你有个万一，我怎么办？"

苏常胜看了丽丽一眼，没作声。

丽丽："苏哥，你还想给那个瞎老太太养老送终呀？"

苏常生勃然大怒："你别一口一个瞎老太太！我的事你少管！"

苏常胜说完走了出去，生气地在楼道里来回走着。

在同一条楼道，秦婕正在寻找着房间。

电梯开了，秦婕走出来。二人都是一愣。

秦婕："你跑得挺快。"

苏常胜一惊："你怎么找到这儿？你跟踪我？"

秦婕点点头："不是跟踪，是追赶。"

二人一同到了大厦的音乐茶座。秦婕："你刚才在火场的行为很让人感动。"

苏常胜："你也知道我对工人的那份感情。"

秦婕："我知道。"

苏常胜："婕，你是不是有话对我说？"

秦婕想了想，说："没事，我想问问你出国的事。"

苏常胜："我也拿不准主意。"苏常胜说着看了看表。他怕丽丽出来找他，让秦婕看到了不好交代。

秦婕："这么晚了，你还有事？"

苏常胜："没有。我是怕你晚了不方便。"

秦婕："水泥厂改制的事怎样了？"

苏常胜："我现在看明白了，只要市里定了，我就同意。"

秦婕："你不是说要对东州百万人民负责，对东州的子孙后代负责吗？"

苏常胜无奈地一笑："常在河边走，怎能不湿鞋。"

秦婕为苏常胜的变化感到奇怪。苏常胜看出了秦婕的心事，握着秦婕的手，解释说："婕，你听我说，秦叔叔可能把一些事向你说过。我有我的难处。"

秦婕站起来，默默地说："我先走一步。"

苏常胜想留秦婕，但又没动。

秦婕头也不回地下了楼。苏常胜愣怔地站着，一时不知所措。

秦婕在下电梯的一刹那，眼泪在眼眶里打转。她强忍着没让泪水落下来。最近出现的一些事，让秦婕感到迷惑不解。尤其是苏常胜反复而又反常的表现，更让她心神不安。回到报社，她先把晚上拍的照片洗了，然后，看着照片，陷入了沉思。

还是那天晚上，在东州郊外。

苏常胜和秦婕在推着那辆熄火的吉普车。

车发动了，二人上了车。车子刚开出不远，秦婕指着路边一处说："胜子，那儿有辆车，还有火。"

苏常胜停下车，和秦婕走过去，路上停着一辆大车。司机在一旁烤火，冻得发抖。

苏常胜："师傅，你的车怎么了？"

司机："坏了。我在等单位来车拖走。"

苏常胜："可惜，我的车拖不动。"

他走了两步，又转身回去，把自己身上的大衣给了司机。

秦婕和苏常胜上车后，秦婕感动地说："胜子哥，我明天向报社投个稿，表扬一下你这个活雷锋。"

苏常胜一笑："做人总得有点同情心吧。"

秦婕久久地望着苏常胜。

苏常胜："你怎么这样看我？"

秦婕："胜子，你的心能永远是这样吗？"

就在此时，省城正义宾馆，刚刚回到宾馆的张虎兴高采烈地到了房间门前敲门。"周支队，我是虎子！"

一个服务员走过来，冷冷地说："你那个同事被警察抓走了！"

张虎："为什么？"

服务员："嫖娼。"

张虎："你放屁！"

而在东州的朱继承此刻正在给小胡子打电话："你给省城那位朋友讲，把这事捅大点，能捅多大捅多大，让省厅和省新闻单位都知道，这样，马达想保也保不了他！"

一大早，王大道就开着出租车上了街。他开着车正在行驶，黑蛋和一个打手在路边伸手拦车。

王大道停下车，黑蛋和打手上了车。

黑蛋："师傅，去南郊林场。"

王大道犹豫了一下，发动了车。车子开到南郊林场一条林中道上，王大道突然感到有些不安。

黑蛋："师傅，停车，我要小便。"

王大道："你们什么时候到哇？"

黑蛋："叫你停车你就停车，别那么多话。你就爱多操心！"

王大道停下车。黑蛋和打手下车后，相互示意一下。打手搬起路边一块儿石头向车上砸去。王大道又气又急，下了车刚要与他们分辩，黑蛋狠狠一拳把王大道打倒在地。

王大道："你们想干什么？"

黑蛋："想教训教训你！"

打手猛烈地砸车，车已面目全非。

马达是在早上回到省委党校的。他刚进屋，张虎就来找他，告诉了他周伟新的事。马达听了，神色严峻，看得出心里如有惊涛骇浪。

张虎沮丧地低着头。

马达打通了省城所在市公安局领导的电话："我请你们支持，把周伟新交给我们自己处理。对！还有，如果方便的话，我想亲自见一见那个卖淫女，了解一下周伟新的所作所为。什么，派出所对那个卖淫女罚了款，已经放了。好，就这样。"他放下电话，心事沉重，好大一会儿也没说话。

张虎抬起头："局长，我不相信周支队长是那种人。我觉得一定是有人在陷害他！"

马达："不要太激动。这样吧，你谈的情况我都知道了，你先回东州，告诉同志们安心工作。"

消息已经传到了苏礼家。苏红正伏在沙发上哭泣，孙敏坐在一旁悄悄抹泪。

苏常胜气急败坏地训斥苏红："从你和姓周的小子刚开始谈恋爱，我就不同意。我说这个姓周的人品值得怀疑，可是你偏偏不听。现在出了这种丢人现眼的事，你让爸和妈的老脸往哪儿搁，你又怎么在交警队里抬起头！"

孙敏："胜子，你能不能少说几句？红儿心里现在也难受嘛！"

苏红抬起头，抹了抹眼泪："周伟新不是那种人。"

苏常胜："你还在为他辩护！他在省城嫖娼的事情都出来了，你说他不是那种人？"

苏红："是的，我对他深信不疑。一定是有人在整他。"

孙敏："红儿，你这几句话说得不对了。你哥也是为你好，你怎么能用这种态度和你哥说话？"

苏常胜一拍茶几，怒斥道："亏你还穿着警服。这种事儿能是别人整出来的吗？你现在昏着头，怎么会相信他背着你嫖娼！"

苏红语塞，愣怔地望着苏礼。

苏常胜："等我见了周伟新非好好骂他一顿不可！我妹妹多好的条件，从心里爱他，他竟然做出这种事！亏着还没结婚，如果结了婚，后果……"

孙敏长长叹了口气，进了厨房。

苏常胜起身走了。

一直没说话的苏礼对苏红说："红儿，有些事情需要时间。你认为应该怎么做就怎么做，爸知道你已经长大了。"

苏红扑在苏礼怀里哭了。

东州交警支队一上班就像炸了锅，几个警察正在低声议论。

一个警察："真是知人知面不知心。平时看起来，周支队作风正派，而且拥有苏红这个东州警花，又马上要成苏市长的乘龙快婿，竟会干这伤天害理的事。没想到他也是表面正人君子，肚子里男盗女娼！"

刘婷婷："你说的都是什么话？周支队长是一个什么样的人，我们都清清楚楚。"

那个警察不服气地反问："那么，我问你，他为什么把张虎打发走？"

刘婷婷："张虎是去找他女朋友嘛！"

那个警察："好！我再问你，那个卖淫女怎么会进周支队长的房间，又怎么会赤身裸体？难道她是孙悟空转世变成一只蚊虫飞进去的，是她自己要脱的衣服？"

刘婷婷："反正我不信周支队能干出那种事。"

方正："周支队年轻有为，前途远大，对同志们很关心、很爱护，咱们都拥护他。可是，感情代替不了现实，现实是他被省城的公安捉了个现场。"

刘婷婷痛苦地踢开门走了出去。

方正："趁苏红没到之前，现在我宣布一项纪律，任何人不准议论周支队长的事，尤其苏红在的时候。否则，老子饶不了他。"

秦婕是从张晓那里知道的消息。张晓跑到办公室告诉她，是苏局长亲口告诉她的。她说："苏局长很恼火，那样子很吓人。他说周伟新欺骗了苏红。"

秦婕："这种事，你信不信？我觉得周伟新不像能干出嫖娼这种事的人。"

张晓点了点头。

秦婕："这个周伟新也够浑的，怎么能让一个女人钻到自己的房间里去呢？我给省报一个同学打电话，请她帮助了解一下情况。那个同学说周伟新的事儿不好办，因为省城的公安在他房间里抓了现行。他和那个女人都赤身裸体。那个女人是卖淫女，说周伟新打电话招的她。"

张晓一边听一边思考，等秦婕说完，问道："徐开放的女朋友现在还没下落吗？"

秦婕摇了摇头。

张晓："小婕，你是又要为周伟新鸣冤叫屈了吧？"

秦婕不解地问："为什么不！你刚才不也同意我的分析，认为有人在为周伟新设陷阱吗？"

张晓："你刚才说抓的是现场，好多事情就复杂化了。如果你现在把方向转到为周伟新鸣冤叫屈这点上，正中了有些人的下怀。我觉得，你现在应该表面偃旗息鼓，暗地里抓住徐开放女朋友，而且了解到一些真实情况，这样才是为周伟新帮大忙！周伟新现在最需要的也是这一点。"

秦婕点了点头。这时，手机响了，她打开接听："喂，王师傅，你说什么……好，我马上去见你！"她关上电话，义愤地说："王大道师傅今天早晨被人打了，现在在医院。"

张晓沉思了一会儿，没有说话。

秦婕匆匆走了出去。

秦富荣一上班就到了苏礼的办公室，苏礼正在为周伟新的事生气。

秦富荣："苏市长，这事已经出了，您别生气伤了身体。"

苏礼："知人知面不知心，周伟新的事情算个教训。今后对子女还是要严加教育。红儿是个好孩子，不过感情的事情很复杂。"

秦富荣："苏市长，周伟新的事情怎么处理？"

苏礼："你让市纪委的同志严肃处理，要秉公执法，不要让人觉得我苏礼在袒护这个未来的女婿！"

秦富荣走后，公务员送来《东州日报》，上边登有苏常胜在火灾现场的照片。苏礼看后，拨了个电话，话筒里传来苏常胜的声音，苏礼放心地放下电话。

省委党校马达的宿舍里，马达正伏在桌子上写文章。

周伟新、张虎、方正走进来。

周伟新："马局长……"接着，声音哽咽了。

马达："你们都坐吧！"

周伟新分辩说："我没有做违纪的事。"

马达："好了。周伟新，你应该有一个正确的态度！"他见周伟新还想辩解，挥挥手制止道："回去以后，要正确对待组织的处理意见。你是个副处级干部，应该有这个觉悟，要好好找一找原因，总结经验教训。你还年轻，跌倒了还可以再爬起来。"

马达又问方正："市委的表彰大会还开不开？"

方正："我下午同秦秘书长通了电话。他传达苏市长的指示说，不能因为一两个人犯了严重错误，影响整个东州的公安交警形象。庆功会还按原来的计划开。苏市长还特别强调希望你回去参加这个会议。"

马达看了看桌子上的日历牌，说："这个会议大概赶不上了。请你转告苏市长，我很感谢他对公安工作的大力支持！"

方正起身，问："马局长，你还有什么指示？"

马达在与周伟新握手时，有意用了用劲。周伟新感觉到马达在暗示什么，神情有点儿激动。

汽车驶上省城通往东州的公路后，张虎破口大骂："周支队，你也太心软，要换我，把那个女人揍一顿，再把她拉到街上示众！"

方正："虎子，注意点！"

张虎："周支队是冤枉的。当领导的要主持公道、主持正义。"

方正不语。

周伟新："虎子，少说几句吧！"

张虎泪如雨下，说："支队长，我，我真是恨之入骨！"

方正："苏红心里现在比我们更难受。"

苏红本来不想上班，可是后来一想，既然自己深信心爱的人不会做那种事，为什么怕见人？所以，她正常到交警支队上班。

电话铃响，陈刚接了电话交给苏红："找你的！"

苏红赶忙拿过话筒，话筒里是一个男人的声音："小警察，你男朋友在省城嫖娼，你知道吗？"

苏红："你是谁？"

话筒里的声音："我是谁并不重要，我觉得你太可怜了，想安慰安慰你！"

苏红气愤地挂断电话。电话铃又响，苏红拿起电话："你有种报出名字来！"

话筒传来秦婕的声音："苏红，我是秦婕！我有急事找你，在五洲大厦等你。"

苏红心情沉重地赶到五洲大厦，秦婕看见她，向她招了招手。苏红走过去，在秦婕对面落座。

秦婕安慰说："苏红，你不要太难过。周伟新的人品你最了解，你心里也最有底。不管外人怎么说，你认为该怎么做就怎么做。"

苏红："我知道。我现在很清楚伟新的心情。他一定很痛苦，很烦恼，很气愤。但是，我想他能承受住。"

秦婕夸赞道："周伟新有你这样的女朋友太幸福了。"

苏红不好意思地笑了笑，反问："婕姐，你约我出来，不会只是为了给我几句安慰吧？"

秦婕："今天早晨，出租车司机王大道在南郊被两个乘客伤害，车子被砸坏了，人也受了伤。据王大道讲，那两个人既没要他的钱，也没抢他的车，只说教训教训他。我觉得是冲王大道经常拉我而来的。"

苏红："他报案了吗？"

秦婕："报了，你们一个姓方的警官还把他训斥了一顿。"

苏红若有所思地说："这事要是伟新处理就好了……"

秦婕看看四周无人，说："徐开放的女朋友阿静是个关键人物。我觉得有必要先找到她。可是，到现在都没有她的消息。我是想请你帮我分析一下，她现在会在什么地方，被什么人控制着呢？"

苏红："徐开放死亡的现场没发现她。后来，我们也一直在找她。也就是说，徐开放的女朋友不是公安部门正式带走的。所以，她不可能在公安系统里。"

秦婕："她难道被人暗害了？"

苏红摇了摇头，说："不会，起码现在不会。"

秦婕："我现在最大的担心是，徐开放那个女朋友当过坐台小姐，即便与徐开放有一段恋情，但恐怕感情基础也不牢固，加上需要她的人有权势，耍手腕，已把她'改造'了。那样，找到她也没有多大用处了。"

苏红："我怀疑她当初跟徐开放外逃，是徐开放胁迫，而不是情愿。"

秦婕："这样吧，你再通过你们内部渠道了解一下她的下落。我也再想想别的办法。"

苏红点了点头。

秦婕叫服务员结了账，然后同苏红一起走出咖啡厅，进了电梯。

秦婕："苏红，周支队什么时候回来？"

苏红："方正去接他了。他不知现在多难过呢。"

秦婕："你别着急。我想事情总会水落石出的。"

苏红："婕姐，谢谢你。我们交警支队谢谢你，我和周伟新谢谢你。"

秦婕有点儿难过地说："有什么好谢的呢？我只要一看见国际大厦，就会想起那晚的车祸，良心就觉得不安。我做得远远不够，什么时候案子真正了结，我才能安心。"

苏红："我问到阿静的下落，就告诉你。"

秦婕和苏红在楼下正要分手，苏常胜开车经过。秦婕上了苏常胜的车后，说："胜子哥，你是当哥的，这个时候应当好好劝劝苏红。再说，这个事件背后不知有什么文章呢。"

苏常胜："你这话什么意思？周伟新被人陷害？"

秦婕点点头。

周伟新回到东州，局纪委对他宣布了市里的决定，让他停职反省，检讨错误。

张虎不顾一切，请周伟新到酒店喝酒，说是为他压惊。

张虎："周支队，你不能这么不明不白地挨整，你要申诉！……"

周伟新："不，我路上已经考虑好了，我现在自认倒霉，这样可能更好一些。"

张虎恍然大悟:"你是想给那些坏人一个错觉?……"

周伟新:"虎子,这事你知我知,连苏红都不能告诉。"

张虎:"那苏红心里还不知多痛苦呢!"

周伟新若有所思地说:"人,不能怕承受痛苦。"

周伟新和张虎边说边下楼。

张虎:"苏红要是向我问你,我怎样告诉她?"

周伟新:"就说我没脸见她。"

张虎:"苏红现在心里最痛苦。"

苏红的确十分痛苦。她知道周伟新回了东州,就开始找他。她到了周伟新的办公室,周伟新不在。她又到了周伟新的住处,也没见到人。她打周伟新的手机,手机响了没人接听。一个上午,她的眼里都含着泪水。午饭后,她就坐在张虎的办公室里等,一直等到张虎一身酒气回来。

苏红脸上布满了焦急,眼圈红红的,她开门见山地问道:"伟新呢?我找他找不到。他好像一下子就从地球上消失了。他为什么不见我?"

张虎:"周支队说他犯了这样的错误,受了处分,没脸见你,让你不要找他。"

苏红:"你骗人,周伟新他没有犯错误,也不会不愿见我。你告诉我,他现在在哪里?"

张虎:"我,我真的不知道!"

苏红气愤地抓起桌上的茶杯,狠狠地朝地上摔去,茶杯响了一声碎了。苏红的眼泪也夺眶而出。

张虎:"苏红,周伟新这种人真的不值得你为他痛苦。我看你也别找他了,他没脸见你,没脸见交警支队的同事。"

苏红一下子瞪大了眼睛,手指着张虎,咄咄逼人地说:"你再说一遍。"

张虎吓得转身走了。他到隔壁的办公室,给周伟新的住处打了个电话。

周伟新躺在床上抽烟。看得出,他的心情很沉痛,同时也很气愤。电话铃响了几声,他无动于衷。电话铃声又一次响起,他犹豫了一下,抓起了话筒,但是没有说话。

听筒里的声音："周支队，我是虎子。苏红一定要见你一面，和我闹得不可开交。我看她不相信你会做那种事，对你是一片痴情。你还是见她一面，好好和她谈一谈吧！你要再不见她，我可招架不住了！"

周伟新斩钉截铁地说："不见！你告诉她，周伟新已经不是她以前认识的周伟新了！"

苏礼也为周伟新的事感到十分痛苦。

秦富荣进他办公室时，他正在闭目思考。

苏礼睁开眼："富荣，有什么事吗？"

秦富荣："刚才纪委的同志汇报，周伟新什么也不说。那个张虎口口声声说周伟新没有嫖娼。"

苏礼精神一振："他怎么说？"

秦富荣说："他说有人在陷害周伟新。"

苏礼思考了一会儿，像是自言自语，又像是说给秦富荣听："那他要拿出有说服力的证据嘛。如果有确凿的证据，就定不了案。"

秦富荣："但是张虎拿不出证据。"

苏礼："富荣，我也不愿看到这是事实啊。小周应当不会做这种事。可是……"

秦富荣："苏市长，您的心情我理解。"

苏礼："请你转告纪委的同志，一定要重事实。我们不能制造冤假错案。否则，对不起小周，也对不起党对我们的信任。"

当苏常胜和秦富荣见面，听了秦富荣讲述苏礼的态度后，大为不满："老爷子也糊涂了。他姓周的能承认事实吗？哪个嫌疑犯轻易就承认自己犯罪？省城派出所里有宾馆保安和小姐的证词还不够呀！"

秦富荣："说真的，这事别说苏市长，就连我也不太相信。"

苏常胜火了："我说你们这些人哪，一个个怎么过得糊里糊涂！"他发现自己说得过分了，又改口说："秦叔，我爸这个人一直是坚持原则的，你要帮帮他，不能在姓周的问题上放弃原则，让别人抓话柄。"

秦富荣："我尽力而为吧。"

苏常胜："你一定要让老爷子这次下百分之百的决心！"

秦富荣"哼"了一声。

晚上，苏常胜回到家，就向孙敏告状："我爸也真是的，现在这么好的机会他不利用。他是想等姓周的反咬一口，他忘记了东郭先生和狼的故事。"

孙敏叹口气，为难地说："你爸一是怕拿不准，将来不好交代，二是怕红儿受不了这么沉重的打击。"

苏常胜气急败坏地站起身，一边向外走，一边说："你们是要这个女婿还是要儿孙，你们考虑吧。"

苏常胜走后，孙敏痛苦地流下了眼泪，在床上翻来覆去睡不着。苏礼进来后，她下了床，边帮苏礼脱外衣，边问："小周的事情怎么样了？"

苏礼："他不说话。"

孙敏："他不说话就定不了案吗？不是有证人的证明吗？"

苏礼一惊，望了妻子一眼："你怎么和你儿子的观点如出一辙？是不是那个浑小子又给你说什么了？"

孙敏："我这也是为你着想，别让人说你对未来的女婿偏心。"

苏礼往床上一躺，说："我知道怎么做。"

第二天上班，秦富荣向苏礼汇报说："有群众打电话询问周伟新为什么不处理，有的话很难听。"

苏礼："不用说了，我明白是冲我来的。这样吧，你还是和纪委的同志商量一下，让公安局的同志先拿出处理意见。"

秦富荣走后不一会儿，又返回来，高兴地说："苏市长，周伟新向纪委交代问题了。"

苏礼一愣。

秦富荣："他说他与那个小姐虽然没有实际发生两性关系，但的确是他打电话叫来的，本意是想发生两性关系，只是警察到得……"

苏礼打断秦富荣的话，气愤地说："好了，别说了，我听了感到恶心。一定严肃处理。"说完，苏礼叹了口气。

过了一会儿，苏礼又说："还有一件事，市委常委会已经通过我的提议，让你做宣传部常务副部长兼××报社党委书记、总编！市政府秘书长暂时还兼着，我这儿有些事离不开你！等国际经贸洽谈会散了以后你再去上班。"

秦富荣一脸茫然："谢谢苏市长栽培。"

正在这时，苏红气冲冲走进来，进门就嚷："爸，为什么要处理周伟新？"

苏礼："红儿，你坐下。"

苏红没坐："分明是有人想陷害他，你们也不分青红皂白。不行，我要帮他向上级申诉。"

苏礼："不许胡闹！你以为我想处理他吗？可是不处理怎么交代？"

苏红没有理睬，转身走了出去。

苏礼一脸苍白，秦富荣赶忙把苏礼扶到沙发上坐下。

苏礼抱歉地说："对不起，我这个女儿性子有点犟。"

秦富荣又去追苏红，苏红毫不客气地问："秦叔叔，我问您，有什么证据处理周伟新？"

秦富荣笑了笑："苏红，你应当相信你爸爸。"

苏红："秦叔叔，我想听您告诉我真话。"

秦富荣故意欲言又止，一副为难的样子。

苏红急了："秦叔叔，我相信您不会骗我。"

秦富荣长叹一声："红儿，我，我是怕你接受不了。"

苏红："秦叔叔，您说吧，我接受得了。"

秦富荣点点头，神情严肃地说："红儿，你要经得住打击。周伟新的材料我看了，千真万确有他自己承认招娼的记录……你爸也是没有办法。"

苏红没听完，泪如雨下，转身跑了。她上了车，稍微调整了一下自己的心情，才发动了车。突然，她发现了一个熟悉的身影，仔细一看，果然是周伟新。

第十六章

　　周伟新身着便衣，正在匆匆前行。苏红开着车跟在周伟新身后。周伟新已经感觉到有人在跟踪，但是没有回头，继续沿着人行道前行，一边思考着怎样脱身。

　　其实，苏红没注意到，小胡子也尾随着周伟新。小胡子的手机开着，不住与黑蛋通电话，报告跟踪周伟新的情况。

　　小胡子："姓周的现在一个人在街上走，苏红的车跟在他的后边。"

　　黑蛋："你看他们像不像事先约好的？"

　　小胡子犹豫了片刻，说："我看不太像。看上去，姓周的没发现苏红。"

　　黑蛋："姓周的小子现在到了什么地方？"

　　小胡子向外看了一眼，回答："快到五洲大厦了。"

　　黑蛋："你跟着他，看他要干什么。随时给我汇报！"

　　周伟新早已觉察到了后边有人跟梢，所以，步子很沉重，表情很沉重，俨然一个犯了严重错误被处分的人。他猛地向后回头，一直跟踪他的小胡子一惊，也站住了，扭过头装作没看见周伟新。周伟新趁这个时机，快步走进胡同里。小胡子四下张望，已不见周伟新的踪影。他也进了胡同，但胡同里是个拥挤的菜市场，根本看不见周伟新的人影。周伟新快步穿过胡同。在胡同的另一出口的大街旁，张虎已经开车在等着他。周伟新上车后，对张虎说：

"我被盯梢了，快走！"

张虎感叹地说："没想到 20 世纪 90 年代的东州，还会出现 30 年代上海滩地下斗争的场面。周支队，现在怎么办？"

周伟新："我现在这个样子他们还不放心，我能怎么办？只好等一等再说。我也需要你们的帮助，但又不想牵连你们。"

张虎："周支队，你说的是哪里话。我们没有把你当作撤职的人看待。在我们心中，你仍然是我们的支队长，何况你现在想做的事还是出于工作，还是为了伸张正义。你说吧，要我做什么？我看你已经有主意了。"

周伟新把他的想法向张虎说了一遍。

张虎点点头，笑着说："我想你也不会趴下。别看你平时话不多，心里可是雄才大略。"

周伟新："我并不是单纯为了还自己一个清白。我是想把案子搞个水落石出。不搞个水落石出，良心难以安宁啊！狐狸再狡猾，也会露出尾巴。"他拍拍张虎的肩膀："现在重要的是找到海南那个姓白的包工头的下落。我现在考虑有一个合适的人选。"

张虎："谁？"

周伟新："报社的秦婕。"

张虎点点头说："这个女记者有正义感，有骨气，有勇气，而且又有智谋，是个难得的人才。"说完，他又说："下午，秦婕来找过你。她见了我就问：'虎子，周支队现在在哪儿？'我没告诉她。她说：'虎子，我知道你的心情。这样吧，你告诉我一句话，周伟新会不会趴下？'我摇了摇头。她笑着说：'这就好了！你可以转告周伟新，如果需要我做什么请找我。他并不孤立，有与他并肩作战的好朋友！'"

周伟新听了，很是激动。

周伟新："虎子，你现在要恨我，这是我要你帮的第一个忙。"

张虎："周支队，我做不到啊！"

周伟新："做不到也要做，你如果做不到就是害我。"

张虎痛苦地说："周支队，你让我恨你，我真的做不到。"

周伟新："你做不到也要做。你想一想，我们的对手绝不是等闲之辈。"

张虎点了点头："我明白了！"

周伟新："第二，你与秦婕联系一下，让她想想办法，看能不能尽快找到海南那个包工头。她是记者，应该有条件。还有，你最好让她能和我见上一面。"

张虎又点了点头，说："我明白。我马上安排她与你见面。"说完，他又不解地问："支队长，你为什么不让苏红帮忙？她的条件应当比秦婕方便得多啊！"

周伟新无奈地说："现在不一样了。"

秦婕手里捧着一束鲜花走进胡小凤的病房。胡小凤正在收拾东西准备出院，孙红在一边帮忙。

秦婕："胡大姐，我来接你出院。"

胡小凤："你那么忙，没这个必要，太谢谢你了。"

秦婕："苏局长本来要来的，可是他太忙，走不开，就由我一个人代劳了。"

三人边说边走出病房，乘电梯下楼。

孙红："秦记者，我在街上看见周支队长了。他一个人，样子很凄凉。"

胡小凤："秦记者，周支队是被什么人陷害的？是不是撞我们家小兰的人和他的帮凶？我真想见见周支队长，向他说声谢谢。"

秦婕："放心吧，事实一定会搞清楚。"

胡小凤和孙红上了秦婕的车。秦婕把她们送到一家招待所，对胡小凤说："这是苏局长安排的地方。你先住下，好好休息几天，等你们的宿舍修好后再回去。"

秦婕告别胡小凤出来，刚上了大街，突然发现了朱继承的车和车上坐着的秦富荣。她大吃一惊，睁大了眼睛。

朱继承和秦富荣没有看见秦婕，二人在车上边行边谈。

朱继承："周伟新这小子鬼鬼祟祟的，不知想干什么。方正电话中说，这几天张虎和他联系很频繁。"

秦富荣："你让人盯着苏红和张虎，看他们想干什么，能不能找点破绽。"

朱继承："我明白！我已经安排好了。"

秦婕一直看着朱继承的车走远了，才发动了车。她到交警支队的时候，苏红和张虎正在院子里争论。

苏红："虎子，你在和我们捉迷藏吧？"

张虎摇了摇头。

苏红："伟新人呢？"

张虎又摇了摇头。

苏红："虎子，你知不知道，伟新现在的处境很危险？有人在跟踪他！你为什么不让我见他？"

张虎发动了车，神情有点儿犹豫不决。终于，他什么也没说。

秦婕望着张虎开车走远，拍着苏红的肩膀，安慰她说："他们都有难处。"

苏红的目光中充满了不解。

秦婕拉着苏红的手，说："走吧，我想找你谈谈。"

苏红带着秦婕进了自己的办公室。一进门，秦婕叹息一声。

苏红奇怪地问："婕姐，你怎么也叹息了？"

秦婕："我看见一个不想看到的场面。我爸坐在朱继承的车上，看上去，两人很热情、很投机，也很诡秘。"

苏红不以为意地说："这有什么？我爸也认识姓朱的。"

秦婕若有所思。

晚上，东州一商场内，人来人往。

周伟新在挑选衣服。

方正与周伟新碰了个迎面。

方正："周支队，你躲到哪儿去了，大家都找不到你。"

周伟新："我现在是犯了错误的人，没脸见同志们。你们还找我干什么？"

方正故意关心地说："你也认为你犯了错误？"

周伟新："一失足成千古恨！"

方正："你甘心？"

周伟新："无可奉告！"

方正叹了口气："你变了！"

周伟新："人随时都会变！"

方正："案子也就放弃了？"

周伟新："不在其位，不谋其政。"

方正："走吧，老弟，我请你喝一杯。"

周伟新："你不怕受牵连？"

方正："怕个屌！"

二人到了一家酒店，要了一瓶白酒，不一会儿，方正就酩酊大醉了。

周伟新坐在一旁，也有点儿醉意。

周伟新："方支队，你够哥们儿，在这样的时候不嫌弃我。"

方正："我、我凭什么嫌弃你？我是什么东西。老弟，给你说吧，我不相信你干那种事。有人做套儿让你钻。"

周伟新认真地听着。这时，小胡子进来东张西望，目光同周伟新相遇，赶紧躲避。回到外边的车上，隔着玻璃张望。

周伟新想了想，叫过服务员，付过钱后，出了大厅。

小胡子跟上周伟新。

周伟新看见指示牌上写着"楼下地下一层桑拿、按摩"，他走了进去。小胡子跟了进去。

周伟新脱衣服下池子洗澡，小胡子也洗澡。

周伟新洗好后，换了衣服，进了按摩房间。不一会儿，一个按摩小姐也走了进去。

小胡子笑了笑。

晚上，苏礼家中，苏礼夫妇和苏红正在吃饭。苏红心事重重，一脸不悦，孙敏也不住地叹息。

苏红："爸、妈，你们二老放心吧。我见过伟新了，他说让你们二老放心。他是被人冤枉的，他正在向上级写申诉，不久就会真相大白的。"

苏礼："红儿，你见了伟新，帮我劝劝他。态度放老实点，好好认错，个人怎么能跟组织较劲呢？"

苏红走后，孙敏说："平时看小周挺不错的，怎么会干出这种荒唐事。"

苏礼在思索："我也觉得这事不正常。"

孙敏一惊："你是不是怀疑这事和胜子有关？"

苏礼喝了一口茶，叹息地说："这孩子从小就爱耍小聪明。只怕到头来聪明反被聪明误，毁了自己的一生。"

孙敏惊慌失措，问道："那件事不是已过去了吗？"

苏礼看了看手表，顺手拿起遥控器，打开电视，调到东州电视新闻节目，说："你看看这场面，能看出什么名堂吗？"

电视荧屏上出现庆功大会会场的场面。

东州市委礼堂。

主席台横幅上写着"表彰花园广场车祸案破案有功人员大会"。

主席台上坐着一排领导。中间位置坐着苏礼。主席台前排，坐着受表彰的人员：张虎、苏红、陈刚、刘婷婷、方正、李伟等十多人。

会场上的与会人员有的漠然处之，有的交头接耳，更多的人表现得极不愉快。方正目不转睛地盯着主席台，但神情有点儿不自然。

主持会议的秦富荣讲话："下边，请市委副书记、市长苏礼同志代表市委、市政府讲话！"

掌声稀稀落落，苏礼一脸尴尬……

苏礼指着电视荧屏说："我当干部几十年，在大大小小的会议上讲话千余次，还没碰到过这种情形。当时，我的心里真的很难受。"

孙敏好奇地说："对呀，这表彰庆功会气氛不对，像是开批判会或追悼会。"

苏礼："会还没散，人就走了一半。"

孙敏恼羞成怒："这是示威！什么年代了，还搞那一套。"她好像又想到了什么，悄声问："这么说，胜子的事还不算完？"

苏礼重重地点了点头。

孙敏："他们抓到胜子什么把柄了吗？"

苏礼："现在还说不清楚。我也觉得胜子还有事瞒着我们。"

孙敏嗔怪地说："他这孩子平时就是很注意，从小就把名誉看得太重。他是以你为榜样，处处对自己要求很严。像他这样已不错了。这孩子最爱感情用事。我也就最怕他感情用事出毛病。出车祸也由不得他，他是为了看马奶奶。"

苏礼："唉，怎么会这样！我现在最担心的是，他和姓田的、姓徐的两人的死亡，小周省城出事都有关联。"

孙敏："那你抓紧催一催他出国的事。"苏礼闭目思考了一会儿，突然问："红儿刚才说要去哪里了吗？"

孙敏摇头。

这时，苏红已经和张虎一道，上了去省城的高速公路。

他们赶到省委党校马达宿舍时，马达正在看市局同志送来的花园广场交通肇事逃逸案破案立功人员表彰大会的电视录像。看见他俩进来，马达示意他们坐下一起看，播完后，张虎说："马局长，从这个会议开的情况就可以看出民心。"

马达叹息一声："民心不可违呀！这几年，我常常在想一个问题：为什么我们一些工作得不到群众的支持，甚至还会造成误解、对立？我认为，我们的确有些同志的屁股坐错了地方，把自己同人民群众对立起来了。对了，周伟新的情绪怎么样？"

张虎："周支队没事。只是苏红承受不住了，要来见你。"

苏红："马局长，伟新为什么承认自己招娼呢？是不是被人逼的？"

马达："有些事情需要时间才能弄清楚。"

苏红点点头，说："我相信伟新。"

马达沉思了一会儿，说："告诉伟新，要经得起挫折。"

张虎："马局长，我想申请再审小小一次。可是，看守所现在不让见。"

马达想了想说："好吧，我向省政法委建议，把小小换个地方。"

第二天上午，秦富荣得到消息，小小要送南平看守所，他赶忙去向苏礼汇报。

秦富荣："省政法委讲得很严肃，说小小牵涉吸毒和贩毒，要东州把她交省厅缉毒处接受调查。"

苏礼不解："富荣，你觉得这里边是不是有问题？"

秦富荣："市公安局也坚持了，可是省政法委不同意，说是在南平审完，还把人送回东州起诉。"

苏礼："那也只能如此了。"

对于方正来说，小小被异地调查，他无疑明白其中的利害。所以，他一上午把自己关在办公室，思考着对策。秦婕推门进来，方正看了她一眼，没理。

秦婕："请问张虎和苏红在不在？"

方正用手向右一指，转过身不理秦婕。

秦婕生气地转身出去，又到了苏红办公室。

苏红和刘婷婷在各自忙着工作。

秦婕进来："苏红！"

苏红："婕姐。"

落座后，苏红失望地说："婕姐，我们这儿除了交通事故，可是真的没新闻了。"

秦婕："我不是来采访的。我想请你吃饭。"

苏红："婕姐，我没心情。"

秦婕："怎么，不给面子？"

她拉着苏红向外走。

方正从窗口看着苏红和秦婕向外走，脸上浮起疑云。

秦婕和苏红到了酒店，故意找了个人多嘈杂的地方，边吃边谈。

苏红："我也不知伟新为什么这样做。"

二人都在思考。

秦婕："我在怀疑一个人。"

苏红："谁？"

秦婕："五洲集团公司的老板，姓朱。"

苏红："为什么？"

秦婕："我想起一件事。"

秦婕对苏红讲起花园广场交通肇事逃逸案发生的第二天早晨，她在街上，被一个摩托车手抢了包后，拦了王大道的出租车一起开车追赶时，朱继承的车子追上后的情景，说："我当时就想这个人又霸道，又没教养，不是个好人。"

苏红笑了："但是并不能说明他真的和抢你包的人有关系，也不能说明抢你包的人和徐开放有关系。"

秦婕："虎子现在在哪儿？"

苏红："他今天请假出去办事了。"

这时，张虎刚刚提审完小小，走出南平看守所的大门。他的脸上洋溢着欢快的笑容。

晚上，国际大厦舞厅。昏黄的灯光下，人们翩翩起舞。

周伟新在一旁坐了一会儿，小胡子坐在一个阴暗处悄悄观察周伟新。周伟新到吧台打了一个电话："秦婕，我是周伟新。我在国际大厦等你。不过，你要自己来。"

秦婕是在家中接的周伟新的电话。她刚放下电话，秦富荣问："谁的电话？"

秦婕："一个朋友找我有事，我要马上出去一下。"

秦富荣："你是不是还在管那件事？我劝你放下吧。"

秦婕："爸，我有件事想问您。您和五洲集团公司的朱继承很熟吗？"

秦富荣一愣，但马上接上说："过去不熟悉。最近，苏市长让我协调水泥厂改制的事情，才有些交道。你问这话什么意思？"

秦婕如释重负："我看见您下午和他在一起。"

秦富荣："我是和他去厂里看了看。"

秦婕："爸，没事了。您先休息吧。"

秦婕走后，秦富荣显得有些心情紧张。

秦婕到了国际大厦舞厅。周伟新走上前与她握手，低声说了几句，两人一起跳舞。秦婕："周支队，你不会一个人孤单，专门找我陪你跳舞吧？"

周伟新："我要的就是这个效应，而且还得大张旗鼓。"

秦婕想了想，笑了："你想让我做你和苏红之间的第三者？"

周伟新也笑了。

秦婕："那样对苏红的伤害太大了。"

周伟新："她以后明白了，会理解的。"

小胡子见状，用手机打了个电话。

晚上，在苏礼家，孙敏正在收拾屋子。听到电话响了，孙敏接听后，喊苏红接电话。

苏红拿起电话听了几句，放下电话就向外走。

孙敏："红儿，这么晚了，你到哪儿去？"

苏红假装没听见，走了出去。

孙敏犹豫了一下，给苏常胜打了个电话："胜子，刚才有个男的打电话给你妹妹，她接了电话就出去了。"

苏红到了五洲大厦楼下，把车停好后，进了大厅，然后按电梯。电梯开了，周伟新和秦婕等十多人一起走出来，小胡子也在其中。

苏红："伟新！"

周伟新看了苏红一眼，没搭理。他拥着秦婕向外走。

苏红："秦婕！"

秦婕冲苏红笑了笑，没有回答，和周伟新仍在向前走。他们到了门前，一起上了秦婕的车走了。

苏红气得双目圆睁。

小胡子得意地笑了，然后也打的去追周伟新。

周伟新和秦婕到了一家宾馆，一起上了九楼，进了一个房间。

小胡子一直尾随着，看见周伟新把房间的门关上，又悄悄走过去。他听见里边周伟新的声音："其实，我早在心里爱你了，今天好好与你潇洒一把！"

小胡子悄悄离开。

在国际大厦咖啡厅，苏红、张虎、陈刚等在一起谈话，苏红在擦眼泪。

张虎："周支队长也太不像话了，他这是自暴自弃。苏红，你不要为他难过了，这种人不值得。"

陈刚："虎子，你这是说的什么话！周支队和那个姓秦的记者只是一般朋友。"

张虎："我说得不对吗？知人知面不知心。我早看出那个姓秦的像只苍蝇叮着周支队。英雄难过美人关。"

张虎说完，起身下楼。陈刚感叹地说："人心不古。虎子以前对周队长不是这样子。"

苏红若有所思。

张虎实际上去了周伟新所在的宾馆。他一进门，就忍无可忍："周支队，再这样下去会把我憋坏的，苏红现在非常痛苦。"

秦婕不好意思地说："换我是苏红，我也会痛苦。"

周伟新："虎子，你后边有没有尾巴？"

张虎："没有。"

周伟新对张虎和秦婕说："你们抓紧时间，把白建设现在的地址搞来给我。"

张虎："我明白，他们现在把我看得很紧，我怕一旦被他们发现，误了大事。所以，我觉得秦记者干这个更方便！"

秦婕："我在海南有朋友，我让他们帮忙。"

张虎："周支队，苏红受不了了。"

秦婕："说实话，心里真的很不安。可是，为了大计，我又不能不伤害她。"

周伟新："等以后她知道了真相，会理解的。"

秦婕走后，周伟新拿出随身带着的与苏红的合影看了又看，眼睛湿润了。

苏红是个心里放不下任何杂念的人。她越想越不明白，直接找到秦婕家。听到敲门声，秦富荣从门镜看了一眼，说："是苏红。"

秦婕想了想说："您就说我不在家。"

秦富荣不理解，但照着说了："苏红，秦婕出去还没回来。"

门外，苏红犹豫了片刻，转身走了。

秦富荣问秦婕："你是怎么了，为什么不见她？"

秦婕："爸，假如您知道我第三者插足，抢了别人的男朋友，您会怎么办？"

秦富荣："你，不，不会吧。"

秦婕笑了。

秦富荣："怎么，你和常胜闹矛盾了？"

秦婕："爸，以后告诉您。"

秦富荣一副不解的样子。

苏红轻信了秦富荣的话，她下楼后并没有离开，而是流着泪站在马路边等候秦婕。苏常胜开着车路过，发现了苏红。他想了想，把车停在一旁观察。他看见车窗上的雨点，犹豫了片刻，正要下车，见一辆车停在了苏红身边。

秦婕走到窗前。

她把窗帘拉开一条缝，看见了站在雨中的苏红，心里很不是滋味。她正想下楼，又看见了苏常胜的车和朱继承。

天上下起了雨，苏红冻得发抖。朱继承开车经过看见后，赶紧停下车："苏红，你在这儿干什么？走吧，我送你回家。"

苏红想了想，上了朱继承的车。苏常胜见苏红上了朱继承的车，才放心地走了。

朱继承："苏红，你是不是还在为姓周的小子生气？我看没必要。这种人身在福中不知福，打着灯笼也找不到你这条件的媳妇。"

苏红没说话。

朱继承："他算什么东西，你别再为他难过了。你难过，你爸妈和你哥百分之百比你更难过，何必呢？"

到了苏家大院外，苏红下了车。

朱继承开着车走了。苏红拦了一辆出租车，说："师傅，跟上那辆车。"出租车尾随着朱继承的车拐进一条胡同。朱继承到了阿静住处楼下，停好车，四下看了看，然后上了楼。苏红乘坐出租车到后，在众多的车中，找到了朱继承的车，记下了楼号。

第二天，苏常胜从市政府参加完一个会议刚回到办公室，朱继承就跟来了。

朱继承："苏局长，我们那个资产评估报告没问题了吧？你得抓紧点，外商催得很紧。"

苏常胜："朱总，与你合作的外商能不能帮助搞护照？"

朱继承："你是想出国？没问题，包在我身上了。"

苏常胜："我们中国的事情就是难办，一个出国护照都要办这么长时间。朱总，你替我催一催，该打点的就打点一下。"

朱继承："苏局长，你放心吧。"

苏常胜又问："还有什么事吗？"

朱继承："有件事，说了，你别烦。"

苏常胜："请讲。"

朱继承："周伟新那小子现在勾搭报社的秦婕。"

苏常胜一下子站起来，拍着桌子说："姓朱的，你什么意思？"

朱继承："我刚才还说你别烦，是你让我说的。这百分之百是我的弟兄亲眼所见。不信，你可以自己调查调查。你妹妹都亲眼见了，还去找过姓秦的。"

苏常胜："不可能。秦婕不是那种人，她看不上周伟新。再说，周伟新是嫖娼犯，她更不会喜欢他。"

朱继承："此一时彼一时。你别忘记，秦婕毕竟没有男朋友。"

苏常胜无语。朱继承走后，苏常胜百思不得其解，犹豫了半天，才下决心约秦婕到五洲大厦咖啡厅见面，说是谈一件事情。

秦婕一边喝着咖啡一边等人。苏常胜走过来，在秦婕对面坐下，一脸不悦。

秦婕一愣，但很快又镇静下来，冲苏常胜笑笑，问："苏局长，要点什么？今天我请客。"

苏常胜："你请的不是我这个不速之客。"

二人沉默了一会儿，秦婕先开口问："找我有什么事吗？"

苏常胜："婕，你应该知道周伟新和苏红的关系。"

秦婕感到突然，没有马上回答。

苏常胜进一步试探地说："我想你不会和周伟新那种人搅和在一起吧？"

秦婕已明白了苏常胜的意图，笑着反问："我的个人问题需要向你汇报吗？"

苏常胜没回答，过了一会儿，才说："你变了。"

秦婕："人总会变的。因为每个人的生存环境在不断变化，你不是也变化很大吗？"

苏常胜觉得再谈无益，一边起身，一边说："我希望你认真对待这件事。苏红是我妹妹，我不能让任何人伤害她。"

苏常胜走后，苏红戴着墨镜走进来，在秦婕对面坐下。由于灯光昏黄，秦婕看了她一眼，故意没有说话。

苏红："婕姐，有件事请你帮忙。"

小胡子悄悄走进来，在不远处看着她俩。

秦婕："说吧！如果是公事，我可以尽力；如果是私事，最好不用谈。你哥刚才谈过了。"

苏红听了，神情变得有点不悦，问："我想请你告诉我伟新到底在想什么、干什么。"

秦婕："这个忙我帮不了你，因为我也不知他到底想什么、干什么。"

苏红："那你和他又是怎么回事？"

秦婕："我刚才已经说过，咱们最好不谈私事。感情上的事，我更是无可奉告了。"

苏红一愣，泪水已涌满眼眶，声音也高起来："你、你说这话什么意思？"

秦婕不想再看苏红难过，站了起来："对不起，我有事，先走一步！"

苏红拦住秦婕："秦婕，我们是老朋友了，我希望你能告诉我实情。"

秦婕推开苏红，快步走了出去。

小胡子在一旁幸灾乐祸地笑了。

秦婕出了咖啡厅，步子加快了。苏红追着秦婕。秦婕上了电梯，苏红慢了一步，她毫不犹豫地从楼梯跑下去。

秦婕上车。苏红正要拦车，苏常胜从后边拉住了她，把她拉到车上。苏常胜在默默地开车。苏红在默默地流泪。苏常胜把驾驶座旁的纸巾盒递给苏红："苏红，他们是合起来搞苏家的人。"

苏红没说话。

苏常胜："你放心吧，哥会给你报这一箭之仇。"

苏红突然嚷道："哥，你要动伟新一根汗毛，我都会跟你拼命。"

苏常胜目瞪口呆，半天没说出话。

秦婕离开苏红和苏常胜后，一边驾车，一边流泪。到了周伟新的住处，她一进门，把包一扔，嚷道："周支队，苏红昨夜找上我家门，今天又约我谈判。我真受不了。"

周伟新听了，神情也很痛苦，但坚定地说："我相信苏红今后会理解我！"

苏红回到家，就把自己关在屋里。

孙敏做好了午饭，喊苏红吃饭，苏红没应。她推开苏红的房门，苏红正躺在床上。孙敏叹了口气，说："红儿，你不要再想伟新的事了。他现在对你爸、你哥都恨之入骨，所以才和姓秦的女人搞到一起。你爸、你哥也恨透了他，不会让你再和他来往。"

苏红一下子坐了起来，惊奇地问："妈，你说我爸、我哥也恨透了伟新？为什么呢？"

孙敏赶忙掩饰说："你爸处理的他，你哥又骂他。再说，姓秦的是你哥甩了的女人，对你哥恨之入骨，他们当然一拍即合。"

苏红若有所思。

孙敏："红儿，你不要跟着别人胡思乱想。你哥没有问题，妈给你打这个包票。"

苏红："妈，谁说我哥有问题了？"

孙敏："没有就好，没有就好。"

苏红进了洗手间。孙敏坐在沙发上看电视。苏礼匆匆走了进来，张口就问："红儿回来了吗？"

孙敏指了指卫生间："刚回来，正在洗澡！"

苏红穿着睡衣从卫生间出来。

苏礼："你这两天见到周伟新了吗？"

苏红："没有。"

苏礼："秦婕同周伟新什么关系？"

苏红："爸，你问这话什么意思？"

苏礼："你不要再隐瞒了，我都听说了。"

苏红想了想，说："他们爱干什么干什么，这是他们的自由。我不能干涉他们的自由，再说，强扭的瓜也不甜。"

苏礼抚摸着苏红的头发，感叹地说："我的红儿长大了，成熟了。"

下午，秦婕在办公室查找资料时，突然，一张照片从本子里滑下。她拾起一看，是和苏常胜的合影。她看了一会儿，神情越来越暗淡。秦婕想给苏常胜打电话，但是只拨了两个号码又放下了电话。她反复看着和苏常胜的合影。

苏常胜也正在办公室看着和秦婕的合影。

张晓走进来。

苏常胜："张晓，你说秦婕真的会和周伟新搞到一起吗？"

张晓感叹地说："我开始也不相信。我问过她本人，她不愿说。我感觉她好像不是在和周伟新谈恋爱，而是别有用意。"

苏常胜一惊："他们在演戏吧？"

张晓点头："你想一想，秦婕和周伟新并没有感情基础，怎么会和他谈上？是同情周伟新，还是……"

苏常胜若有所思："我明白了。"

下午上班时，苏礼从秦富荣办公室门前经过，犹豫了一下，推门进去。

秦富荣："苏市长，您请坐。"

苏礼摆手："富荣，婕儿和周伟新的事你听说了吗？"

秦富荣一惊："苏市长，这不可能，这不可能！"

苏礼叹息一声："红儿倒没说什么，她说她理解婕儿。不过……年轻人的事，真是说不清。"

苏礼说着，观察着秦富荣的表情。

秦富荣："苏市长，您放心。我对婕儿有信心。"

苏礼："不说这些了，明天要开会讨论国际经贸洽谈会的方案，你抓紧吧。"

苏礼说完，走了出去。

秦富荣一脸不安。他抽了一口烟，拨了个电话："婕，晚上早点回家，爸有事跟你说。"

晚上，秦富荣回到家，见客厅里没亮灯，秦婕正在自己的房间里打电话。秦富荣不满地坐在一旁。

秦婕："是海南吗？小赵，我是秦婕呀！《东州日报》的秦婕。小赵，麻烦你代我打听一个人。这个人原来叫白建设……"

秦富荣生气地推开秦婕的房门："你还在跟踪追查啊？婕，快算了吧。你以为你招来的麻烦还少吗？"

秦婕没理。

秦富荣："你想想看，这案子都已经结过了，表彰大会也开过了，你们还折腾什么？"

秦婕："爸，您能不能少说一句？让我静一静。"

秦富荣不满地出了秦婕的房间。

秦婕走到阳台上，望着大街上的灯光和车辆，目光有些迷茫。

那还是她和苏常胜认识不久的一天晚上。东州旧火车站，一列火车正在发动。秦婕急急忙忙跑来，她沿着车厢一边走一边查找。列车开动了，她的眼泪落下来。

列车走远后，她回过身，突然看见苏常胜正满面微笑地站在站台上等她。

她一下子扑到苏常胜的怀里。

从火车站出来，苏常胜和秦婕边走边谈。

秦婕："胜子哥，我累了，咱们歇一歇再走。"

苏常胜和秦婕停下步子。苏常胜看着身边开过的小车，感叹道："如果有一天，政策变了，可以私人买车了，我一定送你一辆最流行的车。"

秦婕正沉浸在回忆中，秦富荣悄悄进门，轻轻给她披上一件衣服，秦婕感激地冲秦富荣笑了笑。

秦富荣："婕，今晚你这个电话等不来了，回屋休息吧。"

秦婕："爸，您放心，女儿不会让您失望的。我觉得这个案件太离奇，不搞个水落石出，心里不踏实。"

秦富荣目光茫然："孩子，爸也许是跟不上时代了。"

秦婕："爸，您没有什么错啊！您可能是考虑问题的角度不一样。您也是为了东州的稳定出发，我们的目的是一致的。"

秦富荣："有些话，你怎么不向常胜说明白呢？"

秦婕："还不到时候。"

秦富荣："那你对爸应当说明白吧？"

秦婕："爸，您只要相信女儿就够了。"

秦富荣叹息一声。

周伟新住的宾馆大厅里客人络绎不绝。张虎匆匆走进来，上了楼。坐在大厅一角沙发里的小胡子看见了张虎，掏出手机给朱继承打电话汇报。

朱继承听了小胡子的汇报，说："你给我盯紧点，晚上看看他们去哪儿，找几个人好好教训一下姓周的小子！"

张虎进了周伟新的房间。

周伟新："虎子，你可以向他们宣传，就说我打算结婚了。"

张虎："结婚？跟谁结婚？"

周伟新："当然是秦婕了。"

张虎："苏红知道了能受得住吗？"

周伟新痛苦地说："只能委屈她了。"

张虎回到交警支队，按照周伟新的安排，当着几个同事大骂周伟新："这小子真不是东西，现在要和秦婕结婚了。看起来，他俩过去的关系就不干净。"

陈刚："不会吧！"

张虎："我亲眼所见还能错了？这就叫堕落，一个人堕落就是快！"

　　苏常胜接到朱继承的电话，听说周伟新要和秦婕结婚，气急败坏地对朱继承说："不管他们想干啥，你找几个人狠狠地教训一下姓周的。这小子也太不识抬举了。"

　　放下电话，他长出了口气。突然又想起了什么，赶紧拨电话，叮嘱说："让他们注意别伤了秦婕，要不我跟他们没完。"

第十七章

晚上，国际大厦酒吧里灯光昏黄，人声鼎沸。

几个穿着暴露的坐台小姐与几个客人在大声猜拳行令，行为不雅。

服务生端着酒水来回穿梭。

在一个十分引人注目的地方，周伟新与秦婕正在饮着啤酒。看上去，他俩都已经喝了不少酒，样子似醉非醉。

一个服务小姐走过来收拾空酒瓶，与周伟新的目光相遇。周伟新认出是孙红。他一愣，严厉地问："你怎么还在这样的地方？"

孙红十分难为情，辩白说："我们几个同学利用课后时间一起来打工的。刘小兰的母亲胡阿姨从小兰去世后，一直生病。国资局的苏局长帮了她不少。她不好意思，不愿再住院给他增添麻烦，就回去了。我们得为胡阿姨挣医疗费呀。"她又低声问周伟新："周支队，你怎么到这样的地方来喝酒？我看你喝了不少，别再喝了，回家去吧！"

孙红沉吟片刻，走到吧台，给交警支队打电话。电话通后，话筒里传来苏红的声音："你好！"

孙红："苏红姐姐，周支队和秦记者在酒吧里喝闷酒，已经喝很多了，我怕他们出事。"

苏红着急的声音："你别让他走了，我马上就到。"

苏红放下电话，刚到大门前，正遇上张虎。他停住车，和苏红说了几句话，掉转车头跟随苏红而去。

周伟新和秦婕似乎有点儿醉了。三个年轻人大摇大摆走进来。其中一个是跟踪周伟新的小胡子。他们走到周伟新的桌子前，分头坐下，形成对周伟新和秦婕的扇形包围圈。

小胡子："哥们儿，这位就是大名鼎鼎的周支队长，在省城嫖娼出了名的！可以说'一炮成名'，哈哈！"另两个年轻人跟着小胡子起哄。

孙红送酒过来，发现气氛不太对，赶忙到吧台前去打电话，但无人接听。孙红无可奈何地放下电话，对一个同事说了几句，匆忙走了出去。

小胡子打开啤酒，喝了一口，举起杯对着周伟新："周支队，哥们儿佩服你，你是东州的英雄汉子，敢在省城嫖娼。哈哈哈哈。"

周伟新望了小胡子一眼，没有理睬。

小胡子瞪大眼睛："怎么，你看不起我？"小胡子把酒泼在周伟新脸上，酒水顺着周伟新的脸往下流。周伟新虽然未动，但看得出十分恼火。

小胡子故意挑衅，抓着周伟新的衣领骂道："你以为自己真是大英雄？是英雄还会有今天？给你脸不要脸！"

另两个年轻人呐喊助威："揍他，揍他！"

小胡子又过去抓住秦婕："这女人倒很靓！你姓周的艳福不浅。来，让哥哥亲一下！"

周伟新忍无可忍，猛地伸出右拳将小胡子击倒。小胡子骂了一声爬起来，举起椅子向周伟新砸去。另两个年轻人也一拥而上。周伟新左右抵挡不支，头上、脸上都出了血。

小胡子大骂："你再执迷不悟，叫你死无葬身之地。"接着，又在周伟新后脑勺儿上踢了一脚，周伟新倒在地上。

秦婕奋不顾身地扑在周伟新身上，用身子护住周伟新。

小胡子等三人骂骂咧咧往外走。酒吧里的人一个个惊恐万状，一片混乱。

苏红这时已到了国际大厦门前。她刚把车停好，孙红跑上前拉住她，着急地说："苏姐姐，有三个男人在和周支队长、秦记者打架……"

苏红又急又气，向楼上跑，在楼梯口遇上了小胡子三个人。苏红没有注意，与他们擦肩而过。孙红好像觉察到什么，悄悄跟着小胡子下楼，从窗口看见小胡子三个人上车走了。

苏红把周伟新抱在怀里，几乎哭出声："伟新、伟新！"周伟新睁开眼看了看苏红，又把眼睛闭上。

孙红这时跑了过来。苏红对孙红说："快打电话要救护车。"

张虎这时也赶到了，问孙红："那几个坏人呢？"

孙红："他们开车走了。"

苏红转过身来，又去扶秦婕。

周伟新被打伤的消息很快传到在省委党校学习的马达那里。

马达立即给刑警支队李伟打了个电话："他们的犯罪气焰十分嚣张。周伟新的生命安全时刻受到威胁。对！你马上派得力的同志，对周伟新实施保护。"

马达放下电话，余怒未消。他想了想，又拨通电话："方正同志在吗？我是马达。周伟新今晚在酒吧遭到不法之徒的袭击，伤势很重住了院。我认为这是对公安机关的蔑视和挑战。对！周伟新虽然在停职反省，但他还是一个公民，还拥有一个公民应有的权利。你抓紧把殴打出租车司机王大道的事查一查。"

一向软弱的秦富荣，听到秦婕和周伟新被打伤的消息，也很恼火。他到了医院，看见躺在病床上的秦婕，气不打一处来，呵斥道："我多次让你不要和姓周的小子来往，你就是不听，还和他一起到酒吧喝酒，太过分了。"

秦婕没说话。秦富荣转身走了出去，气汹汹冲进周伟新的病房。周伟新正在打吊针。苏红、张虎等人围在周伟新的病床四周，关心地望着周伟新。

张虎："欺人太甚！真是一群疯狗！现在专案组也撤了，案子也算了结了。我怎么也想不明白会是这种结局。"

周伟新："谢谢大家。我一个人做事一人当，不敢连累你们。我请你们回到各自的岗位上去。我现在深深感受到，工作着是一种幸福，虽然苦一点、累一点，但很充实，很有精神。你们要是还把周伟新当作朋友，就听我一句话：好好工作。"

秦富荣原来想指责周伟新，看到这个场面又止住了，换了话题说："小周，你好好休息吧。你们还年轻，要看得长远些。"

周伟新抱歉地说："秦秘书长，对不起，让您跟着受惊了。"

秦富荣感慨地说："你们这一代人有初生牛犊不怕虎的勇气，值得钦佩，但是不要忘记，人毕竟是在生活这个铁笼里，往往撞个头破血流甚至粉身碎骨，也未必能冲出去。所以，做任何事情都要三思而后行。好了，你先安心住院养伤吧。"

秦富荣的一番话，让周伟新和所有在场的人无不感到惊讶。他出去以后，病房里沉寂了好大一会儿。

张虎对同事说："走吧，让周伟新同志好好休息休息。"

病房里只剩下周伟新和苏红两个人。周伟新为了控制住感情的闸门，不让它奔涌而出，故意把头转向窗外。

苏红："我不相信你是那种人。"

周伟新回头冷淡地望着苏红，说："人是最容易改变的，尤其是人的感情最容易改变。"

苏红："伟新，你不要这样折磨自己。我知道你是冤枉的。"

周伟新："谁说我是冤枉的？我这是作茧自缚。我已经认了错。我既然做了对不起你的事，请你离我远远的。我这个人不值得你爱！我已经打算同秦婕结婚了，请你原谅我！"

苏红的眼泪掉了下来。她扑在周伟新身上，哭着说："不，我不相信，我不相信。"

周伟新无动于衷，眼睛望着天花板出神。

病房外，张虎正要推门，看见病房里的情景又转身离开了。

周伟新冷淡地对苏红说："你回去吧。以后，咱们还是少联系。"

苏红："我不想离开你。"

周伟新生气地说："你走吧，我不想再见到你。"

苏红还要说话，护士走进来，对苏红说："同志，太晚了，病人要休息了。"

苏红踌躇了片刻，见周伟新没有任何表示，带着委屈走了。

周伟新痛苦地闭上眼睛。

周伟新病房和秦婕的病房在上下两层楼里。第二天上午,秦婕到了周伟新的病房,从衣袋里掏出一张字条,交给周伟新:"周支队,白建设现在在上海,这是他的单位地址、电话。"

周伟新:"我想出去一趟,不知你能不能与我同行?"

秦婕:"没问题,上刀山下火海我也陪着。"接着,秦婕又问:"周支队,你为什么不把想法告诉苏红呢?她对你是一片真心。"

周伟新摇了摇头说:"现在还不是时候。"

秦婕:"你打算什么时候动身?"

周伟新:"我也在想办法。"

秦婕:"单位来电话,领导叫我回去谈话。我想趁这个机会,了解一下外边对我们的反映,以便随机应变,采取对策。"

秦婕没想到这次与她谈话的是秦富荣,而且是在报社社长办公室。秦富荣的神情十分严肃:"你是新闻从业人员,又是东州小有名气的记者,应该注意自己的一言一行。你看你现在搞得一塌糊涂,什么第三者、什么酗酒打架,像什么样子嘛!"

秦婕看着秦富荣,没有说话。

秦富荣:"婕儿,你到底要干什么?周伟新要干什么?"

秦婕刚想对秦富荣说出自己和周伟新的计划,突然想到那天见秦富荣和朱继承在一起的情景,又把话咽了回去。秦富荣有点急了,拍了桌子:"我是你爸,现在又是你的领导,你能不能给我一点信任。你要知道,爸时刻担心你的安全。"

秦婕有点感动了,对秦富荣说:"爸,请您也给我一点信任。我不会做对不起您、对不起记者这个称号的事情。"

秦富荣直截了当地问:"你和周伟新在一起干些什么呢?"

秦婕:"准备结婚。"

秦富荣:"你真的打算和他结婚?"

秦婕坚定地回答:"千真万确。"

秦富荣哀叹一声:"他现在可是一个没有工作的人。你和他结婚,今后怎么生活,考虑清楚没有?准备好了吗?"

秦婕顺水推舟地说:"爸,您不能用您那一代人的眼光看我们。我喜欢周伟新,因为他身上的男子汉气概。至于他做什么,与我喜欢他没什么关系。"

秦富荣气急败坏地说:"他甚至于没有脸皮在东州混啊!"

秦婕:"那我们就走,离东州远远的。这样可以吧。您老人家眼不见心为烦。"她说完转身就走,不忍再看父亲失望的目光。

下了楼,刚出报社大门,苏常胜的车从她身旁经过,看见她后停了车。苏常胜:"婕,到哪儿去,我送你一程。"

秦婕想了想,踌躇一下,上了车。

苏常胜十分矛盾,想了想,问道:"婕,我想问你,你和周伟新真的……"

秦婕想了想,说:"这是我个人的事。"

苏常胜有点儿恼火,故意说:"婕,你就不怕受姓周的牵连?"

秦婕:"你让我怎么办?再等你十年、二十年?姓苏的,我今天终于认清了你的自私、虚伪!"

苏常胜:"他可是个流氓呀。你怎么和流氓混在一起了,我真为你难过。"

秦婕一怒,说:"停车!"

苏常胜停了车。秦婕下了车,头也不回地走了。苏常胜望着秦婕的背影,一脸的恼怒。

晚上,东州一个茶社里,虽然装修十分豪华,但人很稀少。

苏常胜和秦富荣在喝茶谈事。秦富荣:"胜子,秦叔叔对不起你,没把事情办好。现在婕儿又对不起你。"

苏常胜:"秦叔叔,我已经很感谢您了。至于秦婕,也是我先对不起她,让她等了我这么多年。只是,她和周伟新搞在一起,我心理不平衡,不服气。"

秦富荣:"胜子,事情已到了这一步,你也别和她计较了,是好是坏,是她个人选择的,我们都尽到了责任。"

苏常胜："您觉得她真的和姓周的好了吗？"

秦富荣："我劝过她，也骂过她，还要用组织手段处理她，她就是不听。这样看来，她是对姓周的铁了心了。"

苏常胜思考了一会儿，又问："周伟新想干什么呢？这小子不像放弃了。"

秦富荣："我看他也没有什么能耐了。"

苏常胜："周伟新会不会拿秦婕做掩护，为了达到别的目的？据我所知，他和苏红的感情很深，不是那么容易拆散的。如果是那样，受伤害的不仅是苏红，秦婕也会受更重的伤害。还有，他可能会危害到我们。"

秦富荣："不至于吧？我让张晓也试探了婕儿。她给我说婕儿的确是铁了心。"

苏常胜："秦叔叔，您的那辆车不会出什么问题吧？"

秦富荣摇头。

苏常胜："那车到底是谁的？"

秦富荣叹息说："这车是海南一个包工头送的，他叫白建设。"

苏常胜一惊："是你介绍给我们局建楼的那个姓白的？"

秦富荣点头。

苏常胜一下子站起来，恼羞成怒地说："这么说，您和姓白的关系不明不白，那辆车是姓白的送给您的？"

秦富荣慌张地摆手："胜子，你听我说。我秦富荣跟着苏市长多年，都没有做过对不起他的事。白建设当初来东州承揽工程，是省里一位白建设的老乡，也是省政府领导给苏市长打的招呼。苏市长不想让你知道太多，影响你对官场的印象，所以安排我给你说。姓白的事后通过朱继承送了一辆车给我，就是出事那辆车。姓白的指明要送给你或者你父亲，我严词拒绝了。他就把车放在了朱继承那里。"

苏常胜："那您为什么要借我那辆车用？"

秦富荣："因为你说去省城告状，又不要人知道。我猜得出你是干什么事情。用政府机关的车不行，用其他部门的车也不行，所以我想到了朱继承。我原想让他随便借辆车给你用，就半天时间嘛。没想到他别有用心，专门借了那辆车。我更没想到你会肇事。我听说你肇事后，心里很紧张，也很慌乱。

如果你去自首，无疑会坐牢当囚徒。我是看着你长大的。你有今天的成就，付出了多少艰辛啊！省里正要考察你，有的说提为副市长，有的说提到省直机关。我想与其让你去坐牢，当囚徒，不如让你继续进步、发展，将来为社会多作贡献。如果真的要坐牢，也得我这个老头子去。我自然想到找朱继承。没想到，朱继承一口应允摆平这事。再后来，朱继承办了几件过火的事，我才感到事情不像想象的那样，而是越来越大了。"

苏常胜长叹："早知这样不如自首了。"

秦富荣："现在，我们唯一要做的就是帮助朱继承把事情处理好。"

苏常胜："周伟新会不会追车的线索？"

秦富荣："他们就是找到姓白的也没有用。车没有户口，牌照也是假的，姓白的可以什么也不承认。"

苏常胜不满地说："秦叔叔，您怎么越来越糊涂了。我当时撞了人为什么要跑？一是赶着带马奶奶去看病，一是赶着给秦婕过生日，而重要的一点是怕这车来路不明，给您引来麻烦，也给我引来麻烦。因为我是背着市领导去省里告状的。现在，要是姓白的供出车是通过朱继承送给我的，那不是一切都完了？"

秦富荣："胜子，你放心吧，到了关键时候，秦叔叔会一个人承担下来。我马上去找姓朱的，让他去找姓白的。"

夜里，省城通往东州的高速公路上，一辆警车在飞驰。

坐在车后座上的马达不时看看表。他与方正通完电话后，心里仍是十分不安，躺在床上翻来覆去睡不着，于是，连夜赶回东州。到了东州，他又马不停蹄地到了医院。为了不引起别人的注意，他在路上就和医院的熟人联系好了，到了医院，换上一身白大褂、戴着口罩，打扮成大夫查房，进了周伟新的病房，他才摘下口罩。

周伟新激动地起身和马达握手。

马达："伟新，你受苦了。"

周伟新："马局长，这点苦算什么，只要能破了'9·9'案，再大的苦我也能吃得下。"

接着，周伟新把他的计划向马达做了详细的汇报。

马达边听，边认真思考。周伟新讲完，马达一针见血地说："你这个计划很好，但是有漏洞。比如时间安排上就不周密。你必须创造和秦婕离开东州最充分的、最必需的理由，否则，你出不了东州。"

周伟新点了点头。

马达："这样吧，你好好想一想。我也帮你创造些客观条件。"

马达在与周伟新握手告别时，再三强调："小周，任何时候都要保护好生命。只有生命健康，才能更好地为党和人民工作。"

马达上车后，给刑警支队的李伟打了个电话，约他在高速路出口见面。

李伟正在和几个同志研究水泥厂宿舍失火的案情，接了马达的电话，以最快的速度赶到了高速公路出口处。一见面，马达就严厉地问："水泥厂宿舍失火的情况搞清楚了吗？"

李伟："我们通过这几天的调查，已经有了初步结论。水泥厂宿舍的火是三楼一个职工家引起的。他家在阳台上晾的被子和衣服，被风卷起后与电线接触，引发火灾。但主要是因为电线已经十多年没检修，严重老化。"

马达："这样说，厂里也是失职啊！对工人群众的生命财产不关心。"

李伟："是这样！我们给市里写了报告。市里有领导说水泥厂正在改制，不宜把事情搞得很复杂，影响改制。"

马达若有所思。

李伟："局长，根据您的指示，我们配合周伟新对'9·9'交通肇事逃逸案的侦查，也有了突破性进展。现在正千方百计落实证人证据，不过，难度比较大。"

马达："那你们就抓紧时间吧！早一天结案，让真相大白于天下，我们的战友就少一天痛苦。"

李伟郑重地点了点头。

清晨，苏红住的房间。房间装饰得朴素典雅，墙上悬挂着苏红和周伟新身穿警服的合影照片。

苏礼走了进来，把几张照片递给苏红："这是你嫂子刚从国外寄来的。

我年纪大了，想小孙孙的心一天比一天迫切。"

苏红一把抢过照片，看着，吻着苏常胜儿子的照片。

苏礼："红儿，你最近见小周了吗？"

苏红："您问我这话是什么意思？"

苏礼："听说他现在还私下里搞一些侦查活动，有的领导很恼火。他周伟新现在处于停职阶段，再搞公安机关职权的活动那可是犯罪行为啊。你见到他的时候，告诉他一声。"

苏红望了苏礼一眼，不解地问："爸，您今天给我说这些，我是该感谢您呢还是该反对您呢？"

苏礼叹息一声走了出去。苏红想了想，穿上衣服也走了出去。

孙敏正在收拾餐桌，看见苏红向外走，喊了她一声："红儿，吃饭了，你去哪里？"

苏红头也没回，出门后，还重重地把门关上。

孙敏愣了一会儿，脸上的泪水流了下来。

苏礼在楼上看着这一幕，一副很无奈的样子。

苏红直接到了交警支队。当时，方正和张虎都在队里。

方正掏出烟："虎子，抽一支吧！不要让女人管得这么死。人们都说，丈夫丈夫，一丈之内为夫，一丈之外她奈何不了你！"

张虎没搭理方正。

方正抽着烟，问："虎子，周支队有啥想法呢？"

张虎："他能有啥想法，他和姓秦的马上要结婚了。"

方正："苏红到现在对周伟新还执迷不悟，难道她不知道周伟新在干什么？"

张虎说："自古红颜多薄命。这'情'字谁也说不清。"他边说边向外走。

苏红进屋后，看见方正也在，就把张虎拉到院子里，开门见山地说："虎子，我觉得你和伟新都把我当外人看。你们中间一定有什么事情瞒着我。"

张虎摇头。

苏红沉默了一会儿，故意说："我爸要给我介绍一个男朋友，是市直机关的一个副处级干部，北大的研究生。"

张虎急了，问："你答应了？"

苏红："我还在考虑。我想周伟新既然对不起我，我为什么还要和他处下去呢？"

张虎忙打断了苏红的话："苏红，你千万不能那样做。周支队长……"他发现苏红在看着他，又改口说："现在找个研究生、市直机关的没什么劲，一个月就那点工资，养不了老养不了小。再说，你们也没什么感情基础。"

苏红得意地笑了，指着张虎的鼻子说："你这个虎子呀！你心里的小九九还能瞒了我？快告诉我伟新现在想做什么。你知道他的身份已经变了，再做以前工作范围内的事，容易授人以柄。"

张虎："我这几天也没见到他。"

苏红："我现在又发现了一个新线索。"她把对朱继承的看法给张虎说了："我怀疑徐开放的女朋友就被他藏匿在那个公寓里。"

张虎："这个案情很重要，但是不能让方支队知道。他和姓朱的有往来。"

苏红点点头。

方正在屋里把张虎和苏红的一举一动全看在了眼里。苏红刚才得意的一笑，让他着实大吃一惊。他好像一下子明白了好多事情。他猛抽了一口烟，拍一拍自己的脑门。然后，他直接给秦富荣拨了个电话："秘书长，我看苏红没有什么不开心啊！"

秦富荣不解的声音："老方，你是什么意思？"

方正："我怀疑张虎是他们的联络员。"

秦富荣："他们指的是谁？"

方正："周伟新，还有你女儿秦婕。"

秦富荣那边沉默了。

方正放下了电话。他突然莫明其妙地笑了。

秦富荣接了方正的电话，却紧张起来。他很清楚，方正的电话无疑是在暗示他周伟新并不老实。但是，他对此又不完全相信。周伟新现在已停职，他能做什么？秦富荣很清楚，一个做官的人一旦失去了权力是什么样的情形。于是，他打电话告诉朱继承，不能只忙于收购、挣钱。他最后说："一旦命没了，再多的钱是别人的，再漂亮的女人也是别人的。"

朱继承答应再认真查一查周伟新和秦婕的行动。但朱继承也说了一句很有分量的话："女儿是你自己的吧？！"

住院第三天午饭后，周伟新和秦婕在医院的后花园里散步。

周伟新点燃一支烟，拿在手里，看着烟雾升起，但没有抽。很明显，他是在思考问题。

秦婕关心地问："周支队，你是在想苏红吧？"

周伟新点点头，神情充满了忧伤。

秦婕沉默了一会儿，开诚布公地说："我也是女人，而且被情感困扰的时间更长。因此，我非常理解苏红现在的痛苦。"

周伟新犹豫一会儿，问道："秦婕，能不能问你一个纯属个人隐私的问题？"

秦婕敏锐地觉察到周伟新的心理，大度地笑了笑，反问道："是关于我和苏常胜吧？"

周伟新有点不好意思，点点头。

秦婕："说起来话就长了。我只能用两句话来表达或者说总结一下我和他之间的情感问题。一句是，我是真心真意地爱着他，而且我相信他也是真心真意地爱着我。一句是，人是情感的囚徒，一旦进了爱情的笼子，很难挣脱。"

周伟新："假如有一天，你发现你爱的人做了他不应当做的事，或者说你不愿看到的事，你能挣脱情感的笼子吗？"

秦婕想了想，略带为难地说："实事求是地说，这不是一句话能回答的。但是，有一点可以明确的是，我绝对不会和他一起去做我不愿看到的事！"说完，她又想起了什么，迫切地问："周支队，你是不是对苏常胜有什么想法？比如，姓白的曾建过国资局的办公楼，苏常胜会不会从中受贿？"

周伟新掩饰地说："我只是随便说说，还不是从你的情感问题引起的。"

秦婕虽然不相信周伟新的话，但没有追问。

二人沉默了一会儿，周伟新说："秦婕，我想和你商量，咱们是不是在东州办完婚事再走？"

秦婕先是一惊，继而明白了周伟新的意图。但是，她没有马上回答。

周伟新："你是不是不同意？"

秦婕："我最担心的是苏红。她该多痛苦啊！我们有什么理由伤害她呢？能不能有两全其美的办法？比如，到了外地再举行婚礼？"

周伟新思考了一会儿，说："那样也好。我这些天既想了，也观察了，只能委屈你，当然也一定会伤害苏红。不过，我相信她以后会理解。你呢？对苏常胜的感情还放不下吧？"

秦婕没有正面回答。

周伟新："秦婕，你考虑好了。我可不想让你也痛苦。"

秦婕："我想给常胜说明白，他会理解的。"

周伟新赶忙制止："不行，你不能给他讲明白，就像我不能对苏红讲明白一样。"

秦婕回到病房后痛苦地思索。她几次拿起电话，又放下。最后，她还是决定要跟苏常胜通个电话。电话通了，她告诉苏常胜，自己要到外地去了。

苏常胜沉吟片刻，问："是和周伟新一起吗？"

秦婕："是。"

苏常胜说了一句"我知道了"，然后挂了电话。

秦婕的泪水流了下来。

苏常胜刚放下秦婕的电话，就给苏红打了个电话："苏红，是不是还在为周伟新生气？我不是告诉过你，和这种人，没必要。我刚才接到秦婕的电话，她这几天就要和周伟新去外地结婚了。"

苏红一惊："不可能。"

苏常胜："这消息千真万确，是秦婕告诉我的。他们没有脸在东州结婚，只有到外地去。我想今后他们回东州的时间可能不会多了。"

苏红扔下电话，回到交警支队，直接找到张虎："你必须实话告诉我，周伟新和秦婕到底是怎么回事？"

张虎摇头。

苏红一边向外走，一边说："我自己问他们去。"

苏红走后，张虎急忙拨通周伟新的手机："周支队，苏红好像很大的火，要找你。"

周伟新："虎子，我明白了。咱们按原计划行事。"

周伟新放下电话，示意秦婕先出去。他往床上一躺，像是睡熟了的样子。

苏红怒发冲冠地走进来。她拉开周伟新的被子，厉声问道："周伟新，你今天必须给我一个明白话。"

周伟新望着苏红没说话。

秦婕这时进来，劝苏红说："苏红，这里是医院，你在这里吵影响多不好。"

苏红："我不用你管。你和我哥有过节，就想着法儿整我们家的人。没有你，伟新不会成现在这个样子。"

秦婕有口难辩，一时语塞。

周伟新见状，把秦婕拉了出去。苏红更是恼怒。她跟到秦婕病房，指着周伟新说："周伟新，你好自为之。我永远不想再见你！"她说完，气冲冲地下了楼。

两天后，东州机场。周伟新和秦婕在登机。小胡子看到后，回到在机场停车场的车里给黑蛋打了电话："黑哥，这回你让老板放心吧，我亲眼看着他们上了飞机。现在，飞机就在我的头上盘旋呢。"

黑蛋的声音："我已在目的地等候他们了。"

小胡子大吃一惊："黑哥，怎么回事？"

黑蛋得意地笑了一声，说："这才是老板的过人之处。好了，我不在家，大哥可能把那个女人交给你看着。我可警告你，那是大哥的人，你小子千万别动。"

小胡子："黑哥，兄弟我心里明明白白。"

苏红到了交警支队，张虎刚刚进屋，正在倒水。她拉着张虎追问："虎子，伟新在哪儿，我有事必须向他说明白。"

张虎："他已经走了。"

苏红大吃一惊："走了，马局长知道吗？"

张虎摇头。

苏红："马局长现在在哪里？"

张虎："听说他为检查国际经贸洽谈会的保卫工作，回东州来了。"

苏红拉上张虎，边向外跑边说："走，咱们找马局长去。"

马达不知周伟新已离开东州，听了苏红和张虎的汇报，十分生气，说："周伟新怎么能这样做呢？他吃的亏还不够吗？"

张虎："他说不想给你添麻烦。他想搞个眉目再向您汇报。"

马达沉吟了一下，说："你们快回去吧，我知道了。"

苏红急了："马局长，伟新他们随时可能有危险，你怎么能无动于衷呢？"

马达："他和秦婕是外出找工作的，还有可能结婚。换了你在我这个位置上，你怎么办？难道还要派人保护他们？"

苏红又气又急，又无法反驳马达，转身就向外走。

马达问张虎："方正同志知道周伟新他们走了吗？"

张虎点头。

马达想了想，说："你去把苏红拦回来。"

张虎出去后，马达马上打了一个电话："叫刑警支队李队长马上到我这儿来。"他又自言自语地说："他自己知不知道有危险啊！"

周伟新和秦婕在广州机场下了飞机。周伟新对秦婕说："咱们要在广州住几天。这几天还得做些结婚成家的准备工作。"

秦婕点点头，表示明白。

他们走出机场，一辆出租车停在他们身旁。二人上了车。

不远处，黑蛋也发动了车。

出租车出了机场，上了高速。出租车司机突然喊了一声"周支队长"，让周伟新一愣。

出租车司机说："我姓韩，是广州市局刑警队的。我们接到东州市局电话，领导让我保护你们在广州的安全。"

周伟新感动地说："谢谢你们。"

第十八章

中午，东州五洲大厦酒店。秦富荣正在和朱继承、小胡子喝酒交谈。

秦富荣："那边你安排了吗？"

朱继承："安排好了。只要他们有点异常……"

秦富荣赶忙打断他的话，严肃地说："不管怎么样，你们都不能动我女儿。"

朱继承："你们这些人，总是舍不得一个'情'字。弄不好，'情'字会害了你的命。什么年代了？啊！情有个屁用！现在最有用的是钱。"过了一会儿，朱继承见秦富荣略带醉意，说道："秦秘书长，出去玩玩吧，你空守这么多年了，有什么意思。"

秦富荣看了看表："我要回家了。朱总，我的意见，你如果不放心，先跟姓白的谈一谈。"

见朱继承犹豫，秦富荣说："要是能让姓白的站出来，说明车是他的，是让徐开放偷走的，就没事了。"

朱继承："秦秘书长，我听你的。"

秦富荣："你最好赶在国际经贸洽谈会前去一趟。"

朱继承点头："好吧。我看透了，现在活就百分之百活个开心，到哪天死了，死也死个痛快。"

秦富荣："对不起，我不能奉陪。"

朱继承："秘书长，有个问题想问问您老人家。弟兄们在外边做事，谁也不能百分之百保证万无一失，如果不小心伤了您的公主，您老人家千万不能翻脸不认人啊！"

秦富荣的神情一片怅惘。

苏红回到家，整理好东西，拎着手提箱刚下楼，苏常胜气急败坏地走进来。

孙敏："你干什么？这么慌张。"

苏红站住了。

苏常胜："苏红，你要去哪里？"

苏红："我要出差。"

苏常胜："是不是去找周伟新啊？我告诉你，秦婕走之前给我发了个'告示'，说要和姓周的结婚了。"

苏红不理睬，径直向外走。苏常胜想拦她，又觉得不妥，马上改变了态度，关切地说："在外边多注意点。"

苏红也改变了态度："哥，你也要注意，别惹咱爸咱妈生气。"苏常胜帮她拎着包，送到车上。

回到屋里，苏常胜对孙敏说："妈，您赶快催一下我爸，让他叫公安局把我的出国申请批了。我现在一天也不想在东州待。"

孙敏泪如雨下。

苏常胜："妈，您老不用担心。我到了国外就办您和爸的出国邀请手续。用不了多久，我们就可以在国外见面了。"

孙敏叹息地说："你爸说今天省里有领导来，说是找他谈话，组织上可能让他到省里去学习。你爸以为这不是个好信号。"

苏常胜："一定是马达那小子在省里告了我爸一状。让我爸不用怕，他们还没拿到我的证据，凭什么对我爸这么样。"

孙敏默默地低下头。

苏红刚出门，一辆警车已等在门外。张虎伸出头喊了她一声："苏红，上我的车。"

张虎把苏红直接带到马达办公室时，马达正在同刑警支队李伟等人研究工作。屋子里的气氛十分紧张。

苏红悄悄地坐在一旁。

马达神情凝重，说话时声音也很沉重："从现在掌握的情况看，周伟新他们一到广州，就发现有人跟踪。东州这边现在也有人关注着下一步的发展。我的意见，由刑警支队派人去广州，与当地公安部门协作，同时保护周伟新和秦婕同志。但是，暂不要和他们接触。"

张虎："我和苏红不去了吗？"

马达："你们还有任务。"

苏红气冲冲地问："马局长，是不是组织上不信任我？"

马达："苏红同志，我们不是不相信你，而是有同样重要的工作交给你。"

苏红半信半疑。

马达："苏红同志，你作为一个人民警察的心情我是理解的，你作为周伟新的女朋友的心情我也是理解的。但是，现在的情况比较复杂。你要是想实现你的心愿，就必须让证据扎实。你明白自己现在应当做什么吗？"

苏红郑重地点点头。

马达："苏红同志，组织上是信任你的。"

苏红："请组织上放心，我一定完成任务。"

苏红与马达分别后，约了出租车司机王大道和孙红，到了曾跟踪朱继承去过的公寓。

阿静住处。阿静正急得四处乱转。

她去拉门，门被反锁了打不开。她又去开窗户，连着开了几个都开不动，被从外边固定上了。房屋里没有电话。她用自己的手机打，手机没有电拨不出去号。她气急败坏地把床上的被褥扔了一地，一屁股坐在地上，捂着脸哭了。过了一会儿，她重又走到窗前，向外眺望。远处的天空一片灿烂，近处的街上车水马龙。

苏红在确认是那座公寓后，对孙红说："孙红，这次就看你的了，千万要小心。"

刚从外地回来的黑蛋开着车在楼下停下，他拎着一只密码箱进了楼。

苏红："孙红，认得出他吗？"

孙红点了点头。

苏红："我教你的话都记住了吗？"

孙红又点了点头，下了车，向楼上走去。

阿静听到开门的声音，赶忙钻进卧室，把扔在地上的被褥捡了起来，重新躺在床上。

黑蛋进了屋，对阿静说："起来，我有话给你说。"

阿静不情愿地坐起来，假装困倦地揉了揉眼睛。

黑蛋给了阿静一万元。

阿静假装高兴，把一万元塞到枕头下，然后说："你把门都锁上了，我怎么出得去？"

黑蛋："我告诉你，如果你不听话，做了让朱哥生气的事，我可饶不了你。"

阿静："我把人都交给他了，他还信不过我吗？"

楼道里，孙红已小心翼翼地上了楼，看见一户户都关着门，一时茫然不知所措。

她犹豫了一会儿，敲了一家的门，没有听到应声。她又敲了一家门，也没有应声。她走到三楼，敲了一家的门。门开了，一个中年妇女看了孙红一眼，充满敌意地问："你找谁？"

孙红："阿姨，请问你们家要保姆或者小时工吗？"

中年妇女："不要，不要。快走，快走！"然后"砰"的关上了门。

孙红又敲隔壁的门。

黑蛋粗暴的声音："谁，干什么的？"

孙红听出黑蛋的声音，一阵紧张："叔叔，我想给你们家做保姆或小时工……"

黑蛋："不要，滚！"

孙红脸上露出胜利者的笑容。她看了看门牌号，然后匆匆下楼。她回到汽车里，对苏红说："苏姐，他住在 303 号。"

苏红把孙红抱在怀里，夸赞道："真是个好姑娘。"

周伟新和秦婕到广州后，在秦婕的一位好朋友的帮助下，他们都找到了工作。秦婕在一家杂志社当编辑，周伟新在一家汽车销售公司搞推销。这天下班后，周伟新去杂志社接上秦婕，到珠江边的一个酒店吃饭。

酒店里人声鼎沸，这样说话不容易被别人听见。

周伟新兴奋地告诉秦婕："今天中午吃饭时，听一个同事说，他去年在上海给白建设开了一年车。"

秦婕听了也很高兴："这可是个意外的收获啊！你向他了解白建设的情况了吗？"

周伟新摇头："没有。他是在给我们这些人吹牛皮时，无意中提到的。我不能刻意地问，那样就会引起他的怀疑和警觉。不过，我会从他那里找到想找的东西。"

秦婕敬佩地说："你到底是刑警出身，考虑问题就是不一样。"

周伟新假装随随便便地四下看了一眼。他看见那个曾以出租车司机身份到广州机场接他们的广州同行，同时，也看见了小胡子安排的人。他点燃一支烟，边抽边说："我们的婚事该办了。"

秦婕心领神会，点点头，说："我这几天就开始置办东西。"

周伟新开了句玩笑："简朴点啊，我可是囊中羞涩。"

秦婕也笑了。

第二天中午，秦婕约上自己的好朋友上街，一气跑了三四个购物中心，买了一些结婚用品。下午，她又请了假，到房屋中介公司租了一间房子。一直跟踪她的小胡子的朋友无论怎样也没有看出破绽，而且认为秦婕对婚事和即将开始的新的生活充满了热情。

朱继承得到这一消息，立即告诉了秦富荣。秦富荣尽管半信半疑，还是决定给秦婕打个电话。电话打通以后，他开门见山地问："婕儿，你在那边还好吗？打算什么时候办婚事？"

秦婕："爸，您还这样关心我的事情，真让我感动不已。"

秦富荣没说话。

秦婕："我和周伟新现在都找到了工作，相对稳定了。我们打算这个周末就把婚事办了，省得两边租房子浪费。"

秦富荣半晌才郁郁寡欢地说："好吧，我会让人给你带些钱过去。"他接着又说："婕儿，既然你下决心和小周结婚，当爸的尊重你的选择。可是，有一句话我还得给你说，不管是你还是小周，都脚踏实地，好好生活吧，别再折腾与自己无关的事了。"

秦婕痛快地答应说："爸，您放心吧！"

秦婕放下电话，泪水已模糊了双眼。

周伟新和秦婕周末结婚的消息也很快传到了交警支队。陈刚、刘婷婷等几个人找到张虎，一致要求他做代表，向方正请假，然后到广州参加周伟新的婚礼。

张虎这些天一直保持和周伟新的电话联系。他十分清楚周伟新和秦婕结婚的来龙去脉。但是，他又不能向同志们说明。于是，他借机找到方正请假。方正听后，十分振奋，当即就答应了。他还再三对张虎说："你告诉刘婷婷他们，不要把这消息捅给苏红。咱们不能看着另一位同志心神不安。"

张虎刚要走，方正又从抽屉里取出一块手表，说："这是一个朋友送我的，我没有用。你代我送给小周。告诉他，在家千日好，出门时时难。让他多保重。"

苏常胜也得到了这个消息，他的第一反应是痛苦不堪。接着，他把张晓找到办公室。

苏常胜："张晓，你有没有什么事情瞒着我？"

张晓故作吃惊："局长，我能有什么事情瞒着你啊？除非你借给我几个胆。"

苏常胜："你不想请假吗？"

张晓明白苏常胜的意思，说："局长，我一定是要到广州的。你也知道我和秦婕的关系。可是，我怕你难过，没敢给你说。你是怎么知道的？"

苏常胜："我是怎么知道的你不用管了。我想问问你，你必须跟我说实话，秦婕走之前有没有对你说过什么？"

张晓低头想了想回答："说过。她说她对不起你，很不安，很难过。不过，她也说了，像她这个年龄，也不能总等下去。苏局长，说句你不爱听的话，秦婕和周伟新有今天，责任全在你。"

苏常胜厌烦地挥了挥手，示意张晓出去。张晓走后，苏常胜想了一会儿，离开了办公室。他到了东州一家大型的购物中心，买了一对白金戒指。回到办公室，他又把张晓叫过来，把那对白金戒指给了张晓："你帮我带过去，送给他们，就说是我的一点心意。不管怎么说，秦婕也得算是我的小妹妹吧。"

张晓："那我就代他们谢谢你这个大哥哥了。"

苏常胜不无忧虑地说："苏红怎么接受这个现实啊。"

苏红得知这一消息时，仿佛当头挨了一棒，人一下子愣了。当时，她正在阿静住的公寓楼下蹲守。孙红和王大道都在她的身边。她接了一个电话，听见里边说了几句，手机掉在地上，脸色由白变青，浑身一阵颤抖，两眼向上，好像失去了知觉。孙红没见过这种场面，吓得手忙脚乱。王大道很有经验，赶忙掐苏红的人中，苏红长出了一口气，泪水夺眶而出。

孙红："苏姐，你怎么了？"

苏红没有回答。

王大道劝慰说："苏警察，你想开点。不论遇到了什么事也别跟自己过不去。"

苏红还在流泪。

孙红："苏姐，要不咱们先回去吧。"

苏红擦去了泪水，坚定地说："不！我没事了。咱们今天一定要有个结果。"

过了一会儿，黑蛋从楼里出来，四下看了看，开车走了。

苏红目视着黑蛋的车开走，然后和孙红下车，上了楼。

孙红曾见过的中年妇女从楼上走下来，和苏红、孙红走了个对面，她用怀疑的目光望了她俩一眼。

苏红和孙红走到303房门前。孙红敲了敲门，里边没应声。

苏红又敲了敲门，里边还是没有应声。她示意孙红等一等。

躺在床上的阿静听到敲门声，便快速起身，轻轻地走到门前，但是隔着门，看不见外边的人。她在想着要不要应声。

门外，孙红又敲了敲门，仍没听到应声。她有些疑虑地问："苏姐，这儿会不会只是姓朱的一个人住，那个女的不住这里！"

苏红也犹豫了。

苏红想了想，故意大声说："看来，这里已人去楼空，咱们回去吧。"

屋里，阿静听苏红说完，急得赶快一边用手拍门，一边说："等等，救救我！"

门外，苏红和孙红相视一笑。苏红："请问你是谁？"

门内，阿静："你先告诉我你是谁，和谁一起来的？"

门外，苏红："我是苏红，公安局的。我和师大一个女学生一起来的。"

门内，阿静："你们想找谁？"

门外，苏红："我们想找一个叫阿静的姑娘。她是徐开放的女朋友。"

阿静警觉地说："我不认识。"

苏红正在说话，楼下响起脚步声。她思忖了一会儿，对阿静说："我们知道你就是阿静，你现在的处境很危险。徐开放就是你的样子。你再坚持几天。你现在出去可能有危险。我给你留下本子和笔，你把你知道的都写在上边，明天我过来取。"

她把本子和笔从门下缝隙塞了进去。

这时，中年妇女已上了楼。她用惊异的目光望着苏红和孙红，站在楼梯上不敢动。苏红冲她友好地点了点头，说："阿姨，刚从街上回来？"

中年妇女连连点头，目光仍充满疑窦。苏红拉着孙红的手："小妹，走吧。"

中年妇女一直望着苏红和孙红走出大楼。

星期天晚上，周伟新和秦婕在广州一家酒店摆了一桌酒席，宴请从东州来的张虎、张晓和广州的几个朋友。

他们没有举行婚礼仪式。周伟新故意解释说："我和秦婕在广州打工，几乎一无所有，加上两家的老人也都不在这边，所以没有搞什么仪式，只是略备薄酒，请朋友们谅解。"

不过，在酒店的房间里，有一个很大的花篮，上边的红绸上写着胡小凤、孙红等几十个名字。

张虎感慨万端地说："这就是民意。民意不可欺啊！"

当天晚上，周伟新和张虎睡在客厅里，与张虎谈了很长时间。

秦婕和张晓睡在床上，谈了一个通宵。

第二天早晨，周伟新和秦婕与张虎、张晓在机场分手。他和秦婕到达上海后，立即去了某建筑工地。

这是一座正在建设中的高楼。工地上一片繁忙、喧闹的景象。

身穿工装的周伟新轻松地走到工地上。工人张跃进问道："你干什么的？潇洒得就像我们老板。"

周伟新笑了笑，问："师傅，听口音你是南平附近的吧？"

张跃进警惕地问："是呀，你也是南平人？"

周伟新："是，咱们是老乡。"他给张跃进点了一支烟。张跃进听了周伟新的话，又接过周伟新的烟，十分高兴，热情地问："你到这里来干什么？"

周伟新："想找个活儿干！"

张跃进上上下下打量了周伟新一眼，摇了摇头，说："不像，你不像个干这行的。"

周伟新："是不像，但干起来不就像了吗？"

张跃进："噢，你是不是犯过什么错误？我们老板就喜欢要一些蹲过监的、犯过错的。我就是打伤人蹲了两年监出来的。"

周伟新："为什么？"

张跃进："像我们这些人，社会上看不起，到我们老板这里成了香饽饽，还不为老板卖命吗？"

周伟新点了点头表示理解。他又问："你们老板每天都到工地上来吗？"

张跃进："一看你就是外行。哪有老板天天到这种地方来的。我们老板的时间是工地上三分之一，陪小姐三分之一，再三分之一是赌。这人活得才有味。"

周伟新："什么情况下老板会来呢？"

张跃进："如果来的话，也是在下午三四点钟来转转。"

这时，工头喊张跃进干活。

张跃进："老乡，我得干活去了！"张跃进走后，周伟新走近看了看工地上的一幅招牌，在施工单位负责人一栏中，写着白建设的名字。

晚上，周伟新回到宾馆，把在工地的所见所闻告诉了秦婕。

秦婕："你即使见了姓白的，又怎么能让他信任你呢？再说，朱继承可能已经把事情告诉了他。他早有戒备了。"

周伟新："我正是要利用他这一点。他现在一定还存有幻想，认为找不到他。我一出现，他必然心慌意乱。这就叫打草惊蛇。"

秦婕笑了笑说："也可以说逼上梁山。"

第二天下午，周伟新又到了建筑工地。工地上仍然是一派繁忙。周伟新看见了张跃进，主动打招呼："老乡，忙着呢！"

张跃进："老乡，还没找到事做吗？"

周伟新："现在不好找。你们老板来了吗？"

张跃进："几天没见他了，听说回海南了，不知回来没回来。"

周伟新："见了你老板，给我问一声。你老板要是收留了我，到时每月工资给你一半。"

张跃进："老乡说哪里去了！我这个当工人的够不着和老板说话。"他忽然一乐："老乡你真有福。你看，我们老板来了！"

周伟新顺着张跃进指的方向望去。一辆乳白色的高级轿车正向工地驶来。车停下后，下来一个四十开外的高个子男人和一个二十多岁的高个子漂亮女人。张跃进吓得赶忙干活去了。

两辆轿车突然驶入工地，从车上下来七八个男人和一个三十多岁的女人。那个女人高喝一声："白建设！"

白建设扭头看见那个女人，先是一惊，接着沉着地问："我答应过还你钱，不过你不能逼人太甚！你到我的工地来干什么？"

那个女人气冲冲地说："我已等你几天了，今天终于堵住了你。你要今天不给钱，就得跟我走一趟。"

白建设："怎么，你想绑架？"

那个女人一挥手，七八个男人一拥而上。白建设拼命抵挡，但寡不敌众，被绑了起来。建筑工地上的工人们在各自位置站着旁观，没有人上前。周伟新走上前去，对那个女人说："大天白日，你们这样做是目无王法！"

那个女人："你是什么人？"

周伟新："我是白老板工地的一个工头！"

那个女人："滚开，没你的事情！"

周伟新："今天这事我管定了！"周伟新和那个女人带的人大打出手。

张跃进这时也大喊一声："弟兄们，给白老板尽忠的时候到了，上啊！"随着他的喊声，几十个工人一拥而上帮助周伟新。

白建设趁机上车走了。那个女人也灰溜溜地上车跑了。

张跃进拍着周伟新的肩膀："老乡，你等着，不光能进来找个事做，而且等着升迁吧！"

白建设回到住处，惊魂未定，一连喝了两口洋酒。杨小燕给白建设点了一支烟。

白建设："这个女人，犯到我手上，我一定让她碎尸万段！"

杨小燕："今天多亏了你手下那个工头帮忙！"

白建设点了点头。他拨了一个电话："喂，工地吗？我是白老板。你把那个带头打架的工头带到酒店，我要见见他！"

当晚，周伟新和张跃进被请到了一家酒店。白建设同周伟新握手，上下打量了他几眼，问道："你是什么人？过去怎么没见过？"

周伟新："我刚到工地时间不长，您大老板怎么会认识我呢！"

白建设："你过去干什么的？"

周伟新："我过去在市机关开车，因为出事故，辞职不干了。"

白建设警觉地一直望着周伟新，突然问："你来这工地是不是想找个事做？"

周伟新点点头："我有不少老乡在这儿，所以找来了。"

张跃进急忙表功说："他是我介绍的！"

白建设："听你的口音像东州一带人？"

周伟新："我是东州人。当过武警，后来在市机关给领导开车，走南闯北，口音早四不像了。"

白建设想了想："你还想开车吗？"

周伟新："我想挣几个钱，买辆车自己开。老板，听说您在海南路子宽，到时少不了麻烦您帮忙。我会时刻做您的保镖。"

白建设没说话，上下打量了周伟新一眼："改日再谈。"

白建设说完，敬了周伟新一杯酒，然后说有事，就与杨小燕一起先走了。

周伟新和张跃进继续一起饮酒。张跃进："我说得没错吧，如果你说你杀过人，老板还可能要你做个大头呢！"

周伟新："这么说，这工地上可能还有潜逃人员？"

张跃进："小声点。兄弟，在这里干什么都要小心点，不知哪天灾祸就会降临。"

周伟新："兄弟，老板身边的那个女人挺酷！"

张跃进："这女人是东州人，白老板在东州时，每天都去大饭店跳舞，就这样让老板搞过来了。听说她对白老板不怎么样。"

周伟新："你知道的事情还不少呢。"

张跃进得意地说："我还到白老板锦州路的家中去修过管道。那真是富人公寓！像咱这样的，几辈子也住不上那样的房子。"

周伟新用心记下了："来，喝酒。"

白天，东州市委会议室。苏礼正在主持一个会议。马达、秦富荣和检察院、反贪局、纪委的同志参加会议。

苏礼很严肃，开门见山地说："请你们来，是有个紧急事情。我听有的同志反映，交警支队原支队长，也就是在省城嫖娼受到处分的周伟新从广州去了上海。有没有这个事，马达同志？"

马达："有这个事。我也是刚听交警支队的一个同志反映的。不过，他正在停职反省，我们无权干涉他的自由。"

苏礼："是的，我们无权干涉一个公民的自由。但是，如果他要从事违法乱纪活动呢？"

马达："目前尚无证据证明他是去从事非法活动。"

苏礼："不，我听到反映，说他和那个报社的秦婕在私下搞非法调查、侦查活动。"他看了秦富荣一眼，秦富荣低着头。苏礼接着说："我认为公安机关在这件事情上应该有所为，而不是有所不为。我建议你们赶快派人阻止周伟新二人的不法行为。"

马达："苏市长的意见是不是派人前去上海？"

苏礼："不，我不是意见，而是建议。"

马达："明白了，我马上安排。只要发现周伟新有不正常的活动，马上拘捕他。"

马达走后，苏礼对秦富荣说："富荣，你这几天也多用点心。你的秘书长还没有正式免嘛。"

秦富荣："我明白了。"

秦富荣走到门口，又转身回来。

苏礼很敏感，问："富荣，还有什么事吗？"

秦富荣的表情十分悲伤，说："苏市长，水泥厂改制的前期工作已经完成了。可是，胜子说近几天就要出国，能不能让他签完字再走？"

苏礼想了想，说："我跟他谈谈吧。"

苏礼还没来得及给苏常胜打电话，苏常胜已经来了。

苏礼："你打算什么时候出国？"

苏常胜想了想："大概后天。"

苏礼："你是不是把水泥厂改制的事做完了再走啊？"

苏常胜急切地说："不行，我已订好了机票。再说，我应该做的都做了。"

苏礼没再说话。

苏常胜明白苏礼让他推迟出国是秦富荣的主意，所以，一出门，就给秦富荣挂了个电话："秦叔叔，您老人家什么意思，让我推迟出国，是不是想让我等着坐牢啊？"

秦富荣："胜子，秦叔要是有这种想法，会等到今天吗？我是觉得你这一走，不知哪天才能回来。这么多年，你一直以你父亲为榜样，廉洁自律，手头很紧。我想让朱继承给你作点贡献。"

苏常胜在犹豫。

秦富荣愤愤不平地说："他一个水泥厂改制就能捞几千万。他凭什么？"

苏常胜声音颤抖了："那我不是又多了一条受贿罪？"

秦富荣嘲讽地说："你以为你不受贿，就可以干净了？你同意了他找人搞的那个评估方案，等于是把几千万国有资产白白送给了他。那也是犯罪。还有，你我不受贿，还有其他人受贿。与其让那些人把受贿来的钱用于吃喝玩乐，还不如你我拿来做点好事。"他停顿了一会儿，叹息一声，又说："有人说我这是农民意识，或者说是红眼病，我不以为我这种红眼病有什么不好。国有企业的财产是人民的财产，是广大工人几十年流血流汗的积蓄。他朱继承也好，张民也好，凭什么？"

苏常胜不说话。

秦富荣："胜子，你放心吧，有什么事情，秦叔都顶下了，不会让你有事。"

苏常胜："秦叔叔，我现在什么也不想说了。他们的钱我不会用。如果您认为能从他们身上挤出一些钱来，我倒希望把钱用于帮助贫困学子完成学业。"

秦富荣："好吧！"说完，他不等苏常胜说话就把电话挂断了。沉思了一会儿，他又给朱继承打了个电话："朱总，你再准备一百万，我有用处。还有，改制签字之前，我希望你能亲自到上海去一趟，找姓白的谈一谈。周伟新已经到了上海。"

朱继承在电话里答应得很痛快："秘书长，你就把心放肚子里吧。"朱继承清楚，只有他亲自出马找到白建设，不管事情办得怎么样，秦富荣才能放心。于是，他给在上海的小胡子打了个电话，说是下午就到，晚上和白建设见一见。

下午，朱继承给张民打了个电话。

张民陪着苏常胜，正在厂办谈话。他把一份评估报告送到苏常胜面前。苏常胜犹豫了一下，在报告上签了字。

张民高兴得忘乎所以，给朱继承打了个电话："朱老板，苏常胜签过字了！"

朱继承接完张民的电话，才登上了飞机。他在上海机场下了飞机，小胡子开车来接他。

朱继承马上给秦富荣挂了个电话："秦秘书长，我已到上海。我马上同白建设联系。你放心吧。"

接着，他又迫不及待地同黑蛋通电话："我说你小子是只饿狼，别把她给我独吞了。还有，你要出门干什么的给我留点神，别让她溜了。"

黑蛋："朱哥，放心吧！等你回来，我保证完璧归赵。"

朱继承挂断电话，对小胡子说："黑蛋这小子什么事都干得出来。完璧归赵，哼！我百分之百不信。"他叹了口气，又说："不知咋搞的，我特喜欢这个女人。我搞过那么多女人，就她给我的感觉很特别。"

小胡子偷偷笑了，问："咱们什么时候找白建设呢？"

朱继承："住下就和他联系。"

苏常胜一个人悄悄到了水泥厂宿舍。

在胡小凤家楼下，他犹豫了一会儿，最后还是上了楼。胡小凤的家经过重新装修，焕然一新。胡小凤看见苏常胜，感到有些突然："苏局长，您怎么这时候来了？"

苏常胜坐下后，接过胡小凤递上的茶杯，四下看了看，问道："你看装修得还可以吧？"

胡小凤点点头，说："苏局长，太感谢您了。我这样一个下岗工人，承蒙您的关怀，真不知如何感谢。"

苏常胜苦苦一笑。

胡小凤："苏局长，您今天不来，我还打算明天去找您呢。厂子里有人传说，改制的方案已经通过了，与张民他们过去搞的方案没有多大改变。是不是这样？"

苏常胜没有回答。

胡小凤从苏常胜沉默不语的态度里，敏锐地感觉到了一种不祥。她小心地问道："苏局长，您是国资局长。这个方案您应该知道吧？"

苏常胜叹息一声，说："胡大姐，改制也不是您一个人的事。您就不要操这份心了。"

胡小凤不高兴地说："苏局长，您前些日子还不是这个态度啊！您说得对，不是我一个人的事，但我是这个厂的工人，如果按照过去的说法，工厂是一个大家庭，我是这个家庭的一个成员。过去不是宣传厂兴家兴、厂荣我荣吗？您说，我有没有这份责任？应不应当尽这份责任？"

苏常胜不以为然地说："宣传和实际往往有距离。您是过来人，也明白这一点。现在国企改制也不是东州一个市，更不是水泥厂一个厂……"

胡小凤打断苏常胜的话，愤愤不平地说："我明白您的意思，就是说我们工人不再当家做主了，甚至连说话的权利也没有了，说了等于白说是不是？那我想问一下，政府设你们这些部门是干什么的？"

苏常胜有点不自在，神情明显带有反感，冷淡地说："大姐，我也是无能为力。您也知道，我是想顶住，可是，可是后来发生了一些不尽如人意的事情……我也深深地陷入困境。"

胡小凤一惊："苏局长，您是不是有什么麻烦事？"

苏常胜欲言又止。

胡小凤："苏局长，您要是有什么需要我做的事，我一定毫不推辞。我一个人的力量不行，可是我们厂有几千个工友。我相信，只要您做的是代表我们工人利益的事情，工友们都会支持的。您说吧，需要我们做什么？"

苏常胜踌躇片刻，摇了摇头。

胡小凤的眼泪掉了下来。苏常胜趁胡小凤去洗手间抹泪的机会，把手中的纸袋放在桌上，悄悄走了出去。

胡小凤从洗手间洗了脸出来，发现苏常胜已经不在屋里，同时也发现了纸袋子，打开一看，目瞪口呆。原来，纸袋里装着两万元钱。她赶忙打开窗户向外看，苏常胜已经发动了车。

周伟新虽然还不知朱继承已到了上海，但他清楚调查白建设事不宜迟。所以，晚上一下班，他就把张跃进请到饭店。几杯酒下肚，张跃进有点激动。他对周伟新说："兄弟，这么多年，你是第一个看得起我的人。"

周伟新："老哥，来，再喝一杯！"

张跃进："我不行了。下午还得上班，我怕出事。"

周伟新："不就挑几担砖吗？我帮你。"

张跃进："老乡，兄弟，你真是好人！"

周伟新见张跃进醉了，扶着他出来，上了一辆出租车，对司机说："师傅，去锦州路！"

司机发动了车开了一会儿，问周伟新："在哪儿停？"

周伟新把张跃进叫醒："老哥，醒一醒。"

张跃进："到什么地方了？"

周伟新："锦州路。"

张跃进："来这儿干什么？"

周伟新："去白老板家呀！"

张跃进："什么，去白老板家？不，不，我是说去过白老板家。白老板不叫，谁敢去他家！"

周伟新："是不是白老板不住这儿？"

张跃进指着一幢公寓："就住那儿，三楼。"

第十九章

　　此刻，白建设正在睡觉，杨小燕在梳妆台前化妆。

　　电话铃响了，杨小燕接电话，推了白建设一下："找你的！"

　　白建设不耐烦地接电话："你是哪一位？"

　　周伟新："老板，我是小工头！您忘了，咱们昨天晚上还一起喝酒……"

　　白建设："对不起，我没听出你的声音。你找我有什么事吗？"白建设有些警觉和不安。

　　周伟新："我听说你在东州有辆走私车。我想回去开出租，你能不能把车卖给我？我已找朋友落实了资金。你写个条，我去开车。"

　　白建设想了想："我东州没有车啊。"

　　周伟新马上转了话题："老板，我觉得上午到工地来找碴儿的那个女人不会善罢甘休，不如先下手为强……"

　　白建设点燃一支烟："我知道你是谁了，这样吧，我今天没时间去工地了，咱们约个地方好好谈谈，你等我的通知吧！"

　　他放下电话后陷入了沉思。

　　杨小燕："我觉得那个人挺实在的。"

　　白建设拧了一下她的脸："你是不是对他一见钟情？"

　　杨小燕："去你的！"

她把脸扭到一边。这时，电话又响了，白建设看看杨小燕，杨小燕也看看白建设，最后，白建设拿起了电话，吼了一声：“你怎么回事，又打来了……”话没说完，他的神情变得慌张了。

这个电话是朱继承从宾馆打来的。

朱继承：“白老板，我是东州的朱继承。我现在到上海了，我要马上见你。”

白建设：“有个自称东州人的来找过我，指明说我在东州有辆车，他要买。”

朱继承惊慌失措的声音：“那个百分之百是我给你说过的交警支队长周伟新。你说的一定就是他了。他问你车的事，是想套你。咱们还是见面再说吧。”

白建设放下朱继承的电话，抽着烟，心事重重地踱着步子。他看了看表，对杨小燕说：“燕子，快去换衣服，我们该走了。”

杨小燕进卧室换衣服。白建设打开柜子，从里边取出一把手枪插在腰中。

杨小燕换了衣服，哼着歌儿从卧室里出来，做了个姿势，问：“白哥，你看我美吗？”

白建设敷衍一句：“美，美！快走吧！”

杨小燕噘着嘴，一脸的不高兴：“白哥，你好像有心事。过去，我换一套衣服你都要夸奖几句，今天怎么找不到词儿了。”

白建设：“此一时彼一时也！白哥我今天头痛。”

白建设从地下车库把车开出来。周伟新乘坐的出租车悄悄跟上。白建设看见了周伟新的车，神情惊惶不安。

与此同时，刚刚到达上海的张虎和李伟等人，也与周伟新取得了联系。张虎和周伟新通了电话：“周支队，我们到上海了。朱继承可能也已到了。你一定小心点。”

周伟新告诉张虎和李伟，他和秦婕已跟上了白建设。他放下电话，对秦婕说：“我们要抓紧时间。”

秦婕：“白建设好像有防备，是不是朱继承已与他联系上了？”

周伟新：“这是意料中的事。我们的出现，以及朱继承的恐惧，会迫使白建设想办法洗脱罪名。他要么与朱继承勾结销毁证据，要么想法摆脱干系。这样，我们就有机会抓住他们的蛛丝马迹。"他想了想，又说："秦婕，我觉得白建设身边的杨小燕的工作可以做一做。"

秦婕："我明白了。"

白建设的车到了上海某歌厅。

朱继承和小胡子一边喝茶一边等待着。白建设和杨小燕走了进来，双方握手寒暄后，白建设对杨小燕说："那边去玩游戏机吧，我和这位兄弟有话要说。"

杨小燕走后，白建设埋怨说："老弟，你这个时候过来，不是存心给我找麻烦吗？你们那个姓周的小子已经盯上我了。"

周伟新和秦婕悄悄上楼，周伟新示意秦婕跟上杨小燕。

朱继承："他没你什么证据，百分之百不敢轻易对你下手。再说，他现在已停职，也不能对你下手。他可能故意想对你逼上梁山！你要稳住，千万别上当啊！"

白建设点点头。

杨小燕到歌厅的游戏机大厅玩游戏机，秦婕走进来。

杨小燕一愣："你是他的女朋友？"

秦婕点点头。

杨小燕："你们不怕吗？"

秦婕："这话应该我问你。"

杨小燕看了秦婕一眼，心有触动，但是没说话。

秦婕："看上去你比我小几岁，听口音你也是东州一带的？"

杨小燕："我是东州宾馆原来的领班。我真羡慕你，大学生，记者，人又漂亮，前途无量！我不行了，一朵凋谢的花。"杨小燕说着，眼圈红了。

秦婕也有点动情："不要灰心，你可以重新开始。"

杨小燕："怎么重新开始？我已破碎的心还能整合吗？我已残缺的身子还能完整吗？我现在也想明白了，人生如同演戏，你扮演了什么角色就是什么角色……"

秦婕："不对，原来扮演的角色不理想可以换一个角色呀。"

在歌厅的一个包房里，白建设和朱继承还在交谈。

白建设叼着烟，大发牢骚："妈的，这些狗官平时耀武扬威，一遇到事就胆战心惊。我才不想惹一身骚！"

朱继承："亏着我下海早，不下海，还在机关当科长，就是提个处长，一月能拿多少钱？别说过今天的生活，买油盐酱醋的钱都要计划着用。你怪他们贪，我最有体会。市场经济面前人人平等，又没规定当市长、局长买什么东西可以优惠，可以便宜。他是人，他要生活，还想生活得好一些，不贪能行吗？"

白建设："算了，算了，不提这些。"

朱继承拍了两下巴掌，小胡子走进来。

朱继承："明天银行一上班，就提一百万现金。"

小胡子点点头出去了。

白建设："朱老板，你别，那辆车我买时就三十万。"

朱继承："这里边还有给你的补偿。"

白建设："你老兄为人仗义，今日再一次领教了。"

在歌厅的游戏大厅，秦婕和杨小燕的对话也到了关键时刻。她问杨小燕："你就不怕姓白的出了事连累你？"

杨小燕低下头。

秦婕："告诉你吧，东州的公安人员已经到了上海。"

杨小燕一惊："他们知道白老板？"

秦婕："不仅知道，而且有证据。他是不是买卖过走私车？"杨小燕摇头。

秦婕："你真的想和他一样下场？你还年轻，路还很长。"

杨小燕低下头，想了一会儿，说："白老板搞过走私车，说是送人用的。"

秦婕："送谁？"

杨小燕："他说要送给一个市领导的儿子。那个市领导的儿子权力很大。但是，他不是直接给市领导的儿子，他一直想认识，都没能够上。因为那个市领导的儿子很廉洁，他就让一个姓朱的代转。据说还有一个什么秘书长。"

秦婕："是不是一辆黑色宝马车？"

杨小燕点点头。

秦婕的身子一晃。

杨小燕扶住了她："你没事吧？"

秦婕摇头。

杨小燕拉着秦婕的手，诚恳地说："大姐，你们得帮帮我。我一天也不想待在他身边，过这种提心吊胆的日子。"

秦婕点点头："你放心，会好起来的。你先出去吧。我会随时和你联系。"她写了张字条给杨小燕："这是我的电话，你有什么想说的时候可以给我打电话。"

回到宾馆，秦婕在房间的阳台上痛苦地思索。

周伟新走过来。他已经穿戴好，准备出发。

秦婕叮嘱道："伟新，你一定要安全回来。不然，我回东州无法向苏红交代。"

周伟新到了楼下，见到了李伟和陈刚等人，激动得热情拥抱。

李伟："伟新，马局长已下了命令，让我们把白建设带回去。"

上车后，周伟新低声问张虎："苏红还好吗？"

张虎笑着点点头。

周伟新一行直奔白建设住处。

白建设正在家中收拾东西。杨小燕着急地问："白哥，你走了，我怎么办？"

白建设："你等会儿，我把钱取出来，然后给你打电话。我接你，咱们一起走。"

杨小燕："去哪儿？"

白建设："还能去哪儿？出国。"

杨小燕："那这边的工程呢？"

白建设："去他妈的工程，反正又不是老子的钱！"

白建设假惺惺地吻了一下杨小燕，匆匆走了出去。

周伟新等人刚停好车，发现白建设在发动车。他示意司机跟上白建设的车。

白建设一边开车，一边给朱继承打电话："我已经做好准备了，现在就怕不好走。东州的人盯着我呢！"他从反光镜看见周伟新乘坐的车。

朱继承："你想办法嘛。上海你比他们熟悉。"

周伟新在车里两眼紧紧盯着前方，他对司机说："咬住前边那辆车！"

白建设到了上海一家宾馆，把车停好后，进了宾馆。他在前台登记了一个房间，然后上了楼。周伟新等人到后，也进了宾馆。他问了服务员白建设的楼层后，没有马上上楼。

张虎："周支队，抓不抓？"

周伟新想了想说："等一等，看朱继承会不会来找他。到时候一块儿抓。"

白建设从十六层电梯下来，并没有进房间。他观察了一会儿，重又上了电梯，坐到五楼，进了宾馆在五楼的夜总会。他要了一个包间，对领班说了几句话。领班的出去了，不一会儿，一个坐台小姐走进来，坐到白建设腿上："白哥，你好长时间没来找我，是不是又有新欢了？"

白建设没说话，从包里取出一沓钱放在茶几上。

坐台小姐："白哥，你这是什么意思？"

白建设把她拉到怀里，低声说了几句。坐台小姐点点头。白建设打开包，拿出假发、口红等，立即化了装。然后，拥着坐台小姐乘电梯下了楼，从张虎身边走过。

白建设和坐台小姐上了一辆出租车。出租车开出一会儿，白建设见后边没车跟踪，就让出租车停下，他下了车，然后又换了一辆出租车，对司机说："去码头。"

那个坐台小姐也赶忙下了车，拦了一辆出租车。

白建设到了码头，然后购了票，登上了一班客轮。他看看码头，不见追赶的人影，掏出手机拨了个电话："喂，小朱，你怎么把事情搞得这么糟？我白建设这些年跑南闯北，结识的当官的也不是东州你们这几个，人家没有把事情搞成这个样子的。我打算远走了。不走怎么办，反正不能等着抓我，再把我这么多年处的朋友一个个也抓起来。你们的事我管不了啦。"

朱继承对着话筒："喂，喂。挂机了！"

小胡子："那，那怎么办呢？"

朱继承兴奋地在屋里走来走去："他走了就好了。他早该走了，不是我一个人想让他赶快走。他要不走，命也快没了。你想想他搞定了多少比我大、比我小的官。哪一个出事不得把他牵连进去……好了，咱们的任务完成了。我先回去，你好好在上海玩几天再回去吧！"

小胡子："朱哥，你想那个女人了吧？"

朱继承："她百分之百是个很不错的女人，可惜……"

阿静这时正在房间里，趴在被窝里写东西。

黑蛋推门看了一眼。

阿静赶快把笔和纸用被子盖上。

黑蛋阴险地笑了笑，把门关上。黑蛋喝了瓶啤酒，从窗口向外望了几眼，然后躺在床上，关了电灯。

阿静看见外间屋的灯关了，又开始写起来。

晚上。在白建设到过的那家宾馆门外，周伟新看了看表，对李伟等人说："不对劲。李伟，你在下边守着，我进去看看。"

周伟新进了宾馆，张虎迎了上去，低声说了几句。周伟新一挥手，和张虎等人一起上了电梯。他们到了白建设开的房间，敲门，里边没人应。他拿出证件，让服务员开了门，进屋一看，空无一人。

张虎："我们上当了。"

周伟新想了想，说："白建设现在出不了上海。你马上和上海的同志联系，请他们配合，马上布控。"

张虎应了一声。

周伟新："我马上和马局长联系，在上海抓捕朱继承。"

东州市公安局长马达晚饭后接到市委赵书记的电话，让他立刻到市委汇报工作。马达见到赵书记，向他把"9·9"案做了详细汇报。赵书记指示，一定要排除各种阻力，尽快结案。从市委办公楼出来，马达显得轻松愉快，神采飞扬。

　　他打开手机，看到张虎的留言："马局长，我们有急事汇报，请回电话。"于是，他拨通了张虎的手机。

　　周伟新与张虎等人正在一辆车上。张虎的手机响了，他接听电话："马局长，周支队长在这儿！"他把手机递给周伟新。

　　周伟新："马局长，我是周伟新，谢谢您的关心！"

　　马达激昂的声音："伟新，你怎么样？在省城陷害你的那个小姐找到了。她说有人花了一万元钱要陷害你。你现在不要激动，我已经请示市委领导，现在我代表市局宣布，恢复你的职务，上海方面的工作，由你负责牵头。同时，我还要告诉你，我已调省政法委工作，苏市长正催我交接工作。我希望在我离开公安局长岗位之前，能得到你们的捷报！"

　　周伟新在出租车上接完电话，心情十分激动，说："马局长，您放心。周伟新不会倒下！"说完，他又与李伟通电话："白建设在迷惑我们。他有可能潜逃，那样会给我们的追捕工作带来困难。对，我建议你们也到码头上去！好，保持联系。"

　　周伟新又给秦婕打了个电话，让她到白建设家中看一看。

　　秦婕换上衣服，走了出去。她在路上给杨小燕打了个电话，让她一定在家中等候。到了白建设住处，杨小燕已经把门打开，秦婕走了进来。

　　杨小燕："你到底是干什么的？"

　　秦婕："我是来救你脱离苦海的。"

　　杨小燕轻蔑地一笑，说："你以为你是谁！"

　　秦婕："你认为白老板会带你走吗？"

　　杨小燕痛苦地低着头。

　　秦婕："女人哪，当然也包括我，有时很难把握住感情的旋律，尤其是在当断的关口。有时一失足成千古恨！你知道吗，你现在面临的处境十分危险。你的那个男朋友是个犯罪嫌疑人，你和他不可能走掉，即使侥幸走掉，无论去哪里，也只能过一种逃亡生活。也可能他会供你吃、供你喝、供你玩乐、供你享受，但是你享受不到做人的尊严，享受不到阳光和春风。也许到了有一天你后悔的时候，才会发现你失去了很多很多。"

杨小燕低着头摆弄着戒指。

秦婕："我不了解你过去的历史。但是，我觉得你不应再重复历史。"

杨小燕突然哭出了声："你说我该怎么办呢？离开他，我怎么生活呢？"

秦婕严厉地说："恕我直言，你的悲剧就是从你有这些思想开始的。你如果继续跟着他，人生的道路只能越走越窄，最后走上绝路。如果你不信就试试看，如果你离开他，你的生活道路将是一条阳光大道。"

杨小燕："谢谢你给我讲了这么多道理，我只是想问你，我现在该怎么办？"

秦婕："你应该向公安机关自首，检举揭发他，争取立功！"

杨小燕："我，我不敢！他会杀了我！他在东州有朋友，也会伤害我的家人。"

秦婕鼓励地说："你可以，你能做到。只要你和我一起迈出这个门，你就是一个勇敢者！"

杨小燕迟疑了一会儿，说："我跟你走！"

秦婕："请你等一下。"

秦婕拨通了周伟新的手机："周支队，杨小姐要检举白建设的问题。"

周伟新接到秦婕的电话十分高兴："秦记者，你立了一功。你马上带她回宾馆。我派人去那儿。"

秦婕把杨小燕带回宾馆。杨小燕见了东州公安局的办案人员陈刚，立刻哭诉自己的遭遇和检举白建设的问题。

白建设十分狡诈。他上了船后，打了几个电话，在船开之前，又下了船。他在确认无人跟踪后，上了一辆出租车。在临近他和杨小燕的住处时，他没让司机转弯。他用手机向家中打电话。电话响了一阵，没有人接听。他又拨杨小燕的手机，也没人接听。他产生了怀疑，向楼上房间张望了一眼，对出租车司机说："走吧。"

正在宾馆里交代问题的杨小燕，也突然想起了什么，说："坏了，我的手机丢在家中了。白建设为人狡诈，疑心较大。他回去前一定会先同我联系，如果家中电话和我的手机没人接听，他一定会起疑心。"

张虎："通知守候的同志以及火车站、机场等部门严密监视，发现白建设，马上拘捕！"

非 常 囚 徒

　　白建设离开他住处的街道，走了一段，警觉地四下张望，然后拨了一个电话："李老板，你抓紧给我出一张去美国的机票，对，越快越好。兄弟这回如若能出去，来日必将图报……那个女人，我一直都觉得她的感情不在我身上。算了，女人、金钱都是身外之物，扔就扔了，保命要紧哪！"

　　然后，白建设到了工地上工人的住地。临时搭建的工棚里，几十名工人挤在一室。有的在打扑克，有的在下棋，有的在看书，有的在睡觉。张跃进看见了白建设又惊又怕，站在那儿恭恭敬敬地说："白老板，您怎么大驾光临我们这个地方？"

　　白建设笑了笑："怎么，我不能到这儿来吗？"

　　张跃进："这儿又脏又乱，不是您老板来的地方。"

　　白建设板起面孔："你这话说得既对又不对。说你说得对，是对我这个老板的批评对。是呀，我平时来得太少了。说你说得不对，是你的观点不对。工人能住的地方，老板为什么不能住？大家都是人嘛，我认识到我的不对之处了，所以到你们这儿来了。我要和你们同吃、同住、同劳动，听听你们的意见，体验一下你们的生活，加深感情。你们欢迎不欢迎？"

　　张跃进激动地说："欢迎，欢迎！"他带头鼓掌。工棚里一片掌声。

　　周伟新判断白建设可能去了工地。他带人乘坐出租车向白建设的工地驶去。周伟新说："到地方后，我先进去，你们在后边。白建设如果在工地，工地上人多，他能用手段要挟我们。"

　　张虎等点头。

　　工棚里，张跃进正在给白建设铺床。白建设："很好，比我小时住的地方好多了。"

　　张跃进端来一杯水，白建设皱了皱眉头，还是喝了一大口。他对张跃进说："你看看外边有没有车过来！"

　　周伟新等人的出租车离工棚还有一百米，周伟新让司机停了车。张跃进看见周伟新，大声喊了一句："周哥，你来了！"

　　周伟新一愣，把手一挥："快！"

　　白建设听见张跃进的喊声，脸露惊恐。他突然大声说："兄弟们，明天就要发工资、奖金了，但要债的知道了，追到工地来闹事。我先走一步，你们帮我截住他们！"

白建设拉上张跃进："兄弟，快走！"

一群工人从工棚拥出来，挡住了周伟新等人。

一名公安掏出枪，被周伟新制止了。

周伟新看见白建设上了一辆出租车，对张虎说："追！"

白建设与张跃进坐在出租车上，不失时机地给张跃进"打气"："小伙子，你在我的工地干几年了？"

张跃进："三年了！我一出大牢就来了。"

白建设拍拍他的肩膀："老革命了！你觉得我这个人有什么不好的吗？"

张跃进："白老板，工人对您有一句话'白老板够哥们儿'！"

白建设叹口气说："我也有对不住兄弟们的地方。唉，不说这些了。兄弟，我今晚要靠你了！"

张跃进："白老板，你说吧，上刀山下火海我跟着你。"

白建设："小伙子，娶媳妇了吗？"

张跃进笑笑："还没呢。"

白建设："等我回来，帮你娶媳妇。"

张跃进感激涕零："谢谢老板！"

白建设对司机说："去二号码头！"

二号码头上，一艘轮船正要起航。白建设和张跃进匆匆走过来。周伟新跳下车，跑了过来。白建设对张跃进说："这个人，你给我拦住！"

张跃进："老板，您放心上船吧！"

白建设登上了轮船。

张跃进拦住了周伟新："老乡，你这么晚了干什么去呀？"

周伟新："白建设是罪犯，我们要抓他！"

张跃进："你是干什么的？你有证件吗？"

周伟新："你闪开！"

张跃进："老子今天不闪开。"

周伟新和张跃进大打出手，围观的人很多。

白建设趁很多人围观之际，悄悄下了船，又回到码头上。他走到路边，伸手拦出租车，张虎等人拦住了他，给他戴上手铐。白建设一时愣了。

张跃进撒腿跑开了。

周伟新和张虎等人把白建设推到警车上。

白建设："哼，你们怎么抓的我，还得怎么把我送回来！"

回到宾馆，周伟新立即用电话向马达汇报。

周伟新："马局长，我是周伟新……"

马达接听周伟新的电话时，苏红等人就坐在一边。

马达看了苏红一眼，说："伟新，有人和你说话。"

马达把电话给了苏红。苏红刚叫了一声"伟新"，泪水就落了下来。

周伟新激动地说："苏红，你会不会恨我？"

苏红的声音："伟新……"

夜已深了，朱继承还没有睡。

小胡子正从楼上的窗口向下望。

小胡子："朱哥，可能有人在楼下监视我们。"

朱继承烦躁地抽着烟："他们百分之百抓不住我们什么证据。这样吧，你去总台订车票或机票，咱们明天就回去！"

小胡子犹豫。

朱继承："你快去！"

小胡子走后，朱继承坐卧不安，不住地调换电视频道。过了一会儿，他拿出扑克牌算命。

小胡子回来，一进屋就说："朱哥，我一下飞机右眼皮就跳，越跳越厉害。你说，白建设这小子会不会被抓了？"

朱继承："百分之百不会！"

小胡子："呼了他老半天也没回电话。手机也不开机……"

朱继承："这小子我了解，一天也离不开女人。这时候，他百分之百正呼哧呼哧干那事呢！"

小胡子："朱哥，这里也有那个……"

朱继承："去，去，哪还有那份心思。办完事再说吧。"

小胡子："哟，太阳从西边出来了，朱哥什么时候离开女人能睡踏实？你别是让那个小妖精给迷住了！"

朱继承想了想，用手机给黑蛋挂了电话："黑蛋吗？阿静在不在，让她听电话。"

黑蛋把电话递给阿静。

阿静："朱哥，你在哪儿呢？上海！你去上海为什么不带我去？我还没去过上海呢！"

朱继承："静，我是来办公事的，带你不方便。等过一段时间我休假时，陪你来上海好好玩一玩。我说话百分之百算话！怎么样，想朱哥了吗？"

阿静："想，想死你了。你真坏，朱哥，让人想得这么痛苦。"

朱继承："唉！你朱哥想你也想得好痛苦哇！"他放下电话，对小胡子说："女人要哄！"

阿静放下朱继承的电话，躺在床上想心事。

她回忆起那天晚上，在南平公园里的情景。

阿静买了两瓶矿泉水，正往回走。

她看见了徐开放的尸体吊在树上，大叫一声，昏倒在地上。

想到这里，她从床上起来，在桌子旁铺开纸。

苏红的话外音反复响起："你现在的处境很危险，你好好想想徐开放的下场。"

阿静痛苦地抱着头。

朱继承和小胡子也睡不着，二人对饮啤酒。面前的桌子上有撕开的烧鸡、花生米和咸鸭蛋。

小胡子："朱哥，我的右眼皮这阵子老是跳，你说会不会有什么不好的征兆？"

朱继承喝了一口酒说："谁也无法预料很多的事情。比如说我和阿静，谁也预料不到我会和她好上，而且无法预料我会这么喜欢她。我搞过不少女人，但就没有一个能像她这样让我一见钟情的。你说怪不怪。"

小胡子："朱哥，我是说白建设会不会出事？"

朱继承有了点儿醉意："管不了那么多了。人的命，天注定，该死该活老天爷早都给安排好了……"朱继承说着，倒在铺着地毯的地上睡了。

小胡子眼睛盯着密码箱，但没敢动。

朱继承不时打着呼噜。

小胡子在床上翻来覆去睡不着。他起了床，拿了一条毛毯，给朱继承盖在身上，朱继承没有反应。小胡子的眼睛又盯住了密码箱。

朱继承翻了个身，小胡子吓得赶快回到床上躺下。他看了看表，已是凌晨五点三十分。他轻轻叹了口气。

天刚亮，阿静已经起床。她想了想，开了卧室门走出去。

黑蛋还在睡觉，被阿静吵醒，瞪了她一眼："你干什么？"

阿静："我看看还有什么吃的东西。"阿静走进厨房，一会儿叫道："这个黑蛋虐待我，连一个鸡蛋都没有了。等朱哥回来我告诉朱哥收拾你。"

黑蛋伸了个懒腰，说："你做事别昧良心。这两天要是没有我在这儿，你早饿得前心贴后背了！"

阿静："黑蛋，我想吃煎蛋，喝牛奶，你去给我买好不好？等朱哥回来，我让他多给你点报酬。"

黑蛋："我和朱哥什么交情，还为了报酬。你等着吧，朱哥今天可能就回来了。"

阿静愣住了。

在阿静住处楼下，苏红、刘婷婷正在等候孙红。

王大道开着出租车经过，向苏红摆了摆手："苏红，要我送你吗？"

苏红："谢谢你，王师傅，我在这儿有事。"

王大道走后，孙红气喘吁吁地跑了过来。

苏红与孙红一起上楼，刘婷婷在楼下监视。

苏红和孙红在门外敲门："303 有人吗？"

黑蛋狠狠地瞪了阿静一眼。

苏红和孙红会心地对视一眼。苏红也大声说："我是二楼的。刚才楼下说有你们家上海来的加急电报，要亲自去签名取。送电报的说不能久等。"

阿静望着黑蛋，没有说话。

黑蛋想了想，说："不管他，等朱哥回来再说。"

阿静："万一是朱哥的电报呢？"

黑蛋："好吧，我去取电报。你老实待着！"

黑蛋开门。苏红和孙红听到开门声，赶忙快步上到四楼。她们看见黑蛋出了门，把门反锁上，然后下楼。苏红对孙红说："你快去找阿静取材料。我来对付那个人。"

苏红快步下楼。

孙红到门前敲了敲门："阿静。"

阿静已拿着材料到了门前，犹豫不决："你是谁？"

孙红："苏姐对付黑蛋去了。我叫孙红，是她的朋友。时间不多了，你快把材料给我。"阿静犹豫一下，把材料从门缝递出去。

黑蛋下了楼，四下张望，不见送电报的。他看了刘婷婷一眼，意识到了什么事情，赶忙反身上楼。苏红迎面走来，拦住了黑蛋，问："这儿是不是住着一个叫阿静的姑娘？"

黑蛋打量着苏红，摇摇头说："不知道。"

孙红从他们身边下楼，转过脸给苏红使了个眼色。

苏红："谢谢你，再见！"

黑蛋望着她们的背影，骂骂咧咧上了楼。

阿静坐在沙发上看电视。黑蛋开门进来。

阿静："电报呢？"

黑蛋："哪有什么电报，你住这儿有人知道吗？"

阿静摇了摇头。

黑蛋："你别耍什么小心眼，你要是走漏了风声，朱哥回来要你的命！"

这时，朱继承还在蒙头大睡。

小胡子已经不见了，那只密码箱也不见了。

有人敲门。朱继承醒了，喊了一声："胡子，把门打开！"他没有听见应声，赶忙起身，四下看了看，又拉开卫生间，里边也空空荡荡。他意识到了什么，揪着自己的头发，仰天长叹一声，痛苦地走来走去。他想了一会儿，拨通了一个电话："黑蛋，我是朱继承。我没脸回东州见弟兄们了。"

黑蛋："朱哥，你怎么了？是不是事情没有办好？"

朱继承："黑蛋，你听着，朱哥交给你办的事你一定要办好。你朱哥平时最怕老婆，钱大都在她那儿，够她和孩子花用一辈子的。我还有一个小金库，有四五十万，你把它取出来，你留一半，给阿静一半，让她回四川老家去吧。你以后见到小胡子，告诉他，朱哥到了阴曹地府都不会宽恕他。你让阿静接电话。"

阿静接过电话："朱哥，你快点回来吧。"

朱继承："阿静，朱哥心里明白，你到现在也不喜欢朱哥。可是朱哥喜欢你，真的，从来没有像喜欢你这样喜欢过其他女人。可惜，朱哥见不到你了。朱哥这一生遇到过不少女人，你是朱哥最喜欢的。"

黑蛋夺过电话："朱哥，不论出了什么事，你都要回来，兄弟可以替你死！"

朱继承又拨通秦富荣的电话："秦秘书长，我先走一步了。可能我的走会给您带来好运……"

朱继承已将子弹推上膛，他对准自己的脑袋开了枪。

这时，等在朱继承房间门外的周伟新、张虎等人冲了进来。

秦婕也跟着进来。

周伟新看了看朱继承的尸体，拿起他的手机电话，调出了手机拨过的电话号码。秦婕看到那个熟悉的号码，大惊失色。

白天。苏常胜到了马奶奶屋子里，对马奶奶说："奶奶，我要出一趟远门，您多保重。"

马奶奶："胜子，来，让奶奶再摸摸你。"

苏常胜站起来走到马奶奶床前，马奶奶用两手上下抚摸着他。马奶奶摸到了苏常胜胸前挂的桃符，流下泪来。苏常胜也泪如雨下。

外屋，丽丽也在哭。

苏礼家里，孙敏在悄悄流泪。

苏礼走进来，悄悄坐在妻子身边。

孙敏扑在苏礼怀中，痛哭失声。

苏礼："胜子呢？"

孙敏："他已经几天没回家了，可能忙着出国的事。"

苏礼："这还叫家吗？"

苏常胜回到办公室收拾东西。他看到一张同秦婕的合影，苦苦一笑，扔进纸篓里。

这时，张晓匆匆走进来对苏常胜说："苏局长，听说你要出国，是探亲吗？回来是不是就要当市长了？"她突然看见苏常胜扔在纸篓里的照片，大吃一惊，伸手捡了起来，气愤地说："苏常胜，你以为扔掉一张照片，就能扔掉你们那段美好的感情吗？就能扔掉你们那段深刻的记忆吗？"

苏常胜无奈地说："是她背叛了我！"

张晓："苏常胜，我今天看透你了！"说完，她转身走了。

苏常胜一屁股坐在椅子上，长长地叹了口气。过了一会儿，他要了车，到了东州日报社，秦富荣已在办公室等他。

苏常胜："秦叔叔，我有话跟你说。"

秦富荣："那就坐吧！"

苏常胜："不，找个地方。"

秦富荣略一思考，和苏常胜一起下了楼。二人都上了苏常胜的车。车在行驶，二人默不作声。到了国际大厦，二人一起下了车，到了咖啡厅，落座后，苏常胜招手叫服务生上两杯咖啡。

秦富荣："不，我喝白开水。"

苏常胜："秦叔叔，今天改一下口味吧，我做这个主了。你这一辈子清苦，该尝尝苦咖啡的味道，就像生活的味道。"

沉默了一会儿，苏常胜有点儿动情地说："秦叔叔，我想我还是去投案自首吧。我不能连累你，不能让你和秦婕之间产生误会。她本来对你就有偏见。"

秦富荣无动于衷。

苏常胜："秦叔叔，我知道你打小就疼我、关心我，我很感激你。现在想想，我十分后悔，出了车祸当时就应当自首，不应该告诉你，更不应该把你牵扯进来。我想我爸要是知道了真相，也会骂我、恨我。你毕竟是他多年的老朋友、老知己呀！秦叔叔，你就答应吧，让我去自首吧！"

秦富荣："胜子，你别说了。这事与你没有关系，一切都由我担当。你现在赶快要做的是抓紧出国，越快越好！不过，等风头过去，你还得抓紧回来。马奶奶需要你，你爸你妈也需要你。还有，如果有机会或者说有可能，你还能做事，秦叔叔希望你给老百姓多做点儿事情。"

苏常胜眼含泪水，激动地说："秦叔叔，我不能连累你再陷下去了。"

秦富荣摆了摆手："你不了解秦叔叔，秦叔叔是罪有应得，天理难容！"

苏常胜惊愕地睁大了眼睛。

秦富荣看了看表："走吧，苏市长还找我呢！"

二人到了电梯里，秦富荣突然问了一句："胜子，这事你爸知道了吗？"

苏常胜一愣，赶快摇了摇头。

秦富荣到了苏礼的办公室。办公室的门开着，但人不在屋。

秦富荣在门口犹豫了一下，没有进。

一个秘书模样的人经过，问："秦秘书长，您找苏市长？"

秦富荣点头。

秘书："苏市长在开会。您先到屋里坐吧！"

秦富荣："不，我等等，我等等。"

苏礼走了过来："富荣，你怎么不到屋里等？过去你可经常不请自进，现在是变客气了，还是变陌生了？"

秦富荣笑了笑，没回答。

进屋落座后，苏礼看了秦富荣一眼："富荣，你怎么显得又疲惫又无力，是不是在报社也常加班？"

秦富荣："习惯了，习惯了！"

苏礼："刚才接到公安局马达同志报告，说朱继承在上海一个宾馆开枪自杀了。"

秦富荣一惊："是吗？"

苏礼十分气愤地说："真没想到，他是花园广场以及后来一系列案件的幕后人。现在麻烦来了，朱继承一死，水泥厂改制怎么办？需要赶快找一家有实力的单位同外商合作，还得征求外商同意。所以，我刚才开了个紧急会议商量这件事。你过去分管这个项目，我想听听你的意见。"

　　秦富荣思考了一会儿，说："朱继承所在的五洲集团是个股份制企业。朱继承死了，其他股东还在，可以让他们抓紧改选一个董事长，也就是企业法人……"

　　苏礼没等秦富荣说完，高兴地拍案而起："这个办法好！"

　　秦富荣笑了。

　　苏礼："富荣，这件事还是你办吧！"

　　秦富荣欲言又止。

　　苏礼警觉地问："有什么困难吗？"

　　秦富荣摇头，说："苏市长，我想去西山一趟，有点儿事情。"

　　苏礼想了想，说："那你就快去快回吧。"

　　秦富荣起身告别，苏礼用不解的目光望着他离开的背影。

　　秦富荣回到自己在市政府的办公室，把门反锁上。

　　他拿着书包进了卫生间，过了一会儿，出来时，书包鼓鼓的。他回到自己的办公桌前，看着桌子上的一层尘土，皱了皱眉头。他想了想，给苏常胜拨了个电话："常胜，你订好机票了吗？要抓紧。我刚从苏市长那儿回来。苏市长说朱继承在上海自杀了！"

　　苏常胜接了秦富荣的电话，大惊失色。

　　他挂断电话，走出办公室，到了楼下，拦了一辆出租车，朝车后座上一仰，闭上了眼睛。

　　王大道："苏局长，去哪里？"

　　苏常胜一惊，睁开了眼："你怎么认识我？"

　　王大道："您是东州的明星，经常在电视里出现，不认识您的有几个呀？"

　　苏常胜："我是不是很招人反感？"

　　王大道："怎么能这么说呢！东州人都知道有一个清正廉洁的国资局长，在管理着东州的国有企业。您在东州百姓中口碑很不错。"

　　苏常胜："那就麻烦你拉着我在东州转一转，我想看一看我们的东州。"

　　王大道听苏常胜话音不对，马上闭了嘴。

　　苏常胜看着大街两旁的建筑和绿地，脸上浮现出几分得意的笑容。

第二十章

苏常胜出国之前，想把"安心工程"的事做完。所以，未等秦婕回来，他就建议师范学院举行了第一次捐助仪式。

东州师范学院礼堂里，主席台上挂着横幅："安心工程暨首批捐助启动仪式。"

主席台上坐着市领导苏礼和校领导。秦富荣、苏常胜也坐在主席台上，看上去神态自若。

主持人："安心工程暨首批捐助启动仪式现在开始！"

礼堂里响起雷鸣般的掌声。

主持人："下面，让我们用热烈的掌声，欢迎国资局长、安心工程发起人之一苏常胜苏局长讲话。"

礼堂里再一次响起雷鸣般的掌声。

苏常胜西装革履地走到讲坛前。

苏礼把眼睛转向一边，秦富荣表情漠然。

苏常胜："今天，我的心情十分复杂，不知用什么语言来概括或者形容。我首先要说的是，向在花园广场车祸中不幸身亡的刘小兰同学致以默哀！"

会场上一阵骚动。

苏常胜已经垂下了头，泪水在眼眶里转。

秦富荣看了苏礼一眼。苏礼正襟危坐，态度从容。

苏常胜："我要说的第二句话是，我羡慕你们，同学们！我苏常胜生不逢时，没赶上读正规大学。我现在的学历，是参加工作后自学和进修得来的，也可以说是在没有围墙的大学圆的大学梦。有时候，我真恨父母为什么把我生在那个年代！所以，一说到大学，说到大学生，我心中就充满了向往，充满了敬仰！真的。大学，大学生，多么响亮的名字，多么灿烂的字眼。它象征着丰厚的知识，象征着亮丽的青春，象征着蓬勃的生机！"

台下响起热烈的掌声。

苏常胜："如果我苏常胜现在突然死亡，就会留下两个永远的遗憾，一是没上过大学，没学会多少知识；二是对社会对人民的贡献太少了！"

苏礼看了苏常胜一眼，明显不满意。

苏常胜："我衷心希望你们珍惜机遇，好好学习，多学知识。也希望你们珍惜生命。人的生命是最宝贵的……"

这时，一个秘书匆匆走到苏礼身后，递了张字条给他。苏礼打开一看，上边写着："五十余名残疾司机在市委大门前上访。"

苏礼皱了皱眉头，掏出笔写了一句话："富荣，请你去处理一下。"

苏礼把字条传给了秦富荣。

秦富荣看完，郑重地把字条放进衣袋，然后离开了主席台。

苏常胜的讲话结束，在一阵掌声中回到座位上，他看了看苏礼，苏礼十分焦急，正在看表。

主持人："下面，请市委副书记、市长苏礼为第一批获得安心工程援助的学生颁发证书！"

礼堂里又响起了热烈的掌声。

音乐声也同时响起。

十多辆残疾车和几十名司机围在市委大门口，一片喧哗。

"让书记、市长出来见我们，我们要反映问题！"

"不让我们上路，不让我们载客，我们怎么生活？"

老传达诚惶诚恐地守在门口，不住向外张望。

秦富荣的车停下后，他下了车。几十名司机一下子把他包围起来。

秦富荣泰然自若地说："请你们不要冲动，有话慢慢说。"

"你饿着肚子，还能有话慢慢说吗？！"

"你们当官的风不吹头，雨不打脸，坐在办公室和家里，有人大把大把送钱。你们怎么体会到我们养家糊口的辛苦。"

秦富荣："这样吧，你们派两个代表到我办公室，咱们谈一谈。其他同志回去等通知。我保证在一个小时内给你们答复。"

东州师范学院礼堂里，捐助启动仪式已经结束，主席台上的人正在离场。

苏常胜想喊苏礼，张了张口，没有喊出来。苏常胜上了车，愁眉苦脸，心事沉重。

苏礼拉着警报的车超过了苏常胜的车，父子二人隔着车窗互相对视了一眼。

市委大门前已经空空荡荡，只有几辆小车出出进进。苏礼下车后，问老传达："那些上访的人呢？"

老传达："让秦秘书长劝走了。秦秘书长真了不起，把两个代表叫到办公室谈了不到半小时，两个代表出来一说，那些人全走了。"

苏礼一脸狐疑，加快脚步进了办公室，打电话让秘书来汇报。

秘书："听残疾车司机说，秦秘书长为他们每人解决了两千元现金。"

苏礼一惊，从椅子上站起来："你问了几个人？"

秘书："四五个吧！"

苏礼："他们来了多少人？"

秘书："五十多人。"

苏礼："五十多人，每人两千元，十万多？"

秘书点头。

苏礼："好，我知道了。你去吧！"

秘书走后，苏礼一屁股坐在椅子上。

秦富荣提着书包，从市政府大院出来，刚刚上车，手机铃声响了。他打开看了看来电号码，是苏礼办公室的，他犹豫了一下，把手机放在书包里。

他仰躺在后座上，闭上了眼睛。

司机问秦富荣："秦秘书长，咱们去哪里？"

秦富荣不假思索地说："去报社。"

秦富荣又对司机说："去西山。"

秦富荣到了西山县那个贫困村，老村主任热情地带他到了新建的学校。

老村主任："建校时，我告诉学校，让他们把你当初用过的办公桌保留好，今后当作纪念。你为村里做了那么大的好事，俺们真不知怎么感谢你啊。"

秦富荣神情黯然："那些东西不要保留了。我只希望父老乡亲今后不要骂我。"

村主任："那怎么会呢？"

秦富荣十分伤感，动情地说："现在想一想，我还不如一直在这里教书。到了退休，再种种地，就没有那么多忧愁和烦恼了。"

村主任惊奇地睁大眼睛："秘书长，你这么大的人物，还有忧愁和烦恼啊？"

秦富荣沉默着没说话。

回到村主任家里，村主任家人已经做好了饭菜。二人坐下后，开始喝酒。秦富荣喝了几杯酒，带着醉意说："你也是我的好兄弟。我今天来，可能是最后一次了。所以，有些话想给你说一说。"

村主任愣怔地看着秦富荣。

秦富荣："自打你嫂子走后，我的思想就长毛了。我觉得对不起她。"

村主任："听说你为嫂子看病，欠了十几万的债，后来这些日子过得很苦。我想不通，你当这么大的官，每天那么劳苦，怎么收入那么低？"

秦富荣："你想不通，我也想不通。要说读马列的书，我读得也不少；要说思想教育，我也不比别人受的教育少……可是，我老是遇事想不通。看来，我是跟不上时代了。"

村主任："秘书长，你要是觉得过得不舒坦，就退休回咱这乡下来住。"

秦富荣摇头。他又喝了两杯酒，把一个存折放在村主任旁边，说："我答应过要给村里修条路。这里有二百万元，如果暂时修不上路，就放着，村里的父老乡亲如果有人病了又看不起，有的孩子考上大学交不起学费，或者老了没人赡养，你就用这些钱帮助他们。不过，你要记住了，这些钱不是属于你的，也是不属于我的，如果私下吞了，就要受到报应。"

村主任："这些钱？……"

秦富荣："你是不是怀疑这些钱的来路不正？放心吧！有什么风险都由我顶着。这些钱应当用之于民。"

村主任仍然不明白。

秦富荣已经摇摇晃晃站起来，向外走去。村主任紧紧跟了上来。

秦富荣上车后，村主任隔着车窗玻璃看见秦富荣流了泪。

苏礼听了马达关于秦富荣有关情况的汇报后，无论如何也不愿相信。

马达："从朱继承手机拨出的最后一个电话看，以及从种种情况综合分析，秦富荣同志和朱继承等有联系。"

苏礼："这不可能吧？我想他们即使有关系也只会是工作关系。富荣同志不可能参与朱继承一伙儿的犯罪活动。这个同志我了解。他一生一世都胆小怕事。"

苏礼想了想，又说："这样吧，我先找他谈一谈。如果他真的有问题，我劝他自首。我们对他这样的同志还是要挽救，还是要做到仁至义尽吧。"

马达点头同意。

马达："现在是对朱继承的同党收网的时候了。"

苏礼点头。

马达戴上帽子，郑重地向苏礼敬了一个礼，走了出去。

回到市公安局，马达立刻召集会议，郑重宣布："朱继承自杀，致使线索可能再一次中断。现在唯一的希望是加快审讯白建设，从白建设那里找到新的突破口。"

方正："马局长，看起来要有风险。"

马达："我们现在面临的形势比过去更复杂了。现在，我命令，对朱继承同伙收网！"

一辆辆警车鸣着警笛驶出公安局大院。

黑蛋正在收拾东西，阿静在一边啜泣。苏红和几个持枪的公安进了屋，给黑蛋戴上手铐。阿静扑到苏红怀里哭了。

东州机场，从一架刚刚停稳的飞机上，走下来周伟新、李伟、张虎及戴着手铐的白建设、杨小燕。

按照马达的指示，周伟新等人一回到公安局，马上开始审讯白建设。

周伟新："这辆车是你和田学习倒买倒卖的吗？"

白建设点头。

周伟新："你把这辆车送给谁用了？"

白建设："朱继承。"

周伟新："你是不是让朱继承转送给其他人？"

白建设："没有。我就是送给朱继承用的。"

周伟新："事实上，朱继承并没有用你的车。"

白建设："他用不用是他的问题，与我没有关系。你们抓我是一个严重的错误，要向我行政赔偿。"

周伟新："你为什么要送车给朱继承？"

白建设："我们是朋友。朋友之间送辆车用违法了吗？再说，朱继承又不是公务员，不存在受贿问题。"

周伟新："白建设，你不要执迷不悟。杨小燕已经揭发了，你的这辆车是通过朱继承转送给一位官员的。你必须老实交代，才有出路。"

白建设大笑："你们如果相信那个女人的话，可以按那个女人说的抓人嘛。"

张虎拍案而起，刚要发火，周伟新用眼色制止了，让人把白建设带下去。

白建设被带走后，张虎气愤地说："这小子也太猖狂了。"

方正："没办法。我们手里没有证据嘛。"

秦婕一下飞机就往报社赶。她急急地推开秦富荣的办公室的门，办公室里空无一人。她又下了楼，上了一辆出租车。

此时，秦富荣正在家中，看着全家照，流着泪水。

他用布擦拭着照片上的灰尘，然后把已经写好的一摞稿纸装进了一个信封。他想了想，把信封放在秦婕的枕头下。最后，他把一把药服了下去。

这时，苏礼也在找秦富荣。

秘书在向苏礼汇报："秦富荣不在办公室，家里电话没人接，手机也关了机，现在找不到他。"

苏礼身子震动了一下："抓紧去他家中看看。"

秘书应声走了。

苏礼长叹一声。

从报社到家中有二十分钟的路程，但是，因为路上交通拥堵，秦婕走了半个多小时。她到了家，急急忙忙打开门。

大厅里空无一人。

她推开了秦富荣的房门。

秦富荣坐在椅子上，头已经耷拉下来。

秦婕哭喊道："爸爸！"扑到秦富荣身上。

大街上响起警车的声音。

苏礼接到秦富荣自杀的消息，十万火急地赶到了秦富荣家。

苏红、张晓在陪着痛不欲生的秦婕。苏礼走到秦富荣遗像前，泣不成声："富荣，你为什么啊？为什么啊？"

苏常胜也走进来，在秦富荣遗像前突然跪倒："秦叔叔，你为什么不给我留一句话就走了。以后我有了难处找谁请教啊！"

苏礼瞪了苏常胜一眼，转身而去。

秦婕把这一细节看在了眼里。

苏礼走到楼下，遇到了马达和周伟新。

苏礼："马达同志，东州国际经贸洽谈会马上要开了。在这个时候，市政府秘书长、报社的总编辑在家中自杀，不用我说，你也应当能感到事情的重大。"

马达："苏市长，我们一定会抓紧。"

苏礼拍了拍周伟新的肩膀："小周，你的事情已经搞清了，这是好事。希望你不要有包袱、有成见，努力工作来报答马局长和同志们对你的关心。"

周伟新点头。

苏礼刚要上车，又想起了什么，对马达低声说："马达同志，你们一定要把事实搞准。这牵扯到对富荣同志的定性问题。"

马达点头。

苏礼上车后，马达问周伟新："白建设那边有进展吗？"

周伟新："白建设撂了。他承认从田学习手里买过走私轿车，就是那辆肇事车。为了揽工程，他托朱继承送给苏常胜的。"

马达不解地问："可是苏常胜没有收，那又送给谁了？"

周伟新："白建设说他也不知道了。"

马达目光黯然。

苏礼走后，张晓和苏红把秦婕扶到房间里。

苏常胜走进来。苏红和张晓见状，相互示意一眼，一起走了出去。悲痛欲绝的秦婕扑到苏常胜怀里："胜子哥，我爸到底怎么了？"

苏常胜不语，默默流泪。

秦婕："我爸的死一定事出有因。胜子哥，你要帮助我追查我爸的死因。我不能让我爸死得不明不白。"

苏常胜："秦叔叔留下什么东西了吗？"

秦婕摇头。

苏常胜半信半疑。他四下里看了看："秦叔叔会不会是花园广场车祸的肇事者？"

秦婕一愣。

苏常胜："秦叔叔好像从那天起就不太正常。"

突如其来的事情，也让马达感到不安。他和周伟新等人在秦婕家楼下的车上商量案情。

周伟新："徐开放的女友阿静揭发说，花园广场出车祸那天晚上，徐开放是按朱继承的安排，从市委大院里把肇事车开走的。我们查了一下，那天晚上出事后的十五分钟，秦富荣是给朱继承打过电话。"

马达："秦富荣事发的时候在什么地方搞清了吗？"

周伟新："他当时在开常委会，中间出去了半个小时。现在是这半个小时没有人证明他去了哪里。"

马达皱了眉头。

周伟新也在沉思。

马达："加紧审白建设。他不可能不知道车的去向。"

这一次，白建设交代了一些情况。

周伟新把审讯结果向马达做了汇报："白建设说让朱继承转送给苏常胜，苏常胜不收，严词拒绝。后来，朱继承告诉他，车给了市政府秘书长。"

马达思考了一会儿，说："看起来，必须弄清秦富荣在会议期间外出的半个小时是干什么去了。"

周伟新："是！"

晚上，苏礼家。苏礼在和孙敏谈话。

苏礼："富荣跟了我这么多年，从来没有发现他有经济上或者其他方面的问题。我觉得他和朱继承打交道也好，他的死也好，都可能与胜子有关系。"

孙敏："老苏，这种事情不能乱猜疑。再说，姓朱的死了，秦富荣也死了，对胜子不是更好吗？现在没有人能把车祸的事和胜子联系在一起了。"

苏礼大怒："可是我的良心、良知更加痛苦。富荣毕竟是我一手提拔起来，我亲眼看着成长的，是我的同志和兄弟啊。"苏礼说着，泪流满面。

孙敏："可胜子是你的亲生儿子，你的骨肉。"

苏礼痛苦地摆手。

这时，苏常胜走进来。

苏常胜小心地说："爸，您别太痛苦了。您千万保重身体。"

他给苏礼倒了一杯水，苏礼一扬手打翻在地。

苏常胜吓得脸变了色。

苏礼："你老实给我说，富荣是不是因为你而死的？"

苏常胜镇静了一下，说："您有什么证据？"

苏礼："你的良心就是证据。"

苏常胜笑了："好，这就是您一个市长说的话，这就是您一个身为人父的人说的话。我问您，您怎么会说秦富荣的死和我有关？"

苏礼："秦富荣是为了我才保护你，甚至于牺牲自己的生命。"

苏常胜："那我问您，如果是您猜的那样，您想怎么做？"

苏礼毫不犹豫地说："您必须投案自首，还秦富荣一个清白。"

苏常胜："晚了。您已经犯了包庇罪，要自首，您先去自首。"

苏常胜说完，气冲冲地走了出去。

孙敏："老苏，你这又是何苦呢？你就放他一马，让他出国去和咱孙子团聚吧。你逼他自首，秦富荣也活不过来了。"

苏礼："马达和周伟新不会罢休。他是逃脱不了制裁的。天网恢恢，天理难容。任何一个犯罪分子都不能逍遥法外，我也是……"

孙敏愣怔了半天没说话。

苏礼穿衣边向外走，边说："我出去走一走。"

晚上，市政府传达室。老传达在摆好的棋盘前发愣，自言自语："秦秘书长，你走了，我和谁下棋啊！我和谁吵架啊！"

秦婕走了进来。老传达一惊："婕儿，这么晚了，你怎么……"

秦婕："大伯，我陪您下盘棋吧。"

老传达想说什么，秦婕已经坐在了棋盘前。

老传达也坐下了。

二人走了几步棋，老传达称赞说："好棋，和你爸是一个战法。"

秦婕："大伯，我想问您一件事。"

老传达一惊："什么事？"

秦婕："花园广场出车祸那晚，是不是您值班？"

老传达点点头。

秦婕："您看没看见有一辆黑色轿车开进来？"

老传达大惊："没有，没有。我没注意。"

秦婕："那您看到我爸出去过吗？"

老传达摇头："没有。没有。"

秦婕："有没有您认识的人进来过？"

老传达神情有些慌乱，但很快又镇定下来，摇了摇头。

秦婕从传达室出来后，拦了一辆出租车。

秦婕走后不久，一辆警车把老传达带到了刑警支队。

李伟："你说的都是实话吗？"

老传达点头。

李伟："不对，那天晚上明明有一辆黑色小轿车开进了市委大院。开车的停下车后还是从大门走出去的。你要是做伪证，可是要负法律责任的。再说，你和秦秘书长多年交情不错，你愿意让秦秘书长死了还背着黑锅吗？"

老传达低下了头。

苏礼不是在大街上随便走走，而是到了办公室。他坐了一会儿才开了灯，发现桌子上放着一封信，赶忙打开信。

信是秦富荣写的：

尊敬的苏市长，能让我称您一声尊敬的兄长吗？请原谅我的不辞而别，而且是永远的分别。我从一个乡村民办教师成长到今天，是与您的培养分不开的。没有您，就没有我秦富荣的今天。尤其是'文革'初期，我头脑发热，做了对不起您的事，您后来不但不计前嫌，还用了我，给了我第二次政治生命。我一直想有一个天赐的机会，能让我报答您的大恩大德。胜子出车祸以后找到了我，我很害怕，又很震惊。胜子从小到大，一直要求上进，是一个年轻有为的干部。按照他违章驾车造成他人死亡的行为，一定会坐牢，他的政治生命就会毁于一旦。胜子是个好干部，我们培养一个好干部不容易。与其让他去牢里做囚徒，不如让他继续做一个好局长，多为东州人民办点好事。再说，他是您唯一的儿子，是您的希望，您的骄傲，他如果成为囚徒，对您可以说是灭顶之灾。出于这种考虑，我决定找一个人顶替胜子去当肇事者、去当囚徒……可是，我能力不够，水平有限，没有认识到朱继承等黑恶人物的丑恶面目，因而，这件事被朱继承利用，致使事情越搞越糟，就像一幅图越描越黑。我对不起您，也对不起胜子。我后来才明白，我不想让胜子当囚徒，是为了让他当一个好官；而朱继承他们不想让胜子当囚徒，是把他当作自己的囚徒。从某种意义上说，这种囚徒更痛苦。现在，到了只有我一死才能了结的地步。我只有用自己的生命来换取胜子的平安。只是不知我的死，能不能达到这个目的。士为知己者死。我做到了。

苏礼泪如泉涌。他擦了一下泪水，继续向下读着：

我死后，可能有人说我贪。我承认我这些年利用手中的权力，收了朱继承的一些钱，包括胜子用的那辆肇事车，也是海南一个包工头要送给胜子，被我截留下了。我之所以收钱收礼，是因为看到你为人正派，为政清廉，不会收下这些赃款、赃物。而我不收，那些人又会腐蚀其他干部。而且，他们会想尽一切办法去攻克胜子。现在这种社会风气已经到了野火烧不尽，春风吹又生的地步。但是，我一分没动，一样没用，只是那辆车给胜子惹了麻烦。这些钱，我都捐给了西山贫困的农村。也许我的思想落后了，但是，我真的看不惯现在的一些事情。为什么有的人可以借用手中的权力一夜暴富？为什么有的人可以把国家的资产转换为自己的资产？我的妻子却因为缺少手术费而拖延了手术，导致死亡。我的那些父老乡亲却至今生活在贫困线下……

我跟了您多少年，处处像您一样从严要求。那一次去西山抗洪，看到我曾经执教过的学校房屋破破烂烂，房子都被大雨淋塌了，孩子们在危房里上学；看到曾经给我养育之恩的父老乡亲生活极为贫困，我的心在滴血。我曾经找过西山县的领导，可西山是个贫困县，像那样的学校有几十所，捉襟见肘的县财政根本无力解决。在这样的情况下，我找到了风光一时的朱继承，本想这位企业家会慷慨解囊，没想到，他拿出了三十万，记在了我的名下……从此，我就被他囚禁在笼子里，成了他的囚徒……此后，我的心里很不平衡，既然他们的钱不干净，我收下为老百姓办点好事，又有何不可，我也知道，我这样做是犯罪。同时，我也想保护你和胜子不被他们伤害。现在，我先走了，这个案子也可以结束了。

苏礼一下子站了起来："富荣啊，你糊涂啊！"

夜已深了，马奶奶家一片沉静。突然，响起敲门声。丽丽开了门，苏常胜撞了进来。丽丽想扑到苏常胜怀里，被苏常胜推开，并打了她一巴掌。

丽丽大吃一惊："苏哥，你，你怎么了？"

苏常胜恼羞成怒地骂道："你这个小贱货。你都给秦婕说了些什么？"

丽丽愣怔了一下，委屈地说："她怪你在她生日那天去晚了。我说你有事，奶奶病了也是很晚才赶到。我，我这样说是为你好啊。我怎么知道她的用意。"

苏常胜感叹地说："你坏了我的事。"他说完，就去翻箱子拿护照。丽丽在一旁不解地望着苏常胜。

马奶奶走过来，听到丽丽在哭，责备地说："胜子，你就不能让着她一点。她还是个孩子嘛。胜子，你是不是有什么事情？有事情为什么不告诉奶奶？"

正要出门的苏常胜站住了，泪水夺眶而出。他强忍着悲伤，对马奶奶说："奶奶，我可能要出一趟远门。您多保重。"

马奶奶镇定自若，想了想，问道："胜子，你想好了吗？"

苏常胜没有回答。

马奶奶声音颤抖着说："胜子，你长大了，不像小时候，有什么事情都给奶奶说，让奶奶给你出主意。你说过只要奶奶在身边，你什么也不怕。奶奶也不知你有什么事，但奶奶有句话告诉你，到什么时候，千万别做对不起人的事。"

苏常胜泪如雨下，一下子跪倒在马奶奶脚下，大声痛哭："奶奶，孙子不孝，这一走不知什么时候能见。我不能给您老人家养老送终了。您千万保重啊！"

马奶奶也是泪如雨下，抚摸着苏常胜的头，泣不成声地说："胜子，你千万要想好啊！"

苏常胜慢腾腾地站起来，擦了擦眼泪，对丽丽说："丽丽，我把奶奶交给你了。你要是对不起奶奶，让奶奶受了苦，我无论在哪里，也不会饶了你。"

苏常胜走后，丽丽抱着马奶奶大哭，哀求说："奶奶，求您救救胜子哥。"

马奶奶一脸悲伤。

苏常胜回到家，停好车，犹豫了一会儿，开了门。他走到自己房间门口正要开门，苏礼从卫生间走了出来。他一惊，马上又笑着说："爸，您起这么早。干吗不多睡一会儿！"

苏礼板着面孔，严肃地说："你做的那些事，让我能睡得着吗？我要睡得着，还有人性吗？"

苏常胜开了自己的房间门，进屋后把门关上。他拿出一只旅行箱，开始收拾东西。

苏礼推门进来，苏常胜大惊失色："爸！"

苏礼在沙发上坐下后，问："你打算走？"

苏常胜："爸，我不走不行了。公安局把市政府的老传达也叫去问询了。"

苏礼气愤地说："我真没想到，你会走到这一步，连你秦叔叔也是你害的。"

苏常胜："我没害他。"

苏礼："我看你还是投案自首吧。我已经把秦富荣的信交给了小周，让他转给马达。"

苏常胜一下子跪在苏礼面前："爸，儿子不孝。可是，您不能让儿子去坐牢吧。"

两行泪水顺着苏礼的脸颊流下来。

苏常胜见状，起身要走。苏礼赶忙拉住苏常胜，生气地说："你不能这样走了。你要是这样走了，我怎么向富荣交代？怎么向良心交代？怎么向东州人民交代啊！"

苏常胜狠狠地把苏礼甩在地上，然后跑着下了楼。苏礼手捂着胸口，倒在地上。

这时候，感到走投无路的方正在马达的办公室门前徘徊着，神情十分沮丧。马达隔着窗口看见方正，心里一阵痛苦。他想了想，拉开了门，让方正进去。方正低着头，不安地说："马局长，我有罪。"

马达拍了拍桌子，指着方正训斥道："方正，你还有什么话要说吗？你做的那些事情，对得起警察的称号和荣誉吗？我，我真为你感到羞耻。"

方正低着头不说话。

马达向外招了招手，两个全副武装的警察走了进来，给方正戴上了手铐。方正到了门口回过头，目光充满了哀求，说："我请求不要让我女儿知道我的事情。"

方正被押走后不久，周伟新急忙走进来，把秦富荣的信交给了马达："这是苏礼让我交给您处理的。"

马达看完信，又看了看表，说："我马上向市委负责同志汇报。你和刑警支队联系一下，立即拘留苏常胜。"

几天后的一个上午。东州日报社会议大厅里坐满了新闻记者。横幅上写着"新闻通报会"几个大字。通报会已近尾声，马达正在讲话。周伟新、苏红、张虎、陈刚、刘婷婷等公安人员以及秦婕、胡小凤、孙红、王大道等都在会场。

报社、电视台的记者忙碌着记录、拍照。

马达："事实有力地证明，任何犯罪分子都逃脱不了正义的制裁。我们党和政府反腐败的决心是坚定不移的。我们公检法在打击犯罪方面的信心是充足的。我们的广大人民群众正义的力量是不可低估的……"

会场上响起热烈的掌声。

第二天早晨，东州大街上。

人们在报摊前争相购买当天的《东州日报》。

在报纸头版显著位置登着署名秦婕的文章，标题也十分醒目——天理难容。

太阳升起来的时候，离任的公安局长马达乘坐着轿车，正行驶在去省城上任的路上。他看了看《东州日报》，脸上露出胜利的笑容。

几天后的一天，东州郊外墓地。孙红和几个同学陪同胡小凤，在为刘小兰墓献花。

胡小凤抽泣着说："兰儿，你安息吧！"

不远处，苏红在周伟新陪同下，也在为苏礼扫墓。

秦婕则在张晓陪同下，为秦富荣扫墓。

几个月后周末的一天，秦婕在监狱探望苏常胜。

苏常胜隔着玻璃，痛心疾首地说："我的灵魂深处是自私的，我的骨子里是自私的。从小，我跟着爸爸受了很多罪，吃了很多苦，我不羡慕荣华富贵，不追求吃喝享受，只想着权力越来越大，官位越来越高，这实质上是自私。权欲也是一种自私……"

秦婕："在花园广场交通肇事后，你为什么选择了逃逸？"

苏常胜："我接到丽丽的电话，以为马奶奶不行了，心里十分着急，所以，一急之下就走了逆行，发生了交通肇事。我当时想那个被撞的人可能就是受了点伤。我是想先把奶奶送医院，然后再去交警队自首。可是，秦叔叔劝住了我……说到底，我马上想到的是自己可能去坐牢，自己的面子会丢尽，自己的前途会毁于一旦，所以，我的人性在那一刻泯灭了！"

秦婕："田学习当了替罪羊死后，你应当知道是因为你交通肇事引起的。后来，又出现了徐开放被杀、周伟新被人陷害等一连串的事情，难道你的良知一点也没有觉醒？"

苏常胜犹豫了片刻，说："我也着急过，也动摇过，想去自首。可是，秦叔叔劝我，阻拦我。他说田学习、徐开放都是罪有应得。我知道秦叔叔是在保护我……"

秦婕沉思了一会儿，问道："我爸爸过去不是那么偏执，即使因为我妈妈没钱做手术，或者说为了贫困山村的孩子，他也不至于心理变得那么灰暗。你了解一些情况吧？"

苏常胜："秦叔叔好多事也不告诉我。我只记得两年前，他曾经写过一篇文章，内容是谈社会分配不公问题的。在文章中，他批评了一个煤矿企业改制不规范，使个别人'一夜暴富'……据说，有个矿主对号入座，说是写他的，到市领导那里告了秦叔叔一状。秦叔叔受到了批评。"

秦婕："这件事情我知道。我还表示支持他。"

苏常胜："从那时起，我发现秦叔叔有些变化。他曾经在一次醉酒后对我说：'我无力改变这些状况。但是，我要想办法改变。能改变多少改变多少。'"

秦婕听后，长长地叹了口气，又问："那你为什么在我爸去世后，也没有及时去投案自首？你最后把苏伯伯也葬送了。"

苏常胜低下头。

秦婕感慨万端地说："我爸是自己把自己关到了笼子里，做了情感的囚徒！他始终没能走出那个牢笼。"

二人沉默了一会儿，苏常胜说："其实，秦叔叔和我都沦为朱继承等人的非常囚徒！我现在彻底明白了，一个人，不管官多大，不管多富有，首先是个人，要有人性，要有良知！没有人性没有良知的人，天理难容啊！"